BASTEI
LÜBBE

ED McBAIN
im Bastei-Lübbe-Taschenbuchprogramm

Romane um das legendäre 87. Polizeirevier
13 595 Graffti
13 616 Blutschwestern
13 650 Solange ihr zwei noch lebt
13 716 Lange nicht gesehen
13 773 Romanze

Romane um den Staranwalt Matthew Hope
13 668 Mary, Mary
13 735 ›Es war einmal ein kleines Mädchen…‹

Ed McBain

Romanze

Kriminalroman
aus dem
87. Polizeirevier

Ins Deutsche übertragen
von Uwe Anton

BASTEI
LÜBBE

BASTEI-LÜBBE-TASCHENBUCH
Band 13 773

Erste Auflage
Juli 1996

Deutsche Lizenzausgabe 1996
Bastei-Verlag Gustav H. Lübbe
GmbH & Co., Bergisch Gladbach
Originaltitel: Romance
Lektorat: Iris Schmidt
Titelbild und Umschlaggestaltung: Horst Gerlach, Köln
Satz: KCS GmbH,
Buchholz/Hamburg
Druck und Verarbeitung:
Brodard & Taupin,
La Flèche, Frankreich
Printed in France

ISBN 3-404-13773-6

Der Preis dieses Bandes
versteht sich einschließlich der
gesetzlichen Mehrwertsteuer

Dieses Buch ist
Mark Hunter und
Lise Bloch-Mohrange Hunter
gewidmet

Die hier geschilderte Stadt existiert nicht. Die Personen und Schauplätze sind frei erfunden. Die Darstellung der Polizeiarbeit allerdings basiert auf authentischen Ermittlungsmethoden.

1. KAPITEL

Kling rief von einem Münzfernsprecher aus an, weil er an einem so öffentlichen Ort wie dem Bereitschaftsraum keine Abfuhr bekommen wollte. Er wollte keinen Spott von Männern riskieren, mit denen er Tag und Nacht zusammenarbeitete, Männern, denen er sein Leben anvertraute. Nein, er wollte überhaupt nicht aus dem Revier anrufen. Es gab Münzfernsprecher auf jedem Gang, doch ein Polizeirevier war wie eine Kleinstadt, und Klatsch breitete sich schnell aus. Er wollte nicht, daß irgend jemand mitbekam, wie er im Fall einer Zurückweisung nach Worten suchte. Er war der Ansicht, daß diese Zurückweisung durchaus im Bereich des Möglichen stand.

Also stand er in strömendem Regen einen Häuserblock vom Polizeirevier entfernt unter einer blauen Plastikmuschel mit einem Münzfernsprecher darunter und wählte die Nummer, die er vom Personalbüro bekommen und auf einen Zettel geschrieben hatte, der nun schon ganz durchweicht war. Er wartete, während das Telefon klingelte, einmal, zweimal, dreimal, viermal, fünfmal, und er dachte, sie ist nicht zu Hause, sechsmal, siebenmal …

»Hallo?«

Ihre Stimme ließ ihn zusammenfahren.

»Hallo, äh, Sharon?« sagte er. »Chief Cooke?«

»Wer ist da, bitte?«

Ihre Stimme klang ungeduldig und scharf. Überall um ihn herum strömte Regen hinab. Leg auf, dachte er.

»Hier ist Bert Kling«, sagte er.

»Wer?«

Die Schärfe lag noch immer in ihrer Stimme. Aber jetzt schwang auch Verwirrung mit.

»Detective Bert Kling«, sagte er. »Wir … äh … haben uns im Krankenhaus kennengelernt.«

»Im Krankenhaus.«

»Anfang der Woche. Die Polizistin, die bei der Geiselnahme erschossen wurde. Georgia Mowbry.«

»Ja und?«

Sie versuchte, sich daran zu erinnern, wer er war. Eine unvergeßliche Begegnung, vermutete er. Ein nachhaltiger Eindruck.

»Ich habe gemeinsam mit Detective Burke mit Ihnen gesprochen«, sagte er, kurz davor, einfach aufzugeben. »Die Rothaarige aus dem Geiselnahme-Team. Sie war bei Georgia, als ...«

»Oh, ja, jetzt erinnere ich mich«, sagte Sharyn. »Wie geht es Ihnen?«

»Gut«, sagte er, und fügte dann ganz schnell hinzu: »Ich rufe an, um Ihnen zu sagen, wie leid es mir tut, daß Sie sie nicht durchgebracht haben.«

»Das ist sehr nett von Ihnen.«

»Ich weiß, ich hätte früher anrufen sollen ...«

»Nein, nein, ich weiß es zu schätzen.«

»Aber wir haben an einem schwierigen Fall gearbeitet ...«

»Ich verstehe schon.«

Georgia Mowbry war am Donnerstag abend gestorben. Jetzt war Sonntag. Sharyn fragte sich plötzlich, was dieser Anruf zu bedeuten hatte. Sie hatte Zeitung gelesen, als das Telefon klingelte. Über den gestrigen Aufruhr im Park. Ein Tumult zwischen Schwarzen und Weißen. Schwarze und Weiße schossen aufeinander, brachten sich gegenseitig um.

»Also ... äh ... ich weiß, wie schwierig so etwas sein muß«, sagte er. »Und ich ... äh ... wollte Ihnen nur ... äh ... mein Mitgefühl zum Ausdruck bringen.«

»Danke«, sagte sie.

Stille. Dann:

»Äh ... Sharon ...«

»Eigentlich heißt es Sharyn«, sagte sie.

»Habe ich das nicht gesagt?«

»Sie sagen Sharon.«

»Ja, genau«, sagte er.

»Aber es heißt *Sharyn*.«

»Ich weiß«, sagte er, jetzt vollends verwirrt.
»Mit *y*«, sagte sie.
»Ach«, sagte er. »Ja, sicher. Vielen Dank. Es tut mir leid. Genau, *Sharyn*.«
»Was höre ich da?« fragte sie.
»Was meinen Sie?«
»Das Geräusch?«
»Das Geräusch? Oh. Das muß der Regen sein.«
»Der Regen? Von wo aus rufen Sie denn an?«
»Von draußen.«
»Aus einer Telefonzelle?«
»Nein, eigentlich nicht, nur so ein kleines Ding mit einem winzigen Dach drüber. Sie hören den Regen, der auf das Plastik schlägt.«
»Sie stehen im Regen?«
»Ja, gewissermaßen.«
»Haben Sie im Revier denn kein Telefon?«
»Ja, sicher. Aber …«
Sie wartete.
»Ich … äh … wollte nicht, daß jemand mithören kann.«
»Warum nicht?«
»Weil ich … nicht weiß, was Sie davon … halten werden.«
»Wovon?«
»Daß ich Sie … frage, ob Sie mit mir zu Abend essen möchten.«
Schweigen.
»Sharyn?«
»Ja?«
»Sie sind Chief und so weiter«, sagte er. »Stellvertreterin des Polizeichefs.«
Sie kniff die Augen zusammen.
»Ich dachte, es spielt vielleicht eine Rolle. Daß ich nur Detective dritten Grades bin.«
»Ich verstehe.«
Ganz zu schweigen von seinem blonden Haar oder ihrer schwarzen Haut.
Stille.

»Spielt es eine Rolle?«

Sie hatte sich noch nie im Leben mit einem Weißen verabredet.

»Was?« fragte sie.

»Spielt es eine Rolle? Ihr Rang?«

»Nein.«

Aber was ist mit der anderen Sache? fragte sie sich. Was ist mit den Weißen und Schwarzen, die sich gegenseitig in öffentlichen Parks umbringen? Was ist damit, Detective Kling?

»Es regnet heute wie verrückt«, sagte er. »Ich dachte, es wäre ganz nett, irgendwo zu Abend zu essen und dann ins Kino zu gehen.«

Mit einem Weißen, dachte sie.

Ich erzähle meiner Mutter, daß ich mich mit einem Weißen verabredet habe. Meiner Mutter, die auf den Knien die Büros der Weißen geschrubbt hat.

»Ich habe um vier Uhr frei«, sagte er. »Ich kann nach Hause fahren, duschen und mich rasieren und Sie um sechs abholen.«

Hörst du das, Mom? Ein Weißer will mich um sechs Uhr abholen. Mich zum Essen und ins Kino ausführen.

»Wenn Sie nicht schon etwas anderes vorhaben«, sagte er.

»Stehen Sie *wirklich* im Regen?« fragte sie.

»Na ja«, sagte er. »*Haben* Sie?«

»Habe ich was?«

»Schon etwas anderes vor?«

»Nein, aber ...«

Bring das Thema zur Sprache, dachte sie. Konfrontiere ihn damit. Frag ihn, ob er weiß, daß schwarz bist. Sag ihm, daß du noch nie so etwas getan hast. Sag ihm, daß deine Mutter vom Balkon springen wird. Sag ihm, daß du nicht vorhast, dein Leben unbedingt kompliziert zu machen, daß du ...

»Na ja ... äh ... möchten Sie denn gern?« fragte er. »Mit mir essen und ins Kino gehen?«

»Warum wollen Sie das?« fragte sie.

Er zögerte einen Augenblick lang. Sie stellte sich vor, wie er da im Regen stand und über die Frage nachdachte.

»Na ja«, sagte er. »Ich glaube, wir würden uns ganz gut verstehen, das ist alles.«

Sie konnte ihn sehen, wie er im Regen stand und die Achseln zuckte. Er rief nicht aus dem Revier an, weil er nicht wollte, daß jemand mitbekam, wie er wegen des *Ranges* eine Abfuhr bekam. Schwarz, weiß, wen interessierte das schon, hier ging es einfach um Detective und Chief. So einfach war das. Fast hätte sie gelächelt.

»Entschuldigung«, sagte er, »aber würden Sie mir vielleicht antworten? Denn es ist ziemlich naß hier draußen.«

»Sechs Uhr geht in Ordnung«, sagte sie.

»Gut«, sagte er.

»Rufen Sie mich an, wenn Sie aus dem Regen raus sind, dann gebe ich Ihnen meine Adresse.«

»Gut«, sagte er erneut. »Schön. Das ist schön. Danke, Sharyn. Ich rufe Sie an, wenn ich wieder im Revier bin. Worauf hätten Sie denn Hunger? Ich kenne einen tollen Italiener ...«

»Sehen Sie zu, daß Sie aus dem Regen kommen«, sagte sie und legte schnell auf.

Ihr Herz pochte.

Mein Gott, dachte sie, worauf habe ich mich da nur eingelassen?

Die Rothaarige sagte, daß sie Drohanrufe bekam. Er hörte aufmerksam zu. Sechs Anrufe in der vergangenen Woche, erklärte sie ihm. Jedesmal derselbe Mann, der leise, fast flüsternd, sprach und ihr sagte, er würde sie umbringen. An einem Tisch an einer Seite des Raums nahm ein kleingewachsener Mann mit hochgekrempelten Hemdsärmeln einem Bärtigen in einem schwarzen T-Shirt Fingerabdrücke ab.

»Wann haben diese Anrufe angefangen?«

»Letzte Woche«, sagte die Frau. »Montag morgen kam der erste.«

»Na schön, ich brauche noch ein paar Informationen«, sagte der Mann und schob ein Beschwerdeformular der NYPD Detective Division in seine Schreibmaschine. Er trug eine Pistole vom Kaliber .38 in einem Schulterhalfter. Wie der Mann, der am Tisch an der Wand dem Verdächtigen die Fingerabdrücke abnahm, arbeitete auch er in Hemdsärmeln. »Würden Sie mir bitte Ihre Adresse sagen?«

»314 East Seventy-first Street.«

»Hier in Manhattan?«

»Ja.«

»Apartment-Nummer?«

»6B.«

»Sind Sie verheiratet? Ledig? Geschieden?«

»Ledig.«

»Ihre Arbeitsstelle?«

»Ich bin Schauspielerin.«

»Ach?« Er runzelte mit plötzlichem Interesse die Stirn. »Habe ich Sie schon mal irgendwo gesehen?«

»Na ja … ich arbeite viel fürs Fernsehen. Letzten Monat war ich in *Law & Order*.«

»Wirklich? *Das* ist eine Serie. Die sehe ich mir *immer* an. In welcher Folge haben Sie mitgespielt?«

»In der über die Abtreibung.«

»Kein Witz? Die hab' ich gesehen. Die kam doch erst im letzten Monat.«

»Ja, stimmt. Verzeihung, Detective, aber …«

»Das ist meine *Lieblingsserie*. Die wird hier in New York gedreht … aber wem sag' ich das? Werden Sie noch in weiteren Folgen auftreten?«

»Na ja … im Augenblick probe ich für ein Stück am Broadway.«

»Echt? Was für ein Stück? Wie heißt es?«

»*Romanze*. Äh, Detective …«

»Worum geht es da?«

»Na ja, das ist nicht so einfach zu erklären. Und ich muß wieder zum Theater zurück …«

»Ja, klar.«

»Und ich würde gern …«

»Ja, kein Problem.« Wieder ganz sachlich. Die Finger wieder auf der Tastatur der Schreibmaschine. »Diese Anrufe haben also am vergangenen Montag angefangen? Das wäre der ...« Er warf einen Blick auf den Kalender auf seinem Schreibtisch. »Der ...«

»Der neunte Dezember.«

»Genau, der neunte Dezember.« Er tippte, während er sprach. »Können Sie genau wiederholen, was der Mann gesagt hat?«

»Er hat gesagt: ›Ich werde Sie umbringen, Miss.‹«

»Und dann?«

»Das war alles.«

»Er nennt Sie ›Miss‹? Keinen Namen?«

»Keinen Namen. Nur: ›Ich werde Sie umbringen, Miss.‹ Dann legt er auf.«

»Haben Sie auch Drohbriefe bekommen?«

»Nein.«

»Haben Sie verdächtige Gestalten in der Nähe Ihres Hauses herumlungern sehen? Oder ...«

»Nein.«

»... jemanden, der Ihnen zum Theater folgt, oder ...«

»Nein.«

»Tja, ich will Ihnen die Wahrheit sagen, Miss ...«

»Das wäre eine gute Stelle für eine Pause«, sagte Kendall.

Beide Schauspieler schirmten ihre Augen ab und spähten in das abgedunkelte Theater. »Ashley«, sagte die Frau, die die Schauspielerin spielte, »mir gefällt nicht, wie ...«, aber Kendall unterbrach sie sofort.«

»Eine Viertelstunde«, sagte er. »Wir sprechen später darüber.«

»Ich wollte Freddie nur eine Frage zu meinem Text stellen.«

»Später, Michelle«, sagte Kendall und winkte ab.

Michelle stieß einen kurzen, verärgerten Seufzer aus, wechselte einen langen Blick mit Mark Riganti, dem Schauspieler, der den Detective darstellte, der so gern *Law & Order* sah, und verließ dann mit ihm die Kulisse. Der Schauspieler, der den anderen Detective darstellte, blieb plaudernd mit dem Bärtigen, der seinen Gefangenen mimte, an dem Tisch stehen.

Freddie Corbin erhob sich von seinem Platz in der sechsten Reihe Mitte und ging sofort zu Kendall. »Sie würden niemals in der Nähe eines Gefangenen, dem die Fingerabdrücke abgenommen werden, Waffen tragen«, sagte er.

»Das kann ich ändern«, erwiderte Kendall. »Worüber wir in Wirklichkeit sprechen müssen, Freddie ...«

»Das verdirbt das gesamte Gefühl von Realistik«, sagte Corbin.

Sein voller und ehrenwerter Name lautete Frederick Peter Corbin III, doch all seine Freunde nannten ihn Fred. Kendall hingegen hatte ihn von dem Augenblick an, da sie miteinander bekannt gemacht worden waren, Freddie genannt, und die Besetzung war natürlich seinem Beispiel gefolgt, und nun nannten ihn alle Freddie, die mit diesem Projekt zu tun hatten. Corbin, der zwei Romane über Cops in New York City geschrieben hatte, wußte, daß dies ein alter Bullentrick war. Indem man ein bekanntes Diminutiv benutzte, verunglimpfte man das Selbstwertgefühl beziehungsweise die Selbstachtung eines Gefangenen. Sie halten sich also für *Mr.* Corbin, was? Tja, Freddie, wo waren Sie denn am Abend des dreizehnten Juni, eh?

»Und ich bin der Ansicht«, sagte er, »als er herausfindet, daß sie Schauspielerin ist, übertreibt er es. Es wäre besser, wenn er seine Aufregung im Zaum halten könnte.«

»Ja«, sagte Kendall. »Was uns zu der Szene selbst bringt.«

Kendalls voller Name lautete Ashley Kendall, was zwar nicht der Name war, den er nach seiner Geburt bekommen hatte, doch er hatte ihn vor über dreißig Jahren legal angenommen, so daß Corbin der Ansicht war, er sei mehr oder weniger sein richtiger Name. Frederick Peter Corbin III hingegen war *tatsächlich* Corbins richtiger Name. Diese Zusammenarbeit war seine erste Erfahrung mit einem Regisseur. Er fand allmählich heraus, daß Regisseure nicht der Ansicht waren, ihre Aufgabe sei es, *Regie* zu führen, sondern, das Buch zu *verändern*. Allmählich haßte er Regisseure geradezu. Oder zumindest Kendall. Allmählich gelangte er zur Auffassung, daß alle Regisseure nur Scheiße im Kopf hatten.

»Was *ist* mit der Szene?«

»Na ja … kommt Sie Ihnen nicht ein bißchen *bekannt* vor?«

»Sie *soll* den Zuschauern bekannt vorkommen. Das ist Polizeiroutine. So was passiert nun mal, wenn jemand ein Verbrechen mel…«

»Ja, aber wir *haben* diese Szene doch schon hundertmal gesehen, oder?« sagte Kendall. »*Tausendmal*. Selbst der Detective, der auf den Umstand reagiert, daß sie *Schauspielerin* ist, ist ein Klischee. Er fragt sie, ob er sie in irgendeinem Film gesehen hat. Ich meine, Freddie, ich habe großen Respekt für das, was Sie hier geschaffen haben, für den komplizierten Plot, die gewissenhafte Hingabe ans Detail. Aber …«

»Aber was?«

»Ich glaube, man könnte die Tatsache, daß ihr Leben bedroht wurde, aufregender darstellen. Theatralisch, meine ich.«

»Ja, das *ist* ein Theaterstück«, sagte Corbin. »Ich nehme an, daß wir es theatralisch machen wollen.«

»Ich weiß, Sie sind ein *wunderbarer* Romanautor«, sagte Kendall, »aber …«

»Danke.«

»Aber in einem *Theaterstück* …«

»Ein dramatischer Text ist ein dramatischer Text«, sagte Corbin. »Das ist die Geschichte einer Schauspielerin, die einen …«

»Ja, ich weiß …«

»… brutalen Mordanschlag überlebt und dann einen großartigen persönlichen Erfolg erzielt.«

»Ja, darum *soll* es sich handeln.«

»Nein, darum *handelt* es sich.«

»Nein, das ist ein Stück über ein paar Bullen aus New York, die ein gottverdammtes *Verbrechen* aufklären.«

»Nein, ganz und gar nicht …«

»Was Sie übrigens sehr gut machen. In Ihren Romanen. Es ist nichts gegen Geschichten über Bullen einzuwenden …«

»Selbst wenn sie *beschissen* sind«, sagte Corbin.

»Das wollte ich nicht sagen«, erwiderte Kendall. »Das habe

ich nicht mal *gedacht*. Ich bin nur der Ansicht, daß es sich nicht um ein *Theaterstück* über Bullen handeln sollte.«

»Das ist kein Stück über Bullen.«

»Ich verstehe. Was ist es dann?«

»Ein Stück über den Triumph der Willenskraft.«

»Ich verstehe.«

»Ein Stück über eine Frau, die einen Angriff mit einem *Messer* überlebt und dann den Mut findet ...«

»Ja, *der* Teil ist völlig in Ordnung.«

»Und welcher Teil ist *nicht* in Ordnung?«

»Die Sache mit den Cops.«

»Die Sache mit den Cops gibt dem Stück erst Wirklichkeitsnähe.«

»Nein, die Sache mit den Cops macht es zu einem Stück über Cops.«

»Wenn eine Frau mit einem Messer verletzt wird ...«

»Ja, ja.«

»... geht sie zu den *Cops*, Ashley, und nicht zu ihrem Chiropraktiker. Soll sie etwa zu ihrem Chiropraktiker gehen, nachdem sie mit einem Messer verletzt wurde?«

»Nein, ich ...«

»Denn dann wäre es nicht mehr ein Stück über Cops, sondern eins über Chiropraktiker. Würde Ihnen das besser gefallen?«

»Warum muß sie zu den Bullen gehen, *bevor* sie mit dem Messer angegriffen wird?«

»So was nennt man Spannung, Ashley.«

»Ich verstehe.«

»Sie haben übrigens einen ganz schrecklichen sprachlichen Tick.«

»Wie bitte?«

»Sie sagen ständig ›ich verstehe‹. Es klingt sogar etwas sarkastisch. Das ist fast so schlimm wie: ›Sie wissen ja!‹.«

»Ich verstehe.«

»Genau.«

»Aber sagen Sie mir, Freddie, mögen Sie Cops eigentlich?«

»Ja, sicher.«

»Na ja, sonst mag sie keiner.«
»Das glaube ich nicht.«
»Keiner auf der ganzen weiten Welt.«
»Bitte.«
»Doch, glauben Sie's mir. Keiner will drei Stunden lang im Theater sitzen und sich ein Stück über *Cops* ansehen.«
»Gut. Denn das *ist* kein Stück über Cops.«
»Verdammt, ob es nun ein Stück über Cops ist oder nicht, ich glaube, wir können ein Drittel des ersten Akts wirksam kürzen, indem wir direkt zu der Verfolgungsszene springen.«
»Und alle Spannung verlieren ...«
»Ich finde es nicht gerade spannend, daß eine Frau mit Cops spricht.«
»Alle Entwicklungen der Charaktere verlieren ...«
»Die können wir bühnenwirksamer ...«
»Alle ...«
»... und dramatischer darstellen.«
Beide Männer verstummten. Während Corbin im Dunkeln neben seinem Regisseur saß, verspürte er plötzlich den Drang, ihn zu erwürgen.
»Ich will Ihnen was sagen«, meinte er schließlich.
»Ja, was denn, Freddie?«
»Und bitte nennen Sie mich nicht Freddie.«
»Oh, ich bitte um Verzeihung.«
»Sagen Sie Fred. Ich ziehe Fred vor. Was Namen betrifft, bin ich sehr wählerisch. Ich möchte gern mit dem Namen angesprochen werden, den ich bevorzuge.«
»Ich auch.«
»Na schön. Also sagen sie mir, Ashley ... warum haben Sie überhaupt eingewilligt, bei diesem Stück Regie zu führen?«
»Ich war ... ich bin noch immer der Ansicht, daß es ein gewaltiges Potential hat.«
»Ich verstehe. Potential.«
»Muß ansteckend sein«, sagte Kendall.
»Denn *ich* bin der Ansicht, daß es mehr als nur *Potential* hat. *Ich* bin der Ansicht, daß es ein vollständig entwickeltes, sehr

dramatisches Theaterstück über Überleben und Triumph ist, das dem Zuschauer zu Herzen geht. Zufällig …«

»Das klingt wie eine Presseinformation.«

»Zufällig *liebe* ich dieses verdammte Stück, Ashley, und wenn *Sie* es nicht mögen …«

»Nein, ich mag es nicht.«

»Dann hätten Sie sich nicht bereit erklären sollen, Regie zu führen.«

»Ich habe die Regie übernommen, weil ich der Ansicht bin, daß ich es noch mögen *kann*.«

»Sie wollen es zu *Ihrem* Stück statt zu meinem machen.«

»Das habe ich nicht gesagt.«

»Ashley, Sie kennen doch den Vertrag der Dramatikergewerkschaft?«

»Das ist nicht mein *erstes* Stück, Freddie.«

»Fred, bitte. Und, ja, ich gestehe ein, es ist *mein* erstes Stück, und deshalb habe ich den Vertrag sehr genau gelesen. Sobald ein Stück erst geprobt wird, Ashley, darf dem Vertrag zufolge keine Zeile, kein *Wort*, kein *Komma* ohne Zustimmung des Dramatikers geändert werden. Das steht im Vertrag. Und wir proben jetzt schon seit vierzehn Tagen …«

»Ja, das weiß ich.«

»Und Sie schlagen also vor …«

»Ein paar Szenen zu kürzen, ja.«

»Und ich sage Ihnen, das kommt nicht in Frage.«

»Freddie … Fred … wollen Sie, daß dieses verdammte Stück, das Sie so lieben, in der Innenstadt aufgeführt wird? Oder wollen Sie, daß es hier oben am Arsch der Welt stirbt? Denn ich sage Ihnen, *Fred*, Freddie-*Baby*, wie es jetzt aussieht, wird Ihr vollständig entwickeltes, sehr dramatisches Theaterstück über Überleben und Triumph, das dem Zuschauer zu Herzen geht, voll auf die Schnauze fallen, wenn es in drei Wochen uraufgeführt wird.«

Corbin sah ihn mit zusammengekniffenen Augen an.

»Denken Sie darüber nach«, sagte Kendall. »In der Innenstadt oder hier am Arsch der Welt.«

Detective Bertram Kling wohnte in einer Atelierwohnung in Isola, von der aus er aus dem Fenster schauen und die funkelnden Lichter der Calm's Point Bridge sehen konnte. Er hätte über diese Brücke fahren können, aber es war sinnlos, sich in der großen bösen Stadt ein Auto anzuschaffen, in der die U-Bahn stets schneller, wenn auch nicht unbedingt sicherer war. Das Problem bestand darin, daß Deputy Chief Surgeon Sharyn Everard Cooke genau am Ende der U-Bahn-Linie Calm's Point wohnte. Damit hatte sie zwar einen hervorragenden Blick auf die Bucht, aber um zu ihr zu kommen, brauchte Kling von der Haltestelle drei Häuserblocks von seiner Wohnung entfernt, in der er einstieg, gute vierzig Minuten.

Es war Sonntag, der fünfte April, genau zwei Wochen vor Ostern, doch den kalten Regen, der gegen die Scheiben des U-Bahn-Waggons schlug, als er den Tunnel verließ und überirdisch weiterfuhr, konnte man nicht gerade als Frühlingsboten bezeichnen. Ein grauhaariger alter Mann, der Kling gegenüber saß, blinzelte ihn immer wieder an und leckte sich die Lippen. Eine Schwarze, die neben Kling saß, fand das widerlich. Kling ebenfalls. Aber sie schnalzte immer wieder mißbilligend mit der Zunge, bis sie schließlich aufstand und zum anderen Ende des Waggons ging. Eine Schnorrerin ging durch den Wagen und erzählte allen, sie habe drei Kinder und wisse nicht, wo sie schlafen sollte. Dann kam ein weiterer Schnorrer durch und erzählte allen, er sei Vietnamveteran und wisse nicht, wo er schlafen solle.

Es goß noch immer in Strömen.

Klings Regenschirm stülpte sich um, als er die Treppe vom Bahnhof zum Farmers Boulevard hinabging. Sharyn hatte ihm gesagt, er solle drei Blocks lang geradeaus weitergehen und dann nach links auf die Portman abbiegen, die ihn direkt zu ihrem Haus führen würde. Als er versuchte, den Regenschirm wieder geradezubiegen, brach er mehrere von dessen Speichen durch, und an der Ecke Farmers und Knowles warf er das Ding in einen Mülleimer. Er trug einen schwarzen Regenmantel, aber keinen Hut. Er ging, so schnell er konnte, zu der Adresse, die Sharyn ihm genannt hatte, und das Haus erwies sich als hübsches Terrassengebäude, das nur einen Block vom Meer entfernt lag. Nicht allzuweit entfernt machte er die Lichter eines Frachtschiffs aus, das sich durch den Wolkenbruch kämpfte.

Er dachte, er würde so etwas nie wieder in seinem Leben tun. Sich mit einem Mädchen aus Calm's Point verabreden. Mit einer Frau. Er fragte sich, wie alt sie sein mochte. Anfang bis Mitte Dreißig, schätzte er. Mehr oder weniger in seinem Alter. So um den Dreh. Aber wen interessierte das schon? Sie würde ihm später an diesem Abend sagen, daß sie am fünfzehnten Oktober gerade vierzig geworden war. »Das Geburtsdatum großer Männer«, würde sie sagen. »Und auch großer Frauen«, würde sie fortfahren, den Nachsatz aber nicht vertiefen.

Als er an ihrer Tür klingelte, war er tropfnaß.

Sie sah strahlend schön aus. Er ließ alle Vorsätze fallen.

Ihre Haut hatte die Farbe von gebrannten Mandeln, ihre Augen die von Lehm; der Lidschatten, den sie darüber aufgelegt hatte, war rauchblau. Sie trug ihr schwarzes Haar in einem modifizierten Afro, der sie – mit den burgunderrot geschminkten hohen Wangenknochen und üppigen Lippen – wie eine stolze Massai aussehen ließ. Ihr Freizeitkostüm hatte die Farbe ihres Lidschattens und bestand aus einem groben Material mit winzigen hellen Messingknöpfen. Ein kurzer Rock und hochhackige Pumps betonten gemeinsam ihre Beine. Sie sah nicht aus wie die stellvertretende Leiterin der Gerichtsmedizin. Fast hätte er den Atem angehalten.

»O je«, sagte sie, »Sie sind schon wieder völlig durchnäßt.«

»Mein Schirm hat den Geist aufgegeben«, sagte er und zuckte hilflos mit den Achseln.

»Kommen Sie rein, kommen Sie rein«, sagte sie und trat zurück, um ihn einzulassen. »Geben Sie mir Ihren Mantel, wir haben Zeit für einen Drink, ich habe den Tisch für halb sieben reserviert, wir hätten uns auch in der Stadt treffen können, Sie hätten nicht den ganzen Weg hierher rausfahren müssen, zum Italiener, haben Sie gesagt, nur ein paar Blocks von hier ist ein schönes Restaurant, wir könnten zu Fuß gehen, aber bei dem

Wetter nehmen wir lieber meinen Wagen, o je, es gießt wirklich in Strömen, oder?«

Ihr kam in den Sinn, daß sie dummes Zeug plapperte.

Ihr kam in den Sinn, daß er mit seinem blonden Haar, das ihm auf der Stirn klebte, süß aussah.

Sie nahm seinen Mantel, überlegte, ob sie ihn zu all den *trockenen* Sachen in den Schrank hängen sollte, sagte: »Den bringe ich lieber ins Badezimmer«, wollte die Diele verlassen, blieb stehen, sagte: »Ich bin sofort zurück, machen Sie es sich schon bequem«, deutete unsicher auf ein großes Wohnzimmer und verschwand wie eine Brise auf der Savanne.

Er trat zögernd ins Wohnzimmer, schaute sich vom Türrahmen aus darin um, wie ein Detective es tun würde – warf wie der Detective, der er ja tatsächlich *war*, schnelle Blicke durch den Raum, wobei das Kameraauge eher Impressionen als Einzelheiten aufnahm. Ein Klavier an einer Wand; spielte sie? Fenster gen Süden, wohl zur Bucht hinaus, der Regen schlängelte sich die breiten Scheiben hinab. Ein Ledersofa von der Farbe eines Kamelhaarmantels, den er mal gehabt hatte. Große Kissen in Erdtönen hier und dort im Raum verstreut. Ein Teppich in der Farbe von Kork. Ein großes Gemälde über dem Sofa, eine Straßenszene, die mit Schwarzen bevölkert war. Ihm fiel wieder ein, daß sie schwarz war.

»Alles klar«, sagte sie vom Türrahmen aus, »was möchten Sie trinken?« Sie kam in das Zimmer, mit großen Schritten, das gefiel ihm an ihr, die Tatsache, daß sie fast so groß wie er war, nur ein paar Zentimeter kürzer, einssechsundsiebzig, einsachtundsiebzig, so um die Kante. »Ich habe Scotch und Scotch«, sagte sie.

»Ich nehme den Scotch«, sagte er.

»Wasser, Soda, pur?«

»Etwas Soda.«

»Eis?«

»Bitte. Sie sehen großartig aus«, sagte er, obwohl er eigentlich nicht hatte sagen wollen, was er dachte, und selbst überrascht war, als er die Worte über seine Lippen kommen hörte.

Sie schien auch überrascht zu sein.

Augenblicklich befürchtete er, das Falsche gesagt zu haben.

»Danke«, sagte sie leise, senkte den Blick und ging schnell zu einer Schrankwand mit eingebautem Fernseher und Stereoanlage, die aber auch über ein aufklappbares Barfach verfügte. Er sah ihr zu, wie sie den Scotch – Johnnie Red – über Eiswürfel in zwei ziemlich kleine Gläser goß, in beide etwas Soda hinzufügte und dann mit den Gläsern – eins in jeder Hand – zu ihm ging. Er stand noch immer unsicher neben dem Sofa.

»Bitte setzen Sie sich doch«, sagte sie. »Ich hätte Ihnen ein Handtuch mitbringen sollen.«

»Nein, schon in Ordnung«, sagte er, berührte sofort sein nasses Haar und setzte sich dann abrupt, anscheinend von der Geste peinlich berührt. Er wartete, bis sie ihm gegenüber Platz genommen hatte, in einem pflaumenblauen Sessel, der farblich genau zu ihrem Kleid paßte, und prostete ihr dann zu. Sie hob ihr Glas ebenfalls.

»Auf goldene Tage«, sagte er, »und …«

»… und purpurne Nächte«, beendete sie den Trinkspruch für ihn.

Beide schauten überrascht drein.

»Woher kennen Sie den?« fragte er.

»Woher kennen *Sie* ihn denn?«

»Von jemandem, den ich mal kannte.«

»Von jemandem, den *ich* mal kannte«, sagte sie und grinste.

»Na dann«, sagte er.

Ihr Lächeln war wie plötzlicher Mondschein.

Sie tranken.

»Das tut gut«, sagte sie. »Es war ein langer Tag.«

»Eine lange *Woche*«, sagte er.

»Hoffentlich mögen Sie die norditalienische Küche«, sagte sie.

»O ja.«

»Wissen Sie, ich wünschte wirklich, Sie hätten nicht darauf bestanden, den weiten Weg bis hier draußen …«

»Die erste Verabredung«, sagte er.

Sie sah ihn an. Einen Augenblick lang dachte sie, er wolle sie vielleicht veräppeln. Aber nein, er meinte es ernst, das sah sie in seinen Augen. Das war die erste Verabredung, und bei der ersten Verabredung fuhr man zu einem Mädchen nach Hause und holte es ab. An dieser Vorstellung war etwas so Altmodisches, daß es ihr durch und durch ging. Plötzlich fragte sie sich, wie alt er war. Auf einmal kam er ihr so jung vor.

»Ich habe auch die Kinoanzeigen durchgesehen«, sagte sie. »Sehen Sie gern Filme mit Polizisten? Der über den Bankraub läuft in einem Kino ganz in der Nähe vom Restaurant, und die letzte Vorstellung fängt um zehn nach zehn an. Wann müssen Sie morgen zum Dienst antreten?«

»Um acht.«

»Ich auch.«

»Wo?«

»In Majesta. An der Rankin Plaza. Da ist …«

»Ich weiß. Ich war schon oft dort.«

»Wieso?«

»Na ja, einmal wurde ich angeschossen, und einmal zusammengeschlagen. Wenn man sich krank melden will, muß man sich auf der Rankin untersuchen lassen. Aber das wissen Sie ja wohl.«

»Ja.«

»Acht Uhr ist ziemlich früh.«

»Ich komme mit sechs Stunden Schlaf aus.«

»Wirklich? Mit nur sechs Stunden?«

»Die Gewohnheit hab' ich auf der Uni entwickelt.«

»Wo haben Sie denn studiert?«

»An der Georgetown.«

»Gute Universität.«

»Ja. Wer hat Sie angeschossen?«

»Ach, einer der bösen Buben. Ist schon lange her.«

»Und wer hat Sie zusammengeschlagen?«

»Ein paar andere böse Buben.«

»Haben Sie gern mit bösen Buben zu tun?«

»Ich bringe sie gern hinter Schloß und Riegel. Deshalb bin ich Polizist. Sind Sie gern Ärztin?«

»Sehr gern.«

»Ich bin auch sehr gern Polizist«, sagte er.

Sie sah ihn wieder an. Er hatte eine Art, die Dinge so direkt zu sagen, daß es ihr irgendwie raffiniert konstruiert vorkam. Erneut fragte sie sich, ob er sie veräppeln wollte. Aber nein, er wirkte völlig arglos, wie eine Person, die einfach sagte, was ihr in den Sinn kam, ohne dabei großartig zu überlegen. Sie wußte nicht genau, ob ihr das gefiel. Na ja, vielleicht doch. Sie merkte, daß sie seine Augen betrachtete. Ein grünliches Braun, nahm sie an, das, was man als Haselnußbraun bezeichnen konnte. Er erwiderte ihren verweilenden Blick, schaute kurz verwirrt drein. Schnell sah sie zu ihrem Glas hinab.

»Wann gehen Sie morgens aus dem Haus?« fragte er.

»Ich schaffe es in einer halben Stunde«, sagte sie und schaute wieder auf. Diesmal betrachtete er sie. Sie hätte fast wieder zur Seite geschaut. Tat es aber nicht. Sie sahen sich an.

»Also um halb acht«, sagte er.

»Ja.«

»Wenn der Film um Mitternacht zu Ende ist ...«

»Müßte er doch, meinen Sie nicht auch?«

»Ja, klar. Sie kriegen also Ihre sechs Stunden.«

»Ja«, sagte sie.

Beide verstummten.

Er fragte sich, ob sie ihn für nicht ganz gescheit hielt, weil er sie dermaßen anstarrte.

»Wir sollten jetzt lieber gehen«, sagte sie schließlich.

»Genau«, sagte er und stand augenblicklich auf.

»Ich hole Ihren Mantel«, sagte sie.

»Ich stelle die Gläser ins Spülbecken.«

»Gut«, sagte sie und wollte aus dem Zimmer gehen.

»Äh ... Sharyn?« sagte er.

»Ja, Bert?«

Sie drehte sich zu ihm um.

Mein Gott, war sie schön.

»Wo ist die Küche?« fragte er.

Michelle Cassidy erzählte ihrem Agenten alles über den blöden Text, den sie in diesem verdammten dummen Stück sprechen mußte. Johnny lauschte mit großem Interesse. Die letzte wirklich gute Rolle, die er ihr besorgt hatte, war im Gastspielensemble von *Annie* gewesen, als sie zehn Jahre alt gewesen war. Jetzt war sie dreiundzwanzig, und mittlerweile war schon viel Wasser den Rhein hinabgeflossen. Johnny hatte ihr die Hauptrolle in dem Musical besorgen können, weil sie für eine Zehnjährige eine starke Singstimme gehabt hatte – der Produzent hatte gesagt, sie klänge wie eine vorpubertäre Ethel Merman – und ihre natürliche Haarfarbe der des kleinen Waisenkinds entsprach, ein rötliches Gelb, das hervorragend zu dem Kleid der liebenswerten Kleinen mit seinem weißen Lätzchenkragen paßte. Johnny kannte Michelles natürliche Haarfarbe, weil er mit ihr schlief, seit sie sechzehn war.

Michelle war in der Rolle der *Annie* durch die Lande gezogen, bis sich im Alter von zwölf Jahren und acht Monaten bei ihr allmählich Titten bildeten, ein Ereignis, das alle Betroffenen zur Verzweiflung trieb, besonders Johnny, der damals nur noch zwei weitere Klienten hatte, von denen einer ein Artist war, der mit dressierten Hunden auftrat. Johnny befürchtete, Michelles Aufblühen zu einem dümmlichen, kurvenreichen Teenybopper sei gleichbedeutend mit ihrem Karriereende als Kinderschauspielerin. Doch das rote Haar leuchtete noch immer wie eine Ampel, und es schadete auch nicht, daß er sie als ehemaligen Star von *Annie* anpreisen konnte, auch wenn ihre Stimme nun ein wenig schrill klang – kamen nicht ausschließlich *Jungen* in den Stimmbruch? Er erwähnte ihre Erfahrung als Waisenkind und ließ sie bei einer Theaterproduktion von *Oliver!* vorsprechen – vielleicht konnte man ihr die Brüste ja zusammenschnüren –, aber der Regisseur meinte tatsächlich, sie sehe zu sehr wie ein Kind aus. Also brachte Johnny sie aufgrund ihres leuchtend roten Haars in einem Werbespot für Orangensaft und dann noch in einer Vielzahl von anderen unter, in denen sie als flegelhafte Dreizehnjährige Sport-BHs und Zahnspangen anpries. Als sie vierzehn war, brachte er sie in einer Wiederaufführung in Los Angeles von *Der König und ich* als eins der Kinder unter, obwohl sie in diesen hauchdünnen siamesischen Oberteilen und Pantalons nun wirklich ein wenig zu üppig aussah.

Um die Wahrheit zu sagen: Michelles Stimme hatte sich stark verändert und erinnerte mittlerweile an das Blöken eines Opferlamms – zu dem sie gewissermaßen bald werden sollte, auch wenn sie selbst noch keine Ahnung davon hatte. Sie war nie eine sehr gute Schauspielerin gewesen, auch wenn sie auf der Bühne aus voller Lunge ihr ›Mo-ho-horgen‹ schmetterte. Doch während ihrer Fernsehjahre hatte sie sich einen ganzen Haufen von Eigenarten angewöhnt, die sie nun wie eine blutige Amateurin wirken ließen. Da sie zu alt für Kinderrollen und zu jung für feurige Liebhaberinnen war (obwohl sie ganz bestimmt so aussah), nahm Johnny an, daß sie erst mal sozusagen reif genug für ihren Körper werden mußte, bevor er ihr anständige Erwachsenenrollen besorgen konnte. Damit sie kein totaler Verlust war, verführte er sie, als sie sechzehn war, in einem Motelzimmer in Altoona im Bundesstaat Pennsylvania, fünf Kilometer von dem Theater entfernt, in dem sie als eins der älteren Kinder in *Sound of Music* auftrat.

Johnny Milton – sein voller Name lautete John Milton Hicks, doch er hatte ihn zu Johnny Milton verkürzt, was für einen Agenten seiner Meinung nach einfach schmissiger klang – lag an diesem verregneten Sonntagabend nackt neben Michelle im Bett und hörte sich ihr Nörgeln aufmerksam an, weil er sich fast hundertprozentig sicher war, daß die erste Hauptrolle, die er ihr nach dem Waisenmädchen besorgt hatte, die in einem Stück war, das unmittelbar nach der Premiere den Bach runtergehen würde. Die Theaterkritiker hier in dieser Stadt hatten den Titel bereits von *Romanze* in *Keine Chance* umgetauft, was eindeutig ein Vorbote des Scheiterns war. Johnny machte sich Sorgen. Er machte sich noch größere Sorgen, als Michelle einige Dialoge wiederholte, die sie in der Szene sprechen mußte, in der die Detectives des Polizeireviers ganz aus dem Häuschen gerieten, weil sie sie in *Law & Order* gesehen hatten.

»Ich meine«, sagte Michelle, »das soll ein Revier im *Theaterbezirk* von New York sein, Midtown North, Midtown South, scheißegal, wie es heißt. Warum macht er sich dann bald in die Hosen, weil er ein Mädchen kennenlernt, das 'ne winzige Rolle in *Law & Order* gespielt hat? Und mal angenommen, *Law & Order* läuft schon gar nicht mehr, wenn das Stück Premiere hat? *Falls* es je Premiere hat. Wenn wir 'ne Fernsehserie erwähnen, die gar nicht mehr läuft, sind wir doch direkt Schnee von gestern. Wenn du meine ehrliche Meinung hören willst, Johnny, ich glaube, dieses Stück taugt nicht die Bohne was. Willst du wissen, was das für ein Stück ist? Freddie hätt's direkt fürs Fernsehen schreiben sollen, so ein Stück ist das. Das Stück ist ein Fernsehfilm der Woche. Das Stück ist ein Stück Scheiße, wenn du's genau wissen willst. Bitte entschuldige den Ausdruck.«

Johnny pflichtete ihr insgeheim bei.

»Wenn ich in dem Stück auftrete«, fuhr Michelle fort, »kann ich zwei Wochen später wieder auf 'ner Kleinbühne auftreten. Ach was, zwei *Tage* später. Wenn du überhaupt je wieder 'ne Rolle für mich kriegst. Ich meine, also wirklich, John, wer interessiert sich schon für das Mädchen in diesem Stück, wen interessiert's, ob es bei der Premiere 'ne vernünftige Leistung bringt. Denn weißt du was? Das *andere* Stück taugt auch nichts, das Stück *im* Stück, oder wie zum Teufel Freddie es nennt, das Stück, das sie proben sollen. Es ist sogar noch schlechter als das *richtige* Stück. Er wird *zwei* Tonys für das schlechteste Stück des Jahres kriegen, einen für das, das *er* geschrieben hat, und den anderen für das, das der Dramatiker in seinem *Stück* geschrieben hat. Ich würd' gern wissen, wie ich es nur geschafft habe, in *zwei* lausigen Stücken zu landen.«

Johnny fragte sich, was sie tun könnten, um die erbärmliche Situation zu retten.

»Außerdem solltest du wissen, daß Mark hinter den Kulissen ein beschissener kleiner Grabscher ist«, sagte Michelle.

Mark Riganti. Der Schauspieler, der den Detective darstellte, der vor Freude fast ohnmächtig wurde, als die Schauspielerin ihm sagte, daß sie in *Law & Order* mitgespielt hatte.

Mark war kein sehr guter Schauspieler. Man nehme ein beschissenes Stück – *zwei* beschissene Stücke, wie Michelle klargestellt hatte –, füge einen beschissenen Schauspieler und eine beschissene Schauspielerin in den Hauptrollen hinzu, und heraus kam Ärger. Obwohl Johnny Mark keine Vorwürfe machen konnte, daß er Michelle hinter der Bühne begrapschte, denn das tat er in diesem Augenblick ebenfalls, wenn auch im Bett.

»Ich werde Morgenstern bitten, mit ihm zu sprechen«, sagte er.

»Das wird auch viel nützen«, sagte Michelle. »Er war zuerst da.«

Johnny seufzte schwer.

Das Problem mit Michelle war – einmal davon abgesehen, daß sie keine sehr gute Schauspielerin war, die zudem weder tanzen konnte noch eine gute Singstimme hatte –, daß Männer die Hände nicht von ihr lassen konnten. Und Frauen auch nicht, wie sie ihm erzählt hatte. Zumindest bei einer Gelegenheit in Ohio. Das Problem war, daß ihr Aussehen einfach zu ablenkend wirkte. Die Leute, Männer *und* Frauen, neigten dazu, immer wieder zu vergessen, daß jemand, der so gut wie Michelle *aussah*, auch eine gute Schauspielerin sein konnte, was sie allerdings nicht war. Daß man so üppig ausgestattet war, konnte auch ein Nachteil sein, wenn man nicht sein Leben lang Schlampen oder Nutten spielen wollte, was allerdings der große Ehrgeiz vieler Schauspielerinnen war, die Johnny gekannt und mit denen er zufällig geschlafen hatte. Aber sich in einer Rolle auszuziehen, bei der die Schauspielerin Texte wie ›Das ist die edelste Berufung der Welt‹ sprechen mußte, konnte in einem Stück, in dem das außergewöhnliche Talent des Mädchens aufgrund ihres Muts, ihrer Hingabe und Beharrlichkeit mit Starruhm belohnt wurde, schon ein Hindernis sein.

Nachdem es einen Angriff mit dem Messer abgewehrt hatte, heißt das.

Die Handlung von Freddies Stück entwickelte sich um eine Schauspielerin, die von einem Irren mit einem Messer angegriffen wurde, dessen Identität nie vollständig enthüllt wurde, da Freddie der Ansicht war, es schade dem Stück, wenn dieses Geheimnis vollständig geklärt würde. Freddie hatte Höheres im Sinn. Zum Beispiel, die Vorstellung zu erkunden, wie es war, alles für seine Kunst zu geben. Die Hingabe der Schauspielerin an sein Stück war als listiger Verweis auf den Titel des Stücks geplant – ihre wahre Romanze hatte sie mit dem Theater, das sie aus ›tiefster Seele‹ liebte, wie sie es in einem eindringlichen Monolog formulierte, der auf der schmalzigsten Szene von *Chorus Line* basierte. In seinem Stück dachte Freddie gern über die Bedeutung des selbst winzigsten kreativen Akts im Gegensatz zur Wertlosigkeit der profanen Angelegenheiten wie das Verdienen des Lebensunterhalts oder das Ernähren einer Familie nach. Freddies *Romanze* war ein ›Ideenspiel‹, wie er Kendall immer wieder gern erzählte. Im Gegensatz dazu war Kendall der Auffassung, das Stück sei viel zu ›geheimnisvoll‹ und nicht ›ernsthaft‹ genug.

Keiner von ihnen schien das zu begreifen, was Johnny wußte, seit er zum erstenmal einen Kriminalroman gelesen hatte. Aus einem Krimi ließ sich kein seidener Beutel machen. Denn in dem Augenblick, in dem jemand ein Messer in eine andere Person stach, richtete die gesamte Aufmerksamkeit sich auf das Opfer, und man wollte nur noch wissen, wer es getan hatte.

Was auch gar keine so schlechte Idee ist, dachte er.

Die Aufmerksamkeit auf das Opfer zu konzentrieren.

2. KAPITEL

Weil sie dann und wann mal etwas Dope nahm, fühlte sie sich in der Nähe von Bullen sowieso nicht wohl. Sie wußte, es ging nicht anders, sie mußte an diesem Nachmittag zu ihnen, aber es machte sie schon nervös, sich einem Polizeirevier einfach nur zu *nähern*. Ihr wurde schon ganz anders, wenn sie diese großen grünen Kugeln mit der Zahl 87 darauf nur sah, die auf beiden Seiten der großen Holzdoppeltür hingen und ›Cops! Cops!‹ zu schreien schienen. Und wie konnte es anders sein, ein *richtiger* Cop in einer blauen Uniform stand vor der rechten Türhälfte auf der obersten Stufe und beobachtete sie, während sie die Treppe hinaufging, an der Messingklinke herumfummelte und die Tür öffnete. Sie lächelte ihn an, als hätte sie gerade ihre Mutter mit der Axt erschlagen.

Als sie durch die Tür trat, gelangte sie in einen großen, lärmenden Raum mit hoher Decke, in dem jede Menge uniformierter Polizisten hin und her gingen, mit einem hohen hölzernen Pult zu ihrer Rechten, vor dem auf Hüfthöhe ein Messinggeländer verlief. Ein Schild darauf erklärte: HIER BITTE ANGABEN ZUR SACHE MACHEN. Hinter dem Pult befanden sich zwei weitere uniformierte Polizisten, von denen einer gerade aus einem Plastikbecher Kaffee trank. Eine Uhr hinter dem Pult besagte, daß es zehn nach vier war. Es hatte zu regnen aufgehört, war aber noch ziemlich frisch für einen Apriltag, und in dem Raum schien es irgendwie frostiger als draußen zu sein, vielleicht, weil er keine Fenster hatte, oder weil er voller Cops war. Sie trat vor das Pult, räusperte sich und sagte zu dem Polizisten, der gerade Kaffee trank: »Mein Name ist Michelle Cassidy, und ich möchte bitte mit einem Detective sprechen.«

Kling fragte sich, ob Deputy Chief Surgeon Sharyn Everard Cooke je in einem Polizeirevier gewesen war. Wenn man lange genug im Siebenundachtzigsten arbeitete, glaubte man allmählich, *jeder* Bewohner der gesamten Stadt sei schon mal hier gewesen, jeder wisse *genau*, wie es hier aussah, bis zum winzigsten Kratzer im Mobiliar. Aber er konnte sich nicht vorstellen, daß Sharyns Job sie auch nur in die Nähe der äußersten Grenze des Sonnensystems führte, wofür er das 87. Polizeirevier manchmal hielt. Ein Planet, auf dem es nur das primitivste tierische Leben gab, eine luft- und lichtlose apfelgrüne Leere, in der sich nie etwas veränderte, alles genauso blieb, wie es war.

Er fragte sich, ob ihr Büro in dem Gebäude an der Rankin Plaza in demselben unappetitlichen Grün gestrichen war wie dieser Raum der Detectives. Und falls ja, war es genauso schmutzig wie die Farbe an den Wänden dieses Raums, der vierundzwanzig Stunden am Tag ge- und mißbraucht wurde, dreihundertfünfundsechzig Tage im Jahr, *sechsundsechzig* in einem Schaltjahr, worum es sich bei diesem zufällig handelte? In all den Jahren, die er hier arbeitete, war der Raum nur einmal gestrichen worden. Nicht, daß er sich darauf freute, *diese* Erfahrung bald noch einmal zu machen. Er war der Ansicht, daß *apfelgrün* und *schäbig* die universell zutreffendsten Worte waren, die diesen Raum, wenn nicht sogar das gesamte Revier, am besten beschrieben. Nun ja, vielleicht war *schäbig* ein zu schwaches Wort, vielleicht wäre *heruntergekommen* oder sogar *erbärmlich* eine bessere Beschreibung, wenngleich, um die Wahrheit zu sagen, die einzig wirklich zutreffende *beschissen* war, ein Wort, das er in Gegenwart des Deputy Chief noch nicht benutzt hatte, und vielleicht würde er auch nie Gelegenheit finden, es zu benutzen, wenn man vom vergangenen Abend ausgehen konnte.

Das italienische Restaurant, das sie ausgesucht hatte, hieß La Traviata, was darauf hinzuweisen schien, daß sie dort Opernmusik spielten, doch statt dessen schien man dort Frank Sinatras hundert größte Hits zu bevorzugen. Wogegen Kling gar nichts hatte. Er war ein Fan von Sinatra, und es störte ihn wirklich nicht, immer und immer wieder dessen ›Kiss‹ zu hören, auch wenn er nach dem fünften Mal den Text schon auswendig mitsingen konnte.

Kiss …
It all begins with a kiss …
But kisses wither
And die
Unless
The first caress …

Und so weiter.

Aber dann wurde zum drittenmal ›One for My Baby‹ gespielt.

Das Gespräch war mittlerweile unerwartet ins Stocken geraten, wenngleich Kling nicht wußte, was er gesagt oder getan hatte, um ihr plötzliches Schweigen zu verursachen. Als Detective wußte er, daß die Menschen manchmal verspätet auf etwas reagierten, daß man vor Minuten oder sogar vor Stunden gesagt oder getan hatte – manchmal sogar vor *Jahren*, wie bei dieser Frau, die sie vor kurzem verhaftet hatten, weil sie ihren Ehemann vergiftet hatte, zwölf Jahre nachdem er sie vor ihrem versammelten Kegelklub Hure geschimpft hatte. Also saß er ihr gegenüber und versuchte herauszufinden, warum sie plötzlich so nachdenklich und verdrossen dreinschaute, als, Mensch, was für eine Überraschung, erneut ›One for My Baby‹, gespielt wurde. In der Hoffnung, sie aus der miesen Stimmung zu reißen, die ihr aus unbekannten Gründen plötzlich zu schaffen machte, und gleichzeitig auch noch eine brillante Bemerkung von sich zu geben, sagte er im Plauderton, das sei ein Song, der lediglich *drohte*, eine Geschichte zu erzählen, aber nicht dazu kam, die Geschichte wirklich zu erzählen.

»Der Bursche hatte eine katastrophale Liebesbeziehung«, sagte er, »und er verspricht dem Barkeeper immer wieder, daß er ihm alles darüber erzählen wird, aber die ganze Zeit *erzählt* er ihm nur, daß er es ihm erzählen wird.«

Ein leerer Ausdruck auf ihrem Gesicht.

Als wäre sie zehntausend Kilometer weit weg.

Er fragte sich plötzlich, ob sie sich zur Zeit von einer katastrophalen Liebesbeziehung zu erholen versuchte. Falls ja, dachte sie gerade an den Burschen, wer immer es auch gewesen sein mochte? Und falls ja, wann hatte die unglückselige Romanze geendet? Vor zwölf Jahren? Vor zwölf Tagen? Gestern abend?

Er ließ es dabei bewenden.

Konzentrierte sich statt dessen auf die Linguini mit weißer Muschelsoße.

»Liegt es daran, daß ich schwarz bin?« fragte sie plötzlich.

»Was liegt daran, daß Sie schwarz sind?« fragte er.

»Daß Sie mich eingeladen haben.«

»Nein«, sagte er. »Das glaube ich nicht.«

Liegt es daran? fragte er sich.

Bis zu diesem Augenblick hatte er sich noch nie im Leben mit einer Schwarzen verabredet.

Aber wie war sie nur auf diesen Gedanken gekommen?

»Liegt es daran, daß ich weiß bin?« fragte er leichthin und lächelte. »Daß Sie die Einladung angenommen haben?«

»Vielleicht«, sagte sie.

Und erwiderte sein Lächeln nicht, wie ihm auffiel.

»Na ja … möchten Sie darüber sprechen?« fragte er.

»Nein. Jetzt nicht.«

»Wann?«

»Vielleicht nie.«

»Na gut«, sagte er und widmete sich wieder den Linguini.

Er nahm an, daß dies das Ende der Geschichte war. Auf Wiedersehen, Weißer, war schön, Sie kennengelernt zu haben, aber, he, das wird nicht funktionieren, Mann.

Als sie ihm nach dem Essen sagte, daß sie lieber nicht ins Kino ginge, daß sie beide früh aufstehen müßten und es schon kurz vor zehn sei, war er sicher, daß dies ein endgültiger Abschied war, leb wohl, Bruder, bis irgendwann mal. Sie wechselten vor ihrer Wohnung einen Händedruck. Sie dankte ihm für einen schönen Abend. Er erwiderte, auch ihm habe es gefallen. Es regnete noch immer, aber nur noch leicht. Er ging durch den Nieselregen von ihrem Haus zu dem fünf Häuserblocks entfernten Bahnhof.

Als der Zug noch überirdisch durch Calm's Point fuhr, kamen drei schwarze Teenager in den Waggon. Sie schienen ihn zu mustern, als sie näher kamen. Er warf ihnen einen Blick zu, der *Denkt nicht mal daran* besagte, und sie gingen an ihm vorbei.

Das Telefon auf seinem Schreibtisch klingelte.

Als Michelle die Treppe zum ersten Stock hinaufgegangen war, sah sie ein weiteres an die Wand genageltes Schild, das besagte, daß die DETECTIVE DIVISION sich entweder am Ende des Gangs befand, vorbei an ein paar Türen, die mit UMKLEIDERAUM, HERRENTOILETTE beziehungsweise SCHREIBZIMMER bezeichnet waren, oder aber direkt vor ihrer Nase, denn das Schild bestand nur aus schwarzen Buchstaben auf verwischtem weißem Untergrund, gab aber keine Richtung an. Sie folgte ihrem Instinkt, wandte sich – da sie Rechtshänderin war – natürlich nach rechts und ging den Korridor entlang, vorbei an dem Geruch nach abgestandenem Schweiß aus dem Umkleideraum, dem Uringestank, der aus der Herrentoilette drang, und dem Wohlgeruch von Kaffee, der aus dem Schreibzimmer drang, ein feststehendes Potpourri in diesem »kleinen alten Bullenladen«, wie der Detective in dem Stück, das sie probten, das Revier nannte. Am Ende des Ganges sah sie zuerst ein niedriges Holzgitter und dahinter mehrere grüne Metallschreibtische und Telefone und ein Schwarzes Brett, an dem mehrere Fotos und Zettel hingen, und eine kugelförmige Deckenlampe, und tiefer im Raum noch mehr grüne Metallschreibtische und schließlich eine Reihe von Fenstern, die mit Metallgittern gesichert waren. An einem der Schreibtische saß ein gutaussehender blonder Mann. Sie blieb an dem Gatter stehen, räusperte sich, wie sie es unten getan hatte, und sagte, nachdem sie die Stimme etwas gehoben hatte: »Detective Kling?«

Kling schaute auf.

Das Haar der Frau hatte die Farbe eines in Orangensaft getauchten Feuerwehrwagens. Veilchenblaue Augen. Sie trug einen engen blauen Pulli, der zur Augenfarbe paßte, darüber einen offenen blauen Mantel. Marineblauer Rock, passend zum Mantel. Großer goldfarbener Gürtel. Blaue, hochhackige Pumps.

»Der Beamte unten hat mir gesagt, ich solle mit Ihnen sprechen«, sagte sie.

»Ja, er hat mich gerade angerufen«, sagte er. »Kommen Sie rein.«

Sie fand das Schnappschloß auf der Innenseite des Geländers, schaute überrascht drein, als es sich bei ihrer Berührung tatsächlich öffnete, und trat zögernd in den Raum. Kling erhob sich, als sie zu seinem Schreibtisch ging, und deutete auf den Stuhl ihm gegenüber. Sie setzte sich und schlug die Beine übereinander, und der blaue Rock rutschte ihre Schenkel hoch. Sie hob den Hintern, zog den Rock hinab und machte es sich auf dem Stuhl mit der harten Lehne bequem. Kling setzte sich ebenfalls.

»Ich bin Michelle Cassidy«, sagte sie. »Ich habe heute morgen mit einem Kollegen von Ihnen gesprochen, und der hat gesagt, ich solle lieber persönlich vorbeikommen.«

»Wissen Sie zufällig noch, wer das war?«

»Er hatte einen italienischen Namen.«

»Carella?«

»Ich glaube schon. Auf jeden Fall hat er gesagt, ich solle vorbeikommen. Jemand würde mir helfen.«

Kling nickte.

»Ich brauche zuerst ein paar Angaben«, sagte er und schob ein Formular in die Schreibmaschine. Er drehte die Walze bis zu dem Feld hinab, in das er das Datum eintragen mußte, tippte 6. April, drehte die Walze bis zu dem Feld für den Namen, tippte C-A-S-S, hörte auf und sah zu ihr hoch. »Schreiben Sie sich A-D-Y oder I-D-Y?« fragte er.

»I«, sagte sie.

»Cassidy«, sagte er, während er tippte. »Michelle wie im Song der Beatles?«

»Ja. Mit Doppel-L.«

»Und Ihre Adresse, bitte?«

Sie nannte ihm ihre Adresse, die Apartmentnummer, ihre dortige Telefonnummer und dann noch die von der Arbeit, unter der man sie erreichen konnte.

»Sind Sie verheiratet?« fragte er. »Ledig? Geschieden?«

»Ledig.«

»Und Ihr Beruf, Miss Cassidy?«

»Ich bin Schauspielerin.«

»Habe ich Sie irgendwo gesehen?« fragte er.

»Na ja … ich habe in *Annie* die Hauptrolle gespielt«, sagte sie. »Und in den letzten Jahren habe ich viel Theater gespielt.«

»Den Film habe ich gesehen«, sagte er. »*Annie*.«

»In dem Film habe ich nicht mitgespielt«, sagte sie.

»War aber trotzdem ein guter Film«, sagte er. »Treten Sie zur Zeit irgendwo auf?«

»Ich probe für ein Stück.«

»Eins, das ich vielleicht kenne?«

»Das glaube ich nicht. Es ist ein neues Stück; es heißt *Romanze*. Wir haben hier oben Premiere, hoffen aber, dann in die Innenstadt zu wechseln. Falls es gut läuft.«

»Wovon handelt es?«

»Na ja, das ist ja das Komische.«

»Was?«

»Es ist ein Stück über eine Schauspielerin, die Anrufe von jemandem bekommt, der droht, sie zu töten.«

»Und was ist daran komisch?«

»Na ja … deshalb möchte ich ja mit Ihnen sprechen.«

»Es tut mir leid, Miss Cassidy, ich kann Ihnen nicht ganz fol …«

»Ich bekomme ebenfalls solche Anrufe.«

»Drohanrufe, meinen Sie?«

»Ja. Ein Mann, der sagt, er würde mich töten. Genau wie in dem Stück. Na ja, nicht dieselbe Sprache.«

»*Was genau* sagt er?«

»Daß er mich mit einem Messer töten wird.«

»Mit einem Messer?«

»Ja.«

»Er nennt die Waffe beim Namen.«

»Ja. Ein Messer.«

»Wir sprechen hier über die *echten* Anrufe, nicht wahr?«

»Ja.«

»Nicht über die in dem Stück.«

»Nein. Ich bekomme diese Anrufe jetzt seit einer Woche.«

»Ein Mann sagt, er wird Sie mit einem Messer töten.«

»Ja.«

»Bei welcher dieser Nummern ruft er an?«

»Bei mir zu Hause. Die andere ist die von einem Apparat hinter der Bühne. Im Theater.«

»Dort hat er Sie nicht angerufen?«

»Nein. Noch nicht jedenfalls. Ich habe große Angst, Detective Kling.«

»Das kann ich mir vorstellen. Wann haben diese Anrufe angefangen?«

»Am letzten Sonntag abend.«

»Das wäre der ...« Er schaute auf seinen Schreibtischkalender. »Der neunundzwanzigste März«, sagte er.

»Ja. Kann schon sein.«

»Scheint er Sie zu kennen?«

»Er nennt mich Miss Cassidy.«

»Was genau ...«

»Ziemlich sarkastisch. Miss *Cassidy*. So ähnlich. Mit einem *Schnauben* in der Stimme.«

»Sagen Sie mir noch mal, was genau er ...«

»Er sagt: ›Ich werde Sie töten, Miss Cassidy. Mit einem Messer.‹«

»Haben Sie Drohbriefe bekommen?«

»Nein.«

»Haben Sie Fremde in der Nähe Ihrer Wohnung herumlungern sehen?«

»Nein.«

»Oder beim Theater?«

»Nein.«

»Um was für ein Theater handelt es sich übrigens?«

»Das Susan Granger. An der North Eleventh.«

»Niemand lungert am Bühneneingang herum ...«

»Nein.«

»... oder folgt Ihnen ...«

»Nein.«

»... oder beobachtet Sie? Hat zum Beispiel jemand in einem Restaurant oder an einem anderen öffentlichen Ort ...«

»Nein, nichts dergleichen.«

»Nur die Anrufe.«

»Ja.«

»Schulden Sie jemandem Geld?«

»Nein.«

»Hatten Sie in letzter Zeit mit jemandem Streit oder Meinungsverschiedenheiten ...?«

»Nein.«

»Ich nehme nicht an, daß Sie in letzter Zeit jemanden *gefeuert* haben ...«

»Nein.«

»Irgendwelche verflossenen Freunde, die vielleicht ...«

»Nein. Ich lebe seit sieben Jahren mit demselben Mann zusammen.«

»Kommen Sie mit ihm klar?«

»Ja, sicher.«

»Ich muß Ihnen diese Frage stellen.«

»Schon in Ordnung. Ich weiß, Sie machen nur Ihre Arbeit. In dem Stück ist es genauso.«

»Wie bitte?« sagte Kling.

»Wir haben eine Szene, in der sie zur Polizei geht, und man stellt ihr dort dieselben Fragen.«

»Ich verstehe. Wie heißt er übrigens? Der Mann, mit dem Sie zusammenleben.«

»John Milton.«

»Wie der Dichter.«

»Ja. Na ja, eigentlich ist er Agent.«

»Hätte jemand Grund, eifersüchtig auf ihn zu sein?«

»Ich glaube nicht.«

»Oder es ihm aus irgendeinem Grund heimzuzahlen? Durch Sie?«

»Herrje, das glaube ich nicht.«

»Kommen Sie mit den Leuten zurecht, die mit diesem Stück zu tun haben?«

»Ja, klar. Na ja, es gibt natürlich kleine ...«

»Sicher.«

»... kleine Meinungsverschiedenheiten und so weiter. Aber größtenteils kommen wir prima miteinander aus.«

»Um wie viele Leute handelt es sich?«

»Die Besetzung? Eigentlich nur vier. Zumindest, was die

Sprechrollen betrifft. Die anderen sind gewissermaßen Statisten. Alle anderen Rollen werden von vier Schauspielern dargestellt.«

»Also insgesamt acht.«

»Und die Techniker. Ich meine, das ist ein *Bühnenstück*. Es sind jede Menge Leute nötig, um ein Bühnenstück aufzuführen.«

»Und Sie sagen, Sie kommen mit allen zurecht.«

»Ja.«

»Dieser Mann, der Sie anruft ... haben Sie vielleicht seine Stimme erkannt?«

»Nein.«

»Sie kommt Ihnen überhaupt nicht bekannt vor?«

»Nein.«

»Na ja, das habe ich mir schon gedacht. Aber manchmal ...«

»Nun ja, er klingt nicht so wie jemand, den ich *kenne*, wenn Sie das meinen. *Persönlich*, meine ich. Wenn Sie das meinen.«

»Ja, das meine ich ...«

»Aber er klingt bekannt.«

»Ach?«

»Er hört sich an wie Jack Nicholson.«

»Jack ...«

»Der Schauspieler.«

»Ach.«

»Eine ganz ähnliche Stimme.«

»Ich verstehe. Aber Sie kennen Jack Nicholson nicht persönlich, das wollen Sie damit ...«

»Ich *wünschte*, ich würde ihn kennen«, sagte sie und verdrehte die Augen.

»Aber Sie kennen ihn nicht.«

»Nein, ich kenne ihn nicht.«

»Der Anrufer *klingt* nur so wie Jack Nicholson.«

»Oder er versucht, Jack Nicholson *nachzuahmen*.«

»Ich nehme nicht an, daß Sie jemanden kennen, der Jack Nicholson nachmacht?«

»Doch«, sagte sie.

»Ach was?« sagte er und beugte sich über den Schreibtisch zu ihr vor. »Wer?«

»Na, alle.«

»*Persönlich,* meine ich. Jemand in Ihrem Freundeskreis oder ...«

»Nein.«

»Wissen Sie, ob Ihnen *irgend jemand* Schaden zufügen möchte, Miss Cassidy?«

»Nein, da kenne ich keinen. Tut mir leid.«

»Sie haben nicht zufällig einen Anrufidentifizierer?«

»Nein, ganz bestimmt nicht«, sagte sie.

»Nun ja«, sagte er, »ich spreche mit einigen anderen Detectives darüber, höre mir mal Ihre Meinung an, bespreche die Sache dann mit dem Lieutenant und frage ihn, ob er glaubt, daß wir den Gerichtsbeschluß für eine Fangschaltung bekommen. Ich melde mich so schnell wie möglich bei Ihnen.«

»Das möchte ich hoffen«, sagte sie. »Ich glaube, er meint es ernst.«

Insgesamt drei Stellvertreter – Deputy Chiefs – arbeiteten unter dem Chief Surgeon, dem Generalstabsarzt der Polizeibehörde. Einer davon war ein älterer Seelenklempner, der zweite der Verwaltungschef und der dritte Sharyn. Sharyn war eine von der Ärztekammer zugelassene Chirurgin mit vier Jahren Medizinstudium, fünf Jahren als niedergelassene Chirurgin und weiteren vier Jahren als Chefärztin in einem Krankenhaus. Auf dem Schild an ihrer Tür stand:

DR. SHARYN EVERARD COOKE
DEPUTY CHIEF SURGEON

Sie arbeitete seit fünf Jahren hier in der 24 Rankin Plaza, hatte sich gegen hundert Mitbewerber durchgesetzt, als die Stelle ausgeschrieben worden war, von denen einige andere Stellen im medizinischen Dienst der Polizei bekommen hatten; in fünf Polizeikliniken, die über die gesamte Stadt verteilt waren, taten insgesamt fünfundzwanzig Bezirksärzte Dienst. Jeder von ihnen verdiente 62.500 Dollar pro Jahr. Als eine der Stellvertreterinnen des Generalstabsarztes verdiente Sharyn 68.000 Dollar pro Jahr, wofür sie fünfzehn bis achtzehn Stunden pro Woche hier in der Praxis in Majesta arbeiten mußte. Den Rest der Woche über unterhielt sie ganz in der Nähe vom Mount Pleasant Hospital in Diamondback eine Privatpraxis. In einem guten Jahr verdiente Deputy Chief Cooke etwa das Fünffache von dem, was der Detective dritten Grades Kling verdiente.

Aber Geld ist nicht alles, wie ihre Mutter immer zu sagen pflegte.

Sie hatte ihrer Mutter noch nicht erzählt, daß sie sich am vergangenen Abend mit einem Weißen verabredet hatte.

Würde es ihr wahrscheinlich auch nie erzählen.

Der Mann, den sie an diesem Montag nachmittag um halb fünf in ihrer Praxis untersuchte, war schwarz. In dieser Stadt gab es etwa einunddreißigtausend Polizeibeamte, und wann immer einer von ihnen krank wurde, meldete er oder sie – vierzehn Prozent der Beamten waren weiblich – sich bei einem der Bezirksärzte, die zweieinhalb Stunden täglich für die Polizei arbeiteten, zu von der Behörde festgesetzten Zeiten, die allen Mitgliedern der Truppe bekannt waren. Der Bezirksarzt nahm eine gründliche Untersuchung vor und entschied dann, ob der Polizist krankfeiern durfte – natürlich bei vollem Lohn – oder drei Monate lang nur eingeschränkten Dienst tun durfte, wonach der Beamte dann wieder uneingeschränkten Dienst leisten mußte, wenn er nicht *noch immer* krank war. Der Bezirksarzt und letztlich ein stellvertretender Chefarzt der Polizeibehörde mußten entscheiden, ob ein Cop wirklich krank war oder nur simulierte. Jeder Cop, der länger als ein Jahr krank war, kam gemäß Artikel IV vor den Pensionierungsausschuß und wurde aufgefordert, entweder den uneingeschränkten Dienst wieder aufzunehmen oder den Abschied einzureichen. Eine Alternative gab es nicht. Es hieß alles oder nichts.

Der Schwarze, der neben Sharyns Schreibtisch auf einem Metallstuhl mit gerader Lehne saß, war seit gut vier Monaten krank. Einen Teil der Zeit über hatte er zu Hause flach auf dem Rücken im Bett gelegen. Den Rest der Zeit über hatte er in unterschiedlichen Revieren überall in der Stadt eingeschränkten Schreibtischdienst getan. Sein Name war Randall Garrod. Er war vierunddreißig Jahre alt und seit dreizehn Jahren Polizist. Bevor sich bei ihm starke Schmerzen in der Brust eingestellt hatten, hatte er undercover beim Rauschgiftdezernat in Riverhead gearbeitet.

»Wie sind die Schmerzen jetzt?« fragte Sharyn.

»Unverändert«, sagte er.

»Wie ich sehe, hat man bei Ihnen ein Elektrokardiogramm vorgenommen ...«

»Ja.«

»... und ein Belastungs-EKG ...«

»Ja.«

»... *und* einen Thallium-Test, und alle waren normal.«

»Das sagen die Ärzte. Aber ich habe noch immer die Schmerzen.«

»Man hat Ihnen den Magen geröntgt und eine Endoskopie vorgenommen und nichts gefunden.«

»Hm.«

»Wie ich sehe, hat man sogar ein Echokardiogramm durchgeführt. Kein Anzeichen für einen Herzklappenvorfall, alles normal. Was ist also los mit Ihnen, Detective Garrod?«

»Sie sind die Ärztin«, sagte er.

»Machen Sie bitte Ihren Oberkörper frei.«

Er war etwas kleiner als sie, einsfünfundsechzig oder -siebzig, schätzte Sharyn, ein kleiner, drahtiger Mann, der nun aufstand, das Hemd aufknöpfte und es dann ordentlich über die Lehne des Metallstuhls legte. Brust, Arme und Unterleib waren muskulös; offensichtlich trainierte er regelmäßig. Seine Haut war von der Farbe einer Kokosnußschale.

Sie dachte plötzlich an Bert Kling. Sie drückte das Stethoskop auf Garrods Brust und lauschte.

– Diese Farbe steht Ihnen gut.

Er bezog sich auf ihr Kleid. Das Blau ihres Kleides. Das Rauchblau, das zu ihrem Lidschatten paßte.

»Atmen Sie tief ein«, sagte sie. »Und halten Sie die Luft an.«

Sie lauschte.

Sinatra sang zum zehntausendzweihundertundachtundzwanzigsten Mal ›Kiss‹.

– So hold me tight and whisper

– Words of

– Love against my eyes.

– And kiss me sweet and promise

– Me your

– Kisses won't be lies …

»Noch einmal, bitte. Und halten Sie wieder die Luft an.«

– Diese Farbe steht Ihnen gut.

Aber was hatte er in *Wirklichkeit* gesagt, dieser blonde, braunäugige Weiße, der ihr gegenüber saß, Linguini um eine Gabel drehte, was hatte er in *Wirklichkeit* über Farben gesagt? Oder zu sagen versucht? Warum hatte er bis zu diesem Augenblick nicht bemerkt oder zumindest keine Bemerkung darüber gemacht, daß sie offensichtlich schwarz war und er weiß? *Diese Farbe steht Ihnen gut, Schwester,* und dann schnell weiter zu einer prägnanten Bemerkung über ein blödes Lied über einen Betrunkenen in einer Kneipe, der sein Herz einem müden Barkeeper ausschüttet, der seinem Gast einen Drink nach dem anderen vorsetzt, wohingegen *sie* doch nur wissen wollte …

– Liegt es daran, daß ich schwarz bin?

– Was liegt daran, daß Sie schwarz sind?

– Daß Sie mich eingeladen haben.

– Nein. Das glaube ich nicht. Liegt es daran, daß ich weiß bin? Daß Sie die Einladung angenommen haben?

– Vielleicht.

– Na ja … möchten Sie darüber sprechen?

– Nein. Jetzt nicht.

– Wann?

– Vielleicht nie.

– Na gut.

Was natürlich das Ende eines jeden Gesprächs gewesen war, bis es an der Zeit war zu sagen: Herrje, wissen Sie, Bert, ich glaube nicht, daß wir noch rechtzeitig im Kino sein werden, und außerdem müssen wir beide ja sowieso sehr früh aufstehen, und eigentlich mögen Sie Filme mit Polizisten sowieso nicht, vielleicht sollten wir für heute Schluß machen, was?

– Vielen Dank, es war ein sehr schöner Abend.

– Nein, he, ich danke *Ihnen*. Es hat mir sehr gut gefallen.

Sie tastete jetzt den Brustkorb ab, arbeitete sich am Brustbein entlang …

»Tut es weh, wenn ich hier drücke?«

»Nein.«

»Und wie ist es hier?«

»Auch nicht.«

Damit kam eine Entzündung der Nervenbahnen nicht in Frage …

»Was ist das?« fragte sie plötzlich.

»Was ist was?« sagte Garrod.

»Diese Narbe auf Ihrer Schulter.«

»Ja.«

»Sieht aus wie eine verheilte Schußverletzung.«

»Ja.«

»Darum handelt es sich?«

»Ja.«

»Ich habe auf Ihrer Karteikarte nichts von …«

»Es müßte aber da stehen.«

»Eine Schußverletzung? Wie könnte ich eine Schußverletzung übersehen?«

»Vielleicht sind Sie nicht weit genug zurückgegangen.«

»Wann wurden Sie angeschossen?«

»Vor sechs, sieben Monaten.«

»Bevor Sie die Schmerzen in der Brust bekamen?«

»Ja.«

Sie sah ihn an.

»Die Narbe hat nichts mit diesen Schmerzen zu tun«, sagte er. »Die Narbe tut überhaupt nicht weh.«

»Aber die Schmerzen fingen an, nachdem Sie angeschossen wurden.«

»Ja.«

»Ihre Untersuchungen ergaben alle normale Ergebnisse ...«

»Ja, aber ...«

»EKG, Belastungs-EKG, Röntgenbilder, alles normal, keine Muskelprobleme ...«

»Das eine hat nichts mit dem anderen ...«

»Wann nach Ihrer Verletzung haben Sie den Dienst wieder angetreten?«

»Ein paar Wochen nach der Reha.«

»Wo fand die statt?«

»Im Buenavista.«

»Die haben da ein gutes Programm.«

»Ja.«

»Sie haben wieder undercover gearbeitet?«

»Ja.«

»Haben Sie undercover gearbeitet, als die Brustschmerzen anfingen?«

»Ja, aber ...«

»Mit wem haben Sie im Buenavista gearbeitet?«

»Ach, mit den physikalischen Therapeuten. Um die Schulter wieder funktionsfähig zu kriegen. Ich bin nämlich in guter Verfassung ...«

»Ja.«

»Und da hat es nicht lange gedauert.«

»Haben Sie mit jemandem darüber gesprochen, daß Sie angeschossen wurden?«

»Ja, sicher.«

»Über die psychologischen Nachwirkungen, wenn man angeschossen wurde?«

»Klar.«

»Über das posttraumatische Syndrom?«

»Eine Menge Cops in dieser Stadt werden angeschossen. Ich bin kein besonderer Fall.«

»Aber Sie *haben* mit jemandem im Buenavista darüber gesprochen ...«

»Na ja, das traf nicht auf mich zu. Ich hatte kein Problem damit.«

Sharyn sah ihn wieder an.

»Ich möchte, daß Sie einen anderen Arzt aufsuchen«, sagte sie. »Ich möchte, daß Sie sich noch vor Ihrer weiteren Krankmeldung einen Termin bei ihm holen. Er heißt Simon Waggenstein«, sagte sie und schrieb den Namen auf eine ihrer Karten. »Er ist ebenfalls ein Deputy Chief.«

»Warum soll ich zu einem weiteren Arzt? Ich bin doch schon von einem zum anderen gelaufen …«

»Das ist ein Psychiater.«

»Kommt nicht in Frage«, sagte Garrod sofort, stand auf und riß sein Hemd von der Stuhllehne. »Schreiben Sie mich wieder gesund, verdammt, ich gehe zu keinem Psychiater.«

»Er kann Ihnen vielleicht helfen.«

»Ich habe Schmerzen in der *Brust*, und Sie wollen, daß ich zu einem Arzt für den *Kopf* gehe? Jetzt hören Sie aber auf, ja!«

Wütend zog er das Hemd an und knöpfte es zu, ohne sie anzusehen.

»Warum haben Sie nicht Ihre Pensionierung beantragt?« fragte sie.

»Ich will nicht pensioniert werden.«

»Sie wollen bei der Polizei bleiben, nicht wahr?«

»Ich bin ein guter Cop«, sagte er geradeheraus. »Angeschossen zu werden macht mich nicht zu einem schlechteren Cop.«

»Aber Sie können jederzeit Ihre Pension beantragen und aufhören …«

»Ich will nicht aufhören.«

»Sie müssen keine imaginären Schmerzen in der Brust erfinden, um nicht mehr auf die Straße zu müssen …«

»Das sind keine imaginären Schmerzen!«

»Sie haben Anspruch auf die Pension …«

»Ich will die Pension nicht!«

»Stellen Sie einen Antrag …«

»Ich will *zurück* auf die Straße!«

»… auf Dienstunfähigkeitsrente …«

»Ich habe keine Angst, wieder auf die Straße zu gehen!«

»Aber wenn Sie das Risiko nicht mehr eingehen wollen, wird niemand Ihnen einen Vorwurf machen ...«

»Man macht mir bereits Vorwürfe!« sagte er. »Sie glauben, ich sei angeschossen worden, weil ich meinen Job nicht anständig gemacht habe. Ich muß was falsch gemacht haben, oder ich wäre gar nicht erst angeschossen worden. Verstehen Sie? Für die bin ich ein Versager. Sie wollen mich nicht mal mehr in der *Nähe* haben, Mann, sie befürchten, daß sie wahrscheinlich auch angeschossen werden, wenn sie nur in meiner Nähe sind! Wenn ich diese Pension beantrage ...«

Er hielt inne, schüttelte den Kopf.

»Ich bin ein guter Cop«, wiederholte er.

»Wenn Sie noch acht Monate lang Schmerzen in der Brust haben, die niemand finden kann, schreibt der Artikel Vier ...«

»Ja, aber wenn ich *kündige* ...«

»Ja?«

»Wenn ich die Pension nehme und davonlaufe ...«

»Ja?«

»Werden sie sagen, der Nigger hätte keine Cojones.«

»Ich habe auch keine«, sagte Sharyn.

Sie standen da und sahen sich an. Das Telefon klingelte, und beide fuhren zusammen. Sie nahm den Hörer ab.

»Chief Cooke«, sagte sie.

»Sharyn? Ich bin's.«

Bert Kling?

Verdammt, was war denn *jetzt* los?

»Einen Augenblick, bitte«, sagte sie und legte die Hand über das Mundstück. »Versprechen Sie mir, daß Sie sich einen Termin geben lassen«, sagte sie.

»Geben Sie mir die verdammte Karte«, sagte er und riß sie ihr aus der Hand.

Die Probe war um siebzehn Uhr an diesem Montag fortgesetzt worden, und nun war es kurz nach sechs. Alle vier Schauspieler in den Hauptrollen waren seit einer Stunde gemeinsam auf der Bühne, um drei der schwierigsten Szenen des Stückes einzustudieren. Allmählich erhitzten sich die Gemüter.

Freddie Corbin hatte seine vier Hauptdarsteller die Schauspielerin, die Zweitbesetzung, den Detective und den Regisseur genannt. Michelle kam das prätentiös vor, aber andererseits fand sie das *gesamte verdammte Stück* prätentiös. Die anderen vier Schauspieler stellten etwa zehntausend verschiedene Leute dar, die eine Hälfte davon schwarz, die andere weiß, keiner mit einer Sprechrolle; sie alle sollten ›ein Gefühl von Zeit und Raum‹ vermitteln, wie Freddie persönlich in einer seiner endlos langen Bühnenanweisungen geschrieben hatte.

Die beiden männlichen Statisten spielten Detectives, Diebe, Portiers, Restaurantgäste, Gerichtsdiener, Bibliothekare, Taxifahrer, Kellner, Politiker, Hot-Dog-Verkäufer, Vertreter, Zeitungsreporter und Fernsehjournalisten. Die beiden weiblichen Statisten spielten Prostituierte, Polizeibeamte, Telegraphistinnen, Sekretärinnen, Kellnerinnen, Kassiererinnen, Verkäuferinnen, Angestellte von Wettbüros, Zeitungsreporterinnen und Fernsehjournalistinnen. Alle vier, ob nun männlich oder weiblich, waren auch dafür verantwortlich, während der kurzen Pausen zwischen den Szenen die Möbel und Requisiten neu aufzubauen.

Das Stück bestand aus zwei Akten und siebenundvierzig Szenen. Die Kulissen der einzelnen Szenen waren ›eher angedeutet als realistisch‹, wie Freddie ebenfalls in einer Bühnenanweisung geschrieben hatte. Zum Beispiel stellten ein Tisch und zwei Stühle ein Restaurant dar. Eine Bank und ein Stück Geländer bildeten den Laufsteg in Atlantic City, wo die Schauspielerin den Schönheitswettbewerb Miss America gewinnt, der den wahren Anfang ihrer Karriere darstellt.

Die Szene, die sie an diesem Nachmittag probten, war diejenige, in dem der Messerstecher angriff …

»Erfahren wir *je* ganz genau, wer sie niedergestochen hat?« rief Michelle zur sechsten Reihe hinüber, in der, wie sie wußte, ihr geschätzter Regisseur sowie Marvin Morgenstern saßen, der Produzent der Show, den sie liebevoll entweder ›Mr. Morningstar‹ nannten, nach dem Charakter von Herman Wouk, oder ›Mr. Moneybags‹, also ›Geldsack‹, eine Anspielung auf seinen Reichtum. Michelle hatte die Augen mit einer Hand abgeschirmt und spähte vorbei an den Lichtern in die Dunkelheit. Sie war der Ansicht, daß es sich um eine Schlüsselfrage handelte. Verdammt, wie sollte eine Schauspielerin das Opfer eines Angriffs mit einem *Messer* darstellen, wenn sie nicht erfuhr, *wer* auf sie eingestochen hatte?

»Das ist für die Szene nicht von Bedeutung«, rief Kendall aus der Dunkelheit. Sie wünschte, sie könnte sehen, wo er saß, und zu ihm gehen und *ihn* erstechen.

»Für mich *ist* es von Bedeutung, Ash«, rief sie und betete, er würde sie nicht nach dem Grund dafür fragen, denn sie hätte darauf nichts zu sagen gewußt. Sie schirmte noch immer die Augen ab, sah aber noch immer nichts bis auf das grelle Licht der Scheinwerfer und das verdunkelte Theater dahinter.

»Können wir nicht einfach mit der Szene weitermachen?« sagte er. »Wenn wir die Szene durchsprechen, unterhalten wir uns darüber, wer wem was angetan hat.«

»Verzeihung, Ash«, sagte sie, »aber ich spreche gerade zufällig über diese Szene. Und *wem* da von irgendwem *was* angetan wird, das bin zufällig *ich*. Ich komme aus dem Restaurant und gehe zu der Bushaltestelle, und diese *Person* tritt aus den Schatten ...«

»Um Gottes willen, Meesh, können wir einfach die verdammte Szene proben, ja?«

Mark Riganti, der Schauspieler, der den Detective darstellte. Groß und schlank und dunkelhaarig und mit Jeans, Turnschuhen und einem violetten Ralph-Lauren-Pulli bekleidet.

»Wir *haben* die verdammte Szene geprobt«, sagte Michelle, »immer und immer wieder, und ich weiß noch immer nicht, wer da aus den Schatten tritt und auf mich einsticht.«

»Das ist nicht wichtig«, sagte Andrea.

Andrea Packer, die blöde Ziege aus *All About Eve*, die die Zweitbesetzung spielte. Andrea war neunzehn Jahre alt, hatte langes blondes Haar, dunkelbraune Augen und eine schlanke, fohlenartige Figur. Im wirklichen Leben hatte sie eine spitze Zunge und eine herablassende Art, die genau zum Charakter der Ersatzspielerin paßte; manchmal hatte Michelle den Eindruck, daß sie gar nicht spielte. Für die heutige Probe war sie mit einem kurzen blauen Wickelrock über einem schwarzen Turnanzug und Strumpfhosen bekleidet.

Michelle konnte sie auf den Tod nicht ausstehen.

»Vielleicht ist es für *dich* nicht wichtig«, sagte sie, »aber *du* wirst ja auch nicht niedergestochen. *Ich* werde von dieser unbekannten *Person* niedergestochen, die aus den Schatten tritt und einen langen schwarzen Mantel und einen schwarzen Hut trägt, den sie tief auf die Stirn hinabgezogen hat, und die in Wirklichkeit Jerry ist ...«

»Hallo«, sagte Jerry und steckte den Kopf hinter der Zwischenwand hervor, hinter der er auf sein Stichwort wartete.

»... der in der Szene unmittelbar vor dieser der Kellner mit dem Schnurrbart war. Ich glaube nicht, daß der Kellner mit dem *Schnurrbart* auf mich einsticht, oder? Denn dann wird das alles einfach nur lächerlich. Und der *Detective* kann mich auch nicht mit dem Messer verletzen, weil *er* derjenige ist, der dafür sorgt, daß ich wieder zu mir selbst zurückfinde und so weiter. Also muß es entweder die Zweitbesetzung oder der Regisseur sein, weil die beiden die einzigen anderen wichtigen Charaktere im Stück sind. Wer von denen ist es also nun? Ist es Andrea oder Coop, ich will einfach nur *wissen*, wer es ist.«

»Tja, ich glaube nicht, daß ich es bin«, sagte Cooper Haynes entschuldigend. Er war dreiundvierzig Jahre alt, ein würdevoll aussehender Gentleman, der jahrelang in Seifenopern mitgespielt hatte – Vormittagsserien, wie sie in der Branche genannt wurden –, und zwar normalerweise mitfühlende Ärzte. In *Romanze* spielte er den Regisseur. Eigentlich war er viel netter als jeder Regisseur, den Michelle je im Leben kennengelernt hatte, selbst netter als die, die nicht sofort versucht hatten, mit ihr zu vögeln. »Ich spiele die Rolle nicht so, als wäre ich derjenige, der sie mit dem Messer angegriffen hat«, sagte er, schirmte die Augen ab und schaute in die Dunkelheit. »Ash, wenn ich der Messerstecher *wäre*, sollte ich es doch wissen, oder? Dann müßte ich die Rolle ganz anders angehen.«

»Ich glaube, *wir alle* haben ein Recht darauf zu wissen, wer mich niedersticht«, sagte Michelle.

»*Mir* ist es scheißegal, wer dich niedersticht«, sagte Andrea.

»Mir auch«, sagte Mark.

»Ashley hat recht, es ist für die Szene nicht von Bedeutung.«

»Nicht mal für das Stück.«

»Vielleicht war es der Butler«, flüsterte Jerry ihr aus den Kulissen zu.

»Wenn jemand niedergestochen wird, wollen die Leute wissen, wer der Täter ist«, beharrte Michelle. »Das kann man doch nicht einfach so im Raum stehen lassen.«

»Das ist kein Stück über eine Person, die niedergestochen wird«, sagte Andrea. »*Oder* gehängt.«

»Ach? Was ist es denn? Ein Stück über eine Zweitbesetzung, die nicht schauspielern kann?«

»Hört, hört«, sagte Andrea und wandte sich wütend ab.

»Freddie, sind Sie da draußen?« rief Michelle ins Theater. »Könnten Sie mir sagen, wer mich niedersticht?«

»Er ist nicht da, Michelle«, sagte Kendall müde.

Mit Unbehagen wurde ihm bewußt, daß Morgenstern hier in der sechsten Reihe neben ihm saß, und er wollte nicht, daß sein Produzent den Eindruck gewann, er verliere die Kontrolle über seine Schauspieler, besonders, wenn dies tatsächlich zu geschehen drohte. In dem Augenblick, da ein Schauspieler lautstark Erläuterungen vom Stückeschreiber verlangte, mußte man hart durchgreifen, ob es sich nun um einen Star handelte oder nicht. Und Michelle Cassidy war im übrigen kein Star, ob nun *Annie* oder keine *Annie*, und es war sowieso schon hundert Jahre her, seit sie diese Rolle gespielt hatte.

»Michelle«, sagte er mit seiner besten Otto-Preminger-

Stimme, wenn auch vor beherrschter Wut kochend, »Sie halten die Probe auf. Ich will diese Szene jetzt proben, und zwar sofort. Wenn Sie irgendwelche Fragen haben, sparen Sie sie sich für die Besprechung auf. Aber ich möchte, daß Sie sich jetzt niederstechen lassen, von wem auch immer Sie niedergestochen werden, wie es zu diesem Zeitpunkt für diese Szene im Regiebuch steht. Sie haben um halb sieben Kostümprobe, Michelle, und ich möchte um diese Zeit Pause fürs Abendessen machen. Wenn alle soweit sind, können wir also wieder anfangen. Bitte. Michelle bezahlt also ihre Rechnung, kommt aus dem Restaurant und geht in die Dunkelheit ...«

Er stand in dem dunklen Hintereingang des Delikatessengeschäfts, der sich in derselben schmalen Gasse wie der des Theaters befand, und sah, wie sie am anderen Ende aus dem Bühneneingang kam, ein enger blauer Pulli und offener Mantel, kurzer marineblauer Mini, Gürtel mit goldfarbener Schnalle, blaue hochhackige Schuhe. Er wich tiefer in den Eingang zurück, wäre fast gegen eine der Mülltonnen geprallt, die daneben standen. Sie sah auf ihre Uhr, schritt dann schnell mit ihren langen Beinen aus. Die hohen Absätze klapperten, das rote Haar leuchtete im hinausfallenden Licht des Bühneneingangs.

Er wollte sie erwischen, solange sie sich noch in der Gasse befand, bevor sie den erhellten Bürgersteig erreichte. Der Lieferanteneingang des Deli befand sich gerade so weit von der Straße entfernt, daß ihn von dort aus keine Fußgänger sehen konnten, und auch gerade weit genug vom Licht, das aus dem Bühneneingang fiel. Klick-klack, klick-klack, sie schritt mit ihren langen Beinen aus, kam seinem Versteck immer näher. Er trat ihr in den Weg.

»Miss Cassidy?« sagte er.

Und stieß das Messer in sie.

3. KAPITEL

Stephen Louis Carella, Detective zweiten Grades, stand am Wasserspender des Mannschaftsraums und mußte unwillkürlich Klings Gespräch am nur gut einen Meter entfernten Schreibtisch mithören. Er füllte seinen Plastikbecher und wandte sich ab, drehte Kling den Rücken zu, schaute durch das vergitterte Fenster zur Straße hinab – hörte das Gespräch aber noch immer. Bedächtig warf er den leeren Becher in den Papierkorb und ging durch den Raum zu seinem eigenen Schreibtisch zurück.

Carella war an die einsachtzig groß und hatte die breiten Schultern, schmalen Hüften und den gleitenden Gang eines Sportlers – der er nicht war. Er nahm hinter seinem Schreibtisch Platz, seufzte, schaute zur Wanduhr hinauf und wunderte sich, wie langsam die Zeit verging, wenn man keine richtige Lust hatte. Ihre Schicht hatte erst vor drei Stunden begonnen, aber aus irgendeinem Grund war er an diesem Abend außergewöhnlich müde. Wann immer er so müde war, nahmen seine braunen Augen einen trüberen Farbton an und schienen noch schräger und schmaler zu werden, was seinem Gesicht einen übertrieben asiatischen Schnitt verlieh.

Vier Detectives hatten die Tagschicht an diesem Montag nachmittag um Viertel vor vier abgelöst. Meyer und Hawes waren zu einem Raubüberfall in einem Schnapsladen gerufen worden, bevor sie die Mäntel ausgezogen hatten, und verließen das Revier schon wieder, noch bevor sie sich offiziell eingetragen hatten. Gegen Viertel nach vier war eine rothaarige Frau gekommen und hatte Kling mitgeteilt, jemand wolle sie umbringen, und er hatte alle Einzelheiten notiert und dann mit Carella die Möglichkeit besprochen, eine Fangschaltung zu legen, doch der war der Meinung gewesen, sie würden nie im Leben die richterliche Erlaubnis erhalten. Kling meinte daraufhin, er wolle es mit dem Boß besprechen, sobald der kam. Lieutenant Byrnes war *noch immer* nicht da, und Kling telefonierte noch immer mit einer Frau namens Sharon, die er unbedingt zu einem Kaffee einladen wollte, nachdem er um Mitternacht Dienstschluß hatte. Den Gesprächsfetzen, die Carella noch immer aufschnappen konnte, entnahm er, daß Sharon wohl nicht besonders begeistert war. Kling blieb hartnäckig dran. Er erzählte ihr, er würde sich gern ein Taxi nach Calm's Point nehmen, wolle sich nur eine Weile mit ihr unterhalten. Als er auflegte, wußte Kling nach wie vor nicht, ob es geklappt hatte. Er wußte nur, daß sie noch fünf lange Stunden vor sich hatten, bevor die nächste Schicht übernahm.

Der Notruf vom Theater ging um acht Minuten nach sieben ein. Das Susan Granger, ein kleines Theater an der North Eleventh, ganz in der Nähe der Mapes Avenue. Eine Frau war in einer Nebenstraße dort niedergestochen worden. Als Carella und Kling dort eintrafen, war die Frau bereits ins Krankenhaus gebracht worden. Einer der Uniformierten am Tatort teilte ihnen mit, das Opfer hieße Michelle Cassidy und sei ins Morehouse General gebracht worden. Kling erkannte den Namen. Er erklärte Carella, sie sei der Rotschopf, der vor drei, dreieinhalb *Stunden*, wann auch immer, zu ihm gekommen sei.

»Hat mir gesagt, jemand habe gedroht, sie niederzustechen«, sagte er.

Der uniformierte Cop zuckte mit den Achseln. »Dann hat er's jetzt getan«, sagte er.

Sie kamen zum Schluß, es sei im Augenblick wichtiger, mit dem Opfer zu sprechen, als die Gegend abzuklappern. Sie waren gegen halb acht im Morehouse und sprachen mit dem Medizinalassistenten der Notaufnahme, der Michelle Cassidy versorgt hatte. Er erklärte ihnen, hätte der Täter fünf Zentimeter tiefer und etwas weiter rechts zugestochen, würde Miss Cassidy nun im Himmelsorchester die erste Harfe spielen. Statt dessen lag sie auf Zimmer Zwei-Siebenunddreißig; ihre Lebenszeichen waren normal, ihr Zustand stabil. Er hatte mitbekommen, daß sie Schauspielerin war.

»Ist sie berühmt?« fragte er.

»Sie hat Annie gespielt«, sagte Kling.

»Wer ist Annie?« fragte der Arzt. Er hieß Ramanthan Mehrota. Das stand auf einem kleinen Plastikschild an seinem Kittel. Carella vermutete, daß er Inder war. In dieser Stadt waren die Aussichten, in einer Notaufnahme einen Arzt aus Bombay zu finden, außerordentlich gut. Fast so gut wie die, an einen pakistanischen Taxifahrer zu geraten.

»Sie sind mit Fernsehkameras zu ihr raufgegangen«, sagte Mehrota. »Ich dachte, sie wäre vielleicht berühmt.«

»Jetzt ist sie es«, sagte Carella.

Die Fernsehreporter erledigten ihre Arbeit. Sie mußten sich nur im Hintergrund halten und zuhören.

»Wann ist das passiert, Miss Cassidy?«

Carella erkannte die Frau als eine der rasenden Reporterinnen von Channel 4. Eine gutaussehende Frau mit lockigem schwarzem Haar und dunkelbraunen Augen; sie erinnerte ihn an seine Frau, von den Locken mal abgesehen; Teddys Haar war glatt, aber genauso schwarz.

»Alle anderen waren schon zum Abendessen gegangen«, sagte sie, »aber ich hatte eine Kostümprobe und war etwas spät dran. Ich kam gerade aus dem Theater, als ich …«

»Wann war das?«

»Um kurz nach sieben. Wir hatten den ganzen Tag über geprobt …«

»Was haben Sie geprobt, Miss Cassidy?«

»Ein neues Stück namens *Romanze*.«

»Was ist passiert, als Sie das Theater verließen?«

»Ein Mann trat auf der Hintergasse aus einem Eingang. Er sagte ›Miss Cassidy?‹ Und dann stach er zu.«

Die Kamera richtete sich auf die Reporterin.

»Michelle Cassidy, die heute abend vor dem Susan Granger Theater niedergestochen wurde, in dem sie – welche Ironie – ein Stück um einen Mann probt, der eine Schauspielerin niedersticht. Monica Mann für die Channel 4 News, live aus dem Morehouse General Hospital.«

Sie sah noch einen Augenblick lang in die Kamera, bis der

Kameramann ihr ein Zeichen gab, daß er abgeschaltet hatte. Dann drehte sie sich zum Bett um. »Toll, Miss Cassidy«, sagte sie. »Viel Glück mit dem Stück!« Und sie drehte sich schon wieder zu ihrer Crew um und sagte: »Wir sind hier fertig.«

Die Scheinwerfer erloschen. Die Fernsehleute verließen den Raum, und die Krankenschwester ging hinaus, um die Zeitungsleute hereinzulassen. Die beiden städtischen Tageszeitungen hatten je einen Reporter und einen Fotografen geschickt. Carella konnte sich schon die morgige Schlagzeile vorstellen:

ANNIE
STAR
NIEDERGESTOCHEN

Oder:

SCHAUSPIELERIN
ÜBERLEBT
MESSERATTACKE

Die überregionale Morgenzeitung hatte sich nicht herabgelassen, jemanden ins Krankenhaus zu schicken; vielleicht hatte der Redakteur nicht mitbekommen, daß eine ehemalige Kinderschauspielerin das Opfer war. Oder es war ihm einfach schnurz. Messerstechereien waren in dieser Stadt im Dutzend billiger. Außerdem hatte es am vergangenen Samstag im Grover Park einen Rassenkrawall gegeben, und die Zeitung veröffentlichte noch immer nachträgliche Analysen über die Ursachen von Rassenkonflikten und mögliche Gegenmaßnahmen.

Erneut mußten Carella und Kling lediglich zuhören. Ihnen wurde sofort klar, daß es sich hierbei um ein tiefschürfenderes Interview handelte, als das Fernsehen mit seiner beschränkten Zeit gewähren konnte.

»Miss Cassidy, haben Sie den Mann gesehen, der Sie überfallen hat?«

»Ja, habe ich.«

»Wie sah er aus?«

»Ein großer, schlanker Mann, der einen langen schwarzen Mantel trug und einen schwarzen Hut tief in die Stirn gezogen hatte.«

»Was für einen Hut?«

»Einen weichen Filzhut. Einen Fedora, oder wie man die Dinger nennt.«

»Mit Krempe?«

»Ja. Schwarz.«

»Breite Krempe? Schmale Krempe?«

»Breit. Er hatte sie bis zu den Augen hinabgezogen.«

»Trug er Handschuhe?«

»Ja. Schwarze.«

»Haben Sie das Messer gesehen?«

»Nein. Eigentlich nicht. Aber ich habe es ganz bestimmt *gespürt*.«

Nervöses Gelächter.

»Sie wissen nicht zufällig, *was* für ein Messer es war?«

»Ein scharfes.«

Noch mehr Gelächter. Diesmal nicht so nervös. Das Mädchen war echt in Ordnung. Es hatte gerade einen Messerstich in die Schulter abbekommen, nur ein paar Zentimeter vom Herzen entfernt, konnte aber schon wieder Witze über die Waffe machen. Den Reportern gefiel das. Das war ein hervorragender Stoff. Außerdem war sie eine gutaussehende Frau. Saß aufrecht in einem Krankenhausnachthemd im Bett, das immer wieder von einer Schulter rutschte. Während die Reporter ihre Fragen stellten, klickten ununterbrochen die Kameras der Fotografen.

Kling stellte fest, daß keiner der beiden Reporter sie bislang gefragt hatte, welche *Hautfarbe* der Mann gehabt hatte. Vielleicht durften Journalisten das nicht. Als Polizisten würden er und Carella diese Frage stellen, sobald die anderen den Raum verlassen hatten. Andererseits wollten *sie* einen Mann finden, der einen Mordversuch begangen hatte. Die Reporter hingegen hatten es nur auf eine gute Story abgesehen.

»Hat er etwas zu Ihnen gesagt?« fragte einer der Reporter.

»Ja. Er hat ›Miss Cassidy?‹ gesagt. Genauso nennt er mich immer am Telefon.«

»Augenblick mal«, sagte der andere Reporter. »Was meinen Sie damit?«

»Er ruft mich seit einer Woche an. Droht, mich zu töten. Mit einem Messer.«

»Derselbe Mann? Der, der Sie heute abend niedergestochen hat?«

»Es klang so, als wäre er derselbe.«

»Sie behaupten, seine Stimme klang genauso? Wie die des Mannes am Telefon?«

»Ganz genau. Genau wie Jack Nicholsons Stimme.«

Beide Reporter schrieben nun hektisch mit. Jack Nicholson stach eine junge Schauspielerin in der Gasse vor einem Theater nieder, in dem gerade ein neues Stück geprobt wurde? Diese Schlagzeile hatte der Himmel geschickt!

»Natürlich war es nicht Jack Nicholson«, sagte Michelle.

»Natürlich nicht«, sagte der eine Reporter, aber er klang enttäuscht.

»Wer war es denn?« fragte der andere. »Haben Sie eine Ahnung, wer es gewesen sein könnte?«

»Jemand, der *Romanze* kennt«, sagte sie.

»Jemand, der *Romanze* kennt, haben Sie gesagt?«

»*Romanze*. Das Stück, das wir proben.«

Carella konnte sich nun den fettgedruckten Untertitel unter der Schlagzeile vorstellen:

HAUPTDARSTELLERIN VON ROMANZE
NIEDERGESTOCHEN

Nun wollten sie alles über die Szene in dem Stück wissen, und wer sonst noch mitspielte, und wer es geschrieben hatte, und wer Regie führte, und wann die Premiere war, und ob sie danach in die Innenstadt ziehen wollten, und die Kameras klickten, und die Reporter stellten ihr unermüdlich Fragen, während eine schwarze Krankenschwester unruhig um das

Bett lief und ihnen sagte, sie dürften sie nicht überanstrengen, ob ihnen denn nicht klar sei, daß die arme Frau *niedergestochen* worden war?

Ein Mann, der ein am Hals geöffnetes kastanienbraunes Sporthemd, eine graue Sportjacke und dunkelgraue Hosen trug, stürmte in den Raum, ging sofort zum Bett und nahm Michelles Hände in die seinen. »Michelle, mein *Gott*«, sagte er, »was ist *passiert*? Ich habe es gerade erst gehört! Wer hat dir das angetan? Mein *Gott*, warum du?«

Die Reporter fragten ihn, wer er sei, und er stellte sich als Johnny Milton vor, Michelles Theateragent, und gab beiden je eine Karte und sagte, er habe erst vor ein paar Minuten davon erfahren und sei sofort hergekommen. Etwas herrisch fragte er, wer die beiden Männer in den Anzügen ganz hinten im Raum seien und ob sie nicht wüßten, daß Michelle niedergestochen worden war?

»Wir sind die Polizei«, sagte Carella ruhig und zeigte dem Agenten seine Dienstmarke.

»Hallo, Detective Kling«, sagte Michelle vom Bett aus und winkte ihm.

Und plötzlich galt die gesamte Aufmerksamkeit der Reporter Kling. Sie wollten wissen, wieso er das Opfer kenne, und ließen sich dann von Michelle bestätigen, daß sie Kling gegen Viertel nach vier an diesem Nachmittag, bevor sie die Probe wieder aufgenommen hatte, die Drohanrufe gemeldet hatte.

»Haben Sie schon eine Spur, Detective Kling?« fragte einer der Reporter.

»Noch keine«, sagte Carella. »Und wenn Sie wissen, was Sie wissen wollten, würden wir jetzt gern mit Miss Cassidy sprechen, wenn Sie nichts dagegen haben.«

»Er hat recht, Jungs«, sagte ihr Agent. »Danke, daß ihr gekommen seid, aber sie braucht jetzt Ruhe.«

Einer der Fotografen fragte Michelle, ob sie etwas gegen ein letztes Foto habe, und als sie »Na schön, aber ich bin wirklich sehr müde!« sagte, fragte er sie, ob sie etwas dagegen hätte, das Nachthemd an der linken Schulter hinabzulassen, damit man die verbundene Wunde sehen konnte. Sie erfüllte die Bitte zwar betont zurückhaltend und damenhaft, doch es gelang ihr trotzdem, dabei ein wenig Brustansatz zu zeigen.

In dem Augenblick, da alle das Zimmer verlassen hatten, fragte Kling: »War der Mann, der Sie niedergestochen hat, ein Weißer, Schwarzer, Latino oder Asiat?«

Die schwarze Krankenschwester schien beleidigt die Nase zu rümpfen, doch dann sagte Michelle: »Ein Weißer.«

Um neun Uhr an diesem Abend probte Ashley Kendall noch immer mit seiner Besetzung, doch statt Michelle spielte nun deren Zweitbesetzung die Rolle der *Schauspielerin*. Kendall konnte Corbins prätentiöse Namensgebung – oder besser gesagt Nichtbenennung – der Charaktere in seinem Stück nicht ausstehen. Im Augenblick probte er mit der Zweitbesetzung der *Schauspielerin*, bei der es sich um eine Schauspielerin namens Josie Beales handelte, aber gleichzeitig war eine Schauspielerin namens Andrea Packer bei ihr auf der Bühne, die den Charakter namens *Zweitbesetzung* spielte, obwohl *ihre* Zweitbesetzung eine Schauspielerin namens Helen Frears war. Wenn man nicht genau aufpaßte, konnte es sehr verwirrend werden.

Josie war einundzwanzig und hatte rotblondes Haar, das aber nur ein scheues Echo von Michelles grelleren Locken war. Aber sie war größer als Michelle und von der Natur nicht so üppig ausgestattet worden und bewegte sich daher eleganter. Kendalls Meinung nach war sie auch eine viel bessere Schauspielerin als Michelle. Eigentlich hatte er *ihr* die Rolle der Schauspielerin geben wollen, war aber von Mr. Frederick Peter Corbin III überstimmt worden. Das Mädchen mit den großen Titten hatte die Hauptrolle bekommen, und Josie war lediglich die Zweitbesetzung, die Möbel und Kulissen schleppte und eine Vielzahl von stummen Rollen spielte. Das war nun mal das Vorrecht der Stückeschreiber. Josie hatte gar nicht damit gerechnet, an diesem Abend im Theater zu sein. Sie hatte zu Hause einen Anruf erhalten, als sie gerade im

Bademantel dasaß, zu Abend aß – eigentlich einen Becher Joghurt und eine Banane – und sich *Love Connection* ansah, und der Inspizient hatte gesagt: »Du bist dabei, Baby.« Sie hatte sich schnell Jeans und einen Pulli angezogen und war hierhergefahren. Nun wartete sie mit den anderen Schauspielern darauf, daß die Probe fortgesetzt wurde.

Kendall hatte die Probe eigentlich absagen wollen, aber Michelles vorheriges Verhalten und stürmischer Abschied hatten die anderen Schauspieler völlig durcheinandergebracht. Außerdem war er für die Gelegenheit dankbar, das Stück mit einer erfahrenen und disziplinierten jungen Frau wie Josie proben zu können, und ohne den Geldsack Morgenstern, wie er in der sechsten Reihe Zeuge eines Wutanfalls wurde. Der Produzent war mittlerweile gegangen. Auf seinem Platz saß nun der erhabene Autor des Stücks persönlich, der den Tag zu Hause verbracht und ein paar *Zeilen* umgeschrieben hatte, die ihm Probleme bereiteten, während er eigentlich drei oder vier *Szenen* hätte umschreiben sollen, die *Kendall* Probleme bereiteten. Oder vielleicht eigentlich auch das ganze verdammte Stück.

Im Theater wußten bereits alle, daß ihr ›Schtar‹ draußen niedergestochen und ins Morehouse General gebracht worden war. Chuck Madden, der Inspizient der Show, hatte vor ein paar Minuten dort angerufen. Jetzt beugte er sich in die sechste Reihe vor und informierte Kendall und Corbin, irgendein freiwilliger Helfer, der von nichts 'ne Ahnung hatte, habe ihm mitgeteilt, daß Miss Cassidys Zustand stabil sei und sie wohl noch an diesem Abend aus dem Krankenhaus entlassen werden würde.

»Danke, Chuck«, sagte Kendall, stand auf und sagte: »Leute?«

Die Schauspieler, die plaudernd auf der Bühne standen und darauf warteten, endlich anfangen zu können, drehten sich um und spähten in das dunkle Theater.

»Es wird euch sicher freuen zu hören, daß Michelle in Ordnung ist«, sagte Kendall. »Sie wird sogar noch heute entlassen.«

»Toll«, sagte jemand ohne die geringste Begeisterung.

»Wissen Sie, wer es getan hat?« fragte ein anderer.

»Darüber liegen mir keine Informationen vor«, sagte Kendall.

»Jedenfalls keine von Bedeutung«, sagte ein anderer.

»Das habe ich gehört, Jerry!«

»Tut mir leid, Boß!«

»Chuck? Sind Sie da hinten?«

»Jawoll!«

Chuck Madden sprang auf die Bühne, als hätte er fast ein Stichwort verpaßt. Er trug hohe Arbeitsstiefel, eine aufgerollte blaue Pudelmütze und einen Overall, wie Maler und Anstreicher ihn trugen, der zum Teil seine Brust und muskulösen Arme sehen ließ. Er war sechsundzwanzig Jahre alt, etwa einsachtzig groß, hatte haselnußbraunes Haar und braune Augen. Die schirmte er nun mit einer Hand ab und spähte zur sechsten Reihe.

»Können Sie irgendwas mit dem Licht machen, wenn sie aus dem Restaurant kommt?«

»Was schwebt Ihnen denn vor?«

»Es sollte dunkler sein, der Angreifer soll aus den Schatten kommen. Wir haben Jerry jetzt voll im Scheinwerfer …«

»Ja, etwas Atmosphäre kann nicht schaden«, sagte Jerry.

»Ich weiß, es ist noch viel zu früh, um über die Beleuchtung zu sprechen …«

»Nein, nein, wie wollen Sie es haben?«

»Können Sie das Licht langsam zurücknehmen, während sie über die Bühne geht? Damit die Bühne fast dunkel ist, wenn Jerry sie überfällt?«

»Das gefällt mir, das gefällt mir«, sagte Jerry.

»Ich muß mit Kurt sprechen, mal sehen, was er …«

»Ich hab's gehört«, rief der Elektriker. »Kein Problem.«

»Nehmt das Licht in dem Augenblick zurück, in dem sie durch die Tür kommt«, sagte Kendall.

»Alles klar.«

»Also, Leute? Sollen wir es versuchen?«

»*Uno más*«, sagte Chuck. »Von der Szene am Tisch an.«

Corbin hatte sein Stück auf völlig vorhersehbare Weise angelegt. Sobald man kapiert hatte, daß auf eine kurze, ruhige Szene eine noch kürzere folgte, die schockieren sollte, und dann ein ausführlicher Diskurs über die schockierende Szene, hatte man auch das Muster des Stücks begriffen. Daher bot es praktisch gar keine Überraschungen; Corbin hatte eine Aneinanderreihung von Dreierszenen geschaffen, die meisten davon mißgestaltet.

Die Dreierszene, die sie nun zum x-ten Mal probten ...

Kendall war überzeugt davon, daß diese Szenen *nie* hinhauen würden ...

... bestand aus einer Szene zwischen der Schauspielerin und dem Regisseur, die in einem Restaurant an einem Tisch saßen, gefolgt von einer Szene, in der jemand, der nicht von Bedeutung war, die Schauspielerin *niederstach*, der dann wiederum eine Szene folgte, in der die Detectives die beiden anderen Hauptdarsteller endlos lang verhörten. Es war einfach unmöglich, diesem Gefasel Leben einzuhauchen. Die Dialoge in der Restaurantszene waren *dermaßen* ominös, *dermaßen* unheilvoll, dermaßen mit Vorausahnungen *überladen*, daß jeder einigermaßen intelligente Zuschauer *wissen* würde, daß das Mädchen in dem Augenblick niedergestochen werden würde, in dem es das Restaurant verließ.

»Warum haben Sie mir nichts davon erzählt?«

Der Regisseur sprach.

Der auf der Bühne. Nicht Kendall, der in der sechsten Reihe saß.

»Ich ... ich hatte Angst, Sie wären es, der mich anruft.«

»Ich? *Ich?*« Das kam von Cooper Haynes, dem würdevollen Arzt aus den Seifenopern, der aufgrund der bloßen *Vorstellung* völlig perplex aussah, jemand könne glauben, er würde die Schauspielerin, die unter seiner Regie auf der Bühne stand, mit Drohanrufen belästigen. Seine Verblüffung wirkte so echt, daß sogar Kendall fast laut aufgelacht hätte. Es war in dieser Phase des Stückes genau die *falsche* Reaktion.

»Es tut mir leid, ich weiß, es ist lächerlich. Warum sollten Sie mich umbringen wollen?«

»Oder sonst wen.«

Noch ein Text, der – wenn man ihn mit Coopers kuhäugiger Verwirrung sprach – zu einem bösen Lacher führen konnte. Kendall machte sich in der Dunkelheit hektisch Notizen.

»Sie müssen zur Polizei gehen.«

»Da war ich schon.«

»Und?«

»Sie haben gesagt, sie können nichts unternehmen, bis er tatsächlich *versucht*, mich umzubringen.«

»Das ist doch absurd.«

»Ja.«

»Mit wem haben Sie gesprochen?«

»Mit einem Detective.«

»Und er hat gesagt, er könne nichts unternehmen?«

»Genau.«

»Unmöglich! Mann ... wissen Sie, was das bedeutet?«

»Ich habe solche Angst.«

»Das heißt, Sie könnten im Bett liegen ...«

»Ich weiß ...«

»... und jemand könnte Sie überfallen.«

»Ich habe fürchterliche Angst.«

»Das heißt, wenn Sie dieses Restaurant verlassen ...«

»Ich weiß.«

»In ein paar Minuten ...«

»Ich weiß ...«

»... könnte jemand Sie mit einem Messer angreifen.«

»Was soll ich tun? Großer Gott, was soll ich nur tun?«

»Ich fahre jetzt sofort nach Hause und klemme mich hinters Telefon. Ich kenne ein paar Leute in maßgeblichen Stellen, die sich diesen Detective vorknöpfen und dafür sorgen werden, daß er etwas unternimmt. Trinken Sie Ihren Kaffee aus, ich setze Sie unterwegs ab.«

»Das ist nicht nötig, fahren Sie nur. Ich gehe lieber zu Fuß. Es sind nur ein paar Blocks.«

»Bestimmt?«

»Ja, fahren Sie ruhig.«

»Ich mache mir um Sie Sorgen, meine Liebe.«

»Müssen Sie nicht.«

»Ich mache mir aber Sorgen.«

»Eine gute Szene«, flüsterte Corbin.

Kendall sagte nichts.

Er beobachtete aufmerksam, wie Cooper zu Helen Frears ging, die an der Kasse des Restaurants saß, bezahlte und dann durch die imaginäre Drehtür auf die Straße trat. Als er in den Kulissen verschwand, trank Josie am Tisch ihren Kaffee aus.

»*Jetzt* müßte das Licht zurückgenommen werden«, sagte Kendall und notierte sich, die Beleuchtung noch früher zu dämpfen. Josie trank den Kaffee aus, griff nach einer Serviette, tupfte sich anmutig den Mund ab, kostete den Augenblick aus, erhob sich, zog den Mantel an, kostete es noch immer aus – großer Gott, sie war *so* gut –, schob den Stuhl an den Tisch zurück, ging zur Kassiererin, bezahlte und verließ das Restaurant durch dieselbe imaginäre Drehtür.

Das Licht wurde schwächer.

Als Josie über die Bühne ging, wurde das Restaurant hinter ihr – zuerst der Tisch und die Stühle, dann die Kasse – langsam dunkler. Sie schlug den Mantelkragen hoch, als wolle sie sich gegen einen heftigen Wind schützen, und schritt kühn aus, während das Licht hinter ihr mit jedem Schritt, den sie machte, schwächer wurde. Und dann wurde das Licht *vor* ihr ebenfalls schwächer, was ziemlich unheilvoll wirkte. Sie ging nun in immer tiefere Schatten, hinter denen nur Schwärze lag.

Aus dieser Schwärze tauchte plötzlich ein großer Mann in einem langen schwarzen Mantel und mit einem Schlapphut auf, Jerry Greenbaum persönlich, diesmal machte er keine Scherze, Jerry Greenbaum meinte es ernst, in einem Kostüm, das er irgendwo aufgetrieben hatte und zum erstenmal trug. Während er in den früheren Proben einen Holzstock als Ersatz für das Messer benutzt hatte, schwang er nun – vielleicht durch die Beleuchtung inspiriert – ein echtes Brotmesser, das er irgendwo hinter der Bühne aufgetrieben hatte, hielt es hoch über den Kopf, wie Tony Perkins, als er in *Psycho*

Marty Balsam attackiert hatte; er näherte sich Josie mit denselben steifbeinigen, weitausholenden Schritten, die auch Perkins gezeigt hatte, und einem konnte schon angst und bange werden, wenn man sich lediglich an die Szene aus dem Film erinnerte, obwohl Kendall das nicht gerade für *diese* Szene geplant hatte.

Das Messer senkte sich brutal, und auf seiner Klinge blitzten nadelfeine Lichtpunkte auf, als Josie sich abwandte, um vor dem Publikum zu verbergen, daß Jerry nicht richtig zustach. Der Messerstecher lief in die Dunkelheit davon. Josie brach zusammen und blieb bewegungslos liegen.

Und nun tauchten die anderen Schauspieler wie Trauergäste bei einer irischen Totenwache auf, umgaben die niedergestochene Schauspielerin, der Detective bombardierte jeden von ihnen mit Fragen, als wäre sie wirklich tot, fragte den Regisseur, worüber sie beim Abendessen gesprochen hätten, fragte die Zweitbesetzung, ob sie in letzter Zeit gestritten hätten, und wandte sich schließlich der Schauspielerin selbst zu, die – große Überraschung! – gar nicht tot war, sondern sich nun von der Bühne erhob, in einen Stuhl sank, der als Krankenhausbett diente, und wie die anderen schwach die Fragen des Detectives beantwortete, in einer Szene, die nur durch schiere Langeweile und Langlebigkeit auf sich aufmerksam machte.

»Danke, Leute, allmählich wird was draus«, sagte Kendall. »Macht zehn Minuten Pause, dann besprechen wir die Szene.«

Als die Schauspieler sich zurückzogen, sprang Jerry auf die Bühne. Er trug noch immer den langen Mantel und den breitkrempigen Hut.

»Wie war das, Boß?« rief er ins Theater. »Unheimlich genug?«

»Sehr gut, Jerry«, sagte Corbin, und Kendall bedachte ihn mit einem Stirnrunzeln.

»Ein Touch von Hitchcock, was?« sagte Jerry.

»Sehr gut«, wiederholte Corbin, und Kendall runzelte erneut die Stirn.

Die beiden Männer saßen einen Augenblick lang schweigend da.

»Sie ist sehr gut, nicht wahr?« sagte Corbin schließlich.

»Josie? Ja. Sie ist wunderbar.«

»Hat der Szene zum erstenmal Leben eingehaucht«, sagte Corbin.

Kendall sagte nichts. Das Stück war noch weit davon entfernt, wirklich lebendig zu sein. Josies Darstellung hatte ihm heute einen gewissen Auftrieb gegeben, doch wenn Corbin sich nicht auf den Hosenboden setzte und das verdammte Ding von oben bis unten umschrieb ...

»Fast eine Schande«, sagte Corbin.

»Was?«

»Daß er nicht richtig getroffen hat.«

Die beiden Männer kamen ins Theater, während Kendall die Szene mit den Schauspielern anhand seiner Notizen durchsprach. Beide trugen Mäntel. Keine Hüte. In dem Licht, das aus der Lobby fiel und in dem sie sich als Silhouetten abhoben, als sie durch die Hintertür hereinkamen, bemerkte er, daß der eine blond war und der andere dunkles Haar hatte. Sie waren beide groß und breitschultrig, hatten beide in etwa das gleiche Gewicht und die gleiche Größe und waren beide in den Dreißigern, wie er schätzte. Der Blonde hatte haselnußbraune Augen. Der mit dem dunklen Haar hatte braune und leicht geschlitzte Augen.

»Mr. Kendall?« rief der Blonde und unterbrach ihn unabsichtlich mitten in einem Satz, was Kendall gar nicht gefiel.

»Tut mir leid, wenn wir stören, ich bin Detective Kling, Siebenundachtzigstes Revier, und das ist Detective Carella, mein Partner.«

Er hielt eine Dienstmarke hoch.

Kendall war keineswegs beeindruckt.

»Miss Cassidy hat uns gesagt, daß Sie vielleicht noch hier proben«, sagte Kling. »Ich dachte, wir könnten uns ein paar

Probleme ersparen, wenn wir Sie alle an ein und demselben Ort erwischen.«

»Ich verstehe«, sagte Kendall trocken. »Und was für Probleme wollen Sie sich ersparen?«

»Wir würden Ihnen gern ein paar Fragen stellen«, sagte Kling.

»Wissen Sie was«, sagte Kendall zuckersüß. »Warum gehen Sie und Ihr Partner nicht in die Lobby, nehmen auf einem der roten Plüschsofas dort Platz, und wenn wir die Szene durchgesprochen haben – was wir gerade versuchten, als Sie hereinplatzten – kommen wir alle zu Ihnen hinaus und spielen mit Ihnen Räuber und Gendarm. Na? Was halten Sie davon?«

Im Theater war es plötzlich so still wie in einem Grab.

»Klingt nicht schlecht«, sagte Kling freundlich. »Was hältst du davon, Steve?«

»Ich hab' nichts dagegen, Bert.«

»Dann gehen wir also in die Lobby«, sagte Kling, »suchen das rote Plüschsofa, machen es uns darauf bequem und hoffen, daß die Person, die Michelle Cassidy niedergestochen hat, nicht schon in Kalifornien ist, wenn Sie mit den Schauspielern die Szene besprochen haben. Was halten *Sie* denn *davon*?«

Kendall blinzelte ihn an.

»Lassen Sie sich ruhig Zeit«, sagte Kling, drehte sich um und ging wieder zum hinteren Teil des Theaters.

»Augenblick mal«, sagte Corbin.

Kendall blinzelte erneut.

»Die Besprechung kann warten«, sagte Corbin. »Was wollen Sie wissen?«

Was das Stichwort für eine Szene war, die nur durch schiere Langeweile und Langlebigkeit auf sich aufmerksam machte.

»Sie sehen müde aus«, sagte Sharyn.

»Sie aber auch«, sagte Kling.

»Ich bin es auch«, sagte sie.

Es war fast Mitternacht. Sharyn hatte gegen elf Uhr im Revier angerufen, um ihm zu sagen, daß sie in der City war ...

Für jeden Einheimischen gab es Calm's Point, Majesta, Riverhead, Bethtown – und die City. Isola war die City, auch wenn sie ohne die vier anderen Stadtteile nur ein *Fünftel* der Stadt ausmachte. Sharyn hatte im Revier angerufen, um ihm zu sagen ...

... daß sie in der City war, und wenn er noch immer eine Tasse Kaffee trinken wolle, könne sie ihn ja irgendwo dort treffen, wenn sie sowieso schon dort war. Um ganz genau zu sein, sie war im St. Sebastian's Hospital. Als Nachsatz fügte sie hinzu, sie sei hungrig wie ein Bär. Kling erwähnte, er habe auch noch nichts gegessen, und schlug ein ausgezeichnetes Deli an der Stem vor. Um halb zwölf – eine Viertelstunde bevor die Schicht offiziell abgelöst wurde – stürmte er zur Tür hinaus.

Sharyn verschlang nun ein Pastrami auf Roggenbrot.

Und leckte sich Senf von den Lippen.

»Ich bin froh, daß Sie angerufen haben«, sagte er. »Sonst hätte ich mich aus dem Fenster gestürzt.«

»Klar.«

»Was haben Sie im St. Sab's gemacht?«

»Versucht, einen Cop in ein besseres Krankenhaus zu verlegen. Direkt, nachdem Sie mich heute nachmittag angerufen haben, wurde ein Officer an der Denver und Wales angeschossen ...«

»Der Neun-Drei.«

»Der Neun-Drei. Der Krankenwagen hat ihn ins St. Sab's gebracht, ins *schlechteste* Krankenhaus in der ganzen gottverdammten Stadt. Ich kam um sechs dort an, fand heraus, wer das Sagen hatte, und ließ den Mann noch vor der Operation verlegen. Eine Polizeieskorte bis zum Buenavista, mit plärrenden Sirenen, man hätte meinen können, der *Bürgermeister* hätte in diesem Krankenwagen gelegen ...«

»Also waren Sie sowieso in der Gegend ...«

»Ja.«

»... und haben mich angerufen ...«

»Na ja …«

»… damit der Abend nicht zu einem völligen Verlust würde.«

»Außerdem hatte ich einen Riesenhunger. Und ich war Ihnen eine Einladung schuldig.«

»Nein, waren Sie nicht.«

»Doch, war ich. Wie ist Ihr Hamburger?«

»Was? Ach so. Ja. Gut. Glaube ich«, sagte er, griff danach und biß von ihm ab. »Gut«, sagte er.

»Warum starren Sie mich immer so an?« fragte sie.

»Reine Gewohnheit.«

»Eine schlechte.«

»Ich weiß. Sie sollten eben nicht so wunderschön sein.«

»Ach, bitte.«

»Warum haben Sie gestern abend gekniffen?«

»Ich habe nicht gekniffen.«

»Nun ja, Sie haben dem Abend ein abruptes Ende gesetzt.«

»Tja, kann schon sein.«

»Warum?«

Sharyn zuckte mit den Achseln.

»Habe ich etwas Falsches gesagt?«

»Nein.«

»Ich habe darüber nachgedacht, was ich vielleicht gesagt habe. Den ganzen Tag lang habe ich darüber nachgedacht. Ich hätte Sie beinah ein Dutzend Mal angerufen. Bevor ich dann endlich tatsächlich angerufen habe, meine ich. Was habe ich gesagt?«

»Nichts.«

»Sagen Sie es mir, Sharyn. Bitte. Ich will wirklich nicht, daß es mit uns einen schlechten Anfang nimmt. Ich will, daß … na ja … sagen Sie mir, was ich gesagt habe.«

»Sie haben gesagt, daß diese Farbe meines Kostüms mir gut steht.«

Kling sah sie an.

»Und?« sagte er.

»Ich dachte, Sie wollten damit sagen, daß die Farbe gut zu *meiner* Farbe paßt.«

»Das habe ich gesagt.«

»Und deshalb habe ich mich gefragt, ob Sie mich vielleicht eingeladen haben, weil ich schwarz bin.«

»Ja, ich weiß. Sie haben mich gefragt …«

»Und dann habe ich mich gefragt, was Sie von mir *wollten*. Ich meine, war das nur da weiße Massa, der mitte kleine Hausniggah anbändeln will? Wahrscheinlich wollte ich nicht das Risiko eingehen, herausfinden zu müssen, daß es tatsächlich nur darum ging. Also hielt ich es für das Beste, wenn wir uns die Hände schütteln und gute Nacht sagen, ohne der Frage allzu tief auf den Grund zu gehen.«

Sie biß erneut in das Sandwich, nippte an ihrem Bier und wich seinem Blick aus. Kling nickte und biß wieder in seinen Hamburger. Beide aßen eine Weile schweigend; Sharyn verdrückte das Sandwich, als habe sie seit einer Woche nichts mehr gegessen, während Kling sich wesentlich zurückhaltender über den Hamburger hermachte.

»Und weshalb sind Sie jetzt hier?« fragte er.

»Keine Ahnung«, sagte sie und zuckte mit den Achseln. »Wahrscheinlich bin ich zum Schluß gekommen, daß es wirklich nett von Ihnen war, als Sie sagten, die Farbe stünde mir gut, und daß Sie das wohl auch zu einer Blondine gesagt hätten, die Schwarz trägt, oder zu einem Rotschopf, der Braun trägt, oder welche Farben auch immer dat de weißen Mädels trage, ne?«

Ihm fiel auf, daß sie es bereits zum zweitenmal gemacht hatte.

Daß sie auf eine Art von übertriebenem schwarzem Englisch zurückgriff, wann immer sie etwas sagte, von dem er annahm, daß sie sich dabei unbehaglich fühlte.

»Und schließlich wurde mir klar, daß Sie von mir nichts anderes wollen als das, was Sie von jeder anderen Frau auch wollen …«

»Nein, das stimmt nicht«, sagte er.

»Was schon in Ordnung ist, ich meine, *vive la difference, n'est-ce pas?* Zum Teufel damit. Ein Mann findet eine Frau attraktiv …«

»Das stimmt.«

»... und da fragt die Frau nicht, ob es an der Augenfarbe oder der Hautfarbe liegt ...«

»Ja, schon ...«

»... genausowenig, wie man sich selbst fragt, ob man von ihm angezogen wird, weil *er* so weiß ist.«

»Ach was?«

»Ich meine, blondes Haar und helle Augen, muß er *so* weiß sein? Wo sind die gottverdammten *Sommersprossen*? Ich meine, ich verabrede mich zum erstenmal mit einem Weißen, könnte er ...«

»Wirklich?«

»... da nicht *etwas* dunkler sein, könnte er nicht ...«

»Zum erstenmal?«

»Ja.«

»Ich auch. Mit Ihnen, meine ich. Sie sind die erste Schwarze, die ich je kennengelernt habe. Kennenlernen möchte, meine ich. Das heißt, ich *hoffe*, daß ich Sie näher kennenlernen werde ...«

»Ja, werden Sie.«

»Ich hoffe es jedenfalls.«

»Ich hoffe es auch.«

»Hätten Sie jetzt gern einen Kaffee?«

»Ja, bitte.«

Er winkte dem Kellner.

»Und«, sagte sie, »ich fand es ziemlich süß, daß Sie mich angerufen und gesagt haben, Sie würden gern noch mal bis nach Calm's Point herauskommen, und das auch noch um Mitternacht, um einen Kaffee mit mir zu trinken. Damit wir uns eine Weile unterhalten können. Das fand ich wirklich süß. Und Sie waren *so* beharrlich! Als ich zum St. Sab's fuhr, habe ich die ganze Zeit über Ihren Anruf nachgedacht. Und schließlich dachte ich, das ist Schicksal, dieser Cop wird angeschossen, und ich muß in die City fahren. Es sollte einfach nicht so sein, daß wir die Sache dabei belassen, wo sie gestern aufgehört hat. Ich hätte am Telefon nicht so *abweisend* sein sollen, ich hätte ihn nicht so *fertigmachen* sollen. Um Gottes willen, was hat der arme Bursche denn gesagt? Er hat gesagt, ihm gefällt die Farbe meines Kleides. Was übrigens auch eine tolle Farbe für meine Hautfarbe ist …«

»Allerdings.«

»Worüber habe ich mich also dermaßen aufgeregt? Daß ein Mann mir ein Kompliment macht? Während ich zum Krankenhaus fuhr, habe ich die ganze Zeit darüber nachgedacht, und als ich dort ankam, mußte ich mich zwingen, nicht mehr daran zu denken, weil ich den verantwortlichen Arzt auftreiben und ihn wissen lassen mußte, daß jetzt ein Repräsentant der Polizeibehörde da ist und der angeschossene Polizist besser die bestmögliche medizinische Behandlung bekommt, oder ich würde dem Krankenhaus die Hölle heiß machen.«

»Ist er jetzt in Ordnung?«

»Ja, er ist in Ordnung. Wurde zweimal ins Bein geschossen. Es geht ihm gut.«

»Ich kann es nicht ausstehen, wenn Polizisten angeschossen werden.«

»Wem sagen Sie das«, erwiderte Sharyn und nickte grimmig. »Auf jeden Fall habe ich erst wieder daran gedacht, an *Sie* und an Ihren Anruf und daran, daß Sie so beharrlich waren, als der Cop auf dem Weg zum Buenavista war, wo er nicht mitten in der Nacht schreien wird und niemand kommt. Ich ging zu meinem Wagen und wollte schon wieder nach CP zurückfahren, als mir plötzlich einfiel, daß Sie gesagt hatten, Sie wären bereit, dort hinauszufahren, nachdem Sie acht Stunden lang gearbeitet hatten, nur um mit mir eine Tasse Kaffee zu trinken und zu reden. Und ich dachte an den Cop, der angeschossen worden war und wegen dem ich in die City fahren mußte, und sagte mir, wer ist denn hier so blöd, du oder er?«

»Und wer war es?«

»Auf jeden Fall war ich am Verhungern.«

»Aha.«

»Und ich esse nicht gern allein.«

»Aha.«

»Also habe ich Sie angerufen.«
»Und da sind wir nun«, sagte er.
»Endlich allein«, sagte sie.

Als sie an diesem Abend endlich allein mit ihm im Bett lag, sagte sie ihm, daß sie fürchterliche Angst gehabt hatte. Daß sie noch immer fürchterliche Angst hatte.

»Nein, nein«, sagte er, »mach dir keine Sorgen.«

Beruhigte sie. Streichelte ihre Schenkel, küßte ihre Brüste und Brustwarzen, küßte ihre Lippen.

»Es ist alles so schnell gegangen«, sagte sie.

»Nein, nein …«

»Jemand wird dahinterkommen …«

»Wie denn?«

»Die Leute sind doch nicht blöd.«

»Ja, aber wie könnten sie …«

»Angenommen, jemand hat uns heute abend gesehen?«

»Aber uns hat keiner gesehen.«

»Das weiß man nie so genau.«

»Hast *du* jemanden gesehen?«

»Nein, aber …«

»Ich auch nicht. Niemand hat uns gesehen. Mach dir keine Sorgen.«

Er küßte sie erneut. Sanft. Ihre Lippen, ihre Brüste. Seine Hand war unter dem hauchdünnen Nachthemd, streichelte sie, berührte sie.

»Alles ist so schnell gegangen«, flüsterte sie.

»Das sollte es doch auch.«

»Sie werden Fragen stellen …«

»Klar.«

»Mir. Dir. Sie werden Fragen stellen.«

»Und wir werden sie beantworten. Wir werden ihnen alles sagen, nur das nicht.«

»Sie sind nicht dumm.«

»Wir sind klüger.«

»Sie werden dahinterkommen.«

»Nein.«
»Halte mich fest, Johnny. Ich habe solche Angst.«
»Nein, Baby, nein, Michelle, mach dir keine Sorgen.«

4.
KAPITEL

Die beiden uniformierten Polizisten, die die Gasse absuchten, beklagten sich darüber, daß niemand in dieser Stadt einen verdammten Dreck um das Opfer einer Messerstecherei geben würde, wäre es nicht prominent gewesen.

»Außerdem«, sagte der eine, »wirft nur ein Profi eine Tatwaffe weg. Die benutzen 'ne nicht registrierte Waffe, werfen sie dann in einen Gully, und wenn wir sie dann finden, können wir sie uns in den Arsch schieben. Wenn jemand nicht 'nen Mord auf Bestellung ausführt, wirft er die Waffe auch nicht weg. Selbst ein *Messer* kostet Geld, oder? Jemand wirft 'n Messer weg, weil er damit gerade jemanden niedergestochen hat? Das ist doch lächerlich. Es gibt Springmesser, die kosten fünfzig oder hundert Mäuse. Und der wirft es weg, weil 'n bißchen Blut dran ist? Jetzt hör aber auf, ja?«

»Wer ist das Opfer überhaupt?« fragte der andere, »daß wir diese verdammte Gasse absuchen müssen, während es in Strömen gießt?«

»Keine Ahnung«, sagte der andere. »Ich hab' noch nie von ihr gehört.«

Es regnete wirklich ziemlich stark.

Beide uniformierten Polizisten trugen schwarze Umhänge und Kapuzen über den Mützen, aber ihre Schultern und Köpfe waren tropfnaß, und der trommelnde Regen erschwerte es ihnen, hier um kurz vor zwei Uhr am Morgen in der dunklen Gasse etwas zu erkennen, obwohl sie fleißig jeden Quadratzentimeter mit ihren Taschenlampen absuchten. Auch wenn sie es nicht genauso ausgedrückt hatten, lagen sie völlig richtig damit, daß in dieser Stadt eine Messerstecherei – besonders, nachdem es am vergangenen Samstag im Grover Park dermaßen *viele* Messerstechereien gegeben hatte – ein relativ unbedeutendes Ereignis war, dem man keine große Beachtung geschenkt hätte, wäre das Opfer nicht eine Schauspielerin gewesen, die in einer Tourneeproduktion von *Annie* mal die Hauptrolle gespielt hatte. Statt dessen suchten sie hier in einer beschissenen dunklen Gasse nach einem Messer, mit dem jemand einem unbekannten ›Star‹ einen Kratzer an der Schulter verpaßt hatte.

Na ja, vielleicht mehr als einen Kratzer, aber demzufolge, was beide unabhängig voneinander an diesem Abend im Fernsehen gesehen hatten, bevor sie ihren Dienst antraten, war Michelle Cassidys Schulterwunde in der Tat höchst oberflächlich. Wie schlimm *konnte* sie schon gewesen sein, wenn man sie schon ein paar Stunden nach der Einlieferung in die Notaufnahme wieder aus dem Krankenhaus entlassen hatte? Wenn sie also nur einen Kratzer abbekommen hatte, konnte es sich wohl kaum um die ›ernsthafte‹ körperliche Verletzung handeln, die nötig war, wollte man von Mordversuch oder auch nur schwerer Körperverletzung sprechen. Hier lag – *vielleicht* – leichte Körperverletzung vor; laut Strafgesetzbuch mußte einem dabei mittels einer tödlichen Waffe oder eines gefährlichen Gegenstands eine ›klar zu erkennende‹ körperliche Verletzung zugefügt werden. Und deshalb suchten sie wohl im Regen nach einem Messer.

»Eine verdammte leichte Körperverletzung«, sagte der eine Cop.

»Höchstens sieben Jahre«, sagte der andere.

»Ein cleverer Anwalt handelt das auf eine Tätlichkeit runter.«

»Auf ein bloßes Vergehen.«

»Was wir hier machen, ist doch reine Zeitverschwendung.«

»Wenn einem in diesem Land irgendwas passiert«, sagte der erste Cop, »wird man automatisch zu einem Star und Helden. All diese Arschlöcher, die aus dem Golfkrieg zurückkamen, waren plötzlich *Helden*. Ich kann mich noch an eine Zeit erinnern, als ein Held ein Bursche war, der einen Maschinengewehr-Stand mit einer Handgranate in jeder Hand und einem Bajonett zwischen den Zähnen ausgehoben hat. *Das* war ein Held! Jetzt ist man schon ein Held, wenn man einfach in einen verdammten Krieg gezogen ist.«

»Oder wenn man niedergestochen wurde«, sagte der andere Cop. »Früher war man ein Held, wenn man sich gegen den Angreifer *verteidigt* und ihm das Messer *abgenommen* und es ihm in den verdammten Hals gestoßen hatte, *dann* war man ein Held. Jetzt ist man schon einer, wenn man einfach niedergestochen wird. Man steht auf einmal im Scheinwerferlicht, das ist die Person, die heute in der U-Bahn niedergestochen wurde, Leute, er ist ein Held, seht ihn euch an, er wurde niedergestochen, applaudiert ihm mal schön.«

»Ein Held *und* eine Berühmtheit, vergiß das nicht«, sagte der erste Cop.

»Ja, aber das hier soll wirklich eine Berühmtheit sein.«

»Hast du je von ihr gehört?«

»Nee.«

»Ich auch nicht. Michelle Cassidy? Wer, zum Teufel, ist Michelle Cassidy?«

»Sie ist die Little Orphan Annie.«

»Einen Scheißdreck ist sie. Wenn jemand in diesem Land verletzt wird, macht man ihn zu einem Helden und einer Berühmtheit, und man veranstaltet ihm zu Ehren eine verdammte Konfetti-Parade. Ist dir schon mal aufgefallen, daß alle genau wissen, wie sie sich verhalten müssen, wenn sie im Fernsehen interviewt werden? Eine Mietskaserne brennt ab, und die Fernsehteams kommen, und da steht plötzlich diese Latino in ihrem Nachthemd, sie ist erst gestern aus Kolumbien gekommen, sie steht da auf der Straße und spricht kaum ein Wort Englisch, aber sie gibt dem Reporter ein Interview und klingt, als wäre sie der Gaststar in der Late-Night-Show. ›Oh, *si*, es wahrr so *schräklich*, mein Baby wahrr in die Krippe in die andere Raum, ich wuhßte gahr niecht, wahs ich tuhn sollte! Eine Illegale aus Kolumbien ist plötzlich eine verdammte Berühmtheit, die Interviews gibt!‹

»'ne Woche später dreht sie dann Werbespots für Haarspray.«

»Werbespots für *Feuerlöscher*!« sagte der erste Uniformierte, und beide wieherten vor Lachen laut los.

Es regnete noch immer, und das ernüchterte sie wieder.

»Siehst du in dieser Gasse ein verdammtes Messer?« fragte der erste Cop.

»Ich sehe in dieser Gasse *Regen*, sonst nichts.«

»Versuchen wir's mal mit dem Bürgersteig.«

»Mit dem Rinnstein.«

»Vielleicht hat er das Messer in den Rinnstein geworfen.«

»Vielleicht hat er es mit nach Hause genommen und unter seinem Kopfkissen versteckt. Ein Springmesser für fünfzig Dollar.«

»Wie spät haben wir es?«

»Kurz vor zwei.«

»Wollen wir 'ne Pinkelpause machen?«

»Ist noch zu früh.«

»Hast du keinen Hunger?«

»Ich könnt 'ne Pizza vertragen.«

»Dann gehen wir doch was essen.«

»Wir haben erst seit zwei Stunden Dienst.«

»Schon länger.«

»Zwei Stunden und fünfzehn Minuten.«

»In dem verdammten *Regen*, vergiß das nicht.«

»Trotzdem.«

»Und suchen nach 'nem Messer, das es überhaupt nicht gibt.«

»Vielleicht hat er's ja in den Rinnstein geworfen.«

»Ein Messer, das wir nie finden werden.«

»Sehen wir mal in der Gosse nach.«

Zwanzig Minuten später aßen sie Pizza in einem Schnellrestaurant an der Mapes Avenue, das rund um die Uhr geöffnet hatte.

Sieben Stunden später saßen Carella und Kling an ihren Schreibtischen und verglichen die Notizen, die sie am vergangenen Abend im Theater gemacht hatten. Der Regen hatte ein wenig nachgelassen, aber nicht so sehr, um das Gefühl zu vertreiben, daß noch Winter herrschte. Es war der siebente April. Offiziell war schon seit zwei Wochen und drei Tagen Frühling, aber in Wirklichkeit war noch immer Winter, und was die Menschen in dieser Stadt betraf, war auch heute noch ein verdammter Wintertag.

»Es sieht so aus«, sagte Kling, »als hätten alle anderen das Theater bereits verlassen, als sie auf diese Gasse trat.«

»Bis auf die Kostümbildnerin«, sagte Carella. »Kendall zufolge blieb sie noch für eine Anprobe mit der Kostümbildnerin.«

»Eine gewisse Gillian Peck«, sagte Kling und gähnte. »Der Inspizient hat mir ihre Adresse und Telefonnummer gegeben.«

»Ist es bei dir spät geworden?« fragte Carella und unterdrückte den Drang, ebenfalls zu gähnen.

»Ich bin gegen drei nach Hause gekommen. Wir haben uns lange unterhalten.«

»Du und Sharon?«

»Sharyn.«

»Sie war schließlich einverstanden, daß du den weiten Weg nach CP zu ihr hinausfährst, was?«

»Nein, sie hat mich hier in der Stadt getroffen. Außerdem ... woher weißt du ...«

»Das Revier ist klein.«

»Und du hast große Ohren.«

»I muri hanno orrecchi«, sagte Carella.

»Was heißt das?«

»Die Wände haben Ohren. Das hat meine Großmutter immer gesagt. Wer ist sie also?«

»Deine Großmutter?«

»Ja, meine Großmutter.«

»Sharyn, meinst du?«

»Sharon, meine ich.«

»Sharyn.«
»Hier muß es ein Echo geben.«
»Nein, sie heißt *Sharyn*. Mit ›y‹.«
»Ach, *Sharyn*.«
»Ja, Sharyn.«
»Wer ist sie also?«
»Eine Polizistin«, sagte Kling.
Schließlich war ja auch eine Stellvertreterin des Polizeichefs eine Polizistin.
»Kenne ich sie?«
»Glaube ich nicht.«
»Wo hast du sie kennengelernt?«
»Bei der Arbeit.«
Was auch der Wahrheit entsprach – mehr oder weniger.
»Wenn alle das Theater schon verlassen hatten«, wechselte er das Thema, »hätte jeder von ihnen ihr in der Gasse auflauern und sie niederstechen können. Also ...«
»Wechselst du das Thema?« fragte Carella.
»Ja.«
»Na schön.«
»Ich will nur noch nicht darüber sprechen«, sagte Kling.
»Na schön«, wiederholte Carella, schien aber enttäuscht zu sein. »Wo fangen wir hier an?«
»Steve ...«
»Ich weiß.«
»Wie lange sollen wir uns mit dieser Sache beschäftigen? Anderthalb Minuten nachdem sie eingeliefert wurde, wurde sie schon wieder aus dem Krankenhaus entlassen. Sie wird die Probe heute wieder aufnehmen, die Show muß weitergehen. Ich habe drei Morde auf meinem Schreibtisch, und ein Dutzend ...«
»Ich weiß.«
»Das ist nicht so wichtig, Steve.«
»*Du* weißt, daß es nicht so wichtig ist, und *ich* weiß, daß es nicht wichtig ist, aber weiß auch Polizeichef *Hartman*, daß es nicht wichtig ist?«
»Was sagst du da?«

»Pete hat mich heute morgen zu Hause angerufen.«

»Oha.«

»Hat gesagt, er habe gerade Hartman am Apparat gehabt. Sowohl der Polizeichef als auch der Bürgermeister wollen wissen, was das Siebenundachtzigste wegen dieses großen Stars unternimmt, der direkt vor dem Theater niedergestochen wurde. Sie haben gehört, daß sie vorher bei uns war und die Drohanrufe gemeldet hat ...«

»Drei Stunden vorher!«

»Wen interessiert das schon? Sie meinen, es sieht nicht gut aus, daß wir von den Drohanrufen *wußten* und trotzdem zugelassen haben ...«

»Zugelassen haben?«

»... daß das Opfer niedergestochen wird ...«

»Ja, klar, wir haben zugelassen, daß sie niedergestochen wird.«

»Das hat der Polizeichef zu Pete gesagt. Und Pete hat es mir gegenüber heute morgen um halb acht wiederholt. Die Medien machen eine große Sache daraus, Bert. Der Wahnsinn entwickelt ein Eigenleben. Pete will den Messerstecher haben. Und zwar schnell.«

Ein uniformierter schwarzer Portier fragte Carella, zu wem er bitte wolle, und Carella zeigte ihm seine Dienstmarke und nannte Morgensterns Namen. Der Portier griff zum Telefon, meldete Carella an und teilte ihm dann mit, er könne sofort hinauffahren, es sei Penthouse C, der Fahrstuhl direkt dort drüben. Ein uniformiertes schwarzes Dienstmädchen öffnete Carella die Tür und erklärte ihm, Mr. Morgenstern sei im Frühstücksraum, ob er ihr bitte folgen wolle? Er folgte ihr durch eine luxuriös eingerichtete Wohnung mit Fenstern, die auf allen Seiten einen Blick auf den Park boten.

Marvin Morgenstern saß an einem Erkerfenster, durch das der morgendliche Sonnenschein fiel; er trug einen blauen Morgenrock aus Seide mit einem blauen Seidenschal und einer blauen Seidenschärpe. Unter dem Saum des Morgenmantels und im offenen V-Ausschnitt konnte man einen Seidenschlafanzug in einem etwas helleren Blau sehen. Als das Dienstmädchen Carella in das Zimmer führte, mampfte er gerade ein Stück Toast. »Hallo«, sagte er, »schön, Sie zu sehen«, erhob sich, wischte sich entweder Butter oder Gelee von der Hand und reichte sie Carella dann. Sie wechselten einen Händedruck, und Morgenstern sagte: »Setzen Sie sich, setzen Sie sich. Trinken Sie einen Kaffee. Auch einen Toast? Ellie, bringen Sie bitte frischen Toast und noch eine Tasse. Möchten Sie auch Orangensaft? Ellie, bringen Sie ihm auch ein Glas Saft. Setzen Sie sich. Bitte.«

Carella setzte sich.

Er hatte um acht Uhr morgens gefrühstückt, und jetzt war es kurz nach zehn. Morgenstern hatte sich noch nicht rasiert, aber den Schlaf aus dem Haar gekämmt und zweifellos auch aus der Stirn vertrieben. Er hatte zottelige schwarze Brauen von der Farbe seines Haars, aber das Haar war so schwarz, daß es gefärbt zu sein schien. Vielleicht waren auch die Brauen gefärbt. Ein Mund mit schmalen Lippen, hellblaue Augen; Mund und Augen schienen eine geheime Erheiterung zu teilen, obwohl Carella nicht wußte, was an einem Angriff mit einem Messer erheiternd sein sollte.

»Wissen Sie schon, wer es getan hat?« fragte Morgenstern.

»Wissen Sie es?« fragte Carella.

»Wer kann das bei dem Ungeziefer in dieser Stadt schon sagen? Haben Sie irgendeinen Verdacht?«

»Wir ermitteln noch«, sagte Carella ausweichend.

»Sind Sie deshalb hier?«

»Ja.«

»Glauben Sie etwa, daß *ich* es war?« sagte Morgenstern und brach in Lachen aus.

»Waren Sie es?«

»Ich bin siebenundsechzig Jahre alt«, antwortete er, als sein Gelächter nachließ. »Vor drei Jahren hatte ich eine dreifache Bypass-Operation, das Knie, aus dem man mir vor zwanzig Jahren die Knorpel entfernt hat, sagt mir mittlerweile, wann es zu regnen anfangen wird, und Sie glauben, ich hätte meinen eigenen Star in einer dunklen Gasse niedergestochen? Haben Sie Erbarmen! Ah, da ist Ellie ja«, sagte er. »Und sie bringt frischen Kaffee mit, ausgezeichnet. Stellen Sie die Kanne einfach ab, Ellie. Danke.«

Das Dienstmädchen setzte ein Tablett ab, auf dem sich ein Kaffeelöffel, eine Gabel, ein Messer, eine Serviette, ein Glas Orangensaft, eine frische Tasse mit Untertasse, einige Scheiben Toast und eine Kaffeekanne befanden. Carella schätzte, daß sie höchstens dreiundzwanzig Jahre alt war, eine hübsche Frau mit schwarzblauen Augen und der Hautfarbe von *café au lait*. Er vermutete, daß sie von Haiti kam, wenn auch nur, weil so viele der neuen schwarzen Einwanderer von dort kamen. Sie verließ den Raum wieder, ohne ein Wort von sich zu geben.

Morgenstern schenkte Kaffee ein und schob das Sahnekännchen und die Zuckerschüssel hinüber. Carella trank seinen Orangensaft und nahm dann eine Scheibe Toast. Er bestrich sie mit Butter und Erdbeermarmelade und biß hinein. Das Brot war frisch, knusprig und noch warm. Der Kaffee war gut und stark. Allmählich fühlte er sich wie zu Hause.

»Dann erzählen Sie mir mal was über das Theatergeschäft«, sagte er.

»Sie wollen wissen, ob ich einen Vorteil davon habe, daß sie niedergestochen wurde, nicht wahr?« fragte Morgenstern. Insgeheim schien er noch immer amüsiert zu sein.

»So was in der Art«, sagte Carella.

»Zum Beispiel, was es bringt, daß mein Star niedergestochen wurde und nun jeder in der Stadt den Titel meines Stücks kennt«, sagte er, und diesmal lächelte er geradeheraus und schien keine Hintergedanken mehr zu hegen.

»*Und* weiß, wann die Premiere sein wird«, sagte Carella.

»Genau, am sechzehnten«, sagte Morgenstern. »Ein Donnerstag. Der Tag vor dem Passahfest *und* Karfreitag. Das sollte uns Glück bringen, meinen Sie nicht auch? Ein Doppelschlag. Aber ich will Ihnen sagen, was ich verdienen werde, *falls* dieses Stück ein Erfolg werden sollte. Was jetzt im Bereich des

Möglichen liegt, wie ich gern eingestehe. Nächste Woche sind wir nämlich auf dem Titelbild der *Time*. Die Ausgabe wird am Montag erhältlich sein.«

»Das habe ich nicht gewußt.«

»Ja. Aber aus der Sache ist sowieso ein Dauerbrenner im Fernsehen geworden. Sie können keine Nachrichtensendung mehr einschalten, ohne was von Michelle Cassidy zu hören und zu sehen, immer nur Michelle Cassidy, Michelle Cassidy. Das ist doch der ideale Stoff fürs Fernsehen, oder? Ein schönes Mädchen mit großen Titten wird niedergestochen, das schlachten die doch aus bis zum Gehtnichtmehr. In der Öffentlichkeit waschen sie sich die Hände in Unschuld, doch insgeheim lecken Sie sich die Lippen. Würde mich nicht überraschen, wenn sie aus der Story eine Miniserie machen. Sie würden mir übrigens einen großen Gefallen tun, wenn Sie vor der Premiere noch jemanden *verhaften* würden. Die Story am Kochen halten, klar?«

»Sie wollten mir etwas über ...«

»Richtig, meine Finanzen. Welcher Gewinn ist für mich drin? Warum habe ich Michelle niedergestochen, nicht wahr?«

»Ich habe nicht gesagt, daß Sie sie niedergestochen haben.«

»Ich weiß, daß Sie das nicht gesagt haben. Das war nur ein Scherz von mir. *Ich* habe auch nicht gesagt, daß ich sie niedergestochen habe. Denn ich habe es nicht getan.«

»Es erleichtert mich, das zu hören«, sagte Carella, trank einen Schluck Kaffee und bestrich einen weiteren Toast mit Butter und Marmelade.

»Obwohl mein Anteil am Gewinn es wohl rechtfertigen würde«, sagte Morgenstern.

»Was rechtfertigen?«

»Einen Mord.«

»Ach? Wie hoch ist denn nun Ihr Anteil am Gewinn?«

»Diese Frage haben Sie mir ja schon ganz am Anfang gestellt.«

»Und Sie haben sie noch immer nicht beantwortet.«

»Kurz gesagt, ich bekomme zwei Prozent vom Bruttoumsatz, fünfzig Prozent vom Reingewinn und die Erstattung sämtlicher Unkosten.«

»Und wie hoch wird der Bruttoumsatz sein?«

»Wenn wir ausverkauft sind?«

»Ja.«

»Falls wir es in die Innenstadt schaffen, meinen Sie. Aber dafür muß das Stück ein echter Hit sein. Sagen wir also, wir wechseln in ein Theater mit fünfhundert Sitzplätzen an der Stem. Die teuerste Karte bei einem Theaterstück kostet fünfzig Dollar. Im Unterschied zu einem Musical, meine ich. Bei einem Musical kostet die teuerste Karte fünfundsechzig, siebzig Dollar, kommt ganz drauf an. Sagen wir also, fünfzig Dollar bei den teuersten Plätzen, bei durchschnittlich ... hören Sie, ich habe eine genaue Aufstellung darüber, was soll ich es Ihnen im Kopf ausrechnen?«

»Worüber haben Sie diese Aufstellung machen lassen?«

»Mein Geschäftsführer hat sie angefertigt. Für den Fall, daß wir zur Stem umziehen.«

»Womit Sie jetzt wohl rechnen.«

»Nun ja, *jetzt* rechne ich damit.«

»Wann hat er diese Aufstellung angefertigt?«

»Gestern. Direkt, nachdem Michelle niedergestochen wurde.«

»Ich verstehe.«

»Ja. Wenn Sie eine Kopie davon haben wollen, kann ich sie Ihnen geben, bevor Sie gehen.«

»Darum würde ich bitten.«

»Es ist mir ein Vergnügen«, sagte Morgenstern.

»Wie hoch werden die Gewinne der Schätzung Ihres Geschäftsführers zufolge denn sein, wenn Sie zur Stem umziehen?«

»Bei einem Theater mit fünfhundert Plätzen? Bei ausverkauften Vorstellungen? Siebzig Riesen die Woche.«

»Mit anderen Worten, Mr. Morgenstern, wenn das Stück ein Hit wird, werden Sie eine hübsche Stange Geld verdienen.«

»Einen hübschen Brocken, ja.«

»Wie lange wird es dauern, bis Sie die Unkosten wieder hereingeholt haben?«

»Bei ausverkauftem Haus? Dreizehn Wochen.«

»Und danach bekommen Sie Ihren fünfzigprozentigen Anteil vom Gewinn.«

»Ja.«

»Wer bekommt die anderen fünfzig Prozent?«

»Meine Investoren.«

»Wie viele dieser Investoren gibt es?«

»Zwanzig. Wenn Sie wollen, kann ich Ihnen auch von denen eine Liste geben.«

»Wieviel bekommt der Autor?«

»Freddie? Sechs Prozent.«

»Vor oder nach Abzug der Unkosten?«

»Vorher und nachher, von Anfang an. Glatte sechs Prozent vom Umsatz.«

»Ein schönes Geschäft.«

»Abgesehen davon, daß für jedes Stück, das es schafft, zehn andere durchfallen. Oder zwölf. Ehrlich gesagt sind Sie besser dran, wenn Sie Ihr Geld in Investmentgesellschaften anlegen.«

»Das werde ich mir merken«, sagte Carella.

»Nehmen Sie noch einen Toast.«

»Danke. Nur noch ein paar Fragen, und Sie sind mich wieder los.«

»Jetzt holen Sie den Gummiknüppel raus«, sagte Morgenstern und lächelte wieder.

»Wie ich gehört habe«, sagte Carella, »wurde Michelle gestern abend …«

»Sehen Sie? Was habe ich gesagt?«

Carella lächelte. Er nahm noch eine Scheibe Toast, strich Butter und Marmelade darauf und biß hinein. »Gestern abend«, sagte er kauend, »wurde Michelle etwa fünfzehn, zwanzig Minuten lang im Theater aufgehalten. Alle anderen sind zum Abendessen gegangen, aber sie …«

»Ja, das habe ich auch gehört.«

»Sie waren nicht dort?«

»Nein. Wer behauptet denn, ich sei dort gewesen?«

»Ich dachte …«

»Vorher vielleicht. Aber nicht, als sie …«

»Ich dachte, Sie wären während der Probe dort gewesen.«

»Ich war um fünf Uhr dort und bin gegen sechs, Viertel nach sechs gegangen. Direkt nach dem Streit.«

»Ach? Was für ein Streit?« fragte Carella.

»Der übliche Quatsch.«

»Was für ein üblicher Quatsch?«

»Die Schauspielerin will wissen, *warum* sie dieses oder jenes tun soll, der Regisseur befiehlt ihr, es einfach zu tun.«

»Also war es ein Streit zwischen Michelle und Kendall?«

»Ja. Aber es war kein *Streit*, nur der übliche Blödsinn. Sie kennen doch die berühmte Geschichte mit dem klingelnden Telefon, oder?«

»Nein, die kenne ich nicht.«

»In einem Stück kommt eine Szene vor, in der das Telefon klingelt und der Schauspieler rangehen und mit der Person am anderen Ende der Leitung sprechen soll. Also will dieser methodische Schauspieler wissen, was für eine *Motivation* er hat, *warum* er ans Telefon geht. Und der Regisseur sagt zu ihm: ›Weil es *klingelt*, gottverdammt!‹ Das ist immer so, dieser Blödsinn zwischen den Schauspielern und dem Regisseur. Das hat nichts zu bedeuten.«

»Wer war noch da? War Freddie Corbin da?«

»Nein. Nur die Schauspieler und die Crew.«

»Waren noch alle da, als Sie gingen?«

»Ja.«

»Aber sie haben das Theater *vor* Michelle verlassen, nicht wahr?«

»Ja, sie mußte noch zur Kostümprobe. Die Kostümbildnerin war noch fünfzehn, zwanzig Minuten lang mit ihr beschäftigt.«

»Also sind die *anderen* gegen halb sieben zum Abendessen gegangen …«

»Ich glaube, so hatte Ashley es vor. Ja, ich bin mir sicher, daß er halb sieben gesagt hat.«

»Damit waren also Michelle und die Kostümbildnerin allein im Theater?«

»Na ja, Torey wird wohl auch noch dort gewesen sein.«

»Torey?«

»Unser Wachmann. Am Bühneneingang.«

»Wie heißt er? Torey?«

»Tja, eigentlich Salvatore Andrucci. Aber er hat unter dem Namen Torey Andrews geboxt. Erinnern Sie sich an Torey Andrews? Ein guter Mittelgewichtler, vor zwanzig, fünfundzwanzig Jahren. Das ist Torey.«

»Wissen Sie, wo ich ihn erreichen kann?«

»Im Theater. Wollen Sie noch eine Tasse Kaffee? Das Mädchen kann frischen bringen.«

»Nein, danke«, sagte Carella. »Ich habe schon genug von Ihrer Zeit beansprucht.«

»Dann hole ich Ihnen diese Umsatzschätzung. Falls Sie noch daran interessiert sind.«

»Ja, natürlich«, sagte Carella.

Gillian Peck wohnte in einem Apartmenthaus mit Türsteher im Süden der City. Kling hatte sie angerufen, und als der Portier ihn über die Sprechanlage anmeldete, hörte er, wie eine Stimme mit britischem Akzent antwortete: »Ja, schicken Sie ihn bitte herauf.«

Die Frau, die die Tür öffnete, schien Mitte Fünfzig zu sein, eine zierliche Brünette mit einem braunen Wuschelkopf, die eine grüne Tunika aus Seidenbrokat über dazu passenden ausgestellten Pumphosen und grünen Hausschuhen mit einer goldenen Verzierung trug. Sie sagte ihm sofort, sie habe um zwölf einen Termin in der Innenstadt – es war jetzt zehn nach elf – und hoffe, es würde nicht lange dauern. Kling versicherte es ihr.

Sie führte ihn in ein Wohnzimmer, in dem eingerahmte Zeichnungen der Kostüme hingen, die sie anscheinend für hundert verschiedene Aufführungen angefertigt hatte, doch sie erklärte ihm, es seien nur zehn gewesen. »Meine allerliebste war die *Zwölfte Nacht*, die ich für Marvin gemacht habe«, sagte sie strahlend und führte Kling an einer Reihe eingerahmter Sketche von Gestalten in bunten Kostümen vorbei; der Name einer jeden Gestalt stand, mit Bleistift geschrieben, unter den jeweiligen Zeichnungen: Junker Tobias von Rülp. Junker Christoph von Bleichenwang. Malvolio. Olivia. Viola …

»Ich *liebe* die Namen, die er ihnen gegeben hat«, sagte sie. »Kennen Sie den *vollen* Titel des Stücks?«

»Nein«, sagte Kling.

»Shakespeare nannte es *Zwölfte Nacht; oder Was ihr wollt*. Das war für mich das Stichwort für die Kostüme; für mich war einfach alles erlaubt, ohne die geringsten Hemmungen.«

»Das ist Ihnen vollauf gelungen«, sagte Kling.

»Ja, einigermaßen«, sagte Gillian schwermütig und betrachtete die Zeichnungen. »Nun ja«, sagte sie, wandte sich abrupt ab und ging zu einer Sitzgruppe, die aus einem mit rotem Samt bezogenen Sofa und zwei mit schwarzem Samt bezogenen Stühlen bestand. Sie nahm auf einem der Stühle Platz, vielleicht, weil sie befürchtete, in einem grünen Kostüm vor rotem Hintergrund wie ein Weihnachtsbaum auszusehen. Kling fragte sich plötzlich, ob sie ihre Kleidung selbst entwarf.

»Setzen Sie sich doch«, sagte sie und zeigte auf das Sofa.

Er setzte sich.

Sie schaute auf ihre Uhr.

»Was Miss Cassidy betrifft …«, sagte er.

»O ja, das arme Kind«, sagte Gillian.

»Wie ich gehört habe, waren Sie gestern abend bei ihr. Unmittelbar bevor sie niedergestochen wurde.«

»Ja. Ich mußte eins ihrer Kostüme abändern.«

»Wie viele hat sie?«

»Insgesamt drei. Das war das vom ersten Akt. Es ist weiß, sehr jungfräulich, sie trägt es, als sie noch ein junges Mädchen ist und sich ins Theater vernarrt. Kennen Sie das Stück?«

»Eigentlich nicht.«

»Es taugt nicht viel«, sagte Gillian. »Ehrlich gesagt, Marvin sollte für diese Publicity dankbar sein.«

»Das ist er bestimmt«, sagte Kling.

Sie sah ihn an.

»Hm«, machte sie. »Na ja, das sollte mich nicht wundern. Auf jeden Fall hat sie drei Kostüme, das jungfräuliche weiße, und dann das graue, wenn sie gewissermaßen ihre Unschuld verliert ... das ist wirklich völliger Quark ... und dann das rote, nachdem sie niedergestochen wurde, wenn nur Gott allein weiß, wer oder *was* sie dann sein soll. Oder auch, wer sie niedergestochen hat. Hier kriegt man wirklich den Eindruck, daß das Leben die Kunst imitiert, nicht wahr?«

»Ich glaube schon, ja.«

»Haben Sie irgendeine Ahnung, wer es getan hat?«

»Noch nicht.«

»Das Leben imitiert die Kunst ganz genau«, sagte sie. »Im Stück weiß auch keiner, wer sie niedergestochen hat.«

»Nun ja, wir ermitteln noch.«

»Es macht einem schon angst, daß die Person, die sie niedergestochen hat, noch frei herumläuft, nicht wahr? Und vielleicht frei bleiben wird. Was in dieser Stadt nicht allzu ungewöhnlich wäre, oder?«

»Nun ja«, sagte Kling.

»Ich wollte Sie nicht beleidigen.«

»Wo hat diese Anprobe stattgefunden, Miss Peck?«

»In Michelles Garderobe.«

»Wann?«

»Um halb sieben. Oder fünf Minuten nach halb.«

»Wie lange hat sie gedauert?«

»Ach, höchstens zehn Minuten.«

»Bis zwanzig vor sieben?«

»Eher Viertel vor.«

»Und dann?«

»Was meinen Sie?«

»Was haben Sie *nach* der Anprobe gemacht?«

»Nun, wir sind gegangen.«

»Sie haben das Theater verlassen?«

»Nein, die Garderobe.«

»Gemeinsam?«

»Nein. Ich bin in die Kleiderkammer gegangen, um das Kostüm wieder aufzuhängen, und Michelle ging aufs Klo.«

»Haben Sie sie an diesem Abend noch einmal gesehen?«

»Ja, als ich das Theater verließ.«

»Wo haben Sie sie gesehen?«

»Direkt neben dem Bühneneingang hängt ein Telefon an der Wand. Ein Münzfernsprecher. Sie stand da, als ich das Theater verließ.«

»Hat sie telefoniert?«

»Nein. Genaugenommen hat sie eine Nummer gewählt.«

»Wann war das?«

»Oh ... um zehn vor sieben?«

»Was ist dann passiert?«

»Ich habe mich von Torey verabschiedet und bin gegangen.«

»Wer ist Torey?«

»Der Wachmann.«

»Wo war er?«

»Er saß direkt am Bühneneingang. Wo er immer sitzt. Da steht ein Stuhl.«

»Wie weit vom Telefon entfernt?«

»Anderthalb Meter? Zwei Meter? Das kann ich wirklich nicht sagen.«

»Haben Sie auf der Gasse jemanden gesehen, als Sie hinausgegangen sind?«

»Nein.«

»Sie waren nicht noch in der Gasse, als Michelle das Theater verließ, oder?«

»Nein, ich war schon weg.«

»Dann haben Sie nicht gar gesehen, daß sie das Theater verließ?«

»Nein, habe ich nicht.«

»Und Sie haben auch nicht gesehen, daß jemand sie niederstach?«

»Nein, allerdings nicht.«

»Wohin sind Sie gegangen, nachdem Sie das Theater verlassen haben?«

»Ich habe mich mit einem Freund getroffen.«

»Wo haben Sie sich mit ihm getroffen?«

»In einem Restaurant in der Innenstadt. Ich habe direkt vor dem Theater ein Taxi erwischt.«

»Wann war das ungefähr?«

»Um fünf Minuten vor sieben.«

»Sie wissen noch den genauen Zeitpunkt?«

»Ja, ich habe auf die Uhr gesehen. Ich war um halb acht mit meinem Freund verabredet und habe mich gefragt, ob ich zu spät kommen würde. Das Restaurant liegt auf der anderen Seite der Innenstadt.«

»Um welches Restaurant handelt es sich, Miss Peck?«

»Um das Da Luigi. An der Mersey Street.«

»Kamen Sie zu spät?«

»Nein, ich war auf den Nu pünktlich.«

Kling sah sie an.

»Auf die Minute«, sagte sie.

Torey Andrews alias Salvatore Andrucci betrachtete die Dienstmarke in Carellas Hand und sah sich dann noch mal seinen Ausweis an.

»Geht es um Michelle?« fragte er dann.

»Ja, genau«, sagte Carella.

»Ich hatte gehofft, Sie hätten den Typ mittlerweile erwischt.«

»Wir ermitteln noch.«

»Solange *ich* kein Verdächtiger bin, was?« sagte Torey, grinste und zeigte dabei, daß ihm jede Menge Zähne fehlten.

Er war etwa einssiebzig groß, wog gut zwei Zentner und war nicht mehr der Mittelgewichtler, der er früher mal gewesen war.

Sein linkes Auge war zum Teil von Narbengewebe überwuchert, seine Nase war über die gesamte Mitte seines Gesichts breitgeschlagen worden, und er klang wie alle an einem Boxersyndrom leidenden Stumpfnasen, die Carella je kennengelernt hatte. Aber in seinen lebhaften grünen Augen funkelte Intelligenz, und Carella vermutete, daß er den Ring verlassen hatte, bevor es seinen Gegnern gelungen war, sein Gehirn zu Brei zu schlagen.

Er trug, was Carella immer einen ›Bäckereipulli‹ genannt hatte, weil sein Vater so einen Pullover jeden Morgen zur Arbeit angezogen hatte. In Toreys Fall handelte es sich um eine kragenlose braune Strickjacke, die an den Ärmeln etwas ausgefranst war und bei der ein Knopf fehlte. Dazu trug er dicke, grobe Cordsamthosen und braune Halbschuhe. Er saß praktisch mitten im Bühneneingang auf seinem Stuhl. Der Münzfernsprecher an der schwarz gestrichenen Ziegelsteinwand war etwa zwei, zweieinhalb Meter vom Stuhl entfernt. Carella konnte hören, daß auf der Bühne zwei oder drei Schauspieler eine Szene probten. Der Uhr an der Wand zufolge war es halb eins.

»Torey, können Sie mir etwas darüber sagen, was gestern abend passiert ist?« fragte Carella.

»Ja, klar. Ich hab' nämlich die Polizei angerufen. Ich hörte sie schreien, lief raus, und sie lag da schreiend auf dem Boden.«

»Sie haben sonst niemand in der Gasse gesehen, oder?«

»Nein. Nur sie. Sie meinen den, der sie niedergestochen hat? Nein. Ich wünschte, ich hätte ihn gesehen.«

»Was haben Sie dann getan?«

»Ich habe sie dort liegen lassen. Man soll einen Verletzten nicht bewegen. Das habe ich gelernt, als ich noch im Ring war. Wenn jemand einen schweren Treffer abbekommen hat und man ihn bewegt, könnte es dadurch noch schlimmer werden. Also ließ ich sie draußen liegen, lief wieder rein und rief die Polizei an. Mit dem Telefon dort drüben. Sie kam sofort. Was in dieser Stadt ein Wunder ist.«

»Haben Sie vielleicht einen Verdächtigen gesehen, *bevor* Miss Cassidy das Theater verließ?«

»Ich war nicht draußen.«

»Im Theater, meine ich. Nachdem alle anderen gegangen sind.«

»Sie meinen, nachdem auch Miss Peck gegangen ist?«

»Ja. Sie haben im Theater keinen Verdächtigen gesehen, oder? Keinen, der hier nichts zu suchen hatte?«

»Nein, hab' ich nicht. Miss Peck ging, und ein paar Minuten später kam Michelle, um zu telefonieren, und ...«

»Miss Cassidy hat telefoniert?«

»Ja. Von dem Apparat da an der Wand.«

»Haben Sie vielleicht gehört, was sie *gesagt* hat?«

»Na ja, es war ein kurzer Anruf.«

»Aber Sie haben gehört, was sie gesagt hat?«

»Ja, hab' ich.«

»Was hat sie gesagt?«

»Sie hat gesagt ... na ja, wollen Sie es wortwörtlich wissen? Ich weiß nicht, ob ich mich noch *genau* daran erinnere.«

»So genau, wie Sie sich erinnern.«

»Tja ... Sie hat so was gesagt wie, äh, ich bin's, ich will gerade gehen, so was in der Art. Und dann hat sie kurz gelauscht und dann wohl okay gesagt und aufgelegt.«

»Hat sie irgendeinen Namen genannt?«

»Nein.«

»Was hat sie dann getan?«

»Dann ist sie zu mir gekommen, und wir haben uns eine Weile unterhalten.«

»Wie lange?«

»Fünf Minuten? Sie sah immer wieder auf ihre Uhr ... ich hab' mir gedacht, sie sei verabredet. Aber wir haben uns ein paar Minuten lang unterhalten, und dann hat sie wieder auf die Uhr gesehen und gesagt: ›Na ja, tschüs, Torey!‹, so was in der Art, und ist gegangen.«

»Wann war das?«

»Um fünf nach sieben.«

»Woher wissen Sie das?«

»Da an der Wand hängt 'ne Uhr«, sagte er und nickte hinüber. »Ich schau ständig drauf. Es ist komisch«, sagte er. »Wenn man drei Minuten im Ring stehen muß, kommt einem das wie eine Ewigkeit vor. Aber hier, hier im Theater, sitze ich auf meinem Stuhl, sehe auf die Uhr und denke an die alten Zeiten, und es ist, als würde ein Film viel zu schnell an einem vorbeirasen. Manchmal denke ich, ich habe nicht mal Zeit genug, all die Filme in meinem Kopf abzuspielen. Haben Sie Zeit genug, alle abzuspielen?«

»Ich will es hoffen«, sagte Carella sanft.

Der Uhr an der Wand im Mannschaftsraum zufolge war es zwanzig Minuten nach eins. Sie hatten sich zum Mittagessen Sandwiches bringen lassen und rekapitulierten nun, während sie aßen, was sie unabhängig voneinander herausgefunden hatten.

»Wen hat sie angerufen?« fragte Kling.

»Das ist die große Frage.«

»Zeig mir mal diese Umsatzsschätzung, die Morgenstern dir gegeben hat«, sagte er, und Carella schob sie ihm über den Schreibtisch hinweg zu.

GESCHÄTZTES WÖCHENTLICHES BUDGET ›ROMANZE‹
FÜR EIN ›MITTLERES‹ THEATER MIT 500 SITZPLÄTZEN
BASIEREND AUF EINEM KOSTENDECKENDEN UMSATZ
VON $ 100.000

GEHÄLTER:
BESETZUNG:

MICHELLE CASSIDY	$	3.000
ANDREA PACKER	$	2.400
COOPER HAYNES	$	2.400
MARK RIGANTI	$	2.400
4 KLEINDARSTELLER à $ 1,000	$	4.000

»Die Kleindarsteller kriegen einen Riesen pro Woche, was?«

»Wärst du gern Schauspieler?«

»Nee.«

INSPIZIENT	$	1.400
ASSISTENT	$	1.150
A. E. A. URLAUB & KRANKENVERSICHERUNG	$	990

»Was ist A. E. A.?«
»Keine Ahnung.«

GEWANDMEISTERIN	$	900
T. W. A. U./MU & HS URLAUBSGELD	$	63

»T. W. A. U.?«
»Bestimmt irgendeine Gewerkschaft.«
»MU? HS?«
»Keine Ahnung.«

LEITENDER DIREKTOR	$	1.500
GESCHÄFTSFÜHRER	$	977
PRESSEAGENT	$	1.085
PRODUKTIONSASSISTENT	$	500
ANWALT	$	350
STEUERBERATER	$	250
BUCHHALTER	$	200
CASTING	$	250
DESIGNER 2 à $ 175	$	350
	$	24.165

THEATER

MIETGARANTIE	$	6.500
ALLGEMEINES PERSONAL & KOSTEN	$	22.500
ZUSÄTZLICHE BÜHNENCREW	$	1.195
	$	30.195

PROMOTION, PUBLICITY UND ANZEIGEN

ZEITSCHRIFTENWERBUNG	$	9.000
RADIOWERBUNG	$	3.000
FERNSEHWERBUNG		0
KOSTEN PLAKATE	$	9.000
BUSSE, TAXIS, TELEFONZELLEN, ETC.	$	3.000
DRUCK/VERSAND 7 FOTO-REPROS	$	150

SPESEN PRESSEAGENT	$ 250
SONDERAUSGABEN WERBUNG	$ 400
	$ 16.000

VERWALTUNG UND ALLGEMEINES

PROGRAMMBEILAGEN, ETC.	$ 80
GEWERKSCHAFTSGEBÜHREN	$ 500

»Wie der Affe sagte, als er in die Kasse pinkelte …«

»Das wird ganz schön teuer«, sagte Carella, und beide Männer kicherten wie Schulknaben.

NEBENKOSTEN PRODUZENT	**$ 750**
NEBENKOSTEN DIREKTOR	**$ 400**

»Den Rest der allgemeinen Verwaltungskosten können wir uns schenken«, sagte Carella. »Sieh dir mal den nächsten Abschnitt an.«

Kling sah ihn sich an:

BRUTTOTANTIEMEN VON:		**$ 100.000**
AUTOR	6,00 %	$ 6.000
STAR	0,00 %	0

»Wie ich sehe, kriegt Michelle kein Stück vom Kuchen ab.«

»Keiner der Schauspieler ist am Umsatz beteiligt.«

»Der große Gewinner ist der Autor.«

»Der *größere* Gewinner ist Morgenstern.«

»Dieser Aufstellung zufolge aber nicht.«

REGISSEUR	2,00 %	$ 2.000
PRODUZENT	**2,00 %**	**$ 2.000**
TANTIEMEN GESAMT	10,00 %	$ 10.000

»Er bekommt dazu noch fünfzig Prozent vom Gewinn.«

»Wie schön. Gehört ihm auch noch das Theater?«

»Glaub' ich nicht.«

THEATERBETEILIGUNG		
GEPLANTER PROZENTSATZ 5,00 %	$	5.000

»Was kommt also dabei rum?«

»Rechne es zusammen.«

GESCHÄTZTE WÖCHENTLICHE BETRIEBSKOSTEN:	**$**	**99,897**

KOSTENDECKUNG	
IN HAUS MIT 500 SITZPLÄTZEN	
MIT: TEUERSTE KARTE $ 50.00	
NETTO: KARTE $ 45.75	
GESCHÄTZTER GESAMTUMSATZ:	$ 183.000
GESCHÄTZTE UNKOSTEN/ AUSVERKAUFTES HAUS:	$ 112.925
GESCHÄTZTER WÖCHENTLICHER GEWINN:	$ 70.075

»Davon bekommt Morgenstern die Hälfte«, sagte Carella. »Zuzüglich seine zwei Prozent und seine Nebenkosten.«

»Glaubst du, er war es?«

»Nein.«

»Wer war es dann?«

»Derjenige, den Michelle angerufen hat, bevor sie das Theater verließ.«

5. KAPITEL

Die Sekretärin in dem kleinen Wartezimmer von Johnny Miltons Büro an der Stemmler Avenue und Locust Street telefonierte gerade, als die Detectives um drei Uhr an diesem Dienstag nachmittag dort eintrafen. Sie schaute kurz auf, zeigte zu der Bank an der Wand gegenüber von ihrem Schreibtisch, lauschte noch einen Augenblick lang und sagte dann: »Ich verstehe ja, wie du dich fühlst, Mike, aber er hat *wirklich* gerade eine Konferenzschaltung, und ich weiß nicht, wie lange es noch dauern wird.«

Sie hörte wieder zu und verdrehte dann die Augen. »Aber das stimmt einfach nicht, Mike«, sagte sie dann, »er spricht ständig mit dir. *Wann*? Was meinst du mit *wann*?« sagte sie und verdrehte erneut die Augen. »Wann immer es etwas Neues gibt, ruft er dich an. Nein, das stimmt auch nicht. Er hält dich immer auf dem laufenden. Mike, du bist gerade von einem Engagement in Boston zurückgekommen, was glaubst du, wer dir das besorgt hat, wenn nicht Johnny? Was? Nein, das ist bestimmt noch keine zwei Monate her. Februar? Wirklich? War es im *Februar*? Na ja, dann ist es doch wohl schon zwei Monate her. Herrje. Trotzdem ist er ständig für dich auf der Suche, Mike, das verspreche ich dir. Ups, da klingelt das andere Telefon«, sagte sie, obwohl im Büro gar nichts klingelte. »Ich sag' ihm, daß du angerufen hast, und er wird dich sofort zurückrufen. War schön, mit dir gesprochen zu haben«, sagte sie, legte auf und atmete übertrieben verzweifelt aus.

»Schauspieler«, sagte sie. Dann ging ihr ein Licht auf, daß die beiden Männer, die auf der anderen Seite des Raums neben der Bank standen, gut genug aussahen, um selbst Schauspieler zu sein und vielleicht auch welche *waren*, und fügte erklärend hinzu: »Hitchcock hatte recht.« Erst dann wurde ihr klar, daß sie das Vergehen damit vielleicht nur verschlimmert hatte, wenngleich keiner der beiden den Bezug verstanden zu haben schien. Hitchcock hatte nämlich ständig gesagt, alle Schauspieler seien Schafe, was sie im Warteraum eines Arztes in einer Zeitschrift gelesen hatte; den Mann selbst hatte sie nie kennengelernt.

»Kann ich Ihnen helfen?« fragte sie, lächelte freundlich und setzte sich auf ihrem Stuhl gerade, um in ihrem ziemlich engen roten Pulli mehr Eindruck schinden zu können. Der Blonde trat von der Wand mit den eingerahmten Porträtfotos von Johnnys Klienten zurück, ging durch den Raum zu ihrem Schreibtisch, klappte ein Ledermäppchen in der rechten Hand auf und enthüllte eine goldene Dienstmarke mit dem Namen der Stadt darauf, dem Siegel der Stadt in Gold auf blauem Email, dem Wort DETECTIVE darunter, und darunter 87. REVIER.

»Detective Kling«, sagte er. »Mein Partner, Detective Carella.« Er nickte zu dem dunkleren Mann hinüber, der nun ebenfalls zum Schreibtisch kam. »Wir möchten bitte mit Mr. Milton sprechen.«

»Oh«, sagte sie. »Klar.« Sie griff sofort nach dem Telefon und drückte auf einen Knopf, womit sie die Behauptung Lügen strafte, ihr Chef führe ein Konferenzgespräch, die sie gerade dem Schauspieler namens Mike aufgetischt hatte. »Mr. Milton«, sagte sie, »zwei Detectives möchten Sie sprechen.« Sie lauschte, nickte, sagte dann »Ja, Sir, sofort!« und legte den Hörer wieder auf. »Gehen Sie einfach durch«, sagte sie und zeigte auf eine holzgetäfelte Tür rechts von ihrem Schreibtisch.

Johnny Milton war an diesem Nachmittag für einen sonnigen Frühling gekleidet, obwohl es draußen vor seinem Fenster noch regnete. Er trug einen pastellblauen Pulli mit V-Ausschnitt über einem am Hals offenen gelben Hemd, beige Hosen und quastenbesetzte Halbschuhe und sah aus wie der Produzent einer großen Produktionsgesellschaft in Hollywood statt wie ein Agent in einem Büro, das nicht größer als das des Lieutenants im alten Siebenundachtzigsten war. Doch statt mit Verbrecherfotos waren die Wände hier mit eingerahmten Postern von Fernsehserien und Theaterproduktionen bedeckt, in denen vermutlich Miltons Klienten aufgetreten waren. Carella kannte einige der Produktionen, wenn auch nur dem Namen nach. Bei den meisten klingelte gar nichts. Milton streckte die Hand aus und kam um den Schreibtisch herum.

»Meine Herren«, sagte er, »schön, Sie wiederzusehen.« Er gab zuerst Carella und dann Kling die Hand. »Setzen Sie sich, bitte. Warten Sie, ich räume nur eben das Zeug da weg«, sagte er und ging zu einem Sofa, auf dem – wie Carella vermutete – Drehbücher in verschiedenfarbigen Mappen lagen. Milton trug sie zu seinem Schreibtisch, ließ sie achtlos darauf fallen, bedeutete den Polizisten, Platz zu nehmen, ging hinter seinen Schreibtisch und setzte sich ebenfalls. Das Sofa war eins dieser schmalen kleinen Dinger und mit einem sehr dunklen grünen Samtstoff bezogen. Als die Detectives darauf Platz genommen hatten, berührten sich ihre Schultern.

»Michelle geht es gut«, sagte Milton sofort. »Falls Sie es noch nicht wissen.« Er schaute auf seine Uhr. »Sie probt in diesem Augenblick sogar schon wieder.«

»Schön«, sagte Carella. »Mr. Milton, hat sie Ihnen gegenüber diese Drohanrufe erwähnt?«

»Erst gestern. Ich war es, der ihr geraten hat, zur Polizei zu gehen.«

»Ach«, sagte Carella.

»Ja.«

»Hat sie Ihnen gesagt, daß der Mann wie Jack Nicholson klingt?«

»Ja. Aber natürlich …«

»Natürlich.«

»… ist er nicht Jack Nicholson. Das ist Ihnen doch klar, oder?«

»Ja, sicher.«

»Jack Nicholson ist zur Zeit übrigens in Europa, dreht dort.«

»Also kann er nicht derjenige gewesen sein, der Michelle in dieser Gasse niedergestochen hat«, sagte Carella und verzog dabei keine Miene.

»Genau das sage ich ja«, bekräftigte Milton.

»Haben Sie eine Ahnung, wer dieser Mann gewesen sein könnte?« fragte Carella.

»Nein.«

»Tritt einer Ihrer Klienten mit einer Jack-Nicholson-Imitation auf?«

»Nein. Meines Wissens jedenfalls nicht«, sagte Milton und lächelte.

»Mr. Milton«, sagte Kling, »können Sie uns sagen, wo Sie gestern abend waren, als Sie hörten, daß Michelle niedergestochen wurde?«

»Ja, sicher. Warum?«

»Wo waren Sie, Sir?«

»In einem Steakhouse an der Stem. Der Stemmler Avenue«, fügte er hinzu und erklärte die Abkürzung, als wären die Detectives gerade mit einem Schiff aus Peru hier eingetroffen.

»Welches Steakhouse war das?« fragte Carella.

»O'Leary's Steakhouse.«

»An der Stem und der North Twelfth?«

»Ja.«

»Das liegt ziemlich weit oben, oder?«

»Ich wollte mich dort mit Michelle treffen. Es liegt ganz in der Nähe des Theaters.«

»Drei, vier Häuserblocks entfernt, oder?«

»Ja.«

»Wann wollten Sie sich dort mit ihr treffen?«

»Ich hatte für sieben Uhr einen Tisch reserviert.«

»Aber sie ist nicht gekommen.«

»Nein. Na ja, Sie wissen ja, was passiert ist.«

»Ja. Sie wurde niedergestochen, als sie das Theater verließ. Offensichtlich, als sie auf dem Weg zu Ihnen war.«

»Offensichtlich.«

»Was haben Sie getan, als sie nicht kam?«

»Ich habe im Theater angerufen.«

»Wann war das?«

»Viertel nach, zwanzig nach sieben. Da habe ich erfahren, was passiert ist.«

»Ach?« sagte Kling.

Die beiden Detectives sahen sich an.

»Ich dachte, Sie hätten es im Radio gehört«, sagte Carella.

»Nein, Torey hat mir erzählt, was passiert ist. Der Wachmann der Produktion. Des Stücks, in dem sie spielt. *Romanze.* Er hat mir gesagt, sie sei niedergestochen worden, und man habe sie ins Morehouse General gebracht. Also nahm ich mir ein Taxi und fuhr sofort hin.«

»Ich hatte den Eindruck, Sie hätten es im Radio gehört«, sagte Carella.

»Wirklich? Wie kommen Sie denn darauf?«

»So, wie Sie es erzählt haben ...«

»Ich habe nur gesagt, ich hätte davon gehört.«

»Ja, und wären sofort hingefahren.«

»Genau.«

»Das klang so, als hätten Sie es im Radio gehört oder in den Fernsehnachrichten gesehen.«

»Nein, habe ich nicht. Torey hat es mir erzählt.«

»Dann wäre das jetzt klargestellt.«

Die Detectives sahen sich erneut an.

»Miss Cassidy zufolge wohnen Sie mit ihr zusammen«, sagte Kling. »Stimmt das?«

»Ja.«

»Wo wohnen Sie, Sir?«

»In ihrem Apartment. Na ja, es war früher ihr Apartment, bis wir uns entschlossen, es zu wagen. Zusammenzuziehen, meine ich.«

»Und wo ist das?« fragte Carella.

»Die Wohnung? An der Carter und Stein.«

Gehört zum Achtundachtzigsten, dachte Carella.

Die Carter und Stein lagen am Rand von Diamondback, in der Gegend, die in den späten zwanziger und frühen dreißiger Jahren die »Goldküste« genannt wurde. In jener Zeit war Diamondback ein rein schwarzes Viertel, und in den Hochhäusern an der Carter Avenue zwischen der Stein und der Ridge hatten Entertainer, Musiker, Künstler, Geschäftsleute und Politiker gewohnt, die Elite der schwarzen Bevölkerung Isolas. Die Gebäude boten noch immer einen ausgezeichneten Blick auf den Grover Park, ein Anreiz, der einen rührigen schwarzen Bauunternehmer veranlaßt hatte, sie zu hochwertigen Apartmenthäusern mit Türsteher umzubauen. Die einzelnen Wohnungen waren in kürzester Zeit an Weiße aus der Innenstadt verkauft worden, die allerdings nicht ganz so abenteuerlustig und wagemutig gewesen wären, hätten die Gebäude sich läppische zwölf Blocks weiter vom Stadtzentrum entfernt befunden. Gell, *Mann*, es ist schon was anderes, im Herzen von Diamondback zu *wohnen*, als gelegentlich mal zum Abendessen zu Mama Grace's zu fahren und hausgemachte Chitlins, Erbsenpüree und Haferschleim zu verdrücken. Aber die Carter Avenue war für diese Stadt noch eine relativ sichere Gegend, und der Blick auf den Park war eben unbezahlbar.

In Diamondback wohnten *noch immer* vorwiegend Schwarze. Nicht umsonst lautete einer der clevereren Spitznamen für das Viertel Diamond*black*. Aber Hispanos aus Kolumbien und der Dominikanischen Republik – im Gegensatz zu den Puertorikanern, die nun Bürger in der dritten Generation waren – und andere Immigranten, viele davon illegale, aus Pakistan, Vietnam, Korea, Bangladesch, Afghanistan und vom Planeten Venus, waren in die Gegend eingesickert und bildeten immer größer werdende Enklaven, die sich von den meisten Alteingesessenen fernhielten, was zu kulturellen Konflikten in – noch – kleinerem Maßstab führte. Die Mischung war explosiv und gefährlich. Von der Carter Avenue mal abgesehen, an der Johnny Milton mit Michelle Cassidy in einem Apartment wohnte, das ihr früher mal allein gehört hatte.

»Sie ist auch Ihre Klientin, nicht wahr?« fragte Carella.

»Ja.«

»Was kam zuerst?«

»Sie war meine Klientin, bevor sich eine persönliche Beziehung entwickelte, wenn Sie das meinen.«

»Wann war das?«

»Vor sieben Jahren.«

»Da fing die persönliche Beziehung an?«

»Ja.«
»Und die geschäftliche?«
»Die besteht schon wesentlich länger.«
»Seit wann?«
»Seit sie zehn war. Sie wissen ja, sie war Kinderschauspielerin ...«
»Ja.«
»Als *Annie* auf Tournee ging, habe ich sie dort untergebracht. Sie hat Annie gespielt. Die Hauptrolle.«
»Seit wann kennen Sie sich also schon?«
»Seit dreizehn Jahren.«
»Und keiner von Ihnen hat was anderes am Laufen?«
»Nein, nein. Es ist genauso, als wären wir verheiratet.«
»Würden Sie sagen, daß Ihre Beziehung gut ist?«
»Sehr gut. Genauso, als wären wir verheiratet.«
»Dann ist es doch ein ständiges Auf und Ab, oder?« sagte Carella. »Wenn es genauso ist, als wären Sie verheiratet.«
»Ja. Genauso.«
»Wie haben Sie reagiert, als sie Ihnen von den Drohanrufen erzählte?«
»Das habe ich Ihnen doch schon gesagt. Ich habe ihr geraten, sofort zur Polizei zu gehen.«
»Haben Sie eine Ahnung, warum sie so lange damit gewartet hat, Ihnen davon zu erzählen?« fragte Kling.
»Nein.«
»Denn anscheinend fingen die Anrufe ...«
»Ja, ich weiß ...«
»... am neunundzwanzigsten März an ...«
»Ja, ich weiß ...«
»Aber sie hat Ihnen erst gestern davon erzählt.«
»Vielleicht hat sie gehofft, daß sie wieder aufhören.«
»*Sie* haben nie mit diesem Mann gesprochen, oder?« fragte Carella.
»Nein.«
»Ich meine, Sie sind nie ans Telefon gegangen, und jemand, der sich wie Jack Nicholson anhörte, hat gebeten, Miss Cassidy sprechen zu dürfen?«

»Nein, nie.«
»Hat mal jemand angerufen und sofort wieder aufgelegt?«
»Ja, klar. Das ist hier doch ganz normal.«
»Falsch verbunden und so?«
»Ja, so was in der Art.«
»Hat mal jemand ›Tut mir leid, falsch verbunden!‹ mit einer Stimme gesagt, die sich wie die von Jack Nicholson anhörte?«
»Nein. Wenn jemand eine falsche Nummer gewählt hat, handelte es sich meistens um einen Ausländer. Latinos, Asiaten. Tut mil leid, falsch velbunden. Gottverdammt, die können nicht mal telefonieren.«
Carella sagte dazu nichts.
»Wann sind Sie im O'Leary's eingetroffen?« fragte Kling.
»Habe ich Ihnen doch schon gesagt. Um sieben.«
»Auf die Minute pünktlich?«
»Vielleicht fünf Minuten früher. Ich hatte für sieben reserviert.«
»Und wann wurden Sie langsam nervös?«
»Weil sie nicht kam?«
»Ja.«
»Gegen zehn nach sieben. Ich wußte, sie würden pünktlich um sieben Uhr Pause machen. Da wird gerade ein Stück geprobt, und das ist ein Rennen gegen die Uhr, die Premiere kommt rasend schnell näher. Wenn die Pause für sieben Uhr angesetzt ist, heißt das auch sieben Uhr, und um acht hat man wieder zurück zu sein, damit es weitergehen kann. Das Theater ist … wie weit? … vom O'Leary's entfernt? Fünf Minuten? Ich gab ihr bis Viertel nach sieben, und dann hielt ich nach einem Telefon Ausschau.«
»Wer hat den Anruf im Theater entgegengenommen?«
»Hab' ich Ihnen doch schon gesagt. Torey. Am Bühneneingang ist ein Münzfernsprecher. Ich hatte kaum gebeten, mit Michelle sprechen zu dürfen, da sagte er schon: ›Halten Sie sich fest, Johnny. Michelle wurde gerade in der Gasse draußen niedergestochen.‹«
»Das waren seine genauen Worte?«
»Ja. Ich habe ihn gefragt, wohin man sie gebracht hätte,

und er sagte, ins Morehouse. Also bin ich aus dem Steakhouse gestürmt und sofort hingefahren.«

»Mit dem Taxi?«

»Ja.«

»Wann haben Sie das Restaurant verlassen?«

»Sobald ich aufgelegt hatte. Um zwanzig nach sieben? Fünf vor halb acht?«

»Und Sie sind direkt ins Krankenhaus gefahren?«

»Ja, sicher. Sie waren ja schon da, als ich dort ankam. Wann war das? So gegen Viertel vor acht?«

»So ungefähr«, sagte Carella. »Mr. Milton, vielen Dank für Ihre Hilfe, wir wissen das zu schätzen ...«

»Werden Sie diesen Burschen *schnappen*?« fragte Milton.

»Das hoffen wir«, sagte Kling. »Noch mal vielen Dank, Sir, wir wissen Ihre Hilfsbereitschaft zu schätzen.«

Die Sekretärin in dem kleinen Wartezimmer telefonierte wieder, als sie gingen, und erklärte dem Schauspieler Mike, Mr. Milton habe unerwartet Besuch bekommen, sei jetzt aber wieder frei und könne mit ihm sprechen. Sie lächelte Kling zu, als sie hinausgingen, und drückte auf den Knopf der Gegensprechanlage. Während sie draußen auf dem Gang auf den Fahrstuhl warteten, sagte Carella: »Fahren wir in die oberen Stadtteile.«

»Klar«, sagte Kling. »Zuerst zum Theater? Oder zu O'Leary's?«

»Zum Theater«, sagte Carella.

Kein Messer.

Das hatten die durchnäßten Polizisten gemeldet, nachdem sie am Morgen zum Revier zurückgekehrt waren, und weder Carella noch Kling hatten irgendeinen Grund zu der Annahme, sie hätten nicht fleißig gesucht. Dennoch schritten er und Kling noch einmal die Gasse und den Bürgersteig vor dem Theater ab und kamen in strömendem Regen zur Erkenntnis, daß dort tatsächlich kein Messer lag.

Zumindest keins, das sie finden konnten.

Außerdem waren sie in erster Linie nicht hier, um nach einem Messer zu suchen.

Sie waren hier, um die Zeit zu messen, die man benötigte, um vom Theater zu O'Leary's Steakhouse an der Stem zu gehen.

Die Möglichkeit, daß derjenige, der Michelle Cassidy niedergestochen hatte, nach Begehen der feigen Tat davon*gelaufen* war, hatten sie sofort ausgeschlossen; in dieser Stadt erregt jemand, der läuft, Aufmerksamkeit. Also drückte Kling auf den Stoppuhrknopf seiner komplizierten digitalen Armbanduhr, und sie schritten schnell und zügig aus, verließen die Gasse, bogen unter der Theatermarkise mit den roten Lettern ROMANZE auf schwarzem Untergrund links ab und gingen schnell an den Postern vorbei, auf denen der sechzehnte April als Premierentag angegeben war. Klings Armbanduhr tickte, und sie legten ein scharfes Tempo vor, als wären sie noch Jünglinge, was sie schon längst nicht mehr waren, aber schließlich war derjenige, auf den es ankam, ja noch einer. Sie gingen bis zur Ecke Detavoner Avenue, wo eine rote Fußgängerampel sie stoppte, und die Uhr tickte und tickte, die Ampel leuchtete auf, das grüne Männchen erschien, und sie überquerten die Straße, die sich noch immer in Bau befand, seit Gott weiß wie vielen Jahren schon, aber wen interessierte das schon, in dieser Stadt interessierte das keinen, und sie gingen weiter zur Sexton Avenue, und die Uhr tickte und tickte, und schließlich erreichten sie die Stemmler Avenue selbst, die legendäre *Stem*, bogen an der Ecke schnell ab und gingen zur North Twelfth weiter. In dem Augenblick, da sie die Tür zum O'Leary's aufstießen, drückte Kling wieder auf den Knopf. Es war siebenundzwanzig Minuten nach zwölf. Sie hatten genau fünf Minuten und zweiundvierzig Sekunden gebraucht, um hierher zu gelangen.

Das Restaurant war bereits mit Gästen gefüllt, die schnell zu Mittag essen wollten, und niemand hatte Zeit, um mit zwei Cops zu sprechen, die durch den Frühlingsregen gehetzt waren. Aber Carella erwähnte den Zaubernamen ›Michelle Cassidy‹, und in dieser nach Berühmtheit süchtigen Stadt, in diesem die Berühmtheit verehrenden Land, hatte plötzlich jeder alle Zeit der Welt, um über das liebe kleine Ding zu sprechen, das in der Gasse hinter dem Theater niedergestochen war, wie drei Nachrichtensendungen im Fernsehen gestern abend um elf Uhr gemeldet hatten und es an diesem Morgen auf den Titelseiten der beiden lokalen Tageszeitungen gestanden hatte.

»Ja, Michelle Cassidy«, sagte der Oberkellner. »Sie kommt häufig her. Sie proben nämlich direkt gegenüber.«

Na ja, vier Blocks entfernt, dachte Kling. Fünf Minuten und zweiundvierzig Sekunden.

»Wissen Sie, sie war mit *Annie* auf Tournee.«

»Ja«, sagte Carella, »das haben wir gehört.«

Die Steakhäuser in dieser Stadt waren verdammt laut. Das O'Leary's bildete da keine Ausnahme. Der Laden war gerammelt voll mit lärmenden Geschäftsleuten in Anzügen und Modellkleidern, die an Tischen mit makellos weißen Tischtüchern und funkelnden Gläsern saßen, Rauch in die Luft bliesen, Gelächter zu den Dachsparren schickten und den Raum mit ihren donnernden Geräuschen vibrieren ließen. Carella fragte sich, warum Steakhäuser die Männer stets dazu animierten, sich von ihrer schlechtesten Seite zu zeigen. In einem Café hätte sich keiner von ihnen so benommen.

»Wir haben gehört, daß sie *gestern abend* hier gewesen sein soll«, brüllte er über den Lärm hinweg.

»Ach, wirklich?« sagte der Oberkellner.

Er war so gewaltig wie der Lärm in dem Restaurant, ein Mann mit einem Backenbart und einem Bauch, der unter seinem Kinn anfing. Er trug einen dunklen Anzug und eine pflaumenblaue Krawatte, die mit einer bescheidenen Diamantnadel an seinem Hemd befestigt war. Carella dachte, daß er wie ein englischer Rechtsanwalt vor höheren Gerichten in einem Roman von Dickens aussah. Wenn man genau darüber nachdachte, klang er auch wie einer.

»Mit Johnny Milton«, sagte Kling.

»Ach ja, der Agent. Ja, er war hier. Ich wußte nicht, daß sie sich mit ihm treffen wollte.«

»Wann ist er gekommen?« fragte Carella.

»Lassen Sie mich mal im Reservierungsbuch nachsehen.«

Er wälzte sich wie eine Galeone unter vollen pflaumenblauen Segeln zu seinem kleinen Podium, blätterte die Seiten wie ein Dirigent um, der ein Orchester leitete, murmelte leise »Johnny Milton, Johnny Milton, Johnny Milton« vor sich hin, während er die eingetragenen Reservierungen überflog, stach schließlich mit einem kleinen, dicken Zeigefinger auf einen Eintrag und schaute triumphierend auf. »Hier steht er«, sagte er, »sieben Uhr.«

»War er um sieben Uhr auch hier?« fragte Carella.

»Tja, das weiß ich nicht«, sagte der Oberkellner.

»Würden Sie vielleicht mal überlegen, Sir?«

»Vielleicht hat er sich um ein paar Minuten verspätet, ich weiß es wirklich nicht.«

»Was sind ein paar Minuten?« fragte Kling.

Michelle war um kurz nach sieben in die Gasse getreten. Vielleicht um zwei, drei Minuten nach sieben. Plus die fünf Minuten und zweiundvierzig Sekunden, die man benötigte, zügigen Schrittes zum Restaurant zu gelangen …

»War er um *fünf* nach sieben hier?« fragte er.

»Keine Ahnung.«

»Sieben nach?«

»Acht nach?«

»*Zehn* nach?«

Beide grenzten die Zeit ein. Versuchten es *zumindest*.

»Das kann ich Ihnen wirklich nicht sagen.«

»Weiß es vielleicht sonst jemand?«

»Einer Ihrer Kellner?«

»Wissen Sie noch, welchen Tisch Sie ihm gegeben haben?«

»Ja, das weiß ich noch. Aber ich bezweifle, daß jemand …«

»Und welcher Tisch war das?«

»Nummer sechs. Der neben der Bar.«

»Ist der Kellner jetzt hier?«

»Der, der gestern abend diesen Tisch gehabt hat?«

»Also wirklich, meine Herren …«

»Um sieben?«

»Oder Viertel nach sieben?«

»So um diesen Dreh?«

»Ja, er ist hier. Aber Sie sehen doch, wie voll es jetzt ist. Ich kann ihn wirklich nicht einfach …«

»Wir warten, bis der Andrang vorbei ist«, sagte Carella.

Der Kellner hieß Gregory Stiles, war zweiunddreißig Jahre alt und aufstrebender Schauspieler, womit er in dieser Stadt nicht gerade einzigartig war. Er erinnerte sich daran, Johnny Milton bedient zu haben, weil er wußte, daß Milton Agent und er auf der Suche nach einem neuen Agenten war, nachdem sein bisheriger nach Los Angeles gezogen war. Stiles hatte glattes schwarzes Haar, dunkelbraune Augen und einen dunklen Teint, was es ihm nicht gerade erleichterte, ein Engagement als Schauspieler zu bekommen, da alle annahmen, er sei ein Latino, und es in dieser Stadt – genaugenommen im ganzen Land – nicht viele Rollen für Latinos gab, wenn man nicht auch noch singen und tanzen konnte; in diesem Fall bekam man vielleicht eine Rolle in einer Sommertheater-Produktion von *West Side Story*. In dem Film *Walk Proud*, der von Chicano-Gangs in L. A. handelte, war die Hauptrolle von Robby Benson gespielt worden, einem sehr guten Schauspieler, der aber Angelsachse war. Die Chicano-Gemeinde hatte deshalb ein Riesentheater gemacht, obwohl der Film mehr Chicanos Arbeit geboten hatten, als es der Fall gewesen war, seit die mexikanische Armee den Alamo erstürmt und John Wayne getötet hatte. Leider hatte Stiles nicht an der Westküste gewohnt, als der Film gedreht worden war, und somit ein mögliches Engagement verpaßt. Er war noch immer stinksauer, daß er wie ein Hispano, ein Lateinamerikaner, aussah, obwohl seine Vorfahren waschechte Engländer gewesen waren.

Das alles erzählte er den Detectives, nachdem das Mittagstischgetümmel nachgelassen hatte, um zehn Minuten vor drei an diesem Nachmittag, bei einer Tasse Kaffee an einem kleinen Tisch in der Nähe der Tür, die zur Küche führte, in der die Tellerwäscher fleißig an der Arbeit waren. Das fleißige Küchenpersonal war fast, wenn auch nicht ganz, so laut wie die Geschäftsleute, während sie zu Mittag aßen.

»Er hat gesagt, er warte auf jemanden, würde aber schon mal was trinken«, übertönte Stiles das Klappern von Tellern und Töpfen und Pfannen und den Gesang eines Mannes, bei dem es sich um einen Araber zu handeln schien. »Er hat einen Tanqueray-Martini on the rocks bestellt, mit einer Zitronenscheibe.«

»Wann war das?« fragte Kling.

»Genau um Viertel nach sieben«, sagte Stiles.

Beide Detectives sahen ihn an.

»Wieso wissen Sie noch die genaue Zeit?« fragte Kling.

»Weil ich gerade mit meiner Freundin telefoniert hatte.«

Was die Frage nicht beantwortete.

»Rufen Sie sie immer um Viertel nach sieben an?« fragte Carella.

Was ihm wie eine logische Frage vorkam.

»Nein«, sagte Stiles. »Und eigentlich hat *sie* mich angerufen.«

»Ich verstehe«, sagte Carella.

Was glatt gelogen war.

»Wann hat sie Sie angerufen?« versuchte Kling den Knoten zu entwirren.

»Gegen fünf nach sieben. Sie war gerade zu einem zweiten Vorsprechen eingeladen worden und wollte mir nur Bescheid sagen. Sie ist auch Schauspielerin. Und arbeitet ebenfalls als Kellnerin.«

»Sie hat Sie also um fünf nach sieben angerufen ...«

»Ja, und ich nahm den Anruf da drüben entgegen ...«

Er deutete mit dem Kopf zu einer Telefonzelle neben der Bar.

»Von der aus kann ich den Raum und auch die Uhr über der Bar sehen. Ich habe Mr. Milton gesehen, als er hereinkam, und ich sah, wie Gerard ihn zum Tisch führte. Der Oberkellner. Gerard.«

»Wann ist Mr. Milton gekommen?«

»Als er hereinkam, habe ich nicht zur Uhr gesehen. Aber als Gerard ihn ein paar Minuten später zum Tisch führte, habe ich zur Uhr gesehen.«

»Warum haben Sie da zur Uhr gesehen?«

»Weil ich wußte, daß ich innerhalb der nächsten zehn Sekunden einen Anschiß kriegen würde. Also habe ich Molly gesagt, ich müsse wieder an die Arbeit, und aufgelegt, und da war es auf der Uhr genau Viertel nach sieben.«

»Sind Sie sich da völlig sicher?«

»Völlig.«

»Er hat also um Viertel nach sieben Platz genommen, Ihnen gesagt, er erwarte noch jemanden, und einen Tanqueray-Martini bestellt ...«

»On the rocks, mit Zitrone.«

»Und dann?«

»Etwa zehn Minuten später ging er zum Telefon. Zu dem da drüben. Die Telefonzelle neben der Bar.«

»Das war dann also gegen fünf vor halb acht.«

»So um den Dreh. Ich habe nicht mehr zur Uhr gesehen. Das war nur eine Schätzung.«

»Und dann?«

»Er kam zum Tisch zurück, warf einen Zwanzig-Dollar-Schein drauf und stürmte raus.«

»Hat er nicht um eine Rechnung gebeten?«

»Nee. Er ging wohl davon aus, daß der Zwanziger reicht. Was natürlich auch der Fall war. Es war sogar mehr als genug.«

»Er schien es also eilig zu haben?«

»Hat Roadrunner es eilig?«

»Wissen Sie zufällig noch, wann er das Restaurant verlassen hat?«

»Gegen halb acht, würde ich sagen. Aber das ist wieder nur geschätzt.«

»Aber Sie sind sich völlig sicher ...«

»War Nostradamus sich völlig sicher?«

»... daß er sich um Viertel nach sieben an den Tisch setzte?«

»Völlig.«

»Und das Restaurant erst ein paar Minuten vorher betreten hat?«

»Ja. Na ja, Molly rief um fünf nach an, und da war er noch

nicht da, ich habe erst ein paar Minuten später gesehen, daß er bei Gerard an der Tür stand. Wenn ich schätzen müßte, würde ich sagen, daß er so gegen zehn nach gekommen ist.«

»Zehn nach sieben.«

»Ja. Und Gerard hat seine Begrüßungsroutine abgezogen, das Händeschütteln und den ganzen Maître-de-Scheißdreck, und ihn dann zum Tisch geführt, und er hat sich um Punkt Viertel nach gesetzt. Da habe ich nämlich zur Uhr gesehen, Molly gesagt, daß ich aufhören muß, und aufgelegt.«

»Vielen Dank, Mr. Stiles.«

»*De nada*«, sagte er und grinste.

Er hatte fast vierzig Minuten lang mit Mike telefoniert, der immer was zu jammern hatte, und dann noch anscheinend *hundert* weitere Telefonate erledigen müssen, und dann hatte er sich mit einem Produzenten getroffen, der ein Stück namens *The Conjuror* wiederaufführen wollte, das er vor fünfundzwanzig, sechsundzwanzig Jahren an der University of Michigan gesehen hatte, aber das es nie bis zum Broadway geschafft hatte, oder auch nur sonstwohin. Warum der Produzent es wiederaufführen wollte, überstieg Johnnys Begriffsvermögen, aber er hörte geduldig zu, während der Produzent ihm den Inhalt erzählte, und machte sich dann Notizen, welche Schauspieler und Schauspielerinnen gebraucht wurden. Um kurz nach fünf war er wieder im Büro und rief im Theater an, doch der Bursche am Bühneneingang sagte ihm, daß für heute alle schon Schluß gemacht hatten. Also rief er in der Wohnung an, doch Michelle war noch nicht da, und er versuchte es alle zehn Minuten erneut, bis er sie schließlich kurz vor sechs erreichte. Sie sagte ihm, sie sei gerade zur Tür hereingekommen.

»Ich habe mir allmählich schon Sorgen gemacht«, sagte er.

»Warum?«

»Die Polizei war hier«, sagte er.

Die Tür zum Vorzimmer war geschlossen, doch Lizzie saß noch hinter ihrem Schreibtisch, und sie hatte Ohren wie ein Luchs, und deshalb flüsterte er automatisch.

»Wann?« fragte Michelle.
»Heute nachmittag.«
»Warum hast du mich nicht angerufen?«
»Hab' ich doch. Sobald ich konnte. Du warst schon weg!«
»Ich bin erst um fünf gegangen!«
»Ich hatte eine Verabredung.«
»Was haben sie gewollt?«
»Sie fischen im trüben«, sagte er und zuckte mit den Achseln. »Sie glauben, daß ich dich niedergestochen habe.«
Er hörte, daß sie den Atem anhielt. Es folgte ein langes Schweigen. Dann sagte sie: »Sie haben dich beschuldigt?«
»Nein, nein, so dumm sind sie nicht. Aber sie haben gefragt, wie lange wir uns schon kennen, wie wir miteinander auskommen …«
»Oha.«
»Ja, wann ich zu Abend gegessen habe, wann ich erfahren habe, daß du niedergestochen worden bist …«
»Das ist sehr schlecht, Johnny.«
»Nein, ich glaube, ich habe es ganz gut hingekriegt.«
»Verstehst du denn nicht, worauf sie hinauswollen?«
»Ja, klar. Sie haben im Kopf einen Zeitplan erstellt. Sie wollen rausfinden, ob ich Zeit genug hatte, dich niederzustechen und dann zu O'Leary's zu laufen.«
»Und genau das hast du ja auch getan.«
»Ja.«
»Was hast du ihnen also gesagt?«
»Ich habe ihnen gesagt, ich hätte für sieben Uhr einen Tisch reserviert. Was ja auch stimmt.«
»Was haben sie gesagt?«
»Sie wollten wissen, wann ich dort gewesen bin. Die Reservierung hat sie nicht so toll interessiert.«
»Johnny, wir stecken in Schwierigkeiten.«
»Nein, nein. Ich habe ihnen gesagt, ich sei um kurz vor sieben dort gewesen.«
»Sie werden es überprüfen. Wir haben Probleme, Johnny.«
»Wer wird sich schon genau daran erinnern, wann ich dort angekommen bin? Jetzt hör aber auf, Meesh.«

»Jemand wird sich daran erinnern. Du hättest nicht lügen sollen, Johnny. Es wäre besser gewesen, wenn du ihnen die Wahrheit gesagt hättest.«

»Das Restaurant ist mein *Alibi*!«

»Ein tolles Alibi, wenn du nicht dort warst.«

»Was hätte ich denn sagen sollen? Daß ich nicht mehr *weiß*, wo ich gewesen bin? Du wirst in einer verdammten Gasse niedergestochen, und ich kann mich nicht mehr daran erinnern, wo ich war?«

»Du hättest sagen können, du wärest zu Hause gewesen. Hättest gerade zum Restaurant fahren *wollen*. Oder du hättest sagen können, du hättest gerade versucht, ein *Taxi* zu kriegen, um zum Restaurant zu fahren. Sie können nicht überprüfen, ob jemand wirklich an einer Straßenecke gestanden und Taxen herbeigewunken hat. Alles wäre besser gewesen, als ihnen zu sagen, daß du schon im Restaurant warst, was sie sofort überprüfen können. Sie werden zurückkommen, Johnny, darauf kannst du dich verlassen. Wahrscheinlich sind sie in diesem Augenblick schon auf dem Weg zu dir.«

»Jetzt hör aber auf, Meesh, mach mich nicht nervös.«

»Denk dir lieber eine andere Geschichte aus. Für den Fall, daß sie zurückkommen und dich fragen, wieso die Leute im Restaurant sich nicht daran erinnern, dich dort um sieben Uhr gesehen zu haben.«

»Ich werde ihnen sagen, daß meine Uhr vorging.«

»Dann stellst du sie besser auch vor.«

»Meesh, du regst dich wirklich über nichts auf. Sie haben mir die Geschichte abgekauft. Sie haben gar keinen *Grund* ...«

»Woher willst du wissen, daß sie sie dir abgekauft haben?«

»Beide haben mir für meine Hilfsbereitschaft gedankt.«

»Und das heißt, daß sie dir die Geschichte abgekauft haben, was?«

»Ich sage ja nur, sie kamen mir nicht argwöhnisch vor.«

»Warum haben sie dir dann all diese Fragen gestellt?«

»Reine Routine.«

»Was haben sie dich sonst noch gefragt?«

»Wer kann sich schon daran erinnern?«

»*Versuche*, dich daran zu erinnern.«

»Sie wollten wissen, wo wir wohnen, und wie lange wir schon …«

»Hast du es ihnen gesagt?«

»Ja.«

»Du hast ihnen diese *Adresse* genannt?«

»Carter und Stein, habe ich gesagt.«

»O Gott, sie werden mich finden! Sie werden hierherkommen!«

»Nein, nein.«

»Was hast du ihnen sonst noch gesagt?«

»Ich habe ihnen gesagt, daß du meine Klientin bist, seit du zehn Jahre alt warst, und daß wir uns schon seit dreizehn Jahren kennen. Sie wollten wissen, ob einer von uns was anderes laufen hat …«

»Das ist gut.«

»Ach?«

»Klar. Das heißt, sie glauben, es könnte auch ein anderer gewesen sein. Nicht du, eine dritte Partei. Was hast du ihnen gesagt?«

»Daß wir zusammenleben, als wären wir verheiratet, und daß wir eine sehr gute Beziehung haben.«

»Gut.«

»Ja, hab' ich auch gedacht. Und dann wollten sie wissen, ob ich einen Klienten habe, der Jack Nicholson imitiert, und warum du so lange gewartet hast, bis du mir von den Anrufen erzählt hast, du weißt schon …«

»Ja.«

»… und daß ich gesagt habe, du solltest zur Polizei gehen. Sie wollten wissen …«

»Das war dumm.«

»Was?«

»Ihnen zu sagen, daß *du* mich zur Polizei geschickt hast. Das klingt so, als hättest du die ganze beschissene Sache ausgeheckt. Johnny, wir stecken in Schwierigkeiten, ich weiß es einfach.«

»Nein, sie wollten nur herausfinden, wer der Typ ist, der

Typ, der die Drohanrufe gemacht hat. Wollten wissen, ob ich mal mit ihm gesprochen habe …«

»Klar, weil sie bereits glauben, daß die Anrufe erstunken und erlogen sind …«

»Nein. Nein, das glaube ich nicht.«

»War das, bevor oder nachdem sie dich nach dem Restaurant gefragt haben?«

»Vorher.«

»Klar, sie tasten sich langsam ran.«

»Nein.«

»Sie werden wieder aufkreuzen, Johnny.«

»Bestimmt nicht, sage ich dir.«

»Und ich sage dir, doch.«

»Warum sollten sie? Als ich sie gefragt habe, ob sie den Burschen erwischen werden, hat der Blonde … du erinnerst dich doch an den Blonden?«

»Was ist mit ihm?«

»Er hat gesagt, er will es hoffen. Daß sie ihn erwischen.«

»Ja, *dich*. Er hat von *dir* gesprochen.«

»Nein, er hat von dem Typ gesprochen, der dich in der Gasse niedergestochen hat.«

»Ja, und das warst *du*.«

»Ja, aber das wissen sie nicht.«

»Ich sage dir, Johnny, wenn sie hierher kommen und mir Fragen stellen, werde ich sagen, daß ich nicht das geringste darüber weiß.«

»Gut, genau das sollst du auch sagen.«

»Nein, du hast mich nicht verstanden.«

»Was habe ich nicht verstanden?«

»Ich werde ihnen sagen, daß ich nichts davon weiß.«

»Genau.«

»Ich werde ihnen sagen, daß du dir alles allein ausgedacht haben mußt.«

»Allein …?«

»Ohne mein Wissen.«

In der Leitung herrschte Stille.

»Ich werde nicht mit dir untergehen, Johnny.«

»Du hast mir geholfen ...«
»Ich werde ein Star sein, Johnny.«
»Du hast mir geholfen, es zu *planen*!« brüllte er.
»Beweise das mal«, sagte sie und legte auf.

Sie hatte die Tür zweimal abgeschlossen, die Kette vorgelegt und einen Fox-Riegel vorgeschoben, aber sie hatte trotzdem noch Angst, daß er durch das Fenster oder wie auch immer hereinkommen konnte, sogar durch den Heizungsschacht oder was auch immer, wenn er wollte, konnte er ein ganz mieser Kerl sein. In dem Augenblick, da sie aufgelegt hatte, wurde ihr klar, wie dumm es gewesen war, ihm im voraus zu sagen, was sie tun würde, wenn es hart auf hart kam. Jetzt saß sie hier und fragte sich, ob sie die Wohnung nicht lieber verlassen, bei irgendeiner der hundert arbeitslosen Schauspielerinnen einziehen sollte, die sie in dieser Stadt kannte, sich sogar ein Hotelzimmer nehmen sollte, bis die Bullen ihn verhaftet hatten, was jetzt wohl jeden Augenblick passieren würde, so wie sie ihn einkreisten.

Wie hatte er nur so ein Esel sein und ihnen sagen können, er sei irgendwo gewesen, wo er zur Zeit des Überfalls einfach nicht gewesen sein *konnte*? *Wußte* er denn nicht, wie lange man vom Theater bis zum O'Leary's brauchte? *Wußte* er denn nicht, daß sie sein Alibi überprüfen würden? Selbst wenn sie gar nicht auf den Gedanken kamen, daß hier irgendeine Art von Verschwörung im Spiel war, wenn sie nicht den geringsten Schimmer hatten, daß die ganze Sache nur die Aufmerksamkeit auf sie lenken sollte, auf den Star eines Stücks, das den Bach runterrauschen würde, selbst wenn sie genauso dumm waren wie alle anderen Bullen in dieser Stadt, *wußte* er denn nicht, daß sie ihn allein schon in Verdacht hatten, weil er der einzige andere war, der in Frage kam? Las er denn keine Zeitungen?

Was hatte er sich nur gedacht? Daß alles, was er im Fernsehen und im Kino sah, genauso war wie im wirklichen Leben? All diese komplizierten Mordkomplotte? All diese gerissenen

Pläne, die dem, der klug genug war, sie auszuhecken und auszuführen, Millionen und Abermillionen von Dollar einbringen würden? Völliger Quatsch. Wenn man Zeitung las, wußte man, daß die meisten Morde nichts mit brillanter Planung zu tun hatten. Die meisten Morde wurden heutzutage bei der Durchführung eines *anderen* Verbrechens begangen, oder es waren Morde zwischen Menschen, die sich kannten. Vor kurzem waren noch zufällige Morde in gewesen, Fremde brachten ohne ersichtliche Gründe Fremde um. Aber jetzt war das Pendel wieder zum Familienkreis zurückgeschwungen, und Menschen, die einander liebten, schnitten sich gegenseitig die Kehlen durch. Ehemänner und -frauen, Pärchen, Brüder und Schwestern, Mütter und Söhne und Väter und Onkel, *das* waren die Leute, die heutzutage einander umbrachten. Das wußte sie, weil sie für das blöde Stück, in dem sie mitspielte, gründlich recherchiert hatte.

Der Polizei *mußte* einfach in den Sinn kommen, daß der Typ, der Jack Nicholsons Stimme nachahmte, um Drohanrufe zu tätigen, kein anderer war als der, der derzeit mit dem Opfer bumste, und der übrigens derselbe Bursche war, der seit ungefähr sieben Jahren mit ihr schlief, die Gelegenheiten nicht mitgezählt, bei denen er seine Hände unter ihrem Rock gehabt hatte, als sie erst zwölf oder dreizehn gewesen war. Was würde die Polizei schon glauben, wer es getan hat, wenn Michelle Cassidy aus dem Theater kommt und in einer dunklen Gasse niedergestochen wird? Ein verrückter puertorikanischer Drogenhändler namens Ricardo Mendez, oder wer auch immer? Nein, sie werden glauben, ihr *Freund*, sie werden glauben, Johnny Milton, sie werden glauben, daß mit ihrer Beziehung irgendwas nicht stimmt, denn sie wurden *ausgebildet*, so zu denken. Sie werden ausgebildet, zuerst mal zu denken: Mutter Vater Sohn Tochter Freund Freundin Goldfisch. Selbst wenn sie nicht im Traum drauf kämen, daß es ein kleiner Plan war, mit dem ihr Name in die Schlagzeilen gebracht werden sollte, würden sie sich Johnny vorknöpfen.

Er hätte daran denken müssen, und er hätte sich vernünftig vorbereiten müssen, um ihre Fragen zu beantworten, statt ihnen ein Alibi zu nennen, das nicht standhalten würde. Der jämmerliche Mistkerl wird wahrscheinlich anfangen zu heulen, wenn sie zurückkommen und ihm die Daumenschrauben anlegen. Und dann würden sie an ihre Tür klopfen und wissen wollen, welche Rolle sie bei diesem Plan gespielt hatte. Ich, Officers? *Moi?* Aber nein, ich weiß nicht, wovon Sie sprechen, Sir. Wegen dieses blöden Stückes, in dem sie mitspielte, wußte sie alles über Verhöre.

Sie schaute auf ihre Armbanduhr.

Halb acht, draußen war es schon dunkel. Vielleicht würde er gar nicht nach Hause kommen, vielleicht hatte sie ihm solche Angst eingejagt, daß er nach China oder Colorado abhaute, ganz egal wohin. Vielleicht konnte sie sich entspannen. Kein Johnny Milton, keine Cops, nur ihr Name über dem Titel des Stücks, in großen, blitzenden Buchstaben,

M*I*C*H*E*L*L*E C*A*S*S*I*D*Y!

Sozusagen.

Sie wandte sich wieder dem blauen eingebundenen Manuskript auf ihrem Schoß zu.

Während sie darüber schwitzte, ob dieser Irre nun versuchen würde, die Tür aufzubrechen oder irgendwie sonst hereinzukommen, hatte sie versucht, ihren Text in der Szene zu lernen, in der der Detective sie beiseite nimmt – die *Schauspielerin* beiseite nimmt – und vertraulich mit ihr darüber spricht, was seines Erachtens vorgehe, eine sehr schwierige Szene, weil niemand in dem Stück wußte, was gespielt wurde, da ihr genialer Stückeschreiber, Frederick Peter Corbin III, es nicht für nötig gehalten hatte, irgendwo in dem gesamten Manuskript zu erwähnen, wer denn nun das Mädchen niedergestochen hatte, Entschuldigung, die gottverdammte *Schauspielerin*. Also mutete die Szene an, als würden zwei Menschen sich unter Wasser unterhalten. Oder im Treibsand versinken. Der *Detective* weiß nicht, was gespielt wird, und die *Schauspielerin* weiß auch nicht, was gespielt wird, und das Publikum auch nicht. Und genau deshalb war es überhaupt notwendig geworden, sie in der Gasse niederzustechen, nicht die Schauspielerin in dem Stück, sondern die im wirklichen Leben, Michelle Cassidy, falls sie es in diesem verdammten Geschäft *je* zu etwas bringen wollte.

DER DETECTIVE
Ich will darauf hinaus, Miss, ob Sie
den Mann, die Frau, die Person, die
Sie niedergestochen hat, als Sie aus
dem Restaurant kamen, nun gesehen
haben oder nicht.

DIE SCHAUSPIELERIN
Nein, ich habe sie nicht gesehen.
(Pause)
Sie etwa?

Sie konnte es nicht ausstehen, wenn ein Stückeschreiber – jeder beliebige Stückeschreiber und nicht nur ihr genialer Frederick Peter Corbin III – in einem Manuskript Wörter unterstrich, damit seine Schauspieler genau wußten, welches Wort oder welche Worte sie betonen mußten. Wann immer sie eine Zeile wie ›Aber ich *liebe* dich, Anthony!‹ las, in der das Wort *liebe* unterstrichen war, um die Betonung anzuzeigen, las sie es automatisch und perverserweise mit jeder möglichen Betonung, nur nicht mit der, die der Autor im Sinn gehabt hatte; wie konnte er es nur *wagen*, ihre Kreativität auf diese Art und Weise zu einzuschränken? Wenn sie das Manuskript zum erstenmal laut las, sagte sie in so einem Fall: »Aber *ich* liebe dich, Anthony!«, oder »Aber ich liebe *dich*, Anthony!«, oder »*Aber* ich liebe dich, Anthony!«, oder sogar »Aber ich liebe dich, *Anthony*!«

DIE SCHAUSPIELERIN
Nein, ich habe sie nicht gesehen.
(Pause)
Sie etwa?

DER DETECTIVE
Nein, natürlich nicht. Ich war ja nicht
mal in der Nähe des Restaurants, als Sie
niedergestochen wurden.

DIE SCHAUSPIELERIN
Das ist mir klar. Ich dachte nur …

All diese verdammten unterstrichenen Worte.

… Sie hätten vielleicht andeuten wollen,
ich hätte gesehen, wer mich niedergestochen
hat, während ich es in Wirklichkeit nämlich
nicht gesehen habe.

DER DETECTIVE
Ich auch nicht.
(Pause)
Denn ich habe mich nämlich gefragt ….
wenn ich nicht gesehen habe, wie Sie nieder-
gestochen wurden, und Sie selbst die Person
nicht gesehen haben, die Sie niedergestochen
hat, wenn eigentlich also niemand tatsächlich
gesehen hat, daß Sie niedergestochen wurden …
(Pause)
… ob Sie dann tatsächlich niedergestochen
worden sind?

Was für ein blödes, beschissenes Stück, dachte sie und wollte das Regiebuch gerade beiseite legen, als es klingelte. Sie fuhr zusammen, zögerte einen Augenblick lang, sagte gar nichts, blieb ganz ruhig in dem Sessel mit seinem Schutzüberzug mit Blumenmuster sitzen, das aufgeschlagene, blau eingebundene Regiebuch auch ihrem Schoß. Das Licht der Lampe hinter ihr fiel über ihre Schulter, auf das Regiebuch und dann auf den Boden.

Es klingelte erneut.

Sie sagte noch immer nichts.

»Michelle?« rief eine Stimme auf der anderen Seite der Tür.

»Wer ist da?« fragte sie. Ihr Herz hämmerte.

»Ich«, sagte die Stimme. »Mach auf.«

»Wer ist ich?« sagte sie, erhob sich aus dem Sessel, legte das Manuskript darauf, ging zur Tür, schaute durch das Guckloch, sagte erleichtert »Ach, hallo, eine Sekunde!«, nahm die Kette ab, schloß auf, schob den Fox-Riegel zurück, öffnete weit die Tür und sah das Messer auf sich zukommen.

6. KAPITEL

Detective Fat Ollie Weeks roch nach Knoblauch und weiteren unidentifizierbaren Ausdünstungen, als er in den Mannschaftsraum trampelte, Meyer Meyer allein an dessen Schreibtisch erblickte und erklärte: »Tja, tja, tja, tja, tja, tja, tja, *tja*.« Das war seine weltberühmte W.-C.-Fields-Imitation, die in letzter Zeit aber immer mehr an Al Pacino in seiner Rolle als blinder Offizier in *Der Duft der Frauen* erinnerte. Meyer schaute müde auf.

Um die Wahrheit zu sagen – Ollie ähnelte W. C. Fields stärker als Al Pacino, denn man nannte ihn nicht umsonst Fat Ollie Weeks. An diesem Mittwoch morgen, dem achten April, einem grauen und trostlosen Tag, der aber noch nicht so naß wie der zuvor war, trug Ollie ein am Kragen offenes weißes Oberhemd, eine bräunliche Sportjacke mit Senfflecken darauf, zerknitterte dunkelbraune Hosen und ausgelatschte braune Halbschuhe, in deren Lederbänder über dem Oberleder jeweils ein Penny eingelassen war, wie Meyer mit Überraschung bemerkte. Nahmen die Wunder denn nie ein Ende?

»Wie hat Ihnen *Schindlers Liste* gefallen?« fragte Ollie ostentativ.

»Hab' ich nicht gesehen«, sagte Meyer.

»Sie haben sich nicht einen Film über Ihr eigenes *Volk* angesehen?«

Womit er wohl die Juden meinte, dachte Meyer.

Er war nicht der Ansicht, einem bigotten Mensch wie Ollie erklären zu müssen, daß er sich den Film nicht angesehen hatte, weil er befürchtete, die Erfahrung könne zu schmerzhaft sein. Im Gegensatz zu Steven Spielberg, der in unzähligen Artikeln vor der Premiere des Films gebeichtet hatte, das Drehen des Films habe ihn wieder in Verbindung mit seinem Judentum gebracht – jedenfalls hatte er es so ähnlich ausgedrückt –, stand Meyer schon seit sehr langer Zeit nicht mehr in Verbindung mit *seinem* Judentum. Und im Gegensatz zu Spielberg war Meyer nicht der Ansicht, daß der Holocaust vor diesem Film Gefahr gelaufen war, ›eine Fußnote der Geschichte‹ zu werden. Genauso wenig, wie Dinosaurier eine Fußnote der Geschichte waren, bevor sie in *Jurassic Park* in Kinos überall auf der Welt gebrüllt hatten. Es gab Juden wie Meyer, die den Holocaust niemals vergessen würden, selbst wenn kein einziger Hollywood-Film darüber gedreht worden wäre.

Meyers Neffe Irwin, der schon als vorpubertäres Kind liebevoll ›Irwin die Ratte‹ genannt worden war, war mittlerweile zu einem hobbymäßigen Rabbi im Westentaschenformat herangewachsen, der gern die Augen verdrehte und finster blickte, auch wenn jemand ihn nur bat, er möge ihm das Salz reichen. Er hatte *Schindlers Liste* gesehen und würdevoll erklärt, das sei kein Film über den Holocaust, sondern einer über einen Mann, der in sich selbst Mitleid und tiefe Gefühle entdeckte, von denen er nicht gewußt hatte, daß er sie gehabt hatte. »Das ist ein Film über eine Blume, die im Zement eines Bürgersteins wächst, die diesen Bürgersteig *spaltet* und ihre Blütenblätter dem Sonnenschein öffnet. *Davon* handelt dieser Film«, hatte Irwin gestern abend in Tante Roses Haus erklärt.

Meyer hatte nichts dazu gesagt.

Er hatte gedacht, daß ein Jude sich einen Film angesehen

hatte, der dem Regisseur zufolge gedreht worden war, damit die Menschen sich an den Holocaust *erinnerten,* doch statt dessen hatte dieser Film Irwin dazu gebracht, einfach zu vergessen, daß es den Holocaust gegeben hatte, und sich daran zu erinnern, daß Blumen durch Bürgersteige wachsen konnten.

Und nun stand Fat Ollie Weeks in seiner ganzen übelriechenden Körperfülle wie ein fettes Nazi-Arschloch vor Meyers Schreibtisch und wollte wissen, warum Meyer sich nicht einen Film angesehen hatte, der ihn vielleicht zum Weinen bringen würde.

»Glauben Sie, daß das wirklich passiert ist?« fragte Ollie.

Meyer sah ihn an.

»Diese ganze Sache?« sagte Ollie.

»Was führt Sie her?« fragte Meyer, um das Thema zu wechseln.

»Was die Nazis angeblich den Juden angetan haben?« beharrte Ollie.

»Nein, das ist alles erfunden«, sagte Meyer. »Was führt Sie zu uns?«

Ollie sah ihn einen Augenblick lang an, als überlege er, ob dieser Klugscheißer von Jude hier ihn verscheißern wollte, indem er ihm sagte, das ganze verfluchte Hologramm sei nur eine Erfindung, wohingegen Ollie doch wußte, daß es auf der ganzen Welt keinen Juden gab, der das glaubte. Wen wollte er also verarschen? Oder war er vielleicht endlich gescheit geworden und hatte kapiert, daß Regierungen Ereignisse wie Mondlandungen und die Auslöschung von sechs Millionen Juden einfach fälschen konnten? Aber er ließ die Sache dann auf sich beruhen, weil es ihm, ganz ehrlich gesagt, scheißegal war, ob sechs Millionen Juden auf dem Mond umgebracht worden waren oder sechs falsche Astronauten über Polen flogen.

»Ich glaube, wir werden wieder zusammenarbeiten«, sagte er, beugte sich über Meyers Schreibtisch und stieß ihn mit einer tolpatschigen Geste der Kameradschaft an. Meyer wich instinktiv vor dem salbungsvollen Geruch zurück. Wieso hatte ausgerechnet er immer so ein Glück? fragte er sich. Er hatte hinter seinem Schreibtisch gesessen und sich um seine eigenen Angelegenheiten gekümmert, ein gutaussehender Mann, wenn er das von sich behaupten durfte, in den Dreißigern, aber noch gesund und munter, wenn auch völlig kahlköpfig, groß und kräftig, mit intelligenten – wenn er auch das von sich sagen durfte – hellblauen Augen, bekleidet mit Hosenträgern, die zu dem Kornblumenblau paßten, ein Geschenk seiner Frau Sarah zu Weihnachten – oder Chanukka, oder beidem, denn im Haushalt der Meyers wurden die beiden Feste abwechselnd begangen –, als plötzlich dieser Zwei-Tonnen-Panzer hereingestürmt kam, der nach Dieselöl und Fürzen stank und erklärte, daß sie wieder *zusammenarbeiten* würden, *oi vay'z mir*.

»Wobei?« fragte Meyer.

»Bei diesem Mädchen, das mit zweiundzwanzig Messerstichen ermordet wurde, im Apartment 6C an der Carter Avenue 1214, im Achtundachtzigsten Revier, in dem ich zufällig arbeite, a ja«, sagte er und zog wieder seine W.-C.-Fields-Masche ab. »Aber leider habe ich gehört, mein Junge, daß das Opfer *vorher* hier im alten Siebenundachtzigsten niedergestochen wurde, auch wenn es sich dabei nur um eine oberflächliche Verletzung gehandelt hat, a ja.«

»Was sagen Sie da?«

»Michelle Cassidy.«

»Wurde *ermordet*?«

»Zweiundzwanzig mal.«

»Wann?«

»Irgendwann gestern abend. Als sie heute nicht zur Probe gekommen ist, hat jemand vom Theater die Polizei gerufen, und das Achtundachtzigste hat 'nen Streifenwagen rübergeschickt.«

»Michelle *Cassidy*? Die Schauspielerin, die Kling und Carella ...«

»Die beiden bearbeiten den Fall?«

»Ja«, sagte Meyer. »Sie haben sich gerade einen Durchsuchungsbefehl beschafft, um ...«

»Was für einen Durchsuchungsbefehl?«

»Für das Büro des Agenten.«

»Was für ein Agent?«

»Des Mannes, mit dem sie zusammenlebt.«

»Das hätten sie nicht tun sollen«, sagte Ollie und runzelte finster die Stirn. »Das ist *mein* Fall.«

Ollie war verärgert, daß sie ihn umgangen – was in jeder Hinsicht eine schwierige Aufgabe war – und einen Durchsuchungsbefehl beantragt hatten, während *seine* Leute noch den Tatort untersuchten. Carella hatte ihm erklärt, als sie den Durchsuchungsbefehl beantragt hatten, hätten sie noch nicht gewußt, daß das Apartment an der Carter Avenue zu einem Tatort *geworden* war. Sie suchten lediglich nach einer Waffe, die bei einem Überfall benutzt worden war, und gingen davon aus, daß Milton diese Waffe *nicht* in dem Apartment liegengelassen hatte, das er gemeinsam mit dem *Opfer* des Überfalls bewohnte. Carella vermutete, daß man ihnen den Durchsuchungsbefehl verweigert hätte, hätten sie darin nicht Michelle Cassidys Namen ein halbes Dutzend Mal erwähnt; selbst Richter des höchsten Gerichtshofs des Bundesstaates sahen fern und lasen Zeitung.

»Es ist nämlich so …«, sagte Ollie.

»Es ist nämlich so, daß wir das Messer haben«, sagte Nellie Brand.

Sie hatten sie hinzugezogen, weil die vom Gericht befohlene Durchsuchung von Johnny Miltons Büro an der Stemmler Avenue überraschend gute Ergebnisse gebracht hatte. Nellie war eine stellvertretende Staatsanwältin; sie trug an diesem Morgen ein elegantes Kostüm von der Farbe ihres sandfarbenen Haars, eine Bluse in einem etwas helleren Farbton, dunkelbraune Strumpfhosen und braune Lederschuhe mit hohen Absätzen. Carella gefiel ihr Stil. Sie sah immer frisch und gepflegt aus.

»Außerdem«, sagte sie, »scheint Blut an und in der Klappvorrichtung der Messerklinge zu kleben. Wenn Milton kein

Huhn ausgenommen hat, möchte ich gern wissen, woher dieses Blut kommt. Und wenn das Labor feststellt, daß es zu dem von Michelle Cassidy paßt ...«

»Dann leb wohl, Johnny«, sagte Kling.

»Sprechen wir mit ihm«, sagte Carella.

Das Verhör fand ab elf Uhr siebenundzwanzig in Lieutenant Byrnes' Eckbüro statt. Außer Nellie und den drei Detectives waren eine Videotechnikerin von der Staatsanwaltschaft und Lieutenant Byrnes selbst anwesend, der in dem Drehstuhl hinter seinem Schreibtisch saß und versuchte, nicht allzu aufgeregt darüber zu wirken, daß seine Detectives diesen Fall, bei dem schließlich eine Berühmtheit das Opfer war, vielleicht sehr schnell aufklären würden. Er sah in Ollie Weeks' Augen den nackten Neid funkeln. Ollie hatte den Fall erst an diesem Morgen übernommen. Das war eine heiße Sache, und Ollie wollte sie an sich reißen. Byrnes war bereit, seine Zuständigkeit mit seinem Leben zu verteidigen.

In dem Augenblick, in dem man das Messer gefunden und Milton Handschellen angelegt hatte, hatte man ihm seine Rechte vorgelesen. Die Videotechnikerin schaltete die Kamera ein, und Nellie las ihm die Miranda-Entscheidung ein weiteres Mal vor und erklärte ihm, er habe das Recht auf einen Anwalt, falls er einen hinzuziehen wolle. Milton sagte erneut, er habe nichts getan, habe kein Verbrechen begangen, habe nichts zu verbergen, und brauche daher keinen Rechtsbeistand. Alle anderen Anwesenden hielten diese Erklärung für die sprichwörtlichen berühmten letzten Worte.

»Erkennen Sie das?« fragte Nellie. Damit schoß sie aus der Hüfte und zielte genau zwischen die Augen, obwohl es sich bei der Waffe, die sie in der Hand hielt, um ein Messer in einem durchsichtigen Plastikbeutel handelte. Kein Messer, kein Fall, dachte sie. Komm direkt zu Sache. Nagel ihn schnell fest.

»Ja, das erkenne ich«, sagte Milton.

»Ist das das Messer, daß die Detectives Carella und Kling

in Ihrem Büro an der Stemmler Avenue 1507 gefunden haben?«

»Ja, es scheint sich um dieses Messer zu handeln«, sagte Milton.

»Ist es nun dieses Messer, oder nicht?« fragte Nellie.

»Ich glaube schon.«

»Ja oder nein?«

»Ja, es ist dieses Messer.«

»Gehört dieses Messer Ihnen, Sir?«

»Nein, es gehört mir nicht«, sagte Milton.

»Dieses Messer …«

»… gehört mir nicht, ganz genau.«

»Dieses Messer, das die Detectives in Ihrem Büro gefunden haben …«

»Gehört mir nicht. Bevor die Detectives es fanden, habe ich es noch nie gesehen.«

»Es war also eine ziemliche Überraschung für Sie, daß die Detectives es gefunden haben?«

»Allerdings.«

»Die Detectives räumen Bücher von Ihrem Regal …«

»Hm …«

»… und finden ein Springmesser, das Sie noch nie zuvor gesehen haben?«

»Noch nie.«

»Sie wissen doch, daß von dem Augenblick an, da die Detectives zahlreiche Bücher von dem Regal entfernt und das Messer gefunden haben …«

»Ich weiß nicht, wie es dorthin gekommen ist. Jemand muß es dorthin gelegt haben.«

»Aber wer, wenn nicht Sie?« sagte Nellie. »Sie wissen doch, daß von dem Augenblick an, da das Messer gefunden wurde, niemand es mit bloßen Händen berührt hat? Weder die Detectives, die Sie verhaftet haben, noch ich oder ein anderer Polizist oder Angestellter der Staatsanwaltschaft. Die Detectives haben bei ihrer Suche weiße Baumwollhandschuhe getragen …«

»Ja, das habe ich gesehen.«

»Und als sie das Messer gefunden haben, legten sie es in einen Plastikbeutel, in dem Beweismittel aufbewahrt werden, und seitdem befindet es sich dort. Niemand hat das Messer mit nackten Händen berührt. Bis auf die Person, die es hinter diese Bücher gelegt hat.«

»Ich weiß nicht, wie es dorthin gekommen ist.«

»Aber Sie wissen, daß in und an der Schnappvorrichtung dieses Messers Blut zu kleben scheint?«

»Nein, das habe ich bis zu diesem Augenblick nicht gewußt.«

»Und Sie wissen, daß man dieses Messer ins Polizeilabor bringen wird, wo man feststellen wird, ob es sich bei dieser Substanz tatsächlich um Blut handelt oder nicht?«

»Das kann ich mir denken. Aber es ist nicht mein Messer. Mir ist es ganz egal, wohin Sie es bringen.«

»Mr. Milton, wissen Sie, daß wir Ihnen jederzeit die Fingerabdrücke abnehmen können?«

Milton schaute überrascht drein.

»Auch das haben Sie bis zu diesem Augenblick nicht gewußt?« fragte Nellie.

»Sie haben nicht das Recht, mir die Fingerabdrücke abzunehmen. Ich habe kein Verbrechen begangen.«

»Doch, wir haben das Recht, glauben Sie mir, Mr. Milton.«

»Ich möchte einen Anwalt fragen, ob Sie dieses Recht haben.«

»Möchten Sie Ihren Anwalt sofort anrufen?«

»Mein Anwalt kennt sich nur im Showbusiness aus.«

»Möchten Sie mit einem Strafverteidiger sprechen?«

»Ich habe kein Verbrechen begangen. Und ich *kenne* keinen Strafverteidiger.«

»Wenn Sie wollen, kann ich Ihnen die Namen von zehn ehrgeizigen Anwälten nennen, die innerhalb von einer Minute hier wären.«

»Außerdem … wofür *brauche* ich einen Strafverteidiger? Ich habe kein Verbrechen begangen.«

»Dem mag sein, wie es will, aber Sie wurden wegen eines Verbrechens verhaftet, und *jeder* Anwalt kann Ihnen sagen, daß wir Ihnen ohne Ihre Erlaubnis die Fingerabdrücke abnehmen können. Der Miranda-Entscheidung zufolge ist die Abnahme von Fingerabdrücken keine belastende Aussage …«

»Ich werde Ihnen meinen Erlaubnis *nicht* geben.«

»Wir *brauchen* Ihre Erlaubnis nicht. Wir können Ihnen die Fingerabdrücke abnehmen und Fotos von Ihnen machen, auch ohne Ihre Erlaubnis zu haben, Mr. Milton, das ist der langen Rede kurzer Sinn. Genau, wie wir Sie auffordern können, sich einer Blutprobe oder einer Atemanalyse zu unterziehen …«

»Nein, das können Sie nicht.«

»Doch, das können wir. Diese Maßnahmen gelten nicht als *Aussagen* und sind der Miranda-Entscheidung zufolge zugelassen.«

»Ich weiß nicht, was das bedeutet.«

»Das bedeutet, daß wir Ihnen die Fingerabdrücke abnehmen und sie mit denen auf dem Messer vergleichen werden. Und das bedeutet, daß wir das Blut an diesem Messer mit Michelle Cassidys Blut vergleichen werden, und wenn die Fingerabdrücke passen und das Blut übereinstimmt, haben wir bewiesen, daß Sie sie erstochen haben, Mr. Milton. Das bedeutet es.«

»Sie *erstochen* haben? Was?«

»Sie ermordet haben, Mr. Milton.«

»Verdammt, wovon sprechen Sie?«

»Sie wollen mir sagen, daß das nicht Ihr Messer ist?«

»Ich *habe* Ihnen bereits gesagt, daß das nicht mein Messer ist. Und ich habe nicht …«

»Sie wollen also, daß wir die ganze Prozedur von vorn bis hinten durchziehen?«

»Ich weiß nicht, was für eine Prozedur Sie meinen.«

»Die Fingerabdrücke, den Blutvergleich …«

»Sie *dürfen* mir nicht die Fingerabdrücke abnehmen.«

»Na schön, dann dürfen wir das eben nicht«, sagte Nellie wütend. »Dann werden wir jetzt gegen die Gesetze verstoßen, indem wir etwas tun, was wir nicht dürfen. Leute, würdet ihr ihn bitte rausbringen und ihm die Fingerabdrücke abnehmen?« sagte sie, wobei sie sich zu Carella und Kling umdrehte, die am Tisch saßen und aufmerksam zuhörten.

»Ich will einen Anwalt«, sagte Milton.

»Lieutenant, würden Sie diesem Mann bitte einen Anwalt besorgen?«

»Ich will *meinen* Anwalt.«

»Der sich nur im Showbusiness auskennt?«

»Der ist mir lieber als ein Grünschnabel frisch von der Uni.«

»Na schön, schaffen Sie ihn her, vielleicht wird er uns ja eine tolle Show vorführen. Mittlerweile nehmen wir ihm die Fingerabdrücke ab. Dann haben wir ja etwas zu besprechen, wenn er hier eintrifft.«

»Sie dürfen mir nicht die Fingerabdrücke abnehmen, bevor ich nicht mit meinem Anwalt gesprochen habe.«

»Nehmt ihm die Fingerabdrücke ab«, sagte Byrnes unbeirrt.

Harry O'Brien – nicht verwandt mit Bob O'Brien, dem Unglücksbringer dieses Reviers – tauchte an diesem Mittwoch mittag um kurz nach eins im Siebenundachtzigsten auf, erklärte, Miltons persönlicher Anwalt habe ihn beauftragt, und zeigte dann eine Karte, die ihn als Teilhaber der Kanzlei Hutchins, Baxter, Bailey und O'Brien identifizierte. Er schüttelte Milton und dann Nellie die Hand, nickte den versammelten Cops zu und sagte: »Worum geht es also?«

Er war ein Mann in den Fünfzigern, schätzte Nellie, gepflegt und gebräunt, mit grauem Haar und ordentlich gestutztem grauen Schnurrbart, bekleidet mit einem doppelreihigen grauen Nadelstreifenanzug und einer eleganten blauen Seidenkrawatte. Halb saß er auf dem Schreibtisch des Lieutenants, halb lehnte er sich dagegen, die Arme vor der Brust verschränkt, und erweckte damit in dieser Räuber-und-Gendarm-Umgebung den Eindruck beiläufiger Gelassenheit.

»Es geht um Totschlag oder Mord«, sagte Nellie.

»Ach?«

Sein Gesicht drückte leichte Überraschung aus, als hätte Miltons *Showbusiness*-Anwalt ihm das nicht schon längst am Telefon gesagt.

»Wer soll denn wen ermordet haben, wenn ich fragen darf?«

Jetzt lag ein leicht verächtliches Lächeln auf seinem Gesicht. Seine Haltung, sein Auftreten, das Lächeln, ja sogar der teure, maßgeschneiderte Anzug besagten, daß er Johnny Milton in zehn Minuten hier heraushaben würde. Nur über meine Leiche, dachte Nellie.

»Mr. Milton wird des Mordes beschuldigt«, sagte sie trocken. »Wollen Sie mit Ihrem Klienten sprechen, bevor wir weitermachen?«

»Danke, das wäre sehr nett«, sagte Milton.

Die anderen verließen Byrnes Büro. Draußen sprachen sie nicht viel. Das Labor hatte bereits bei den Fingerabdrücken als auch bei dem Blut Übereinstimmungen festgestellt. Sie hatten Milton am Kragen. Nellie war nicht mal bereit, sich auf einen Handel einzulassen. Es handelte sich schlicht und einfach um Mord, und Milton mußte mit fünfundzwanzig Jahren bis lebenslänglich rechnen.

Etwa zehn Minuten später öffnete O'Brien die Tür von Byrnes' Büro, steckte den Kopf hinaus und lächelte unter seinem grauen Schnurrbart. »Mrs. Brand?« sagte er. »Wir wären jetzt soweit.«

Sie gingen in das Büro des Lieutenants zurück.

»Würden Sie mir vielleicht sagen, was Sie zu haben glauben?« bat O'Brien.

»Gern«, sagte Nellie und unterbreitete es sowohl dem Verdächtigen als auch dessen Anwalt. Sie erklärte ihnen, daß Miltons Fingerabdrücke mit denen übereinstimmten, die man von dem Messer abgenommen hatte, und daß die verlumpten Rückstände am Springmechanismus des Messers tatsächlich Blut waren, und zwar von der Blutgruppe AB, die auch Michelle Cassidy gehabt hatte, die am Abend zuvor mit einem Messer ermordet worden war. Sie stellte klar, daß Miss

Cassidy ihre Wohnung an der Carter Avenue mit Mr. Milton teilte und die ermittelnden Detectives vom Siebenundachtzigsten Polizeirevier keine Anzeichen eines gewaltsamen Eindringens in die Wohnung entdeckt hatten. Sie ging davon aus, daß Mr. Milton Schlüssel zu dieser Wohnung hatte. Sie bat, sie zu korrigieren, falls sie sich bei dieser Annahme irrte, sobald das Verhör fortgesetzt wurde. *Falls* es fortgesetzt wurde.

»Das wäre alles«, sagte sie.

»Mein Klient ist bereit, den Angriff auf Michelle Cassidy am Abend des sechsten April einzugestehen«, sagte O'Brien. »Aber mit ihrer Ermordung hat er nichts zu tun.«

»Was Sie nicht sagen«, meinte Nellie.

»Nein«, sagte O'Brien.

»Wollen Sie etwa ein Kapitalverbrechen der Klasse A auf eins der Klasse D reduzieren?« sagte Nellie und schüttelte erstaunt den Kopf.

»Noch viel mehr«, sagte O'Brien. »Ich habe es auf leichte Körperverletzung abgesehen, ein bloßes Vergehen.«

»Warum sollte ich da mitspielen?«

»Weil Sie nicht beweisen können, daß mein Klient gestern abend in dieser Wohnung war.«

»Und *wo* war er gestern abend?«

»Warum fragen Sie ihn das nicht selbst?«

»Das heißt also, ich kann das Verhör jetzt fortsetzen?«

»Klar. Ich habe den Mann gerade erst kennengelernt, bin aber überzeugt davon, daß er nichts zu verbergen hat.«

Nellie nickte. Die Technikerin schaltete die Videokamera wieder ein. Milton wurden erneut seine Rechte verlesen, diesmal im Beisein seines Anwalts, und er erklärte, daß er bereit war, Fragen zu beantworten. Sie begannen erneut mit der ermüdenden Prozedur.

»Mr. Milton, haben Sie Michelle Cassidy am Abend des sechsten April gegen sieben Uhr mit einem Messer angegriffen?«

»Ja.«

Gut. Damit war der Überfall klar.

»Aber Sie haben den Detectives Carella und Kling zuvor

gesagt, Sie wären um diese Zeit in einem Restaurant namens O'Leary's gewesen, nicht wahr?«

»Ja.«

»Also haben Sie ihnen nicht ganz die Wahrheit gesagt?«

»Nein, habe ich nicht.«

»Genauer gesagt, Sie haben gelogen.«

»Ja.«

»Sie waren statt dessen in dieser Gasse hinter dem Susan Granger Theater und haben Miss Cassidy mit dem Messer verletzt.«

»Ja.«

»Mit diesem Messer?« fragte Nellie und zeigte ihm die Waffe in dem Plastikbeutel.

»Ja, mit diesem Messer.«

»Im Gegensatz zu dem, was Sie mir zuvor gesagt haben, gehört dieses Messer also doch Ihnen.«

»Ja, es ist mein Messer.«

»Und Sie haben es auch in Ihrem Büro hinter den Büchern versteckt?«

»Ja.«

»Als Sie also zuvor gesagt haben ... Berichtigen Sie mich, falls ich Sie falsch zitiere ... Als Sie gesagt haben: ›Ich weiß nicht, wie es dorthin gekommen ist. Jemand muß es dorthin gelegt haben.‹, womit Sie sich auf das Messer bezogen, haben Sie mir also auch nicht die Wahrheit gesagt?«

»Nein.«

»Sie haben erneut gelogen.«

»Ich habe gelogen.«

»Das *ist* also Ihr Messer, und Sie *haben* es hinter diesen Büchern auf Ihrem Regal versteckt.«

»Ja.«

»Und jetzt gestehen Sie ein, daß Sie Michelle Cassidy am Abend des sechsten April mit diesem Messer niedergestochen haben.«

»Ja.«

»Und was ist mit dem gestrigen Abend? Haben Sie sie auch gestern abend mit diesem Messer niedergestochen?«

»Nein, habe ich nicht.«

»Haben Sie sie gestern abend mit einem *anderen* Messer niedergestochen?«

»Ich habe sie gestern abend überhaupt nicht niedergestochen.«

»Sie haben sie am Montag abend niedergestochen, aber gestern abend nicht?«

»Genau.

»Würden Sie uns das bitte erklären, Mr. Milton?«

Milton drehte sich um und sah seinen Anwalt an. O'Brien nickte.

»Na ja ...«, sagte Milton.

Und nun erzählte er Nellie und den versammelten Detectives, daß es von Anfang an Michelles Idee gewesen war ... na ja, daß sie auf etwas *aufgebaut* hatte, das er gesagt hatte, als sie am vergangenen Sonntagabend im Bett gelegen hatten. Sie hatte sich darüber beschwert, wie *dumm* das Stück war, *Romanze*, das Stück, das sie gerade probte, und Johnny hatte erwähnt, daß das Stück den Anspruch erhob, etwas zu sein, was es gar nicht sein konnte, daß sich aus einem Krimi kein seidener Beutel machen ließ. Er hatte ihr erklärt, daß in dem Augenblick, in dem jemand ein Messer in eine andere Person stach, die gesamte Aufmerksamkeit sich auf das Opfer richtete und man nur noch wissen wollte, wer es getan hatte.

Was auch gar keine so schlechte Idee war, hatte er gedacht.

Die Aufmerksamkeit auf das Opfer zu konzentrieren.

Was er dann laut gesagt hatte.

Zu Michelle.

»Es wäre gar keine so schlechte Idee, etwas Aufmerksamkeit auf *dich* zu richten«, hatte er gesagt, »ganz zu schweigen von dem dummen *Stück*.«

Nun ja, falls eine Schauspielerin irgend etwas geradezu liebt, dann, die Aufmerksamkeit auf sich zu richten. Er hatte diesen Gedanken kaum ausgesprochen – eigentlich war es ja nur ein sehr flüchtiger, ein müßiger Gedanke gewesen –, als Michelle schon wissen wollte, was er damit gemeint hatte, was für eine Aufmerksamkeit? Er hatte davon gesprochen, jemanden niederzustechen, worum es natürlich auch in dem Stück ging, und jetzt spann sie den Faden weiter und sagte, es sei doch zu schade, daß nicht irgendein Verrückter da draußen sich in den Kopf gesetzt hatte, *sie* niederzustechen, wie das Mädchen in dem Stück niedergestochen wird, was natürlich jede Menge Aufmerksamkeit auf sie lenken würde und dem Stück außerdem nicht schaden würde, da ja auch in *Romanze* eine Schauspielerin niedergestochen wurde. Das verdammte Publikum würde im Theater sitzen und auf die Szene mit dem Messer warten; schließlich würde es ja wissen, daß Michelle auch im wirklichen Leben niedergestochen worden war, wenn auch nicht so schlimm wie das Mädchen in dem Stück, das, wie sie es verstanden habe, an dem Stich fast gestorben sei, obwohl das Stück so bescheuert sei, daß das Mädchen im nächsten Augenblick schon wieder aufsprang und die Fragen des Detectives beantwortete, so ein Blödsinn.

»Zu schade, daß da draußen nicht so ein Verrückter rumläuft«, hatte sie gesagt, und sie hatten sich in den Armen gelegen und eine Weile geschwiegen, und dann hatte sie gesagt: »Warum muß es unbedingt ein Verrückter sein?«

»Was meinst du damit?« hatte er gesagt.

»Warum besorgen wir uns nicht einfach jemanden, der es tut? Mich niederzustechen. Keine allzu schwere Verletzung. Aber eine so schwere, daß die Aufmerksamkeit sich auf mich richtet. Als das Opfer.«

Nun ja, sie hatten eine Weile darüber gesprochen, hin und her überlegt, und sie war schließlich einer Meinung mit ihm gewesen, daß es rauskommen würde, wenn sie jemanden anheuerten, so was zu tun. Wer auch immer den Job erledigte, früher oder später würde er aus dem einen oder anderen Grund mit der Wahrheit rausrücken, und es würde auf sie zurückfallen und genau die gegenteilige Wirkung von dem haben, was sie beabsichtigten.

»Warum kann es nicht jemand sein, den wir wirklich gut kennen?« sagte Michelle. »Der mich niedersticht, meine ich.«

Also überlegten sie auch *darüber* hin und her und versuchten, sich jemanden einfallen zu lassen, dem sie vertrauen konnten, daß er sie zuerst nicht allzu schlimm mit einem Messer verletzte und dann darüber seinen Mund hielt …

»Oder auch ihren«, sagte Michelle.

… aber ihnen fiel niemand ein, ob nun Mann oder Frau, dem sie vollständig und absolut vertrauen konnten, die Sache durchzuziehen, ohne befürchten zu müssen, daß er sie später belastete.

»Wie wäre es mit *dir*?« schlug Michelle vor.

Die Vorstellung, sie niederzustechen, gefiel ihm anfangs gar nicht. Zuerst einmal war er sich nicht sicher, ob es ihm gelingen würde, sie ›nicht allzu schlimm‹ niederzustechen, wie sie es ausdrückte, denn schließlich war er ja kein Arzt und hatte keine Ahnung, welche Arterien oder Venen in ihrer Brust oder Schulter waren, die reißen konnten, wenn er sie zufällig traf, woraufhin sie dann verbluten würde. Also ließ sie den Träger des hauchfeinen, purpurnen Babydolls hinab, das sie an diesem Abend trug, und zeigte ihm ihre Schulter, und gemeinsam tasteten sie und drückten dagegen und versuchten herauszufinden, wie er sie stechen konnte, ohne allzu *großen* Schaden anzurichten. Schließlich einigten sie sich darauf, daß er sie ja einfach nur *schneiden* konnte, statt sie niederzustechen, und entschlossen sich, es am nächsten Abend zu machen, wenn die Besetzung essen ging.

»Aber es war ihre Idee«, sagte Milton.

»Die Aufmerksamkeit auf sich zu richten.«

»Ja. Zuerst zu den Cops zu gehen und ihnen zu sagen, sie hätte Drohanrufe bekommen …«

»Was sie dann ja auch tat.«

»Ja. Sie kam auch auf die Idee, einfach zu sagen, der Mann, der sie anrief, höre sich an wie Jack Nicholson.«

»Ich verstehe«, sagte Nellie.

»Ja. Weil Nicholson immer sehr bedrohlich klingt, auch wenn er es gar nicht sein will. Es kam uns nur darauf an, die Aufmerksamkeit der Medien zu bekommen.«

»Was Ihnen ja auch gelungen ist.«

»Ja. Wir haben viel Aufmerksamkeit bekommen.«

»Warum haben Sie sie also umgebracht?«

»Aber, aber, Frau Staatsanwältin«, sagte O'Brien.

»Warum haben Sie sie getötet, Mr. Milton?«

»Ich habe sie nicht getötet.«

»Wann haben Sie sie zum letztenmal gesehen, Mr. Milton?«

»Als ich gestern morgen die Wohnung verließ.«

»Haben Sie übrigens Schlüssel für die Wohnung?«

»Ja.«

»Wann sind Sie gestern morgen aus dem Haus gegangen?«

»Gegen neun.«

»Haben Sie hinter sich abgeschlossen?«

»Nein. Michelle war noch dort.«

»Wohin sind Sie gegangen?«

»In mein Büro. Diese Detectives haben mich dort so gegen elf Uhr aufgesucht.«

»Wann haben Sie das Büro verlassen?«

»Ich bin gegen halb eins Mittag essen gegangen. Ja, so um den Dreh war es.«

»Mit wem?«

»Mit einem Produzenten namens Elliot Michaelman.«

»Sind Sie danach wieder ins Büro gegangen?«

»Ja.«

»Wann war das?«

»Kurz nach drei.«

»Wann haben Sie Michelle das nächste Mal gesehen?«

»Gar nicht mehr.«

»Sie haben Sie nicht mehr gesehen, seit Sie um neun Uhr an diesem Morgen die Wohnung verlassen haben?«

»Genau.«

»Sind Sie denn nicht zu dem Apartment zurückgefahren, Mr. Milton? *Wohnen* Sie nicht dort?«

»Ja, aber gestern abend war ich nicht mehr dort.«

»Warum nicht?«

»Weil wir uns am Telefon gestritten haben.«

»Ach?« sagte Nellie und sah den warnenden Blick, den O'Brien seinem Klienten zuwarf. »Wann war das?« fragte sie sofort.

»So gegen sechs Uhr. Als ich vom Mittagessen zurückkam,

habe ich sofort im Theater angerufen, aber sie hatten mit den Proben schon aufgehört, und da habe ich alle zehn Minuten in der Wohnung angerufen, bis ich sie schließlich erreichte.«

»Und Sie sagen, das war gegen sechs Uhr?«

»Ja. Sie war gerade hereingekommen.«

»Worüber haben Sie sich gestritten, Mr. Milton?«

»Ich habe ihr gesagt, daß die Detectives hier bei mir im Büro waren und mir Fragen gestellt hatten, und sie hatte Angst, sie könnten vielleicht Verdacht schöpfen.«

»Das hört sich aber nicht gerade wie ein Streit an.«

»Na ja, schließlich hat sie gesagt, wenn sie zu ihr in die Wohnung kämen und ihr Fragen stellten, würde sie sagen, daß sie nicht das geringste darüber wußte, daß ich mir alles allein ausgedacht hätte, ohne ihr etwas davon zu sagen. Sie hat mir gesagt, sie würde nicht mit mir untergehen, sie würde ein Star werden.«

»Und dann?«

»Ich habe ihr gesagt, sie habe die verdammte Sache doch *geplant*, um Himmels willen! Da hat sie ›Beweise das mal!‹ gesagt und aufgelegt.«

»Wie sind Sie sich danach vorgekommen?«

»Beschissen.«

»Und Sie sind sich nicht nur beschissen vorgekommen, sondern waren auch wütend?«

»Nein, ich bin mir einfach nur beschissen vorgekommen. Ich hatte gedacht, wir lieben uns. Wenn ich sie nicht geliebt hätte, hätte ich bei ihrem Plan gar nicht erst mitgemacht. Ich habe es für sie getan. Damit sie wirklich ein Star werden kann. Ich kenne sie, seit sie zehn ist, ich habe sie die ganze Zeit über aufgebaut.«

»Und dann sagt sie Ihnen, daß Sie allein im Regen stehen?«

»Im Prinzip ja.«

»Wenn man Sie schnappt ...«

»Ja.«

»... weiß sie von nichts.«

»Ja.«

»*Sie* bekommt ihre Chance, ein Star zu werden ...«

»Na ja …«

»… während *Sie* wegen Körperverletzung ins Gefängnis gehen.«

»Ich habe nicht ans Gefängnis gedacht. Ich habe gedacht, wir lieben uns.«

»Also haben Sie den Entschluß gefaßt, sie umzubringen.«

»Nein, ich habe sie nicht umgebracht.«

»Sie hatten nichts mehr zu verlieren …«

»Nein …«

»Also sind Sie zu der Wohnung zurückgefahren …«

»Nein, bin ich nicht. Ich habe das Büro nicht mehr verlassen. Ich habe mir ein Sandwich und eine Flasche Bier kommen lassen …«

»Wann? Um wieviel Uhr?«

»Gegen sechs.«

»Es wurde gegen sechs geliefert?«

»Gegen Viertel nach, zwanzig nach sechs.«

»Wer hat das Sandwich gebracht?«

»Irgendein schwarzer Junge. Ich habe es von einem Deli auf der Stem bestellt.«

»Der Name des Deli?«

»Ich habe ihn in meinem Büro. Auf einem dieser Prospekte, die sie einem immer in den Briefkasten werfen.«

»Aber aus dem Gedächtnis kennen Sie den Namen des Deli nicht?«

»Nein.«

»Was ist mit dem Jungen, der Ihre Bestellung ausgeliefert hat? Kennen Sie den?«

»Vom Sehen.«

»Seinen Namen kennen Sie nicht?«

»Nein.«

»Und Sie sagen, er hat Ihr Sandwich und das Bier …«

»Und Pommes.«

»… und Pommes frites gegen Viertel nach, zwanzig nach sechs gebracht?«

»Ja, so in etwa.«

»Und dann?«

»Dann habe ich gegessen.«

»Und dann?«

»Geschlafen.«

»Sie sind nach Hause gefahren, um zu schlafen?«

»Nein. Ich habe im Büro geschlafen.«

»Hat jemand *gesehen*, daß Sie dort geschlafen haben?«

»Nein. Aber ich war da, als Lizzie heute morgen kam. Meine Sekretärin. Elizabeth Campieri.«

»Sie hat Sie *schlafend* vorgefunden?«

»Nein, da war ich schon wach.«

»Kann jemand bestätigen, daß Sie die gesamte vergangene Nacht im Büro verbracht haben?«

»Nein, aber ...«

»Kann irgend jemand bestätigen, daß Sie das Büro nicht mehr verlassen haben, nachdem man Ihnen um zwanzig nach sechs das Sandwich gebracht hat, und zu Michelle Cassidys Wohnung gefahren sind und die diversen Schlösser mit Ihren Schlüsseln geöffnet haben und Michelle erstochen ...«

»Ich habe sie nicht ...«

»... haben? Hat irgend jemand Sie dort *gesehen*, wo Sie angeblich gewesen sein wollen? Oder ist das wieder so ein Alibi wie das, das Sie für den Abend hatten, an dem Sie sie in der Gasse hinter dem Theater niedergestochen haben? Lügen Sie schon wieder, Mr. Milton?«

»Ich schwöre bei Gott, ich sage Ihnen die reine Wahrheit. Ich habe Michelle nicht getötet.«

»Er hat's getan«, sagte Ollie. »Buchten Sie ihn ein, Nellie.«

Sie kannte Ollie Weeks nur beiläufig, war ihm ein paarmal bei Gericht begegnet, doch er nannte sie schon Nellie. Außerdem schien er seit geraumer Weile nicht gebadet zu haben. Aber sie war seiner Meinung.

»Er hat die Tätlichkeit gestanden«, sagte sie. »Das wäre also gegessen. Und ich glaube, wir haben genug, um ihn auch wegen des Mordes zu verhaften.«

»Das glaube ich nicht«, sagte Carella.

Alle drehten sich zu ihm um.

Sie hatten O'Brien und Milton gebeten, draußen im Mannschaftsraum zu warten, während sie die Sache besprachen. Lieutenant Byrnes saß noch auf dem Drehstuhl hinter seinem Schreibtisch. Ollie fand nicht genug Platz auf einem Stuhl mit gerader Lehne vor den Fenstern. Nellie war mittlerweile auf die andere Seite des Büros gegangen, so weit weg von ihm wie möglich. Carella stand neben Kling vor den Regalen gegenüber von Byrnes' Schreibtisch.

»Was stört dich?« fragte Byrnes.

»Das Motiv«, sagte Carella.

»Sie hat gedroht, ihn hängen zu lassen«, sagte Ollie. »Ist das etwa kein Motiv?«

»Ich glaube, er hat recht«, sagte Byrnes.

»Was gewinnt er dadurch, daß er sie tötet?« fragte Carella.

»Wenn er sie nicht umbringt, geht er wegen des Überfalls in den Knast.«

»Den konnten wir ihm doch schon vorher nachweisen.«

»Er hat sie abgemurkst, *bevor* er das wußte«, sagte Ollie. »Er rechnete sich noch immer aus, wenn er sie abmurkst, ist er aus dem Schneider.«

»Wenn ich wegen beider Punkte Anklage gegen ihn erhebe«, dachte Nellie laut, »kann O'Brien sich das mildere Strafmaß wegen des Teilgeständnisses abschminken.«

»Warum klagen Sie Milton nicht nur wegen des Überfalls an?« sagte Carella.

»Ah, ich verstehe«, sagte Ollie. »Ihr könnt den Überfall als aufgeklärt verbuchen, und ich gehe leer aus.«

»Du kannst *beide* Fälle haben«, sagte Carella.

»Von Rechts wegen gehören beide Fälle uns«, sagte Byrnes.

»Wir wollen nicht darüber streiten, wer was für sich beanspruchen kann«, sagte Nellie. »Wenn es bei dem Mordfall keine vernünftigen Beweise gibt, ist die Körperverletzung ehrlich gesagt nicht mehr als ein Vergehen wert. Aber ich glaube, Milton hat sie wirklich umgebracht, und werde die Sache durchpauken.«

» Ein Hoch der Staatsanwältin«, sagte Ollie.

»Wenn wir ihn wegen mittlerer Körperverletzung einbuchten«, sagte Carella, »können wir dem Gericht erklären, daß wir wegen des Mordes noch *ermitteln* ...«

»Ja, dann hätten wir einen starken Fall«, gestand Nellie ein.

»Wir haben erst dann einen starken Fall, wenn wir die Beweise finden, die wir brauchen, um eine ...«

»Jetzt hören Sie aber auf, Steve, die Indizien kommen uns doch schon aus den Ohren raus.«

»Da bin ich anderer Ansicht. Das Blut an dem Messer klebte an der Schnappvorrichtung. Es war richtig trocken. Das Mädchen wurde gestern abend ermordet ...«

»Wie lange dauert es, bis Blut eingetrocknet ist?« sagte Ollie. »Glaubst du etwa, das Blut wäre noch naß, wenn er sie gestern abend abgemurkst hat?«

»Nein, aber ...«

»Das Blut wäre schon längst *getrocknet*«, sagte Ollie. »Genau wie zwei Tage altes Blut, wie drei Tage altes Blut. Trocken ist trocken, es gibt keine Abstufungen von trocken. Wovon sprechen wir hier, von Martinis?«

»Na schön, warum hat er das Messer behalten?«

»Das machen die doch ständig«, tat Ollie die Frage mit einem Winken ab. »Niemand hat behauptet, daß diese Mörder Atomwissenschaftler sind.«

»Jemand hat einen Mord begangen und behält die Waffe?«

»Ich hätte sie in den nächsten Gully geworfen«, sagte Kling.

»Warum hat er sie dann nicht nach dem *Überfall* weggeworfen?« fragte Byrnes.

»Genau«, sagte Ollie. »Wenn er sie nicht weggeworfen hat, nachdem er sie das *erstemal* niedergestochen hat, ist nicht einzusehen, warum er es nach dem *zweitenmal* getan haben soll.«

»Weil es ihn teurer zu stehen gekommen wäre, die Waffe zu behalten«, sagte Carella.

»Nur Profis denken so«, sagte Ollie.

»Für den Überfall mußte er sowieso schon mit fünfzehn Jahren rechnen«, sagte Nellie. »Wenn er *danach* das Messer nicht weggeworfen hat ...«

»Fünfzehn Jahre sind nicht lebenslänglich.«

»Aber auch kein Pappenstiel. Außerdem ist der Mann *Agent*«, sagte Ollie verächtlich. »Was weiß der schon darüber, wie viele Jahre man für was kriegt? Das ist kein Profi, sondern ein Amateur.«

»Steve«, sagte Nellie, »ich wünschte, wir wären bei dieser Sache einer Meinung ...«

»Geben Sie uns nur die Gelegenheit, den Fall noch mal zu überprüfen, mehr verlange ich ja gar nicht. Wenn wir dem Richter bei der Anklageerhebung erklären, daß wir in diesem Zusammenhang noch in einem Mordfall ermitteln, wird er eine hohe Kaution festsetzen. Das heißt, Milton bleibt im Gefängnis, während wir weitere Beweise zusammentragen können. Falls es welche gibt.«

»Ich habe bereits genug Beweise«, sagte Nellie.

»Der Ansicht bin ich nicht.«

»Tut mir leid«, sagte sie.

»Nellie, wenn Milton sie *nicht* umgebracht hat, läuft der echte Mörder ...«

»Wieso glauben Sie ...«

»... noch frei herum.«

»... daß er sie nicht ermordet hat?«

»Aus dem Bauch heraus. Instinkt.«

Im Raum wurde es ganz still.

»Was wollen Sie also?« fragte Nellie.

»Das habe ich Ihnen doch schon gesagt. Buchten Sie ihn wegen des Überfalls ein, während wir weiterhin in dem Mordfall ermitteln. Wenn wir nichts finden, können Sie ja immer noch Anklage wegen Mordes erheben.«

»Heute haben wir?« fragte sie niemanden im besonderen.

Byrnes sah auf seinen Schreibtischkalender.

»Den achten«, sagte er.

»Na schön, laut Vorschrift muß ich sechs Tage nach der Verhaftung Anklage erheben. Das heißt, am vierzehnten muß ich Milton wegen eines oder mehrerer Verbrechen anklagen oder ihn ohne weitere Auflagen freilassen. Ich bin zu folgendem Kompromiß bereit. Ich klage ihn sowohl wegen des Überfalls als auch wegen Mordes an ...«

»Gut«, sagte Ollie.

»... werde meinen Büroleiter aber bitten, mit dem Leiter der Anklageabteilung zu sprechen ...«

»Warum?« fragte Ollie.

»Damit *er* zum Leiter der Kriminalpolizei geht und ihm die Situation erklärt.«

»Was für eine Situation?«

»Daß einer seiner besten Detectives Zweifel hat und in dem Mordfall weiterhin ermitteln will.«

»Ich *habe* keine gottverdammten Zweifel!« sagte Ollie.

»Steve, Sie haben Zeit bis zum Morgen des vierzehnten. Bringen Sie mir bis dahin etwas Besseres, oder ich werde Milton wegen Mordes anklagen.«

»Danke«, sagte Carella.

»Sie haben *ihn* gemeint?« sagte Ollie.

7. KAPITEL

Bert Kling tanzte wie ein Weißer.

Großer Gott im Himmel, er war der *schlechteste* Tänzer, mit dem sie je im Leben getanzt hatte. Und dabei hatte *er* die Idee gehabt, an diesem Mittwoch abend tanzen zu gehen. Klar, hatte sie gesagt, warum nicht? Ein Mann lädt eine Frau zum Tanzen ein, und da rechnet man doch damit, daß er ein guter Tänzer ist, oder? Ein lausiger Tänzer lädt eine Frau nicht zum Tanzen, sondern zum Bowling-Spielen ein. Herrje, war er *schrecklich*!

Sie hatte ein aufreizendes und glattes Kleid in demselben Rauchblau angezogen, das er so bewundert hatte, zwar ein anderes Kleid, aber in demselben Farbton, der so gut zu ihrem Lidschatten paßte – warum sollte sie was ändern, wenn er darauf stand? Das Kleid war sehr kurz und sehr eng, das einzige so auffällige Kleid, das sie besaß; als sie noch Medizin studiert und versucht hatte, die Aufmerksamkeit aller geeigneten Schwarzen in Washington auf sich zu lenken, hatte sie es das Fick-mich-Kleid genannt. Es hieß, in dieser Stadt sei das Verhältnis zwischen Männern und Frauen fünf zu eins; stell dir das mal vor, Schätzchen, fünf zu eins! Ob es nun zu gewagt war oder nicht, der Mann hatte gesagt, die Farbe stünde ihr gut, und warum sollte sie ihm da nicht den Gefallen tun? Außerdem besaß sie nur noch ein einziges anderes rauchblaues Kleid, und zwar das, das sie bei ihrer ersten Verabredung getragen hatte, also mußte sie wohl oder übel dieses hier – ups, tut mir leid. Nein, meine Schuld.

Wenn sie es sich durch den Kopf gehen ließ, standen ihr auch gewisse Grüntöne ausgezeichnet; vielleicht hätte sie sich heute Grün in Grün anziehen sollen. Aber mit grünen Kleidern war das so eine Sache, wenn man nicht aufpaßte, sah man darin aus wie eine Edelnutte. Und sowieso – wieso dachte sie ständig nur an *Farben*? Aber genau darum ging es eigentlich doch, oder? Ob hinter dieser Sache mehr steckte als der Umstand, daß er weiß und sie schwarz war und sie vielleicht nur voneinander angezogen wurden, *weil* er weiß und sie schwarz war. Auf jeden Fall lag es nicht daran, daß er wie Fred Astaire tanzte.

Die Band war ziemlich gut, wenn man berücksichtigte, daß die Hälfte der Musiker Weiße waren, einschließlich des Bassisten, den sie stets für das Herz und die Seele einer jeden Band gehalten hatte. Sechs Mann da oben auf der Musikertribüne in diesem kleinen Schuppen tief im Quarter, in dem es für den Geschmack einer Ärztin etwas zu verqualmt war, aber ihn schien die Luftqualität genauso stark zu stören wie sie. Vielleicht wirkte der Qualm sich negativ auf seine tänzerischen Qualitäten aus. *Irgend etwas* mußte sich darauf auswirken, denn bei aller Liebe, sie hatte noch nie einen Mann oder Jungen gekannt, der so steif und unbeholfen war wie er. Zählte er im Geiste den Takt ab? Lag es daran? Sie hatte Angst, etwas zu sagen, weil sie befürchtete, sie würde ihn damit aus dem Rhythmus bringen, willkommen in Transsylvanien. Sie trug hochhackige blaue Schuhe, die fast völlig aus Riemchen bestanden. Eine hauchdünne Sohle und dann Riemchen, Riemchen, Riemchen. Sie war der Ansicht, daß sie ihre Beine gut zur Geltung brachten, kommen Sie doch rein, bitte schön, willkommen in meiner guten Stube.

Sie fand es sehr süß, daß er ein so fürchterlicher Tänzer war, hätte sich aber gewünscht, daß er nicht so oft auf ihre Füße in den Riemchenschuhen trat. »Ups, tut mir leid«, sagte er jedesmal, und sie sagte dann »Nein, meine Schuld«, und allmählich fragte sie sich, ob er wirklich dachte, es sei ihre Schuld, ob er irgendwie glaubte, *sie* sei eine lausige Tänzerin. Aber nein, er mußte doch sicher wissen, wie tolpatschig er war. Aber warum hatte er sie dann gebeten, mit ihm tanzen zu gehen?

Als sie wieder am Tisch saßen – Qualm wehte in ihre Richtung, die Kapelle spielte eine leise, schlüpfrige Melodie, die auf der Luft glitt, tief und voller irrer Tenorsaxophon-Motive – versuchte sie es auf eine freundlichere, sanftere Art und Weise. Sie sagte nicht: Wieso haben Sie mich ausgerechnet zum Tanzen eingeladen, Sie reizender Ochse? Statt dessen sagte sie: »Wieso haben Sie sich ausgerechnet dieses Lokal ausgesucht?«

»Ich dachte, es könnte ganz nett werden«, sagte er und holte zu einer verschwommenen Geste aus, die den ganzen Raum umfassen sollte, in dem sich – wie sie nun feststellte – ungewöhnlich viele schon etwas ältere Ehepaare befanden. Hatte er das gewußt, als er sich für diesen Schuppen entschieden hatte?

»Wo haben Sie tanzen gelernt?« fragte sie.

»Ach, ein paar Jungs haben es mir beigebracht ... damals, als ich noch ein Kind war.«

»Aha.«

»Ich bin in Riverhead aufgewachsen. Als es noch ein gutes Viertel war.«

Was sollte das denn heißen? fragte sie sich. Daß es jetzt eine *schwarze* Gegend war? Und deshalb *keine* gute mehr?

»Mein Freund Frank hatte einen großen Keller in seinem Haus, so einen getünchten Kellerraum, und da unten haben wir immer getanzt.«

»Jungs und Mädchen, meinen Sie?«

»Das *hätten* wir gern gehabt. Nein, nur Jungs. Frank war ein sehr guter Tänzer, und er hat uns anderen das Tanzen beigebracht. Wir haben immer abwechselnd geführt. Das war ein gutes Training.«

Ja, die Ergebnisse sehe ich, dachte sie.

»Wo in Riverhead?« fragte sie.

»Cannon Road. Als wir dort wohnten, war es ein schwarzes, irisches und italienisches Viertel. Hat nie irgendwelche Probleme gegeben. Selbst als es in Diamondback zu Rassenunruhen kam, sind wir in Riverhead gut miteinander ausgekommen. Aber dem ist jetzt nicht mehr so. Das hat sich mittlerweile gründlich geändert.«

Sie nickte.

»Ich weiß noch, wie mein Vater zu mir sagte … das war zur Zeit der großen Rassenunruhen, ich war noch ein kleiner Junge … Ich weiß noch, wie er sagte: ›Wenn du auch so einen Dreck erzählst, wirst du eine Woche lang nicht mehr sitzen können, Bert. Ich werde dich dermaßen verdreschen, daß du von Glück sprechen kannst, wenn du noch *laufen* kannst.‹« Sind Sie deshalb heute abend mit einer Schwarzen zusammen? fragte sie sich.

»Was am Sonntag passiert ist, war nichts im Vergleich mit dem Ärger damals«, sagte er. »Das werde ich nie vergessen.«

»Wohnen Sie noch in Riverhead?« fragte sie.

»Nein, nein. Ich habe eine kleine Wohnung hier in Isola. In der Nähe der Calm's Point Bridge.«

»Wann sind Sie da weggezogen?«

»Aus Riverhead? Direkt nach dem Krieg. Als ich aus dem Krieg nach Hause kam.«

Sie fragte ihn nicht, welchen Krieg er meinte. In Amerika hatte es zu jeder Zeit einen Krieg für jeden Heranwachsenden gegeben. Die meisten Männer versuchten zu vergessen, welcher Krieg sie beansprucht und ihre Jugend verzehrt hatte. Sie hatte nicht einen einzigen Mann kennengelernt, der über seine Kriegserlebnisse sprechen wollte. Was eine Menge über die Rekrutierungsplakate aussagte.

»Sie tanzen sehr gut.«

Uns Leute ham eben Rhythmus im Blut, dachte sie.

»Ich wette, Sie könnten mir viel mehr beibringen, als Frank es konnte.«

»Vielleicht«, sagte sie.

»Wenn wir uns das nächste Mal wieder aufs Parkett wagen«, sagte er und nickte zu der kleinen Tanzfläche hinüber.

»Na schön.«

Der Kellner brachte ihnen die nächste Runde. Hier waren zwei Drinks pro Person im Eintritt inbegriffen, und der war nicht gerade billig. Ihr war klar, daß ihn der Abend mehr kostete, als er es sich vom Gehalt eines Detectives eigentlich leisten konnte. Überall um sie herum saßen und tranken und tanzten gemischtrassige Pärchen und unterhielten sich, hielten Händchen und küßten sich gelegentlich. Sie fragte sich erneut, wieso er dieses Lokal ausgesucht hatte.

»Woher kennen Sie den Laden?«

»Ich habe Artie gefragt.«

»Wer ist Artie?«

»Artie Brown, einer der Jungs auf dem Revier. Er ist schwarz.«

»Brown ist schwarz, was?«

»Nein, ehrlich. Er glaubt sogar, daß seine Ururgroßmutter deshalb zu dem Namen gekommen ist.«

»Wie meinen Sie das?«

»Sie war Sklavin. Er glaubt, ihr Besitzer habe ihr wegen ihrer Hautfarbe den Namen Brown gegeben. Aber es ist nur eine Theorie, er weiß es nicht genau.«

»Wann haben Sie ihn gefragt?«

»Gar nicht. Er hat es einfach mal so erwähnt.«

»Ich meinte, wann haben Sie sich bei ihm wegen des Lokals erkundigt?«

»Ach so. Gestern. Ich habe ihm gesagt, ich ginge mit einer Schwarzen aus, und ob er ein Lokal kennt, in dem wir beide uns wohl fühlen würden. Während wir uns noch besser kennenlernen.«

»Und was hat er gesagt?«

»Er hat mir dieses Lokal empfohlen.«

»Und fühlen Sie sich hier wohl?«

»Ja, ich glaube schon. Sie auch?«

»Ich weiß nicht. Mir kommt es hier vielleicht ein wenig *zu* ausgewogen vor.«

»Vielleicht.«

»Was hält er davon, daß Sie mit mir ausgehen?«

»Artie? Was sollte er dazu sagen?«

»Daß Sie weiß sind und ich schwarz bin, meine ich.«

»Darüber haben wir gar nicht gesprochen.«

»Und was halten *Sie* davon?«

»Daß Sie schwarz sind und ich weiß bin?«

»Ja.«

»Ich hoffe, daß es bei uns klappt.«

Sie sah ihn an.

»Ich hoffe, daß wir eines Tages hingehen können, wohin wir wollen, und nur wir selbst sein können, ohne versuchen zu müssen, wie alle anderen um uns herum auszusehen.«

»Ist Brown Ihr Partner?«

»Manchmal. Im Siebenundachtzigsten handhaben wir die Dinge etwas anders, als es in den anderen Revieren der Fall ist. Wir bilden ständig neue Teams. Das macht es interessanter. Und es gibt uns Gelegenheit, Informationen über die bösen Buben und ihre Aktivitäten auszutauschen.«

»Sie haben meine Frage nicht beantwortet.«

»Ich will Ihnen die Wahrheit sagen, Shaar«, erwiderte er und kürzte ihren Namen dabei ab, sprach ihn wie ›Schär‹ aus. »Ich habe gedacht, Sie würden sich in einem Lokal, das nur von weißen Gästen besucht wird, nicht wohl fühlen.«

»Wie wäre es dann mit einem Lokal gewesen, in dem nur Schwarze verkehren?«

»Wie in Diamondback, meinen Sie?«

»Ja.«

»Ich glaube, in so einem Lokal hätte *ich* mich vielleicht nicht wohl gefühlt«, sagte er.

»Also haben Sie Brown gebeten, Ihnen ein Lokal zu empfehlen, in dem wir *beide* uns wohl fühlen.«

»Ja. Aber ich habe nicht gewußt, daß hier alles so wahnsinnig genau ausgewogen ist. Drei Weiße in der Kapelle und drei Schwarze. Ein weißer Barkeeper, ein schwarzer. Eine schwarze Frau für jeden Weißen, ein Schwarzer für jede weiße Frau.«

»Wie das Malen nach einer Vorlage mit numerierten Farbfeldern«, sagte sie.

»Ja. Möchten Sie gehen?«

»Was schlagen Sie denn vor?« fragte sie.

»Das Top of the Hill«, sagte er.

Das Hill Building lag mitten in Isola an der Jefferson Avenue. Sie waren mit einem Taxi dorthin gefahren, und nun gingen sie – um zehn Uhr abends an einem Wochentag in einer hellwachen Großstadt – in die Lobby und blieben hinter einer roten Samtkordel stehen, an der ein Mann in einer grünen Uniform und mit einem grünen Hut immer wieder acht bis zehn Personen zu einem Expressfahrstuhl führte, der direkt ins achtundfünfzigste Stockwerk des Gebäudes fuhr. Sie hatten nicht reserviert. Kling machte sich Sorgen. Da fragt der großspurige Detective einfach: Wie wäre es mit dem Top of the Hill? Und wann, wenn wir dort ankommen und so ein überheblicher Oberkellner wirft einen Blick auf uns und schickt uns wieder weg? Tut mir leid, Freundchen, kein Tisch mehr frei.

Tja, aber das war doch so gut wie ausgeschlossen. Ein stattlicher blonder Detective in einem dunkelblauen Anzug, eine wunderschöne schwarze Frau in einem dazu passenden blauen Kleid, sie werden erfreut sein, uns in ihrer Mitte zu haben, wir verleihen dem Schuppen einen Hauch von Eleganz. *Kommen Sie herein, kommen Sie herein, Sir, kommen Sie herein, Miss, hätten Sie gern einen Tisch am Fenster, von dem aus Sie einen Blick auf die ganze Stadt haben? Ein schöner Abend, nicht wahr, Sir?* Und wenn das nicht so lief, würde er einfach die

Dienstmarke zücken und ihm ein paar Dollar zuschieben … tat man so was in eleganten Lokalen wie dem Top of the Hill?

Den ganzen Weg bis zum achtundfünfzigsten Stock plante er seine Strategie. Dort stiegen sie dann in einen anderen Fahrstuhl um, der zum fünfundsechzigsten Stock und dem Dach des Gebäudes hinauffuhr. Die Fahrstuhltüren öffneten sich, und sie traten in einen feudalen Empfangsbereich, an dessen anderem Ende sich die Glastüren des Restaurants und der Bar befanden, hinter denen funkelnde Lichter romantisch lockten. Er wußte sofort, daß er spontan die richtige Wahl getroffen hatte. Aber …

O Gott, da war er, ein beleibter Pinguin, ganz in Weiß und Schwarz gekleidet; er stand an einem Podium direkt hinter der Eingangstür. Kling wäre lieber einem Bankräuber mit einer Knarre in jeder Hand gegenübergetreten. Doch er führte Sharyn kühn zur Tür, hielt sie ihr auf und ließ sie vorangehen und einen absolut atemberaubenden Blick auf die Stadt werfen, auf Lichter, die sich bis zur entferntesten Spitze der Insel und darüber hinaus erstreckten, auf Brücken, die Kontinente zu überspannen schienen, Sterne, die zu den Planeten und noch weiter hinaus rasten, zu Sonnensystemen, die man sich nicht mal vorstellen konnte. Er hätte fast den Atem angehalten. Tief aus dem Raum kam leise Tanzmusik. Auf der Mitte runder Tische mit glänzenden schwarzen Oberflächen standen brennende Votivkerzen in Kristallhaltern. Kellnerinnen in weißen Blusen und langen schwarzen, bis zu den Oberschenkeln geschlitzten Röcken eilten hin und her, alles war in Schwarz und Weiß gewandet, wenn man verliebt war, war das ganze Universum schwarz und …

»Sir?«

Der Pinguin. Auch er schwarz und weiß gekleidet, *das* war noch immer so. Die Brust rausgestreckt, musterte er ihn von oben herab.

»Sir?«

Diesmal etwas herrischer. Ein *Königs*pinguin, dachte Kling.

»Detective Bert Kling«, sagte er, »Siebenundachtzigstes Revier.«

Der Pinguin zögerte einen Augenblick lang – aber wirklich nur einen winzigen.

»Ja, Sir«, sagte er dann strahlend, »guten Abend, Sir, schön, daß Sie uns beehren. Mein Name ist Rudolph, ein Tisch für zwei Personen, Sir?«

»Ja, nur für uns beide, danke«, sagte Kling verwirrt.

»Möchten Sie speisen, Sir, oder nur Cocktails?«

»Sharyn?«

»Nur Cocktails, bitte.«

»Nur Cocktails, bitte«, sagte Kling.

»Nur Cocktails, sehr wohl, Detective Kling, hier entlang, bitte, ich habe einen wunderschönen Tisch am Fenster.«

Erst als Rudolph sie zu dem Tisch geführt hatte, ging Kling ein Licht auf.

»Sie und Ihre Kollegen haben bei dieser Schauspielerin, die niedergestochen wurde, aber sehr schnelle Arbeit geleistet«, sagte Rudolph.

»Oh«, sagte Kling. »Danke.«

»Wirklich schnelle Arbeit. Genießen Sie die Aussicht. Genießen Sie die Musik, ich schicke Ihnen sofort eine Kellnerin. Lassen Sie es mich wissen, wenn ich sonst noch etwas für Sie tun kann.«

»Danke, Rudolph.«

»Gern geschehen, Detective Kling. Miss«, sagte er, verbeugte sich vor Sharyn und entfernte sich dann schnell.

»Sieh an!« sagte sie.

»Stellen Sie sich mal vor, was passieren würde, wenn Fat *Ollie* hier vorbeischauen würde«, sagte Kling kopfschüttelnd.

»Fat wer?«

»Ollie. Er beansprucht die Festnahme für sich. Sie müssen ihn einfach mal kennenlernen. Aber wenn ich genauer darüber nachdenke ...«

»Ich habe Ihnen noch gar nicht gratuliert«, sagte sie.

»Unser Freund Rudolph muß uns im Fernsehen gesehen haben«, sagte Kling. »Sie warteten schon draußen mit ihren Kameras, als wir Milton zum Gefängnis brachten.«

»Ich habe es gesehen«, sagte sie.

»War ich gut?«

»Sie sahen sehr süß aus«, sagte sie.

»Aber *klang* ich okay? Steve hat ja kein einziges Wort gesagt ...«

»Steve?«

»Carella. Wir haben den Überfall gemeinsam bearbeitet. Er ist nicht der Ansicht, daß Milton den Mord begangen hat.«

»War Fat Ollie ...«

»Derjenige, der rechts von mir stand. Der die Kamera mit Beschlag belegt hat.«

»Ach, der.«

»Dann haben Sie ihn ja gesehen.«

»Wie hätte ich den *übersehen* können?«

»Die Macht des Fernsehens, was?« sagte er, noch immer erstaunt, und schüttelte den Kopf. »Junge.«

Eine Kellnerin tauchte wie aus dem Nichts auf.

»Sir?« sagte diese lächelnd.

Ihr Verhalten verriet ihm, daß auch sie fernsah.

»Sharyn?« fragte er.

»Einen Beefeater-Martini, zwei Oliven«, sagte sie, »gerührt und sehr kalt.«

»Johnnie Black, on the rocks«, sagte Kling, »mit einem kleinen Spritzer.«

»Wasser?«

»Soda.«

»Möchten Sie die Speisekarte sehen?«

»Sharyn? Möchten Sie etwas?«

»Vielleicht etwas zum Knabbern«, sagte sie.

»Ich bringe sie sofort«, sagte die Kellnerin und klapperte auf ihren hohen schwarzen Absätzen davon. Der Schlitz in dem Rock enthüllte lange Beine.

Sharyn drehte sich sofort zum Fenster um, hinter dem die Lichter der City wie funkelnde rote und weiße und grüne und gelbe Juwelen ausgebreitet lagen. »Das ist wunderschön«, sagte sie.

Sie schaute zur Musikertribüne hinüber, auf der ein Quartett, das ganz nach George Shearing klang, gerade ein neues

Lied angestimmt hatte. Sie lauschte nur ganz kurz, erkannte es sofort.

»›Kiss‹«, sagte sie.

»Tanzen wir«, sagte er.

»Gern«, sagte sie.

Sie gingen zur spiegelglatten Tanzfläche. Sie glitt in seine Arme. Er hielt sie fest.

Kiss …

It all begins with a kiss …

»Ich bin ein lausiger Tänzer«, sagte er.

»Sie sind sehr gut«, log sie.

»Sie müssen es mir beibringen.«

But kisses wither

And die

Unless

»Das ist schon viel besser, nicht wahr?«

»Viel besser.«

The first caress

Is true.

Kiss …

»Sehen Sie? Da tun wir es schon.«

»Was tun wir schon?« fragte sie.

Sie dachte: Wir tanzen schon viel zu eng. Man wird uns schon verhaften. Zum Glück bist du ein berühmter Polizeiheld – zumindest im Top of the Hill.

»Wir gehen, wohin wir wollen«, sagte er, »und sind einfach nur wir, ohne wie alle anderen um uns herum sein zu müssen.«

»Wir könnten *nie* wie alle anderen um uns herum sein«, sagte sie.

»Das liegt daran, daß Sie so schön sind«, sagte er.

»Nein, weil Sie so stattlich sind«, sagte sie.

»Und tanzen wie ein Weltmeister«, sagte er.

»Danke«, sagte sie.

»Ich meinte *mich*«, sagte er.

»Natürlich, das meinte ich auch«, sagte sie.

So hold me tight and whisper

Words of
Love
against my eyes.
And kiss me sweet and promise
Me your
Kisses won't be lies.

»Wir werden es wirklich«, sagte sie.

»Was?«

»Verhaftet werden.«

»Schon in Ordnung, ich bin bei der Polizei.«

»Ich auch.«

»Mir fällt es schwer, Sie für eine Polizistin zu halten.«

»Mir fällt es auch schwer«, sagte sie und schmiegte sich eng an ihn.

Er hielt den Atem an.

Sie den ihren ebenfalls.

Kiss …
And show me, tell me of
Bliss …

»Ich mag dieses Lied«, sagte sie.

»Ich auch.«

Because I know I
Will die
Unless

»Sharyn?« sagte er.

»Ja?«

»Nichts.«

This first
Caress
Is true.

Die Probe war um halb elf zu Ende gewesen, und jetzt saßen der Produzent, der Regisseur und der Autor des Stückes im dunklen Theater und besprachen flüsternd ihre Möglichkeiten. Keiner von ihnen hatte den geringsten Zweifel daran, daß der Mord an Michelle Cassidy die Chancen des Stücks ungeheuer gesteigert hatte. Allmählich waren sie der Ansicht, tatsächlich mit einem Hit rechnen zu können.

»*Außerdem*«, sagte Kendall, »ist Josie eine hundertmal bessere Schauspielerin, als Michelle es je war.«

»Oder geworden wäre«, sagte Morgenstern.

Natürlich wollten sie damit Corbin auf die Palme bringen. Er hatte sich als einziger dafür ausgesprochen, daß nicht Josie Beales, sondern Michelle die Rolle bekommen hatte. Als Autor hatte er das letzte Wort gehabt. Nun hatte Michelles Zweitbesetzung die Rolle sozusagen geerbt, und das Stück war dadurch besser dran als zuvor. Selbst Corbin mußte das eingestehen.

»Ich gestehe es ein«, sagte sie. »Sie ist besser. Sie haucht dem Stück Leben ein. Ich gestehe es ein. Und dabei wollen wir es bewenden lassen.«

»Die Frage lautet«, sagte Kendall, »wie schlachten wir zu unserem Vorteil aus, was passiert ist?«

»Heute nachmittag hat Wally mich angerufen«, sagte Morgenstern. Er hielt sich gern entweder für Flo Ziegfeld oder für David Merrick. Er war heute abend mit schwarzem Homburg und ebensolchem Übermantel im Theater erschienen. Der Mantel lag zusammengefaltet auf dem Sitz hinter ihm, aber den Hut trug er noch. Wally Stein war der Presseagent des Stücks und arbeitete eng mit der Werbeabteilung zusammen. »Er hat mir gesagt, *Time* würde die Titelstory trotzdem noch machen.«

»Toll«, sagte Corbin.

»Wäre aber besser, wenn wir Josie irgendwie in der Story unterbringen könnten«, sagte Kendall.

»Sie ist bereits drin«, sagte Morgenstern.

»Wie ist es denn dazu gekommen?«

»Sie haben heute morgen ein Interview mit ihr geführt. Zweitbesetzung des ermordeten Stars, wie sie sich fühlt, den ganzen Mist.«

»Wann bringen sie es?«

»In der Ausgabe der *nächsten* Woche, sie haben die Story verschoben. Großes Bild von Michelle auf dem Titel.«

»Haben wir Fotos von ihr, auf denen sie niedergestochen wird?« fragte Corbin.

»Im Stück, meinen Sie?« fragte Morgenstern.

Kendall sah ihn an.

Nein, in ihrer verdammten *Wohnung*, dachte er, sagte es aber nicht, weil es sich ja schließlich um den Produzenten des Stücks handelte.

»Ja«, sagte er, »Wally hat Publicity-Fotos, und wir haben auch Aushangfotos für draußen.«

»Wie sie niedergestochen wird?«

»Ja, bestimmt.«

»Wir sollten sie der *Time* schicken.«

»Daran hat Wally bestimmt schon gedacht«, sagte Morgenstern. »Aber wir müssen sehr vorsichtig damit umgehen. Wir wollen doch nicht wie Aasgeier wirken. Eigentlich ...«

»Sie haben recht, wir müssen die angemessene Trauer zum Ausdruck bringen«, sagte Kendall.

»Und deshalb habe ich mir gedacht ...«

»Wally sollte die Medien mit ein paar Angaben über den *Inhalt* des Stücks füttern«, sagte Corbin. »Ich will nicht, daß die Leute nur kommen, weil Michelle zufällig ermordet wurde.«

»Na ja«, sagte Morgenstern, »*weshalb* sie sich das Stück ansehen, ist mir eigentlich egal, solange sie es sich nur ansehen. Aber wir dürfen nicht den Eindruck erwecken, es darauf anzulegen. Und deshalb habe ich mir gedacht, ich könnte ankündigen, daß wir die Premiere verschieben.«

»Verschieben?«

»Aus Respekt vor der Toten und dem ganzen Scheiß.«

»Verschieben!«

»Wir sitzen hier auf einem Multi-Millionen-Dollar-Hit!«

»Außerdem ist das Stück gut«, sagte Corbin.

»Besonders, da Josie jetzt die Rolle hat.«

»Ich habe doch schon *eingestanden*, einen Fehler gemacht zu haben ...«

»Schon gut, schon gut.«

»... also hören Sie schon auf, darauf herumzureiten.«

»Außerdem ist der Fehler ja korrigiert worden«, sagte Morgenstern. »Und ich käme natürlich nie im Traum darauf, die Premiere zu verschieben.«

Die Männer verstummten.

Ihre jeweiligen Atemzüge waren das einzige Geräusch im dunklen Theater.

»Wißt ihr …«, sagte Morgenstern.

»Ja?«

»Sie werden sich wieder bei uns melden.«

»Die Medien?«

»Nein. Diese Polizisten.«

»Hm.«

»Besonders der mit den Schlitzaugen.«

»Der mit dem italienischen Namen.«

»Furillo.«

»Furella.«

»Carella.«

»Wie auch immer.«

»Er wird es wissen wollen.«

»Was wissen wollen?«

»Wieviel wir an dieser Sache verdienen.«

»Was meinen Sie?«

»Er hat mich bereits danach gefragt. Nun, da Michelle tot ist, wird er noch mal danach fragen.«

»Genau danach suchen sie ja.«

»Nach einem Motiv, meinen Sie?«

»Geld oder Liebe. Das sind die beiden Motive.«

»Aber sie haben doch schon ihren Agenten verhaftet.«

»Ich wette um jeden Betrag, daß er es nicht war.«

»Er ist so verrückt, daß er es durchaus getan haben könnte.«

»Aber er hat es nicht getan.«

»Außerdem sind *alle* Agenten verrückt.«

»Aber er hat Michelle nicht ermordet. Darauf würde ich meinen Anteil am Reingewinn wetten.«

»Darauf wird er herumreiten. Reingewinn. Umsatz. Netto. Brutto. Tantiemen. Carella.«

»Das glaube ich nicht. Er hat schon jemanden verhaftet.«

»Haben Sie diesen Fettwanst gesehen?«

»Im Fernsehen, meinen Sie?«

»Ja. Den Dickwanst.«

»*Der* sah bestimmt so aus, als würde er glauben, Johnny hätte es getan.«

»Aber nicht Carella. Sie haben *Carella* nicht im Fernsehen gesehen, oder? Ich habe ihn jedenfalls nicht vor der Kamera gesehen.«

»Weil er es nicht glaubt.«

»Und deshalb wird er wieder bei uns aufkreuzen, glauben Sie mir.«

»Warum?«

»Um sich noch mal nach unseren finanziellen Vereinbarungen zu erkundigen.«

»Tja, meine lausigen sechs Prozent sind keinen Mord wert.«

»Meine zwei auch nicht.«

Beide sahen Morgenstern an.

»He, jetzt hört aber auf, Jungs«, sagte er.

Während sie ihn über den Rand ihres Glases betrachtete, fragte sie ihn, warum er früher an diesem Abend Sharyn in Shaar abgekürzt habe. Er zitterte innerlich noch immer, sie so dicht an ihm gespürt zu haben. Zuerst wußte er gar nicht mehr, daß er sie Shaar genannt hatte.

»Wann habe ich Sie Shaar genannt?«

Er legte die Hände nicht auf den Tisch, weil er davon überzeugt war, daß sie zitterten.

»Als Sie gesagt haben, ich würde mich in einem Lokal, das nur von Weißen besucht wird, vielleicht unbehaglich fühlen.«

»Fühlen Sie sich jetzt unbehaglich?«

»Nein.«

»Na ja, fühlen Sie sich *behaglich*?«

»Ja.«

»Obwohl alle anderen um uns herum weiß sind?«

»Ich sehe niemanden um uns herum.«

»Glauben Sie, wenn wir in ein Lokal in Diamondback gegangen wären, würde *ich* auch niemanden um uns herum sehen?«

»Ich glaube, wenn wir nach Diamondback gefahren wären, hätte man Sie spätestens nach zehn Sekunden als Cop erkannt. Man hätte Sie wahrscheinlich in dem Augenblick erschossen, da Sie zur Tür hereinspaziert gekommen wären.«

»Das ist rassistisch.«

»Aber realistisch.«

»Was ist mit Ihnen? Hätte man Sie auch erschossen?«

»Das bezweifle ich.«

»Wieso? Sie sind auch ein Cop.«

»Sehe ich wie ein Cop aus?«

»Sie sehen wie eine wunderschöne und sexy Frau aus.«

»Ich *fühle* mich auch wie eine wunderschöne und sexy Frau.«

»Also habe ich Sie Shaar genannt, was?«

»Ja. Sie haben gesagt: ›Ich will Ihnen die Wahrheit sagen, Shaar.‹«

»Na ja, vielleicht habe ich das wirklich gesagt.«

»Warum?«

»Vielleicht, weil ich mich Ihnen sehr nah gefühlt habe.«

»Meine Mutter ist der einzige Mensch auf der Welt, der mich je Shaar genannt hat.«

»Ist das gut oder schlecht?«

»Nur eigenartig. Daß Sie ausgerechnet den Spitznamen meiner Mutter ausgesucht haben.«

»Es tut mir leid, ich wußte nicht, daß es ein besonderer …«

»Nein, mir hat es gefallen, daß Sie mich so nennen.«

»Dann werde ich …«

»Aber nicht ständig.«

»Na schön, nur …«

»Nur wenn Sie sich mir sehr nah fühlen.«

»Ich fühle mich Ihnen allmählich *ständig* sehr nah.«

»Dann sind wir lieber vorsichtig«, sagte sie.

»Warum?« fragte er, legte plötzlich seine großen, zitternden Hände auf den Tisch und bedeckte die ihren damit.

»O je«, sagte sie.

Die Kellnerin war wieder da.

»Noch eine Runde?« fragte sie und lächelt Kling an.

»Sharyn?«

»Ja, meinetwegen«, sagte sie.

»Wie schön für Sie, daß Sie diesen Burschen an Land gezogen haben«, sagte die Kellnerin und rauschte davon.

»*Sie* findet Sie auch süß«, sagte Sharyn.

»Wer?«

»Die Kellnerin.«

»Welche Kellnerin?« fragte er.

Als er an diesem Abend allein mit ihr im Bett lag, bemühte er sich, ihr zu erklären, was ihn an dem Cassidy-Mord störte. Sie lauschte konzentriert, gegen die Kissen zurückgelehnt, den Kopf ihm zugewandt, die Augen weit geöffnet, und versuchte sich die Leute vorzustellen, von denen er sprach.

»Johnny Milton hatte nämlich einfach keinen Grund, sie zu *töten*«, sagte er. »Nachdem er sie niedergestochen hatte, hatte er alles erreicht, was er erreichen wollte. Seine Klientin ist plötzlich ein Star, sie spielt in einem Stück mit, in dem sie *niedergestochen* wird, alle Medienköter bellen ihr hinterher – warum soll er sie da *umbringen*? Dafür gibt es doch gar keinen Grund. Es hat doch vollauf genügt, sie niederzustechen. Indem er sie niederstach, standen sowohl sie *als auch* das Stück im Scheinwerferlicht. Warum soll er die Gans schlachten, die goldene Eier legt? Auf keinen Fall. Ich sehe einfach keinen Grund. Wo ist das Motiv?

Geld oder Liebe, darum geht es, entweder um das eine oder um das andere. Wenn er sie ersticht, wird er Geld *verlieren*, das können wir also streichen. Liebe? Wer weiß, vielleicht ist wirklich ein anderer Mann oder eine andere Frau im Spiel. Vielleicht hat sie sich tatsächlich mit einem anderen Mann eingelassen, oder meinetwegen auch mit einer anderen Frau. Wenn man bei Mordfällen eins lernt, dann, nie etwas als gegeben hinzunehmen, nichts ist je das, was es zu sein scheint. Vielleicht war Liebe das Motiv, meinetwegen, das wäre eine Möglichkeit. Ich glaube nicht, daß es einfach ein Verrückter war, es sieht mir gar nicht nach einem Verrückten aus. Also geht es entweder um Geld oder um Liebe, die beiden alten Rückhalte, auf die man jederzeit zurückgreifen kann, Liebe oder … entschuldige, Schatz, aber schläfst du etwa ein?«

Sie nickte schwach.

Lächelnd beugte er sich zu ihr hinüber, küßte sie auf die Wange, fand dann ihren Mund, küßte ihre Lippen, sah ihr in die Augen und sagte: »Gute Nacht, Teddy, ich liebe dich.«

Und sie bildete mit der rechten Hand den Satz *Ich liebe dich auch*, schaltete dann das Licht aus und kuschelte sich im Dunkeln an ihn.

8. KAPITEL

Carella und Kling wollten gerade das Revier verlassen, als dieser große Schwarze, der wie ein Schläger der Crisps oder der Bloods aussah, die Treppe mit den Eisensprossen hinaufkam, die zum ersten Stock führte. Von oben sah Carella eine rote und blaue Pudelmütze, muskulöse Schultern in einer schwarzen Lederjacke und die zu Fäusten zusammengeballten Pranken eines Mannes, der es verdammt eilig hatte. Er beschloß, lieber schnell aus dem Weg zu treten, bevor er niedergetrampelt wurde. Der jüngere und draufgängerische Kling blieb stehen und schaute zu dem Mann hinab. »Kann ich Ihnen helfen, Sir?« fragte er. Beide waren überrascht, als er plötzlich aufschaute und sich als – man sehe und staune – Detective Dritten Grades Arthur Brown entpuppte, der sich zweifellos für einen Undercover-Einsatz auf den Docks verkleidet hatte, wie Carella nun anhand des Greifhakens erkannte, der an seinem Gürtel hing.

»Wie ist es gestern abend gelaufen?« fragte Brown.

»Bei Barney's, meinst du?« sagte Kling.

»Ja. Na ja, *insgesamt*.«

»Wir sind ziemlich früh wieder gegangen.«

»Die Schwarzen da haben sich dem weißen Establishment zu sehr angepaßt, was?«

»Ja. War ziemlich unnatürlich.«

»Das hatte ich befürchtet. Aber ich habe mir gedacht ...«

»Nein, hör zu, es ist ganz gut gelaufen. Wir waren beide derselben Ansicht.«

Carella vermutete, daß es um die Frau ging, über die Kling mit ihm im Augenblick noch nicht sprechen wollte. Aber bei Brown plapperte er einfach drauf los.

»Wer *ist* diese Frau überhaupt?« fragte Brown.

Gute Frage, dachte Carella.

»Du kennst sie nicht«, sagte Kling.

»Wie heißt sie?«

»Sharyn.«

»Ein irisches Mädchen, was?« sagte Brown und brach aus einem Grund, den Carella nicht kannte, in Lachen aus.

»Mit ›y‹«, warf er hilfreich ein. »Die Sharyn.«

»*Das* haut schon eher hin«, sagte Brown, noch immer lachend. »Die Schwarzen wissen eben nicht, wie sie die Namen ihrer Kinder buchstabieren müssen. Wo seid ihr ...«

Was? dachte Carella.

»... gelandet?«

Was?

»Als ihr aus Barney's abgehauen seid, meine ich.«

»Im Top of the Hill.«

»Juhu!« sagte Brown. »Ich hab' gedacht, da sie schwarz ist und so weiter, würde Barney's es dir etwas einfacher machen. Aber es war wohl zuviel des Guten, was?«

»Ja, allerdings, Artie.«

Carella stand stumm daneben.

»Wie schwarz ist sie überhaupt? Ist sie so schwarz wie ich?«

»Niemand ist so schwarz wie du«, sagte Kling, und Brown lachte wieder laut los.

Carella kam sich plötzlich wie ein Außenstehender vor.

»Na ja, ist sie so schwarz wie dieses Treppengeländer hier?« fragte Brown.

»Etwas dunkler.«

»Dann ist sie schwärzer als ich.«

»Nein, das glaube ich nicht.«

»Triffst du dich noch mal mit ihr?«

»Ja, klar. Na ja, ich meine, ich hoffe es. Ich meine, *sie* hat da ja auch ein Wörtchen mitzureden.«

»Wenn ihr noch mal ausgeht, könnten Caroline und ich ja mitkommen, vielleicht zum Chinesen oder so, wenn du das gern hättest. Vielmehr ihr beide.«

»Ich frag' sie mal.«

»Könnte doch ganz nett werden, oder?« sagte Brown. »Frag sie mal, okay?«

»Werde ich.«

»Ist der Lieutenant schon da?« fragte Brown und ging wieder die Treppe hinauf.

»Artie?« rief Kling ihm nach.

»Ja?«

»Danke.«

»He, Mann«, sagte Brown und verschwand außer Sicht.

Kling und Carella gingen die Treppe mit den eisernen Sprossen schweigend hinab, und ihre Schritte hallten, als würden sie Rüstungen tragen. Er fragte sich, warum Kling ihm nicht erzählt hatte, daß Sharyn schwarz war. Er glaubte doch bestimmt nicht …

»Wir beeilen uns lieber«, sagte Kling. »Ich habe ihr gesagt, wir wären um zehn Uhr da.«

Ende des Gesprächs, vermutete Carella.

Sie saß rauchend in ihrer Garderobe im Theater und trug Probenkleidung, die aus einem gekräuselten purpurnen Top, weißen Segeltuchschuhen ohne Socken und tiefhängenden

Jeans bestanden, die ihren Bauchnabel freiließen. In dem Augenblick, da sie den Raum betraten, drückte Andrea Packer ihre Zigarette aus wie ein Kind, das man auf der Toilette einer Grundschule beim Qualmen erwischt hatte.

Sie war neunzehn Jahre alt, schlank und fohlenhaft, und hatte das lange blonde Haar mit einem Gummiband von derselben Farbe wie ihr knappes Top zu einem Pferdeschwanz zurückgebunden. Sie stand sofort auf, gab ihnen die Hand und erklärte Kling, es täte ihr leid, wenn sie am Telefon abweisend geklungen habe, aber sie habe ihren neuen Text gelernt, Freddie habe eine ganz neue Szene hinzugefügt, ob sie gern eine Tasse Kaffee oder etwas anderes hätten, auf einem Tisch in der Nähe des Bühneneingangs, wo Torey immer saß, stünde eine große Kaffeekanne. Das alles in einem atemlosen Wortstrom, der sie noch jünger klingen ließ, als sie war.

»Ich dachte, Sie wären allein gekommen, Mr. Kling«, sagte sie, womit sie direkt klarmachte, wem ihr Interesse galt, und warf ihm einen Blick aus braunen Augen und ein strahlendes Lächeln zu, die gemeinsam hätten Granit schmelzen können. Dann drehte sie den Stuhl so, daß sie Carella fast den Rücken zuwandte, der die Körpersprache genauso gut wie jeder andere Detective in dieser Stadt verstand und sich plötzlich überflüssig vorkam. Ja sogar unsichtbar.

Kling erklärte ihr, sie wären hier, weil sie gehört hätten, daß sie und Michelle sich in dem kleinen Theater eine Garderobe geteilt hätten …

»Ja, das stimmt. Na ja, jetzt teile ich sie mir mit Josie.«

… und sich fragten, ob Michelle vielleicht irgend etwas zu ihr gesagt habe, das Licht auf ihre Ermordung werfen könne.

»Vertrauliche Gespräche unter Mädchen, was?« sagte sie und lächelte Kling wieder an.

»Hat ihr irgend etwas Sorgen bereitet, oder hat sie sich über etwas geärgert, oder …«

»Sie hat sich über *alles* geärgert«, sagte Andrea.

»Wie meinen Sie das?« fragte Carella.

»Nun ja …«

Sie warteten.

Carella ging um sie herum, so daß er ihr Gesicht und ihre Augen sehen konnte. Der Detective hatte sie ausmanövriert, und sie saß in dem Stuhl vor der Frisierkommode, die Hände auf die Schenkel gelegt, und schaute zu ihren Gesichtern auf. »Ich möchte nicht schlecht über die Toten sprechen«, sagte sie mit leiser Kleinmädchenstimme und senkte den Blick.

»Wir wissen, wie schwierig es für Sie sein muß«, tischte Carella ihr Unsinn auf.

»Davon bin ich überzeugt, Sir«, vergalt sie Gleiches mit Gleichem, sah dann Kling an und schloß Carella so wirksam aus, als hätte sie ihm wieder den Rücken zugewandt. »Nun ja«, sagte sie, »und ich bin nicht als einzige dieser Ansicht, Michelle war eine absolute Nervensäge mit einem Ego, das in keinerlei Verhältnis zu ihrem Talent stand. Sehen Sie sich doch nur an, wozu sie ihn getrieben hat. Johnny, meine ich.«

»Was meinen Sie damit, Miss Packer?« fragte Kling.

»Sie in der Gasse niederzustechen«, sagte Andrea.

Kling hörte, daß die anderen Schauspieler auf der Bühne immer wieder eine Szene probten. Auf der High School hatte er den Christian in *Cyrano* gespielt. Er hatte sich über beide Ohren in das Mädchen verliebt, das die Roxanne gespielt hatte, doch es hatte nur Augen für den Jungen gehabt, der die Hauptrolle spielte, einen Burschen namens Cliff Mercer, der fast ohne die falsche Nase ausgekommen wäre, die sie ihm jeden Abend aufs Gesicht klebten. Kling hatte einmal ernsthaft vorgehabt, Schauspieler zu werden. Das war vor dem Krieg gewesen. Das war gewesen, bevor er gesehen hatte, wie Freunde getötet worden waren. Danach hatte er die Schauspielerei als belanglosen Zeitvertreib angesehen.

»Hat irgend etwas darauf hingedeutet, daß sie und Mr. Milton vorhatten, einen Überfall mit einem Messer zu inszenieren?« fragte Carella.

»Wenn Sie meinen«, sagte sie, ohne ihn anzusehen, »ob sie zu mir gesagt hat, he, stell dir mal vor, Johnny wird mich morgen abend niederstechen, damit ich jede Menge Publicity kriege und ein großer Filmstar werde, nein. Würden Sie so was im voraus hinausposaunieren?«

»Hat sie Ihnen gesagt, daß sie ein Filmstar sein wollte?«

»*Jeder* will ein Filmstar sein.«

Ich nicht, dachte Carella.

»Wie Sie wahrscheinlich wissen«, sagte Kling, »hat Mr. Milton *gestanden*, sie niedergestochen zu haben ...«

»Ja, es stand in allen Zeitung, wirklich überall, ich kann es nicht mehr sehen. Das ist ein gutes Stück. Wir brauchen keine billige Publicity, um seinen Erfolg zu garantieren.«

Aber sie kann auch nicht schaden, dachte Carella.

»Sie wissen wahrscheinlich ebenfalls«, sagte Kling, »daß Mr. Milton abstreitet, sie getötet zu haben.«

Andrea zuckte mit den Achseln. Das Top rutschte etwas tiefer über ihre Brüste. Automatisch packte sie es mit beiden Händen und zog es hoch.

»Was hat das zu bedeuten, Miss Packer?« fragte Carella.

»Was hat was zu bedeuten?«

»Das Achselzucken.«

»Es bedeutet, daß ich nicht *weiß*, wer sie ermordet hat. Es könnte Johnny gewesen sein, es könnte jeder andere gewesen sein. Vorher wollte ich Ihnen erklären, daß *niemand* sie gemocht hat. Das ist schlicht und einfach eine Tatsache. Fragen Sie alle Schauspieler, fragen Sie jeden, der hier *arbeitet*, niemand konnte sie leiden. Sie war ein arrogantes, ehrgeiziges, untalentiertes kleines Miststück, Verzeihung, das sich für die Größte hielt.«

Aber sag uns, was du *wirklich* glaubst, dachte Carella.

»Sie haben gerade gesagt, daß sie sich über *alles* geärgert hat ...«

»Ja, einfach über alles«, sagte sie, verdrehte die Augen und sah wieder Kling an. »Über das Stück, die Szenen in dem Stück, ihre Dialoge, ihre Kostüme, ihre Motivation, daß am Morgen die Sonne aufgeht, einfach über *alles*. Sie wollte immer wieder wissen, wer sie niedergestochen hat! Als ob das eine Rolle spielt. Freddies Stück geht über billige Spannung hinaus. Es löst überholte Vorstellungen auf, reißt sie sogar nieder. Hätte Michelle ihre Rolle auch nur im geringsten verstanden, hätte sie das begriffen. Wir führen hier kein Kriminalspiel auf, sondern ein *Drama* über die Willenskraft einer Frau, eine Epiphanie, die durch einen zufälligen Überfall herbeigeführt wird, einen fast *beiläufigen* Überfall, einen absoluten Zufall, der im größeren Plan der Dinge völlig bedeutungslos ist. Und Michelle wollte immer wieder wissen, wer sie niedergestochen hat. Ist es der Kellner, ist es der Butler, ist es das Zimmermädchen? Ich schwöre bei Gott, hätte ich noch ein einziges Mal gehört, daß sie fragt, wer sie niedergestochen habe, hätte *ich* sie niedergestochen, vor allen anderen.«

»Sie scheinen ja ein gutes Verständnis von der Rolle zu haben, die sie gespielt hat«, sagte Carella.

»Man muß den Unterbau des Stücks verstehen«, sagte Andrea lächelnd zu Kling, »seine inneren Winkelzüge. Michelle hat eine Rolle gespielt, die im Programmbuch nur als die Schauspielerin aufgeführt wurde. Die Rolle spielt jetzt Josie. Ich spiele die sogenannte Zweitbesetzung. Nun ja, eine Zweitbesetzung muß alle Dialoge und Bewegungen der Person kennen, die sie vielleicht mal vertreten muß, wegen Krankheit, eines Unfalls oder …«

Oder eines Todesfalls, dachten beide Detectives.

»Ich war also nicht Michelles *richtige* Zweitbesetzung, sondern ihre Zweitbesetzung im *Stück,* und um mich auf die Rolle vorzubereiten, mußte ich all ihre Texte und Bewegungen kennen.«

»Als Zweitbesetzung.«

»Im Stück.«

»Ja, im Stück.«

»In Wirklichkeit war *Josie* ihre Zweitbesetzung. Deshalb hat sie auch die Rolle übernommen, als Michelle umgebracht wurde.«

»Haben Sie darauf gehofft, daß *Sie* die Rolle vielleicht bekommen?« fragte Carella.

Sie drehte sich zu ihm um. Sah ihm in die Augen.

»Ich?« fragte sie.

»Sie kannten doch all ihre Dialoge und Bewegungen.«

»Bestimmt nicht so gut, wie Josie sie kennt.«

»Aber ist Ihnen je in den Sinn gekommen, daß Sie nun, da

Michelle tot ist, die Hauptrolle bekommen könnten? Da Sie ja all ihre Dialoge und Bewegungen kennen.«

»Ja, es ist mir in den Sinn gekommen. Aber nicht, weil ich all ihre Dialoge und Bewegungen kenne.«

»Sondern?«

»Weil ich eine bessere Schauspielerin als Josie bin.«

»Haben Sie einen Groll auf Josie, weil sie die Rolle bekommen hat? Eine Zweitbesetzung? Die jetzt die Hauptrolle übernimmt? Während sie ... eine Schauspielerin in einer wichtigen *Nebenrolle* ...«

»Natürlich«, sagte Andrea.

»Sie sind deshalb sauer«, sagte Carella und nickte.

»Klar, wären Sie das nicht auch?« fragte sie Kling.

»Ich glaube schon«, sagte er. »Miss Packer«, sagte er, »diese Fragen müssen wir Ihnen stellen, ich hoffe, Sie schließen daraus nicht, daß wir Sie in irgendeiner Hinsicht verdächtigen, Michelle Cassidy getötet zu haben. Aber es gibt nun mal gewisse Routinefragen ...«

»Sie klingen wie Mark.«

»Wer ist Mark?«

»Riganti. Er spielt den Detective. In dem Stück. So was in der Art hätte er auch gesagt.«

»Na ja, so was sagen wir nun mal.«

»Ich verstehe«, erwiderte sie leise und senkte wieder den Blick.

»Können Sie uns also sagen, wo Sie am Dienstag abend zwischen sieben und acht Uhr waren?« fuhr Carella fort.

»Ich habe mich schon gefragt, wann Sie darauf kommen«, sagte sie, und der Blick der braunen Augen fuhr zu seinem Gesicht hoch. »All diese Fragen darüber, wie gut ich die Rolle kenne, und ob ich sauer auf Josie bin ...«

»Wie mein Partner schon erklärt hat ...«

»Ich weiß, ich bin keine Verdächtige. Besonders, wenn ich Ihnen sage, wo ich war.«

»Wo waren Sie?«

»Beim Aerobic.«

»Wo?« fragte Kling.

»Wer von Ihnen ist Mutt?« fragte sie. »In dem Stück läßt Freddie sich über das Spielchen guter Bulle, böser Bulle aus. Mutt und Jeff, so nennen Sie sie doch, oder?«

»Wo fand der Aerobic-Kurs statt?« fragte Kling.

»Sie müssen Jeff sein.«

»Ich heiße Bert. Können Sie uns sagen ...«

»Hallo, Bert. Auf der Swift. Ich gebe Ihnen eine Karte des Ladens. Hätten Sie gern eine Karte?«

»Ja, bitte.«

»Ich war am Dienstag abend von halb sieben bis Viertel vor acht dort. Dann bin ich nach Hause gefahren. Überprüfen Sie es.«

Sie drehte sich zu der spiegelbewehrten Frisierkommode um, griff nach ihrer Handtasche, die zwischen einem Dutzend oder mehr Schminktöpfen und Puderquaste und Pinsel und Kajal-Eyeliner lag, öffnete die Handtasche, stöberte kurz darin herum und gab Kling eine Karte.

»Am Dienstag hat den Kurs eine gewisse Carol Gorman geleitet. Rufen Sie lieber vorher an, sie ist nicht immer da.«

»Werden wir. Danke für Ihre ...«

»Andy?«

Sie alle drehten sich zu einem schlanken jungen Mann in einem Overall und mit einer Baseballkappe um, der auf der Schwelle stand.

»Tut mir leid«, sagte er. »Ich wußte nicht ...«

»Komm rein, Chuck«, sagte sie. »Kennst du Mutt und Jeff schon?«

Madden schaute verwirrt drein.

»Guter Bulle, böser Bulle«, sagte sie. »Die Detectives Carella und Kling.«

»Wir haben uns neulich kennengelernt«, sagte Madden. »Guten Tag.« Er drehte sich wieder zu Andrea um. »In zehn Minuten will Ash noch mal die Szene mit der Zweitbesetzung und dem Detective proben«, sagte er.

»Die haben wir gerade durchgekaut«, sagte Andrea trocken.

Früher hatte einmal ein Detective namens Roger Havilland auf dem Siebenundachtzigsten Revier gearbeitet. Er hatte abrupt aufgehört, dort zu arbeiten, als jemand ihn durch eine Flachglasscheibe geworfen hatte. Doch vor seinem vorzeitigen Ableben hatte er einmal gesagt: »Ich liebe diese Stadt, wenn die Mäntel fallen.«

Dabei hatte er sich natürlich auf Frauen bezogen. Frauen, die ihre Mäntel auszogen, zum Teufel mit den Männern. Er und Carella waren bei strahlendem Sonnenschein über die Hall Avenue gegangen, und Havilland hatte die vorbeistolzierenden Mädchen bewundert. Damals waren es noch *Mädchen* gewesen, keine *Frauen*. Damals hatte daran niemand großen Anstoß genommen.

Bis auf Havilland vielleicht, der sowieso nicht viel für die Gleichberechtigung übrig hatte. Niemand vermißte ihn. Es waren genug scheinfromme Polizisten nachgewachsen. Seltsamerweise fiel Carella an einem wunderschönen Frühlingstag wie diesem jedoch das einzig Denkwürdige ein, das Havilland je gesagt hatte.

Ich liebe diese Stadt, wenn die Mäntel fallen.

Heute hatten die *Frauen* ihre Mäntel ausgezogen. Selbst die Frauen, die erst sechzehn Jahre alt waren, tänzelten zur Feier des Frühlings. Ihre Röcke waren noch kürzer als zu der Zeit, da Havilland seine unsterbliche Bemerkung gemacht hatte, und die *Mädchen*, die *Frauen*, die Personen des anderen Geschlechts, trugen nun schenkelhohe schwarze Strümpfe, und manchmal waren unter den Säumen ihrer winzigen Röckchen sogar die Strumpfbandgürtel zu sehen. Es war eine wunderschöne Jahreszeit, sich an der frischen Luft aufzuhalten, besonders hier im Quarter.

Carella war schon immer der Ansicht gewesen, dieser Teil der Stadt sei der lebendigste, eine autarke Enklave der Exzentriker und Eklektiker, eine Stadt innerhalb der Stadtgrenzen mit ihrer eigenen Moral und eigenen Sitten, ihren eigenen Regeln über annehmbares Verhalten, von denen die meisten geradezu unverschämt und geschmacklos waren. Ein Mädchen ging vorbei, das eine Art ...

Ja, es war wirklich ein Mädchen, wenn man mit zwölf noch eins war.

... eine Art Kaftan trug, weiß mit einem schwarzen Rand am Saum und langen, weiten Ärmeln. Darüber trug es eine Vielzahl baumelnder, scheppernder Ketten und einen schwarzen Fez, unter dem sein blondes Haar hinabfiel. Es war barfuß, und seine Füße waren vom Schmutz der Stadt verkrustet. Es lächelte ihn an, als es an ihm vorbeiging. Er fragte sich, ob auch seine Tochter sich eines Tages wie ein Kameltreiber kleiden und jeden Fremden, dem sie begegnete, selig anlächeln würde.

Die Sonne fühlte sich auf seinen Schultern und dem Kopf gut an.

Er wollte nicht in ein Gebäude gehen, er wollte an einem Tag wie diesem nicht arbeiten.

Aber Frederick Peter Corbin III wartete auf ihn.

Bodies by Rhoda befand sich im ersten Stock eines roten Backsteingebäudes an der Swift Avenue, ganz in der Nähe der alten Bundesbank. Kling traf eine halbe Stunde zu früh dort ein, und eine Frau mit krausem schwarzem Haar, einem Turnanzug und dazu passenden Trikothosen teilte ihm mit, Carols Kurs sei erst um elf Uhr zu Ende. Jetzt war es zehn vor elf, und Kling saß geduldig auf einer Bank im Empfangsbereich und schaute durch eine Glasscheibe zu einer bunten Vielzahl junger Frauen hinüber, die in die Luft sprangen und hüpften. Er konnte nicht hören, ob hinter dem Glas Musik gespielt wurde, ging aber davon aus, denn ansonsten wäre der Anblick völlig bizarr gewesen.

Gegen fünf nach verließen die Frauen allmählich den Raum; alle waren verschwitzt und sahen gerötet und belebt aus. Er fragte eine ziemlich fleischige Blondine nach Carol, und sie zeigte auf eine schlanke Brünette, die einen hellrosa Turnanzug und schwarze Trikothosen trug und auf der anderen Seite des Raums ein Band in einem Kassettenrecorder zurückspulte. Der Raum roch leicht nach weiblichem

Schweiß. Als er zu ihr hinüberging, sah er sein Spiegelbild in vielleicht einem Dutzend Spiegeln.

»Miss Gorman?« fragte er zögernd.

Sie drehte sich um. Schwache Überraschung auf ihrem sommersprossigen Gesicht. Große grüne Augen. Die Lippen leicht geöffnet. Kein Make-up auf den Wangen, Augen oder dem Mund. Ein junges Mädchen von einundzwanzig, zweiundzwanzig Jahren, wie er schätzte, mit frischem Gesicht.

»Ja?« sagte sie.

»Detective Kling«, sagte er. »Siebenundachtzigstes Revier.« Er zeigte ihr die Dienstmarke. Sie schien beeindruckt zu sein. Nickte. Wartete.

»Ich hätte ein paar Fragen zum letzten Dienstag an Sie ...«

»Ja?«

»... das wäre der siebte April gewesen.«

»Ja?«

»Waren Sie an jenem Abend hier?«

»Ich glaube schon. Dienstag? Ja, da bin ich mir sicher. Warum? Was ist los?«

»Haben Sie an jenem Abend von halb sieben bis Viertel vor acht einen Kurs geleitet?«

»Ja. Na ja, genau genommen von halb sieben bis *halb* acht. Mann, Sie klingen aber streng. Da muß ja etwas Schreckliches passiert sein.«

»Tut mir leid«, sagte er. »Ich wollte nicht ...«

»Ich meine, Sie sehen nicht streng aus, aber Sie klingen streng. Sehr sogar.«

»Tut mir leid«, wiederholte er.

»Was ist passiert?«

»Nichts«, sagte er. »Das ist eine Routineermittlung.«

»Worüber?«

»Kennen Sie eine gewisse Andrea Packer?«

»Ja?«

»Hat sie am Dienstag abend an dem Aerobic teilgenommen?«

»Ach, es geht um die Schauspielerin, die ermordet wurde,

nicht wahr? Michelle sowieso. Jemand hat mir erzählt, daß Andy in demselben Stück auftritt.«

»Ja«, sagte er. »*War* Miss Packer an jenem Abend hier?«

»Ja, allerdings. Hat sie Ihnen das erzählt?«

»Das hat sie mir erzählt.«

»Dann hat sie Ihnen die Wahrheit gesagt.«

»Das habe ich mir schon gedacht«, sagte Kling und seufzte.

Noch bevor er sich hierhergeschleppt hatte, war er überzeugt gewesen, daß sie die Wahrheit gesagt hatte. Nicht einmal während seiner gesamten Zeit bei der Polizei, als uniformierter Beamter *oder* Detective, hatte jemand ihm ein Alibi genannt, das sich später als falsch erwies. Nicht einmal. Na ja, vielleicht ein einziges Mal, aber er konnte sich nicht mehr daran erinnern, wann das gewesen war. Nein, jetzt fiel ihm wieder ein, daß irgendein Bursche ihm mal erzählt hatte, er sei im Kino gewesen, während er in Wirklichkeit seine Schwiegermutter abgemurkst hatte. Aber niemand hatte ihm je gesagt, da und da bin ich dann und dann an jenem bestimmten Abend gewesen …

Aber Augenblick mal. Wie war das denn mit diesem Trottel von Johnny Milton, der ihnen erzählt hatte, er sei um sieben Uhr dort gewesen, obwohl er erst um Viertel nach sieben dort ankam, der Esel. Man mußte verrückt sein, einfach zu behaupten, man wäre da und da gewesen, wenn es jemanden gab, der das Gegenteil bezeugen konnte. Und doch mußten sie jedes einzelne gottverdammte Alibi überprüfen, weil ja immer die Möglichkeit bestand, daß ein Verdächtiger log, obwohl er ein Vollidiot sein mußte, wenn man es so leicht überprüfen konnte.

»Warum haben Sie nicht einfach *angerufen*?« fragte Carol.

Eine weitere gute Frage.

Er hatte nicht einfach angerufen, weil er sich dann nicht davon hätte überzeugen können, daß die Person, mit der er am Telefon sprach, nicht dazu gezwungen wurde, ihm zu sagen: Ja, Andrea Packer hat am Dienstag abend hier herumgehüpft. Wenn man telefonierte, konnte man nicht sehen, ob nicht jemand seinem Gesprächspartner eine Pistole an den

Kopf hielt. Also marschierte man pflichtschuldigst zur Swift Avenue hinüber und wartete auf einer Bank, während zahlreiche Frauen, die man nicht kannte, zu Musik herumhüpften, die man nicht hören konnte, und sprach dann schließlich mit dem Beschaffer des Alibis und bekam die Antwort, von der man schon die ganze Zeit über gewußt hatte, daß man sie bekommen würde. Manchmal wünschte er sich, er wäre zur Feuerwehr gegangen.

»Haben Sie schon zu Mittag gegessen?« fragte Carol.

»Nein«, sagte er.

»Ich auch nicht«, sagte sie. »Sollen wir zusammen eine Kleinigkeit essen? Direkt um die Ecke ist ein sehr gutes Deli.«

Er dachte an Sharyn.

»Danke«, sagte er, »aber ich muß ins Büro zurück.«

»Wo ist das?« fragte sie.

»Das Siebenundachtzigste? In Richtung Innenstadt. Direkt neben dem Park.«

»Vielleicht komme ich da mal vorbei.«

»Hm«, machte er.

»Mal sehen, wie so ein Polizeirevier aussieht.«

»Hm. Nun ja, vielen Dank für Ihre Hilfsbereitschaft, Miss Gorman.«

»Hat mich gefreut«, sagte sie und zog eine Braue hoch.

Freddie Corbin erklärte Carella, das Schreiben von Sachliteratur sei eigentlich gar kein Schreiben, jeder könne einen Artikel oder so verfassen. Eigentlich bedeute das Verfassen von Sachliteratur lediglich, immer wieder den altvertrauten Schulaufsatz ›Was habe ich in den Sommerferien unternommen?‹ zu schreiben. Carella war nicht der Ansicht, er könne einen Artikel schreiben; er hatte sogar Schwierigkeiten, seine Berichte zu verfassen.

Sie saßen in einem kleinen, von Sonnenschein durchfluteten Raum, den Corbin sein Studio nannte. »Ich bin nicht etwa affektiert«, sagte er, »aber vor mir hatte ein Porträtmaler das Apartment gemietet, und er hat in diesem Raum gemalt und ihn Studio genannt. Wie Maler das nun eben so tun«, fügte er hinzu und lächelte.

Zwei nebeneinander liegende Fenster ließen eine milde Aprilbrise herein, die von einem kleinen Garten ein Stockwerk unter ihnen hinaufwehte. Direkt vor den Fenstern befand sich eine Feuertreppe, auf der rote Geranien in Tontöpfen standen. Corbin saß in einem ledernen schwarzen Drehsessel hinter seinem Schreibtisch, Carella auf einem Stuhl davor. Der Schriftsteller hatte gerade mehrere Szenen seines Stücks umgeschrieben, als Carella gekommen war, schien es jedoch nicht besonders eilig zu haben, wieder an die Arbeit zu gehen. Carella wollte wissen, was Corbin über Michelle Cassidy wußte. Statt dessen wollte Corbin ihm sagen, was er über das Schreiben wußte.

»Also tun wir die Sachliteratur als etwas ab, das jedes elfjährige Kind schreiben kann«, sagte er, »und die meisten Formen von Literatur als etwas, das nicht die geringste Disziplin verlangt. Gerade der Roman ist per definitionem eine Form, die jeder Definition trotzt. Außerdem schreiben die meisten zeitgenössischen Romanciers so schlecht wie die Leute, die Sachliteratur schreiben. Es läuft also darauf hinaus, daß jeder, der neun oder zehn schlichte Worte zu einem einfachen Satz zusammenfügen kann, sich ›Schriftsteller‹ nennen, auf Autorenreise gehen, bei literarischen Abendessen sprechen und sich ganz allgemein wie ein Schriftsteller aufführen darf.«

Carella sah da keinen Unterschied.

»Ein *Autor*«, fuhr Corbin fort – anscheinend konnte der Mann seine Gedanken lesen – »ist jemand, der ein Buch geschrieben hat. Es kann ein Diätbuch sein oder ein Kochbuch, ein Buch über das Geschlechtsleben der Tsetsefliege in Ruanda oder ein schundiger Krimi über eine Frau in Not, oder ein High-Tech-Roman über einen verschwundenen russischen Diplomaten oder irgendeiner von tausend schlecht geschriebenen Schundfetzen oder Palimpsesten. Ein *Autor* muß nicht Literatur studieren, muß keine Kurse über die Kunst des Schreibens belegen. Er muß sich lediglich impulsiv und ehrgeizig vor einen Computer setzen und so schlecht schreiben, wie es ihm nur möglich ist. Wenn er in diesem großen Land der literarischen Nichtskönner nur schlecht genug schreibt, landet er vielleicht den großen Treffer und darf sich daher in gutem Glauben Autor nennen und auf Signierreise gehen und im Fernsehen in Talkshows auftreten. Ein Dramatiker hingegen … hah!«

Carella wartete.

»Ein Dramatiker ist ein Schriftsteller«, sagte Corbin.

»Ich verstehe«, sagte Carella.

»Die Bühne ist die letzte Bastion der englischen Sprache«, sagte Corbin. »Die letzte Arena, in der man einen Charakter noch tiefschürfend und einsichtsvoll erkunden kann. Sie ist die letzte schwache Hoffnung auf Schönheit und Bedeutung, die letzte Bastion, die *einzige* Bastion des Wortes selbst. Deshalb schreibe ich, Mr. Carella. Deshalb habe ich *Romanze* geschrieben.«

Carella konnte sich nicht daran erinnern, ihn danach gefragt zu haben.

»Sie fragen sich jetzt vielleicht …«

Ich wünschte, ich könnte ihn nach Michelle fragen, dachte Carella.

»… warum ich als Form für mein Stück ausgerechnet ein Kriminalspiel gewählt habe. Aber *ist* mein Stück ein Kriminalspiel? O ja, darin wird jemand niedergestochen, ein Mordversuch sozusagen, aber das Stück konzentriert sich nicht auf den Täter, wie Sie es nennen, sondern auf das Opfer, wie Sie es nennen. Im Gegensatz zu den Geheimnissen, mit denen Sie sich an jedem Ihrer Arbeitstage befassen müssen …«

Carella dachte, daß es bei der Polizeiarbeit *keine* Geheimnisse gab. Es gab nur Verbrechen und Menschen, die diese Verbrechen begangen hatten. Er war hier, weil Michelle Cassidy dem schwersten Verbrechen überhaupt zum Opfer gefallen war.

»… kommt in einem normalen Stück am *Ende* der Geschichte«, sagte Corbin. »Und diese Veränderung, Epiphanie, kann viele unterschiedliche Gestalten und Formen annehmen. Sie kann als Einsicht kommen, oder als schlichtes

Wiedererkennen, oder sogar als Erkenntnis der Figur, daß sie sich *niemals* ändern wird, was in sich schon eine gewisse Veränderung ist. In einem *Kriminalstück* hingegen findet die Veränderung schon direkt am Anfang des Stücks statt. Ein Mord wird begangen, eine Abweichung vom normalen Gang der Dinge vollzieht sich ... eine *Veränderung*, wenn Sie wollen. Und ein Held oder eine Heldin wird in die Geschichte eingeführt, um zu ermitteln, und findet den Mörder schließlich und stellt die Ordnung wieder *her*, *korrigiert* die Veränderung, die am Anfang stattgefunden hat. Sie sehen also, es gibt einen großen Unterschied zwischen einem normalen Stück und einem Kriminalstück. *Romanze* ist kein Kriminalstück. Und jeder Kritiker, der es als solches behandelt, disqualifiziert sich selbst.«

»Und es besteht durchaus die Gefahr, daß es dazu kommt, meinen Sie nicht auch?« sagte Carella.

Er wollte Corbin damit zum Thema zurückführen. Was nicht darin bestand, das große amerikanische Drama zu schreiben, sondern statt dessen bei einer Abweichung des normalen Gangs der Dinge zu ermitteln, die in der Leiche Michelle Cassidys mit ihren zweiundzwanzig Hieb- und Stichwunden bestand.

»Wegen des öffentlichen Interesses am Mord an Michelle, meinen Sie?«

»Ja. Im Zusammenhang mit der Tatsache, daß auch in dem Stück jemand niedergestochen wird. Einige Kritiker ...«

»Die können mich am Arsch lecken«, sagte Corbin.

Carella blinzelte.

»Ich schreibe nicht für Kritiker. Ich schreibe für mich und mein Publikum. Mein Publikum wird verstehen, daß ich keine billigen Krimis schreibe. Das habe ich nie getan und werde ich nie tun. Mein Publikum ...«

»Ich habe erfahren ...«

»Das waren *keine* Krimis. Verzeihung, Sie sprechen doch von *Blue Badge* und ...«

»Eigentlich kenne ich die ...«

»*Blue Badge* und ...«

»... Titel der ...«

»*Street Nocturne*, ja. Die beiden Romane, die ich über Cops in New York City geschrieben habe. Aber das waren keine Krimis, sondern Romane über Cops.«

»Genau, Polizei ...«

»Nein!« kreischte Corbin. »*Keine* Polizeiromane! Niemals! Und auch keine *Kriminalromane*! Es waren einfach *Romane* über Polizisten. Die Männer und Frauen in den blauen Uniformen und in Zivil, ihre Frauen, Freundinnen, Freunde, Liebhaber, Kinder, ihre Erkältungen, Magenschmerzen und Menstruationszyklen. *Romane*. Von denen ich jetzt natürlich weiß, daß es sich bei ihnen um eine minderwertigere Form handelt, als das gesprochene Wort auf der Bühne es ist.«

»Was haben Sie gedacht, als Michelle zuerst niedergestochen wurde?«

»Zum ersten Mal? In der Gasse?«

»Ja.«

»Ganz ehrlich?«

»Bitte.«

»Ich habe mich gefreut. Wegen der Publicity, die das Stück dadurch bekam. Bedenken Sie, *Romanze* ist ein wunderbares Stück, aber es kann nicht schaden, wenn zusätzliche Aufmerksamkeit darauf gerichtet wird, nicht wahr?«

»Johnny Milton zufolge ...«

»Dieses Stück Scheiße.«

»... war es ursprünglich Michelles Idee.«

»Das würde mich nicht überraschen. Ein sehr ehrgeiziges, sehr opportunistisches Mädchen.«

»Was haben Sie empfunden, als sie ermordet wurde?«

»Schreckliche Trauer.«

Carella wartete.

»Ein bedauerlicher Vorfall«, sagte Corbin. »Aber ich will ganz ehrlich zu Ihnen sein. Ich freue mich noch immer über die Publicity, die wir bekommen. Solange sie sich nicht gegen uns wendet. Wenn sie nicht dafür sorgt, daß die Leute mein Stück für einen billigen Krimi handeln.«

»Wie gut kannten Sie Michelle?«

»Ich war als einziger dafür, ihr die Rolle zu geben – gegen Ashleys und auch Marvins Willen, aber der hat ja nicht den geringsten Geschmack. Na ja, das nehme ich zurück. Schließlich hat er sich ja entschlossen, *Romanze* zu produzieren. Aber Michelle wurde für die Rolle engagiert, weil ich darauf bestanden habe.«

Carella hatte den Eindruck, daß das keine Antwort auf seine Frage war. Er versuchte es erneut.

»Wie gut kannten Sie sie, Mr. Corbin?«

»Nicht sehr gut, wie ich leider eingestehen muß. Man läßt ständig die kleinen Gelegenheiten des Lebens verstreichen, nicht wahr? Und dann ist es zu spät.«

»Was für kleine Gelegenheiten des Lebens meinen Sie?« fragte Carella.

»Nun ja, die Gelegenheit, sie besser kennenzulernen.«

»Was halten Sie von der Schauspielerin, die sie ersetzt?«

»Josie? Ich halte sie für hervorragend. Ich muß sogar eingestehen, vielleicht einen Fehler gemacht zu haben, sie nicht von Anfang an engagiert zu haben.«

»Sie fühlen sich wohler, nachdem sie nun die Rolle übernommen hat?«

»Ja, eigentlich schon. Ich glaube, jetzt haben wir bessere Chancen. Selbst *ohne* den Wirbel um Michelles Tod haben wir mit Josie in der Rolle viel bessere Chancen.«

»Und wenn das Stück ein gewaltiger Erfolg werden sollte …«

»Wäre ich natürlich dankbar. Doch der innere Wert des Stückes liegt natürlich im Stück selbst. In zehn Jahren, in hundert Jahren, wird das Stück noch für sich selbst sprechen, ganz gleich, was auch immer die Kritiker sagen.«

»Aber es würde Ihnen trotzdem gefallen, wenn es gut ankäme?«

»Ja, sicher, natürlich.«

»Ein Erfolg hätte auch eine gewaltige finanzielle Bedeutung für Sie, nicht wahr?«

»Es geht hier nicht um Geld.«

»Sechs Prozent des wöchentlichen Bruttoumsatzes …«

»Ja, aber ...«

»Man schätzt den Gesamtumsatz auf bestenfalls einhundertunddreiundachtzigtausend Dollar pro Woche.«

»*Falls* wir in die Innenstadt ziehen.«

»Nun, wenn das Stück ein Erfolg ist, werden Sie auf jeden Fall in die Innenstadt ziehen.«

»Ja.«

»Und sechs Prozent des Gesamtumsatzes belaufen sich auf fast elftausend Dollar die Woche.«

»Ja, ich weiß.«

»Sie haben es ausgerechnet?«

»Oft.«

»An die sechshunderttausend Dollar pro Jahr.«

»Ja.«

»Wie lange könnte ein Stück wie *Romanze* gespielt werden?«

»Wer weiß? Wenn die Rezensionen toll sind und wir in die Innenstadt ziehen? Fünf, sechs Jahre lang, wer weiß?«

»Also geht es hier um eine Menge Geld. Falls das Stück ankommt.«

»Ja.«

»Und mit Josie Beales in der Hauptrolle und bei all der Publicity, die der Mord an Michelle erzeugt hat, ist die Wahrscheinlichkeit für einen Erfolg ...«

»Bevor Sie mich fragen«, unterbrach Corbin ihn, »sollte ich Ihnen wohl lieber sagen ... ich habe kein Alibi für den Abend, an dem Michelle ermordet wurde.«

Carella sah ihn an.

»Keins«, sagte er. »Ich war hier, allein in der Wohnung, und habe zufällig an der Szene gearbeitet, in der die Schauspielerin niedergestochen wird. Die Szene in dem Stück. Sie sehen also ...«

Corbin lächelte.

»Ich bin völlig Ihrer Gnade ausgeliefert.«

Um drei Uhr an diesem Nachmittag kamen sie wieder zusammen.

Es überraschte Carella nicht, daß Andreas Alibi bestätigt worden war. Kling hingegen war sehr überrascht, daß Corbin gar kein Alibi hatte.

»Vielleicht brauchen unsterbliche Schriftsteller kein Alibi«, sagte Carella.

Sie hofften, Josie Beales im Theater zu erwischen, und riefen dort an, aber Chuck Madden teilte ihnen mit, sie sei bereits nach Hause gegangen.

»Vielleicht versuchen Sie es da mal«, sagte er. »Aber Schauspielerinnen sind nie zu Hause.«

»Wie meinen Sie das?« fragte Carella.

»Sie sprechen ständig vor, nehmen Unterricht, arbeiten nebenbei, sind jedenfalls nie zu Hause.«

»Hat sie gesagt, daß sie etwas vorhat? Irgendwo vorspricht oder ...«

»Ich bin nur der Inspizient«, sagte er leichthin, »mir sagt nie einer etwas.« Carella wußte, daß genau das Gegenteil der Fall war. Es gehörte zu den Aufgaben des Inspizienten, jederzeit zu wissen, wo man jeden, der mit der Show zu tun hatte, erreichen konnte. »Ich seh' mal in meinem Buch nach«, sagte er, »und gebe Ihnen ihre Privatnummer, einen Versuch ist es ja wert.« Carella hörte, wie er Seiten umblätterte. »Ja«, sagte er endlich, »hier steht sie ja«, und er las sie vor. »Sonst können Sie es ja mal später am Abend bei der Galloway School versuchen. Wie ich sehe, hat sie donnerstags dort einen Kurs belegt.«

»Haben Sie die Telefonnummer?«

»Ja, hier steht sie, die Schule ist an der North Loring«, sagte Madden und las die Nummer vor.

»Wann ist die nächste Probe?« fragte Carella. »Für den Fall, daß wir sie verpassen.«

»Morgen früh um neun.«

Sie versuchten es bei Josie zu Hause und sprachen eine Nachricht auf ihren Anrufbeantworter. Sie riefen bei der Galloway School an und erfuhren, daß die Kurse an diesem

Abend um acht Uhr anfingen und Josie Beales in der Tat einen Kurs mit der Bezeichnung Fortgeschrittene Darstellungstechniken belegt hatte.

Ihr Dienst hatte um acht Uhr an diesem Morgen angefangen.

Aber sie ließen sich Sandwiches und Cola kommen, tippten ihre Berichte und warteten darauf, daß es acht Uhr wurde.

9. KAPITEL

Die Galloway School – oder genauer gesagt die Galloway-Schule der Theaterkünste, wie auf dem Schild am Eingang stand – befand sich im zweiten Stock einer ehemaligen Hutfabrik. Kling wollte wissen, woher Carella das gewußt hatte. Carella sagte, ein guter Detective weiß eben manche Dinge, Junge. Als sie den riesigen Raum betraten, wurde gerade eine Szene geprobt. Etwa dreißig Schüler saßen auf Klappstühlen und beobachteten Josie Beales und einen älteren Mann bei einem Dialog, der einem wohl das Herz brechen sollte, wie Carella vermutete. Der alte Mann erzählte darin seiner Tochter, er habe Krebs und noch einen Monat zu leben. Josie schien nicht viel zu tun zu haben, mußte wohl hauptsächlich zuhören. Das machte sie aber sehr gut; ihre braunen Augen funkelten vor Tränen, während der alte Knabe ihnen alles von den kleinen verpaßten Gelegenheiten des Lebens erzählte. Carella fragte sich, ob Freddie Corbin die Szene geschrieben hatte. Sie standen an der hinteren Wand des Raums, schauten und hörten zu. Die Schüler oder Studenten auf den Klappstühlen zappelten respektvoll herum.

Als die Szene beendet war, kritisierte ein bärtiger Mann, der in der ersten Reihe saß, die Leistung der Schauspieler und bat dann um Beiträge und Reaktionen der versammelten Schüler auf den harten hölzernen Klappstühlen. Eine halbe

Stunde später legte der Bursche eine Pause ein, und Josie und der alte Knacker gingen gemeinsam auf den Gang hinaus. Als die Detectives zu ihr gingen, stand sie neben einem Heizkörper vor einem sehr hohen Fenster und rauchte. Der alte Knabe war nirgendwo zu sehen. Josie hatte das erdbeerblonde Haar hochgesteckt. Sie trug Jeans und ein weißes T-Shirt, und sie sah sehr jung und unerfahren und unschuldig aus. Aber sie war einundzwanzig Jahre alt und eine erfahrene Schauspielerin. Und sie hatte die Hauptrolle in *Romanze* von einer anderen Schauspielerin geerbt, die brutal erstochen worden war.

»Wie läuft's so?« fragte Kling.

»Oh, ganz gut. Na ja, Sie wissen ja, ich kannte ihren Text und die Bühnenanweisungen bereits, ich war ihre Zweitbesetzung, bin nicht gerade ins kalte Wasser gesprungen, als ich die Rolle übernommen habe. Chuck probt drei, vier Mal wöchentlich mit allen Zweitbesetzungen – Chuck Madden, unser Inspizient –, wir sind also ziemlich auf dem laufenden.«

Sie hatte ihre Zigarette ausgedrückt und lehnte sich gegen den Rippenheizkörper, die Arme vor der Brust verschränkt, eine defensive Geste, wie Carella auffiel, aber sonst schien sie nicht besonders auf der Hut zu sein. Rank und schlank in engsitzenden Jeans und T-Shirt, kam sie ihm fast schon spindeldürr vor. Große, braune Bambiaugen in einem bleichen Gesicht, darüber Massen von rötlich blondem Lockenhaar, der Mund ohne Lippenstift, ein einzelner rubinroter Ohrring in ...

Sie sah, wohin sein Blick gewandert war.

»Das ist keine Affektiertheit«, sagte sie.

Carella schaute verwirrt drein.

Sie griff sich sofort ans rechte Ohr, zog am Läppchen. »Ich habe den anderen *verloren*«, sagte sie. »Ich weiß einfach nicht, wo. Bei der Probe heute hatte ich noch beide.«

»Es ging bestimmt ziemlich hektisch zu«, sagte Carella.

»Na ja, eigentlich sind Zweitbesetzungen es gewohnt, kurzfristig einzuspringen, falls jemand krank wird oder so. Ich kenne die Rolle wirklich sehr gut.«

»Es muß aber eine Belastung sein«, sagte Carella.

»Eine Belastung? Inwiefern?«

»Nun ja … das Opfer eines Mordes zu ersetzen«, sagte er leise und beobachtete ihre Augen.

»Ja«, sagte sie, »einfach schrecklich, was mit Michelle geschehen ist. Aber wir sind nun mal im Showbusiness, oder? Die Show muß weitergehen, so ist das nun mal.« Die Augen klar und hell, ohne zusammenzucken. »Und was Sie da sagen … sie ersetzen … ich *ersetze* sie ja nicht gerade, es ist ja nicht so, als wäre sie gefeuert worden, und ich hätte mir die Rolle danach unter den Nagel gerissen, so ist es ja nicht. Ich war ihre Zweitbesetzung, und ihr ist etwas zugestoßen, und jetzt springe ich für sie ein, aber damit *ersetze* ich sie ja nicht, oder? Sie glauben doch nicht, daß ich sie wirklich *ersetze*, oder?«

»Das war nur so eine Redensart«, sagte Carella und beobachtete weiterhin ihre Augen.

»Na ja«, sagte sie und zuckte mit den Achseln. »Was mit Michelle passiert ist, ist einfach schrecklich, aber ich müßte lügen, würde ich sagen, ich würde mich nicht für mich freuen, über die Gelegenheit, die Hauptrolle in einem Stück zu spielen, das jetzt … nein, das klingt auch schrecklich. Aber wissen Sie, wir haben jetzt wirklich eine Chance. Bei all der Publicity, die das Stück kriegt, meine ich. Ich weiß, das ist schrecklich, wir würden diese Publicity nicht bekommen, wäre Michelle nicht ermordet worden, aber so ist es nun mal. Jemand hat sie umgebracht, und jetzt bekommt das Stück große Aufmerksamkeit. Und ich ebenfalls – sehen Sie, ich habe es gesagt, bevor Sie es sagen konnten.«

»Das wollte ich nicht sagen«, widersprach Carella.

»Ich auch nicht«, sagte Kling.

»Nein, aber Sie haben es gedacht, oder? Sie *müssen* es ja einfach denken. Wenn Johnny sie nicht umgebracht hat, muß es jemand anders gewesen sein, habe ich recht? In den Zeitungen stand, daß er zwar gestanden hat, sie mit dem Messer niedergestochen zu haben, aber nicht, sie *getötet* zu haben. Na schön, also denken Sie – die Polizei, meine ich, nicht Sie beide persönlich, obwohl ich davon überzeugt bin, daß Sie es auch denken – also denken nun *alle*, daß sie von jemandem umgebracht worden sein muß, der aus dem Mord einen großen Vorteil zieht. Wer hätte mehr dabei zu gewinnen als ich? Wenn ich auf die Bühne trete und in diesem Stück, über das alle schon *Wochen* vor der Premiere sprechen, gute Arbeit leiste, werde ich ein Star sein. Ich. Die kleine Josie Beales. Also verstehe ich sehr gut, daß Sie sich fragen, wo ich an dem Abend war, an dem sie ermordet wurde.«

»Nun ja ...«, sagte Carella.

»Klar«, sagte sie und nickte.

»Wo waren Sie also, Miss Beales?«

»Ich hatte es im Gefühl, daß Sie das jetzt wie auf ein Stichwort fragen«, sagte sie und lächelte erneut.

»Sie verstehen sicher ...«

»Klar«, sagte sie. »Ich habe die Rolle bekommen. Ich habe die Chance, ein Star zu werden. Na klar. Aber habe ich Michelle ermordet, um die Rolle zu bekommen?«

»Niemand deutet an ...«

»Also bitte, Jungs, warum seid ihr sonst hier?«

»Ein Routinegespräch«, sagte Kling.

»Routine, so eine Scheiße«, sagte sie und lächelte erneut.

Carella fragte sich, ob das Lächeln ein Schauspielertrick war. Oder sogar ein Schauspielertick. Ihm wurde klar, daß man bei einer Schauspielerin nie sagen konnte, wann sie *schauspielerte*. Man konnte ihr bis zum Jüngsten Tag in die Augen sehen, und die Augen würden nur wiedergeben, was sie spielte, die Augen konnten klar, schwermütig und ehrlich dreinschauen, aber die Augen konnten auch schauspielern, die Augen konnten lügen.

»Wie ich gehört habe«, sagte sie, nun todernst, fast feierlich, und legte eine dramatische Pause ein.

»Den Zeitungen und dem Fernsehen zufolge«, sagte sie und hielt wieder inne.

Er hielt sie allmählich für eine sehr gute Schauspielerin.

»Wurde die arme Michelle ...«, sagte sie.

Eine *verteufelt* gute Schauspielerin, dachte er.

»... am Dienstag abend gegen halb acht oder acht ...«

Das Wort blieb ihr in der Kehle stecken.

»Umgebracht«, sagte sie dann.

»Das stimmt.«

»In ihrer Wohnung an der Carter und Stein.«

»Ja.«

»In Diamondback.«

»Ja.«

»Was fast bis zur Innenstadt ein schwarzes Viertel ist«, sagte Josie.

Kling fragte sich, warum sie es als notwendig erachtete, einen Kommentar über die rassische Aufspaltung der Gegend abzugeben. Er fragte sich auch, wie Sharyn auf so eine Bemerkung reagiert hätte. Oder wollte Josie damit lediglich klarstellen, daß dieses Viertel, ob nun schwarz oder sonstwas, in der Nähe der Innenstadt begann und sich ziemlich weit erstreckte?

»Ja«, sagte er. »Ein schwarzes Viertel.«

»Was nicht bedeutet, daß ein Schwarzer sie getötet hat«, sagte Josie.

»Allerdings«, sagte er.

»Aber wer dann?« fragte sie und öffnete weit die braunen Augen. »Wenn nicht Johnny, und wenn kein schwarzer Junkie, der …«

Schon wieder schwarz, stellte er fest.

»… bei ihr eingebrochen ist und sie getötet hat …«

Was gar keine schlechte Annahme gewesen wäre, abgesehen davon, daß man keine Spuren eines gewaltsamen Eindringens gefunden hatte, was sie den Medien allerdings nicht mitgeteilt hatten und was Josie nicht wissen konnte, wenn Michelle ihr nicht die Tür geöffnet und dann Bekanntschaft mit einem Messer geschlossen hatte.

»Wer dann?« fragte sie.

Kling sagte nichts. Carella sagte nichts. Beide wußten, wann ein talentierterer Mensch im Scheinwerferlicht stand.

»Ich?« fragte sie.

Sie sagten noch immer nichts.

»War *ich* am Dienstag abend um halb acht, acht in

Diamondback? War *ich* auf der Carter und Stein?« fragte sie. »So weit von der City weg?«

Sie warteten. Wenn man lange genug wartete, überlisteten sie sich manchmal selbst.

»War ich dort oben und habe Michelle in ihrem eigenen Bett abgemurkst?«

Michelle war in unmittelbarer Nähe ihrer Wohnungstür getötet worden. Nirgendwo – weder in den Zeitungen noch im Fernsehen – war auch nur *angedeutet* worden, daß sie im Bett umgebracht worden war.

»Waren Sie es?« fragte Kling.

»Ich hatte eine Gesangstunde«, sagte sie und lächelte. »In der Innenstadt.«

In der Innenstadt.

»Wo in der Innenstadt?« fragte er.

»Im Quarter. Auf der Sampson Street«, sagte sie. »Meine Gesanglehrerin heißt Aida Renaldi, ich bekomme von ihr seit vier Jahren Unterricht, ich habe jeden Dienstagabend um sieben Uhr eine Stunde – außer, ich habe eine Vorstellung oder Probe. Am Dienstag hören wir um fünf Uhr mit dem Proben auf. Ich war um zehn vor sieben in der Innenstadt. Meine Stunde fing um sieben Uhr an und hörte um acht Uhr auf. Danach bin ich direkt nach Hause gefahren. Wenn Sie wollen, gebe ich Ihnen Aidas Karte.«

»Danke«, sagte Kling.

Sie suchte in ihrer Handtasche, stellte schließlich fest, daß sie keine Karte ihrer Lehrerin bei sich hatte, und schrieb ihnen eine Adresse in der Innenstadt auf. Carella war gerade aus der Innenstadt gekommen. Er hatte keine Lust, wieder in die Innenstadt zurückzufahren.

»Rufen Sie sie vorher an«, sagte Josie. »Sie hat sehr viel zu tun.«

»Mache ich«, sagte er.

»Ich habe Michelle nicht umgebracht«, sagte Josie. »Sie tut mir sogar sehr leid.«

Sie schaute plötzlich trauervoll drein.

»Aber gleichzeitig«, sagte sie, »freue ich mich für mich.«

Aida Renaldi war entzückt, daß einer der Detectives, die sie besuchten, italienischer Herkunft war. Sie wußte nicht, daß Carella sich für einen Amerikaner hielt, vielleicht, weil er in den Vereinigten Staaten geboren war und nie etwas anderes gekannt hatte. Aida hingegen war in Italien geboren, in Mailand, und hielt sich völlig zu Recht für eine Italienerin, da sie noch italienische Staatsbürgerin war und sich nur aufgrund einer Arbeitserlaubnis hier aufhalten durfte. Sie hatte sogar vor, nach Italien zurückzukehren, sobald sie genug Geld gespart hatte, um eine Opernkarriere wieder in Gang bringen zu können, die durch Heirat, Geburt eines oder mehrerer Kinder und Scheidung unterbrochen worden war, wenn auch nicht unbedingt in dieser Reihenfolge. Aida war sechsundvierzig Jahre alt und wog fünfundachtzig Kilo, womit man sie also zumindest in einer Hinsicht als Diva bezeichnen konnte. Ihr Haar war pechschwarz getönt, und als Carella und Kling später an diesem Abend in ihrem Studio eintrafen, war sie wie eine Zigeunerin gekleidet. Beide Detectives vermuteten, daß sie gerade in *Carmen* aufgetreten war, doch in Wirklichkeit hatte sie soeben einem Mädchen eine Unterrichtsstunde erteilt, das Verdi nicht von Puccini unterscheiden konnte, aber – wie Aida – kräftig genug gebaut war, um eine Opernkarriere anstreben zu können. Das Mädchen lächelte Kling an, als es ging. Carella fiel auf, daß viele Mädchen Kling anlächelten. Er fragte sich erneut, wer Sharyn sein mochte.

Während des Gesprächs mit Aida saß die Lehrerin am Klavier und spielte aus dem Stegreif eine Arie aus *Madame Butterfly*, äußerte sich ausführlich darüber, wie vorteilhaft es sei, sowohl Französisch als auch Italienisch zu sprechen, wenn man Opern singen wolle …

»Deutch keine großä Rollä spiehlen, äh?« sagte sie.

… erzählte ihnen, daß sie Domingo Pavarotti bei weitem vorzog, und bestätigte ganz nebenbei, daß Josie Beales …

»Nähttes Mädschen …«

… am Dienstagabend zwischen sieben und acht Uhr von ihr eine Unterrichtsstunde bekommen hatte.

»Nähtte Stimmä«, sagte sie.

»Was hat das also zu bedeuten?« fragte Carella aus blauem Himmel.

Es war nun kurz nach zehn an diesem Abend, und sie aßen, was Cops immer aßen, wann sie Gelegenheit dazu hatten, Hamburger und Pommes, in einem Schnellimbiß an der Avery und West, einen Block von Aida Renaldis Studiowohnung entfernt.

»Was hat *was* zu bedeuten?« fragte Kling und biß in einen Hamburger, aus dem Ketchup und Senf tropften.

»Ich dachte immer, wir könnten über alles reden.«

»Können wir auch.«

»Ich habe immer gedacht ...«

»Ich auch ...«

»... ich wäre wie ein älterer *Bruder* für dich ...«

»Ja, ich auch, aber ...«

»Was hat es also zu bedeuten, daß du dich mit einem *schwarzen* Mädchen verabredest und mir nichts davon erzählst? Ich meine, *gottverdammt*, Bert, was soll der Blödsinn? Weshalb sagst du mir nicht, daß du dich mit einer Schwarzen triffst, weshalb mußt du *Artie* von ihr erzählen, aber willst mir nichts davon sagen? Zum Teufel, wofür hältst du mich, für einen bescheuerten *Rassisten*? Verdammt, was hat das zu bedeuten, Bert?«

»Puh!« machte Kling.

»Ja, puh, schöne Scheiße!« sagte Carella.

»Ich hatte einfach keine Ahnung, was du davon halten würdest«, sagte Kling.

»Ach, ist ja toll!« sagte Carella. »Damit ist ja alles in schönster Ordnung, du sagst mir auch noch ins Gesicht, du wüßtest nicht, was ich von einer Beziehung zwischen einem Weißen und einer Farbigen halte, sagst mir ....«

»Es tut mir leid.«

»Klar, Junge, toll!«

»Ich wußte nicht mal, was *ich selbst* davon halte!« sagte Kling, und beide Männer sahen sich überrascht an, und just in diesem Augenblick kam das bigotteste Arschloch des Universums hereinspaziert.

»Ich habe euch überall in dieser verdammten Stadt gesucht«, sagte Fat Ollie Weeks und zwängte sich an ihren Tisch. »He, Miss!« rief er und bestellte drei Hamburger mit Pommes. »Mein Lieutenant sagt, wenn sich herausstellt, daß Johnny Milton das Mädchen abgemurkst hat, beansprucht das Achtundachtzigste eindeutig, den Fall aufgeklärt zu haben.«

»Dann wird es den Ruhm auch kriegen«, sagte Carella. »*Falls* es Milton war.«

»Klar. Wenn Nellie am nächsten Dienstag Anklage erhebt ...«

»*Falls* sie Anklage erhebt.«

»Darauf könnt ihr einen lassen. Und dann wird sie so viele Beweise haben, daß sie auf jeden Fall damit durchkommt.«

»Was soll das heißen?«

»Mein Lieutenant will, daß ich weitersuche.«

»Kommt nicht in Frage!« schnappte Carella.

»Was ist los mit euch?« fragte Ollie und schaute beleidigt drein. »Wenn Milton der Mörder ist, solltet ihr froh sein, daß wir euch helfen.«

»Nein, wir gehen hier von zwei völlig falschen Voraussetzungen aus«, sagte Carella. »Wir wollen denjenigen kriegen, der Michelle Cassidy ermordet hat. *Du* willst lediglich Milton festnageln.«

»Es handelt sich um ein und dieselbe Person, Kumpel.«

»Der Ansicht sind wir nicht.«

»*Wer* ist nicht der Ansicht? Euer Lieutenant? Nellie? Wißt ihr noch, ich war dabei? *Du* bist als einziger der Meinung, daß er es nicht war. Alle anderen werden dankbar sein, wenn ich noch ein paar zusätzliche Beweise ausgrabe. Wenn ich Leute heranschaffe, die aussagen können ...«

»Was für Leute? Wovon sprichst du?«

»Leute, die sowohl Milton als auch das Mädchen gekannt haben. Leute, die sagen können ...«

»Ollie, halt dich da raus! Wir sprechen bereits mit den Leuten, die sie gekannt haben. Wenn du diese Sache verpatzt ...«

»He, jetzt hör aber auf. Als würde ich sie verpatzen! Was ist nur *los* mit dir?«

»Hast du verstanden, Ollie? Halt dich da raus. Komm, Bert.«

»Wohin wollt ihr denn so schnell? Was ist nur los mit euch?«

»Laß dir die Hamburger schmecken«, sagte Kling.

Wann immer Mark Riganti einen Detective spielte, und das war ziemlich oft, bereitete er sich auf die Rolle vor, indem er Tag und Nacht eine unechte Pistole in einem Schulterhalfter trug. Die Waffe war so schwer und hatte dieselbe blauschwarze Farbe wie eine echte .38er Smith & Wesson. Riganti hatte sie gekauft, bevor die Spielzeugfabrikanten bemerkt hatten, daß ein Ladenbesitzer sich auch in die Hosen machen und dazu bewogen werden konnte, die Ladenkasse zu öffnen, wenn man ihm statt einer echten Waffe eine echt aussehende Imitation unter die Nase hielt. Diese Waffe *sah* echt aus, fühlte sich *echt* an und bewirkte, daß Riganti sich wie ein echter Cop vorkam. Aber die Pistole war eigentlich gar nicht nötig; er hatte in seinem Leben schon so viele Detectives gespielt, daß er sich manchmal eher wie ein Polizist denn wie ein Schauspieler vorkam.

Riganti hatte einen Detective in dem Film *Auf leisen Sohlen kommt der Tod* gespielt, der von Polizisten in Boston handelte, und er hatte einen Detective in dem Film *Neun im Fadenkreuz* gespielt, der von Polizisten an der französischen Riviera handelte, und er hatte einen Detective in dem Film *Blutsverwandte* gespielt, der von Polizisten in Toronto handelte, und er hatte, wenn auch in asiatischer Verkleidung, einen Detective in dem Film *Zwischen Himmel und Hölle* gespielt, der von Polizisten in Yokohama handelte. In dem Stück *Romanze*, das von einem Polizisten in New York handelte, spielte er, so kompliziert das auch klang, einen Detective, der wegen eines Angriffs mit einem Messer auf eine Schauspielerin ermittelte, die in einem *Stück* namens *Romanze* auftrat. Ein *falsches* Stück namens *Romanze* in einem *echten* Stück namens *Romanze*, in dem niemand dazu kam, das Mädchen zu küssen.

Um elf Uhr an diesem Abend saß er barfuß an seinem Küchentisch. Er trug verblichene Jeans, ein langärmeliges Oberhemd mit aufgerollten Ärmeln, wie Detectives sie stets aufgerollt trugen, und die unechte Pistole in einem echten Lederhalfter. Auf dem Tisch lag aufgeschlagen sein Regiebuch für *Romanze*, das nun zahlreiche neue Szenen enthielt, die der begnadete Verfasser auf blaues Papier getippt und ihnen bei der Probe an diesem Nachmittag gegeben hatte. Falls überhaupt, war das Stück durch die Ergänzungen *noch* schlechter geworden als zuvor. Riganti war der Ansicht, sie alle konnten sich glücklich schätzen, daß Michelle ermordet worden war.

In einer Hinsicht war es eine Schande, denn Riganti hatte darauf gehofft, mal mit ihr ins Bett gehen zu können, wenn das Stück nur lange genug lief. Riganti war unter anderem deshalb Schauspieler geworden, weil man in diesem Beruf viele gutaussehende Frauen kennenlernte, sie in manchen Stücken küssen mußte und sie manchmal vögeln konnte. Nicht auf der Bühne. Und eigentlich nicht nur manchmal, sondern oft. Riganti hätte zwei zu eins darauf gewettet, daß Schauspieler im Theater öfter vögelten als Polizisten auf der Wache. Aber jetzt war er weder in einem Theater noch auf einer Wache. Er saß in seiner Küche und mußte sich mit dem Regiebuch beschäftigen, die beschissenen neuen Texte bis zur Probe morgen früh um neun auswendig lernen. Normalerweise brachte Riganti die eine oder andere aufstrebende junge Schauspielerin dazu, die Texte gemeinsam mit ihm zu lernen, eine ausgezeichnete Gelegenheit, sie ins Schlafzimmer zu locken. Aber heute abend hatte er keine Zeit für eine kleine Nummer. Heute abend wartete nur die Schufterei auf ihn, diesen einfallslosen Scheißdreck zu lernen, den Freddie sich hatte einfallen lassen.

DER DETECTIVE
Haben Sie je gedacht, Sie würden
die Rolle bekommen?

DIE ZWEITBESETZUNG
Nein, habe ich nicht.

DER DETECTIVE
Ihnen ist nie in den Sinn gekommen,
wenn die Schauspielerin in der
Hauptrolle …

Riganti konnte Texte mit unterstrichenen Worten nicht ausstehen.

DIE ZWEITBESETZUNG
Nie.

DER DETECTIVE
… umgebracht wird …

Er konnte auch keine unterbrochenen Dialoge ausstehen. Es war unglaublich schwer, auf der Bühne einen anderen Schauspieler zu unterbrechen und diese Unterbrechung überzeugend wirken zu lassen.

DIE ZWEITBESETZUNG
Nie, nie, nie!

All diese verdammten unterstrichenen Worte.

DER DETECTIVE
… würden Sie, als ihre Zweitbesetzung …

DIE ZWEITBESETZUNG
Wie oft muß ich …

DER DETECTIVE
… vielleicht die Rolle erben?

DIE ZWEITBESETZUNG
… es Ihnen noch sagen …

DER DETECTIVE
Es ist doch ganz natürlich, daß Sie als ihre Zweitbesetzung die Rolle bekommen?

DIE ZWEITBESETZUNG
Diesen Ehrgeiz habe ich nie geha …

Es klopfte an der Tür.

Erschrocken schaute Riganti zuerst zur abgeschlossenen Tür und dann auf die Uhr an der Küchenwand.

Zehn Minuten nach elf.

Seit er vor zwei Monaten hier eingezogen war, war bereits zweimal eingebrochen worden. Und jetzt stand irgendein Arschloch um zehn Minuten nach elf vor der Tür.

»Wer ist da?« rief er.

»Mr. Riganti?« rief eine Stimme zurück.

»Wer ist da?«

»Polizei«, sagte die Stimme.

Ja, Scheiße, dachte Riganti.

Er erhob sich vom Tisch, ging zur Tür und drückte das Ohr gegen das Holz, wie er es schon so oft zuvor getan hatte, wenn er einen Cop spielte. Gleichzeitig zog er die falsche Pistole aus dem Schulterhalfter, hielt sie an seinem freien Ohr hoch, die Mündung zur Decke gerichtet, wie Cops es in Stücken und Filmen taten. Er hörte auf dem Korridor draußen lediglich schweres Atmen. Dann klopfte es erneut, ganz in der Nähe des Ohrs, das er noch immer gegen das Holz gedrückt hatte, und er sprang einen Schritt zurück. Sein Herz hämmerte.

»Hören Sie mich da drinnen?« sagte die Stimme.

»Ich höre Sie. Woher soll ich wissen, daß Sie wirklich ein Cop sind?«

»Machen Sie die Tür auf, dann zeige ich Ihnen meine Dienstmarke.«

Dienstmarke. Das war ein gutes Zeichen. Riganti war in

vielen Stücken und Filmen aufgetreten, in denen man einen falschen Cop daran erkennen konnte, daß er zu seiner Dienstmarke Abzeichen sagte. Nur Zivilisten sagten Abzeichen zu einer Dienstmarke. Riganti schob den Riegel zurück, vergewisserte sich, daß die Kette vorgelegt war, und öffnete die Tür einen Spaltbreit. Er schaute auf einen sehr dicken Mann hinaus, der die blau und golden emaillierte Dienstmarke eines Detectives hochhielt.

»Detective Oliver Weeks«, sagte der Mann, »Achtundachtzigstes Revier. Ich ermittle im Mordfall Michelle Cassidy, würden Sie bitte die Tür aufmachen?«

»Zeigen Sie mir Ihren Ausweis«, sagte Riganti.

Der Dickwanst gab ein verärgertes Geräusch von sich, holte dann seine Brieftasche hervor und nestelte einen mit Plastik überzogenen Ausweis hervor, den er dann in den Türspalt hielt. Auf dem Ausweis war das Siegel der städtischen Polizei, und auch ein Farbfoto, das einen Kopf zeigte, der dem des Mannes, der den Ausweis hochhielt, sehr ähnlich sah, und da stand auch der Name, den der Mann Riganti gerade genannt hatte, DETECTIVE/FIRST GRADE OLIVER WEEKS, und darunter eine Unterschrift.

Riganti kam zum Schluß, daß der Typ wirklich Detective war. Er nahm die Kette ab und öffnete die Tür weit, wobei er vergaß, daß die unechte Pistole in seiner rechten Hand und nicht wieder im Halfter war. Ollie sah die Waffe und griff augenblicklich nach seiner eigenen, sehr echten Pistole in einem mit einem Lederriemen verschlossenen Halfter an seiner rechten Hüfte. Riganti kapierte sofort, was da vor sich ging. »Sie ist nicht echt«, rief er, »ich bin Schauspieler, um Gottes willen, ich bin *Schauspieler*!« Ollie erinnerte sich daran, daß der Mann, mit dem er sprechen wollte, in der Tat Schauspieler war. Aber er war schon zu lange Polizist, und so brüllte er sofort: »Lassen Sie die Waffe fallen!«, was Riganti nur allzu gern tat. Ollie trat sie beiseite.

»Ich hätte Sie fast erschossen«, sagte er.

»Ja, wem sagen Sie das«, erwiderte Riganti. Das Atmen fiel ihm nicht ganz leicht.

»Haben Sie einen Schein für dieses Ding?« fragte Ollie.
»Ich habe Ihnen doch gesagt, es ist eine Imitation.«
»Sieht aber ziemlich echt aus.«
»Soll es ja auch.«
»Warum haben Sie 'ne falsche Knarre?«
»Ich hab' doch gesagt, ich bin Schauspieler.«
»Und?« sagte Ollie.
»In dem Stück, das wir proben, spiele ich einen Detective.«
»Ach ja, richtig.«
»Sie haben mir einen höllischen Schreck eingejagt«, sagte Riganti.
»Sie mir auch«, sagte Ollie. »Haben Sie was zu trinken hier?«
»Was meinen Sie?«
»Was Medizinisches?«
»Zum Beispiel Schnaps?«
»Ja, Schnaps, Bier, Wein, was auch immer.«
»Dürfen Sie überhaupt im Dienst trinken?«
»Nein«, sagte Ollie und setzte sich an den Küchentisch.
»Ich habe vielleicht noch ein paar Bier im Kühlschrank«, sagte Riganti.
»Ja, ein Bier wäre nett.«
»Das ist ja sehr interessant«, sagte Riganti, ging zum Kühlschrank und öffnete ihn. »Sie dürfen im Dienst nicht trinken, verlangen aber ein Bier von mir.«
»Ja, das ist bestimmt sehr interessant«, sagte Ollie. »Was für ein Bier ist es denn?«
»Heineken.«
Ollie sah zu, wie er die Verschlüsse von zwei grünen Flaschen öffnete. Riganti gab ihm ein Glas und eine der Flaschen.
»Ich hätte Ihnen fast den verdammten Kopf weggeschossen«, sagte Ollie. »Prost.«
Er trank direkt aus der Flasche. Riganti schenkte sein Bier in ein Glas ein und setzte sich dann gegenüber von Ollie an den Tisch.
»Was wissen Sie also über diesen Scheißkerl, der sie umgebracht hat?« fragte Ollie.

»Wen meinen Sie?«
»Ihren Agenten. Johnny Milton.«
»Ich kenne ihn kaum.«
»Was ist mit dem Mädchen?«
»Michelle?«
»Ja. Wie gut kannten Sie sie?«
»Na ja, wir hatten erst drei Wochen lang gemeinsam geprobt, als sie …«
»Was heißt das? Haben Sie sie genagelt?«
»Nein. Ganz bestimmt nicht.«
»Warum ganz bestimmt nicht? Sind Sie schwul?«
»*Natürlich* nicht.«
»Warum natürlich nicht? Viele Schauspieler sind schwul.«
»Aber ich nicht.«
»Haben Sie gewußt, daß sie zusammengelebt haben? Sie und der Agent?«
»Das haben wir so langsam spitzgekriegt.«
»Wer ist wir?«
»Wir alle. Die Schauspieler, die Techniker. Es wurde schließlich ziemlich offensichtlich.«
»Daß sie zusammengelebt haben?«
»Ja.«
»Was glauben Sie, warum hat er sie umgebracht?«
»Ich bin mir nicht sicher, daß er es war.«
»Glauben Sie, sie hat noch mit einem anderen Burschen gevögelt?«
»Führen Sie ein Verhör immer auf diese Weise?«
»Das ist kein Verhör.«
»Was ist es denn?«
»Hier sitzen zwei Jungs an einem Tisch und trinken ein paar Bierchen.«
»Nein, jetzt mal im Ernst. Das interessiert mich wirklich. Ich spiele nämlich oft den Detective.«
»Ach was?«
»Die Casting-Agenturen scheinen zu glauben, daß ich wie ein Cop aussehe.«
»Wirklich?«

»Sind Sie auch der Meinung, daß ich wie ein Cop aussehe?«

»Ich bin der Meinung, daß Sie für einen Cop etwas zu schwul aussehen.«

»Ich habe Ihnen doch schon gesagt ...«

»Ich behaupte ja nicht, daß Sie ein warmer Bruder sind. Ich sage nur, Sie sehen wie einer aus. Für einen Cop sehen Sie jedenfalls zu schwul aus.«

»Na ja, die Besetzungs-Agenturen finden wohl, daß ich echt aussehe.«

»Sehe *ich* wie ein Cop aus?« fragte Ollie.

»Nein.«

»Wie sehe ich aus?«

Wie ein fettes Stück Scheiße, war Riganti versucht zu sagen, tat es dann aber doch nicht.

»Sie sehen aus wie ein Schauspieler, der einen Cop spielt«, sagte er.

»Ehrlich?« sagte Ollie. »Haben Sie noch ein Bier?«

»Klar, ich hole Ihnen noch eins.«

»Wie ein Schauspieler, was?« sagte Ollie. »Ich wünschte, ich wäre einer.«

»Das ist nicht so leicht, wie Sie glauben«, sagte Riganti und kam mit einer neuen Flasche Bier zum Tisch zurück. Er öffnete den Kronkorken, schob das Bier über den Tisch zu Ollie hinüber, setzte sich wieder und griff nach seinem noch vollen Glas.

»Danke«, sagte Ollie, hob die Flasche an den Mund, trank einen mächtigen Schluck und wischte sich die Lippen mit dem Handrücken ab. »Glauben Sie, sie hat ihn betrogen?« fragte er.

»Davon weiß ich jedenfalls nichts.«

»Warum hat er sie dann umgebracht?«

»Tja, davon gehen Sie aus. Ich bin mir nicht so sicher, daß er es war.«

»Von einem Cop zum anderen«, sagte Ollie und blinzelte, »was glauben Sie, warum hat er sie umgebracht?«

»Von einem Schauspieler zum anderen«, sagte Riganti, »warum glauben *Sie* denn, daß er sie umgebracht hat?«

»Weil er ein verdammter Lügner ist«, sagte Ollie.
»Woher wissen Sie das?«
»Ich war dabei, als man ihn verhört hat.«
»Ich nehme auch viele Verhöre vor«, sagte Riganti.
»Ich auch«, sagte Ollie.
»Was für eine Technik haben Sie? Bei einem Verhör?«
»Ich stelle Fragen, der Verdächtige beantwortet sie. Was meinen Sie mit Technik?«
»Na ja, bereiten Sie sich irgendwie auf ein Verhör vor?«
»Vorbereiten?«
»Ja. Wie ich eine unechte Pistole benutze ...«
»Ich hätte Ihnen fast Ihr verdammtes Gehirn aus dem Kopf geschossen.«
»... um mich in die Gefühlswelt eines Detectives hineinzuversetzen. Ich trage die Waffe ständig bei mir. In der U-Bahn, in einem Restaurant, wo auch immer. Weil eine Waffe für einen Detective doch fast lebenswichtig ist, nicht wahr?«
»Ja, klar.«
»Nimmt man einem Detective die Pistole weg, nimmt man ihm den Penis weg.«
»Äh ... klar.«
»Eine Waffe zu tragen hilft mir, der Rolle Leben einzuhauchen, verstehen Sie?«
»Klar.«
»So bereite ich mich auf die Rolle vor.«
»Klar.«
»Und wie bereiten Sie sich also vor?«
»Vorbereiten?«
»Ja. Wenn Sie jemanden verhören müssen.«
»Gar nicht.«
»Sie bereiten sich gar nicht vor?«
»Ich geh' einfach rein und sage: Verdammt noch mal, wo *warst* du also am letzten Dienstag abend, du kleiner Scheißkerl? Wenn er mir nicht antwortet, bleibe ich dran. Ich sag' ihm, ich kann es ihm leicht machen, ich kann es ihm schwer machen, das liegt ganz allein bei ihm. Du hilfst mir, ich helfe dir. Willst du in ein Bundesgefängnis, willst du in ein Staats-

gefängnis, willst du, daß Nigger dich in den Arsch ficken? Sag mir, wo du warst, du blöder Scheißkerl!«

»Aha.«

»So läuft das«, sagte Ollie, hob seine Flasche, trank, setzte sie wieder ab, rülpste und sagte: »'tschuldigung.«

»Mal angenommen«, sagte Riganti, »Sie verhören ein Mädchen, das … na ja, sehen Sie selbst«, sagte er, griff nach dem Regiebuch von *Romanze* und zog seinen Stuhl näher an den Tisch. »Diese Szene hier«, sagte er. »Wie würden Sie sie angehen? Die Szene mit dem Mädchen.«

»Mit welchem Mädchen?« fragte Ollie.

»Ihrer Zweitbesetzung.«

»Wessen Zweitbesetzung?«

»Die des Mädchens, das ermordet wurde.«

»Die Cassidy?«

»Nein, nein, in dem Stück hier.«

»Ich hab' gehört, es wäre ein saublödes Stück.«

»Ist es auch.«

Ollie griff nach dem Regiebuch und kniff die Augen zusammen. »Warum sind diese Seiten blau?« fragte er.

»Es sind neue Seiten. Sie sind blau, damit man sie von den ursprünglichen Seiten unterscheiden kann. Bevor alle Änderungen fertig sind, haben wir manchmal blaue, gelbe, rosa, grüne, ja gelegentlich sogar purpurne Seiten.«

»Die sind aber schwer zu lesen. Blöde blaue Seiten.«

»Da haben Sie recht.«

Ollie blinzelte weiterhin das Regiebuch an. Schließlich griff er zögernd in seine Jackentasche und holte ein Brillenetui hervor. Die Brille darin hatte kleine, randlose Gläser. Plötzlich sah er wie ein fetter Gelehrter aus.

»Nur zum Lesen«, erklärte er entschuldigend.

»Ich trage Kontaktlinsen«, sagte Riganti tröstend.

Ollie schob sich die Brille auf der Nase zurecht und räusperte sich, als wolle er laut vorlesen, tat es dann aber doch nicht. Stumm las er die Seite. Blätterte um. Las noch eine Seite.

»Sie haben recht«, sagte er und schüttelte den Kopf. »Das *ist* ein verdammt blödes Stück.«

»Hab' ich Ihnen doch gesagt. Aber nur so zum Spaß ... wie würden *Sie* dieses Verhör durchführen?«

»Dieses Verhör da?«

»Ja. Wo er wissen will, ob sie jemals gedacht hat ...«

»Ja, schon klar«, sagte Ollie. »Also, ich würde sagen: ›Hören Sie, Miss, seien wir doch mal vernünftig.‹ Ich spreche doch mit einem Mädchen, oder?«

»Ja.«

»Denn bei einem Mädchen muß man etwas zurückhaltender vorgehen. Ich meine, mit einem Mädchen kann man doch nicht sprechen, wie man mit einem verdammten Dieb spricht, oder? Da muß man sanfter sein. Ich würde also sagen ... wie heißt sie noch gleich?«

»Sie hat keinen Namen.«

»Was soll das heißen, sie hat keinen Namen?«

»Sie hat keinen. Sie heißt einfach ›Die Zweitbesetzung‹.«

»Wie nennen Sie sie denn, wenn sie keinen Namen hat?«

»Ich nenne sie gar nicht beim Namen.«

»Das macht es nicht gerade einfacher.«

»Warum?«

»Sagen wir mal, sie heißt Jean. Dann fängt man an, indem man zu ihr sagt: ›Jetzt hör mal, Jeannie, wollen wir mal vernünftig sein, ja?‹ Man benutzt das Diminutiv, klar? Man sagt Jeannie statt Jean. Man macht sich sozusagen direkt mit ihr persönlich bekannt. Aber wenn sie nicht mal 'nen verdammten Namen hat, ist das natürlich gar nicht so einfach.«

»Das ist ein guter Einwand.«

»Jeder auf der Welt hat 'nen Namen.«

»Aber nicht in diesem Stück.«

»Ja«, sagte Ollie, schüttelte den Kopf und sah wieder das Regiebuch an. »Aber selbst, wenn sie keinen Namen hat, würde ich sagen: ›Jetzt hören Sie mal, Miss, wollen wir mal vernünftig sein, ja? Sie sind die Zweitbesetzung der Hauptdarstellerin, und das Mädchen wird umgebracht, und da erwarten Sie doch nicht, daß ich Ihnen abkaufe, Sie hätten nicht mal gedacht, herrje, vielleicht krieg' ich jetzt ihre Rolle?

Gehn Sie denn nie ins verdammte Kino, Miss? Haben Sie noch nie 'nen Film gesehen, in dem die Hauptdarstellerin sich das Bein bricht und die Zweitbesetzung für sie einspringen muß? Und die verdammten Arbeiter, die da oben auf diesen schmalen Laufstegen sitzen, hoch über der Bühne, wo die Scheinwerfer hängen, halten den Atem an, wenn sie zu singen anfängt? Und diesem alten Knacker, der den Vorhang aufzieht, fällt vor Überraschung die Kinnlade runter, und eine kleine alte Dame mit Kostümen in den Händen und Nadeln in ihrem Kleid steht da, als wäre sie plötzlich blind geworden, und alle Leute im Theater sind baff erstaunt, was diese Zweitbesetzung da macht, und Sie wollen mir erzählen, Sie hätten diesen Film nicht gesehen, Miss? Seien wir doch mal vernünftig, Miss.‹ Das würde ich zu ihr sagen.«

»Wunderbar«, flüsterte Riganti. »Vielen Dank.«

»Müssen Sie schon mal in einem der Stücke, in denen Sie auftreten, ein Mädchen küssen?«

»Na klar.«

»Was macht 'n Schwuler, wenn er in einem dieser Stücke ein Mädchen küssen muß?«

»Keine Ahnung.«

»Ich will damit nicht sagen, daß *Sie* schwul sind, verstehen Sie mich nicht falsch. Ich frage mich nur, wie ein Schwuler sich dann vorkommt. Glauben Sie, er geht danach nach Hause und spült sich den Mund mit Seife aus?«

»Das glaube ich auf keinen Fall.«

»War ja nur eine Frage. Sind Sie in so einer Szene manchmal so richtig mit Volldampf dabei? In der Sie ein Mädchen küssen müssen?«

»Na klar.«

»Aber irgend jemand muß es ja tun, was?« sagte Ollie und grinste wie ein Hai.

»Aber es ist trotzdem nicht so einfach, wie Sie glauben.«

»Sicher doch. Es ist bestimmt *sehr* schwierig, vor zehntausend Leuten irgendein fremdes Mädchen zu küssen.«

»Das ist es auch.«

»Da gehe ich jede Wette ein. Haben Sie schon mal mit einem dieser Mädchen eine Nacktszene spielen müssen?«

»Na klar.«

»Was sagen Sie diesen Mädchen, wenn sie wollen, daß sie sich ausziehen?«

»Was meinen Sie?«

»Wer auch immer ihnen sagt, daß sie sich ausziehen sollen.«

»Der Regisseur, meinen Sie?«

»Ja, was sagt er ihnen?«

»Na ja, wenn die Szene es verlangt ...«

»Ja, sagen wir, die Szene verlangt es.«

»Dann sagt er einfach: ›So, Leute, wir fangen jetzt mit der Szene an.‹ So was in der Art.«

»Und das Mädchen zieht sich einfach aus, was?«

»Wenn die Szene es verlangt.«

»Gibt es in diesem Stück auch Szenen, in denen man sich ausziehen muß?«

»Nein.«

»Michelle Cassidy mußte sich in diesem Stück also kein einziges Mal ausziehen?«

»Nein.«

»So daß ihr Freund deshalb vielleicht irgendwie sauer war?«

»Nein.«

»Was hat ihn dann so wütend gemacht, daß er sie mit zweiundzwanzig Stichen abgeschlachtet hat?«

»*Falls* er es war«, sagte Riganti.

»Oh, er war es, verlassen Sie sich darauf«, sagte Ollie.

»Vielleicht war es ja auch Andy.«

»Wer ist denn dieser Andy?«

»Andrea Packer. Sie spielt die Zweitbesetzung. Wissen Sie noch, in der Szene, die Sie gerade gelesen haben ...«

»Ja, richtig.« Ollie dachte einen Augenblick lang nach. »Nein, sie kann es nicht gewesen sein«, sagte er dann. »Und die *andere* Schauspielerin auch nicht.«

»Warum nicht?«

»Weil sie Schauspielerinnen sind«, sagte er.
»Was hat das damit zu tun?«
»Die beiden *müssen* diesen Film einfach gesehen haben«, sagte er.

10. KAPITEL

Carella war kaum aufgestanden, als er auch schon Riganti anrief, um mit ihm an diesem Freitag einen Gesprächstermin zu vereinbaren. Riganti teilte ihm mit, ein Detective habe bereits gestern abend mit ihm gesprochen.
»Was für ein Detective?« fragte Carella.
»Ollie Weeks«, sagte Riganti. »Er war sehr wertvoll.«
Carella fragte sich, was *das* heißen sollte.
»Wenn Sie später ein paar Minuten Zeit haben«, sagte er, »könnten wir vielleicht ...«
»Ja, klar, aber ich probe von neun bis ...«
»Ich will sowieso noch mit ein paar Leuten im Theater sprechen.«
»Na schön, dann kommen Sie doch einfach vorbei«, sagte Riganti. »Ich stehe Ihnen zur Verfügung.«
Inwiefern wertvoll? fragte Carella sich und ging unter die Dusche.
Ein Verkehrsstau auf dem Farley Expressway hielt ihn gute vierzig Minuten lang auf. Er war erst um zehn nach neun im Theater. Er sah sich schnell um und stellte erleichtert fest, daß Ollie ihm nicht schon wieder zuvorgekommen war.
Riganti, mit Jeans, italienischen Halbschuhen ohne Socken und einem weiten Baumwollpulli bekleidet, befand sich bereits mit Andrea Packer auf der Bühne. An diesem Morgen trug sie einen moosgrünen Wickelminirock, orangefarbene Turnschuhe und ein orangefarbenes T-Shirt ohne BH. Ihr lan-

ges blondes Haar hatte sie hochgesteckt; es sah wie eine kleine Weizengarbe aus.

Riganti versuchte gerade, dem Regisseur und dem Dramatiker etwas zu erklären, die beide auf ihren, wie Carella nun erkannte, üblichen Plätzen in einer der vorderen Reihen saßen. Carella blieb im Hintergrund des Theaters stehen, während seine Augen sich an die Dunkelheit gewöhnten und er auszumachen versuchte, ob dort sonst noch jemand saß.

»... eine realistischere Annäherung«, sagte Riganti gerade. »Bei dieser Szene.«

»Habe ich das richtig verstanden?« fragte Kendall. »Sie und Andy sind also heute morgen hierhergekommen ...«

»Um acht Uhr«, sagte Andrea.

Carella hatte Riganti um halb acht angerufen.

»... um diese Szene zu lesen, die wir proben wollen?« fragte Kendall.

»Um sie durchzugehen«, sagte Riganti.

»Eigentlich, um etwas zu improvisieren«, sagte Andrea.

»Zu improvisieren?« fragte Corbin.

»Na ja, eigentlich schon«, sagte Riganti.

»Die *neue* Szene?« fragte Corbin.

»Nur um zu sehen, ob wir sie in den Griff kriegen«, sagte Riganti.

»Um Zugang zu ihr zu finden«, sagte Andrea.

»Und eine realistischere Annäherung«, sagte Riganti.

»Meine neue *Szene*?« fragte Corbin.

»Äh ... ja. Ihre ... äh ... neue Szene.«

»Die übrigens ganz hervorragend ist«, sagte Andrea.

»Wirklich toll«, sagte Riganti. »Wir haben nur versucht, sie in den Griff zu kriegen, das ist alles.«

»Indem Sie *improvisieren*?« fragte Corbin.

»Indem wir ...«

»Eine Improvisation? Bei meiner neuen Szene?«

»Nur, um sie ein wenig wirklichkeitsgetreuer spielen zu können«, sagte Riganti und drehte sich hilfesuchend zu Andrea um.

»Um diesen zusätzlichen Realismus einzubringen«, sagte sie und lächelte hilfsbereit.

»Vielen Dank, ich bin der Ansicht, sie ist schon realistisch genug«, sagte Corbin. »Und Improvisationen sind übrigens für den Schauspielunterricht, und wir proben zufällig ein Stück. Also, fangen wir mit der neuen Szene an, wenn Sie nichts dagegen haben. So, wie ich sie geschrieben habe, bitte. *Meinen* Text bitte.«

»Ich bin neugierig darauf, was sie da ausgeheckt haben«, sagte Kendall beiläufig. »Wie lange wird das dauern?« rief er zur Bühne.

»Zehn Minuten«, sagte Riganti.

»Warum sehen wir es uns nicht mal an, Freddie?« sagte Kendall. »Das kann doch nicht schaden, oder?«

»Und was für einen *Nutzen* bringt es?« fragte Corbin. »Wir müssen acht neue Seiten ...«

»Nur eine Übung«, sagte Kendall. »Zur Auflockerung.«

»Ashley ...«

»Wenn sie es gut finden, hilft es vielleicht der Szene. Also lassen Sie mal sehen, Mark!« rief er zur Bühne.

»Ashley ...«

»Wir wollten damit ...«

»Erzählen Sie es mir nicht, zeigen Sie es mir«, sagte Kendall.

»Danke«, sagte Riganti und nickte Andrea zu, die sich sofort auf einen Holzstuhl mit gerader Lehne setzte, die Hände im Schoß faltete und den Kopf senkte. Auf der Bühne und im Theater wurde es still. Es gab nur noch die beiden Schauspieler auf der Bühne, die sich darauf vorbereiteten, einem Regisseur eine Improvisation vorzuführen, einen Scheinwerfer und einen Stuhl, einen Stückeschreiber und einen Detective in einem stillen, dunklen Theater. Riganti ging um den Stuhl. Carella sah aufmerksam zu. Riganti sagte kein einziges Wort, umkreiste lediglich den Stuhl.

»Jetzt hören Sie mal, Miss«, sagte er schließlich, »wollen wir mal vernünftig sein, ja? Sie sind die Zweitbesetzung der Hauptdarstellerin ...«

»Das ist nicht mein Text«, sagte Corbin mit einem Flüstern, das bis zu Carella drang, der noch immer an der Rückseite des Theaters stand.

»Es ist eine Improvisation«, erwiderte Corbin mit einem genauso lauten Flüstern.

»Ich lasse nicht zu, daß mein Text verändert wird ...«

»Um Gottes willen, *hören* wir es uns doch einfach mal *an*!«

Im Theater wurde es wieder still.

Auf der Bühne schauten die beiden Schauspieler verwirrt in die Dunkelheit und warteten auf Anweisungen.

»Noch mal von vorn, bitte«, sagte Kendall sanft.

Riganti zögerte einen Augenblick lang. Dann nickte er Andrea zu, die dieselbe Pose wie zuvor einnahm, die Hände im Schoß gefaltet, den Kopf gesenkt. Riganti ging wieder um den Stuhl. Carella war der Ansicht, daß er das sehr gut machte, das Umkreisen des Stuhls. »Miss«, sagte er schließlich mit einem barschen Ton, der Carella vertraut vorkam, »wollen wir mal vernünftig sein, ja? Sie sind die Zweitbesetzung der Hauptdarstellerin, und das Mädchen wird umgebracht, und da erwarten Sie doch nicht, daß ich Ihnen abkaufe, Sie hätten nicht mal gedacht, herrje, vielleicht kriege *ich* jetzt ihre Rolle?«

»Nein, das habe ich nie gedacht«, sagte Andrea.

»Gehen Sie denn nie ins verdammte Kino, Miss?«

»*Natürlich* gehe ich ins ...«

»Haben Sie noch nie einen Film gesehen, in dem die Hauptdarstellerin sich das Bein bricht und die Zweitbesetzung für sie einspringen muß?«

»Das ist *nicht* mein Text!« flüsterte Corbin.

»Psst!« machte Kendall.

»... und die verdammten Arbeiter, die da oben auf diesen schmalen Laufstegen sitzen«, sagte Riganti, »hoch über der Bühne, wo die Scheinwerfer hängen, halten den Atem an, wenn sie zu singen anfängt? Und diesem alten Knacker, der den Vorhang aufzieht, fällt vor Überraschung die Kinnlade runter«, sagte Riganti und umkreiste den Stuhl wie ein Hai, der jeden Augenblick zuschnappen wollte, »und eine kleine alte Dame mit Kostümen in den Händen und Nadeln in ihrem Kleid steht da, als wäre sie plötzlich *blind* geworden, und alle Leute im Theater sind baff erstaunt, was diese Zweitbesetzung da macht«, sagte Riganti, trat genau vor Andrea, richtete den Zeigefinger auf ihr Gesicht und brüllte: »Und Sie wollen mir erzählen, Sie hätten diese Szene nie gesehen, Miss?«

»Ja, ich habe …«

»Sie hätten diesen *Film* nie gesehen, Miss?«

»Ich habe diesen Film gesehen, aber …«

»Dann seien wir doch mal vernünftig!« brüllte Riganti und stellte plötzlich die Rolle, die er spielte, einfach ab, hörte plötzlich auf, der tobende Detective zu sein, den er in dieser improvisierten Szene darstellte, und wurde abrupt wieder zum selbstbeherrschten Schauspieler Mark Riganti, stand da in Jeans und einem weiten Pulli und italienischen Halbschuhen ohne Socken, lächelte schwach und drehte sich um Zustimmung heischend zur sechsten Reihe Mitte um, wo Kendall und Corbin im Dunkeln saßen.

»Bravo«, flüsterte Kendall.

»Bravo, so eine Scheiße!« rief Corbin und stürmte aus dem Theater.

»Wenn ich eins absolut verachte«, sagte Kendall, »dann Autoren. Ich wäre wirklich der glücklichste Mensch auf Erden, könnte ich ein Telefonbuch inszenieren. Geben Sie mir eine Handvoll ausgebildeter Schauspieler, und ich verspreche Ihnen, ich mache aus einem Telefonbuch einen Wahnsinnserfolg.«

Sie saßen in dem Deli gegenüber von der Gasse, in der Michelle Cassidy zum erstenmal niedergestochen worden war. Nachdem Kendall seine Schauspieler beruhigt und ihnen versprochen hatte, ihr Autor würde zurückkommen, nachdem er über seinen kleinen Wutanfall hinweggekommen sei, hatte er eine halbstündige Pause anberaumt.

»Ich bin mir übrigens gar nicht sicher, daß er zurückkommen wird«, gestand er Carella ein. »Wenn er nicht ein viel besserer Schauspieler als alle Mitglieder unserer Besetzung ist.«

»Wie meinen Sie das?« fragte Carella.

Beide Männer tranken Kaffee. Carella waren *sowohl* Schriftsteller *als auch* Telefonbücher schnurzegal, wenngleich er argwöhnte, daß *irgend jemand* sogar die Telefonbücher schrieb. Aber er ließ Kendall reden. Wenn jemand redete, erfuhr man etwas mehr über ihn. Und manchmal zufälligerweise auch über die Person, die ermordet worden war.

»Na ja, das war eine gewaltige Explosion, das war Wut von bislang nicht gekanntem Ausmaß!« sagte Kendall und verdrehte die Augen. »Wie können sie dieses wagen, wie können sie jenes wagen, ich wende mich direkt an die DGA, es werden Köpfe rollen ...«

»An die was?«

»Was?« sagte Kendall. »Ach so. Die DGA. Die Dramatikergewerkschaft. Von Amerika natürlich. Wovon sonst, von Polen? Freddie hat gedroht, sich an die Gewerkschaft zu werden und alle Schauspieler feuern zu lassen, *mich* feuern zu lassen, weil ich sie ermutigt habe, sein Stück zu unterminieren ... das war übrigens sein Ausdruck, unterminieren ... Er stürzte äußerst empört aus dem Theater. Entweder war das die schauspielerische Glanzleistung des Jahrhunderts, mit der er allen klarmachen will, wer hier das Sagen hat, und legen Sie sich ja nicht mit *mir* an, Mister, oder er hat wirklich einen völlig kindischen Wutanfall gehabt, der sich für die gemeinsamen Anstrengungen aller Beteiligten als äußerst schädlich erweisen wird.«

»Und was glauben Sie?«

»Ein Wutanfall«, sagte Kendall. »Das Problem mit den Autoren – besonders mit jenen, die für das Theater arbeiten, wo sie übrigens tatsächlich eine ungeheuerliche Kontrolle haben – liegt darin, daß sie fälschlicherweise glauben, *ihr* Beitrag zum kreativen Prozeß sei der wichtigste. Was natürlich absolutes Gefasel ist.«

»Mr. Kendall«, sagte Carella, »wie Sie bestimmt wissen, ermitteln wir noch im Mord an ...«

»Ja, ich habe angenommen, daß Sie deshalb hier sind«, sagte Kendall trocken.

»Ja. Deshalb bin ich tatsächlich hier. Wir können sehr viel Zeit sparen ...«

»An dem Abend, an dem Michelle Cassidy ermordet wurde«, sagte Kendall, »war Cooper Haynes bei mir.«

»Wer ist Cooper Haynes?«

»Der Gentleman, der in *Romanze* den Regisseur spielt. Ich habe diesen Begriff bewußt benutzt. Den Begriff Gentleman. Die meisten Schauspieler sind nämlich keine. Aber Coop ist ein würdevoller, mutiger Gentleman, Gott sei für kleine Gefallen gedankt. Er dachte, es könne hilfreich sein, ein tiefgehendes Gespräch mit einem *echten* Regisseur zu führen. Und das, stellen Sie es sich nur vor, nachdem wir schon längst mit den Proben angefangen haben. Er kam plötzlich zum Schluß, er müsse wissen, was ein *echter* Regisseur denkt, wenn er einen Regisseur *auf der Bühne* vernünftig darstellen will. Das sind solche Kinder, wirklich, selbst die besten von ihnen. Also war ich mehrere Stunden bei ihm, habe ihm das Händchen gehalten, versucht, ihm das Wesen des ... wenn ich Händchenhalten sage, meine ich das übrigens nicht wortwörtlich. Coop ist ein glücklich verheirateter Mann mit drei Kindern und so hetero wie Casanova.«

»Und Sie?«

»Ist das eine Frage? Und falls ja, was hat das mit Michelles Tod zu tun?«

»Sie haben das Thema zur Sprache gebracht«, sagte Carella.

»Allerdings. Ja, ich bin homosexuell, Mr. Carella. Ich lebe zur Zeit mit einem Bühnenbildner namens José Delacruz zusammen, der ebenfalls schwul und fünfzehn Jahre jünger als ich ist. Ich werde im Oktober siebenundvierzig. Wenn ich mich also nicht verrechnet habe, müßte er zweiunddreißig sein. Und an dem Abend, an dem Michelle ermordet wurde, war er übrigens bei uns.«

»Als Cooper Haynes bei Ihnen war, meinen Sie?«

»Ja. Na ja, nicht in demselben Zimmer, wir haben im

Wohnzimmer gearbeitet, und Joey war in seinem Studio gegenüber. Er hat die Dekorationen bei der Wiederaufführung von *Mond für die Unehelichen* gestaltet, haben Sie das Stück zufällig gesehen?«

»Nein.«

»Schade.«

»Auf jeden Fall war ich dort, und die beiden waren bei mir. Wie Casey Stengel zu sagen pflegte ... ›Sie können es überprüfen.‹«

»Und wo genau waren Sie ...?«

»In meiner Wohnung. 827 Grover Park North.«

»Die Sie mit Mr. Delacruz teilen.«

»Im Augenblick, ja. Ich glaube nicht an langfristige Beziehungen. Das Leben ist kurz, und die Zeit verläuft rasend schnell.«

»Da wir gerade davon sprechen ...«

»Er kam um sieben Uhr.«

»Cooper Haynes?«

»Um Punkt sieben.«

»Und ist wann gegangen?«

»Gegen zehn. Er wäre noch länger geblieben, hätte Joey nicht angefangen zu nörgeln, wie spät es doch sei. Sie sind wirklich wie die Kinder.«

»Schauspieler, meinen Sie?«

»Schauspieler, Autoren, Bühnenbildner, Kostümbildner, alle, die mit dem Theater zu tun haben.«

Bis auf Regisseure, wie Carella feststellte.

»Na ja, die Techniker vielleicht nicht«, sagte Kendall. »Die Inspizienten, die Beleuchter, die Musiker, falls es sich um ein Musical handelt. Aber sämtliche sogenannten *Kreativen* ... der liebe Gott bewahre mich vor ihnen«, sagte er.

»Hat Mr. Haynes die Wohnung zwischen sieben und zehn Uhr irgendwann verlassen?«

»Nein, wir waren die ganze Zeit über zusammen.«

»Er hat sich nicht mal ein Sandwich oder so geholt?«

»Das war wirklich nicht nötig, wir haben genug Lebensmittel und Getränke im Haus.«

»Nicht mal nach draußen gegangen, um eine zu rauchen?«

»Er ist Nichtraucher. Genau wie ich übrigens.«

»Haben Sie zufällig gelesen – oder im Fernsehen gesehen oder meinetwegen auch im Radio gehört –, wann genau Michelle Cassidy ermordet wurde?«

»Irgendwann zwischen sieben und acht, nicht wahr?«

»Dann wissen Sie das also?«

»Ja, ich weiß es.«

»Sie haben es irgendwo gelesen, gesehen oder gehört.«

»Ja. Ich weiß nicht *aus erster Hand*, wann Michelle ermordet wurde, falls Sie das andeuten wollen. Ich war zum Zeitpunkt ihrer Ermordung *nicht* in Michelles Wohnung.«

»Wissen Sie, wo sie gewohnt hat?«

»Nein.«

»Sie sind nie bei ihr gewesen?«

»Nie.«

»Und Sie und Mr. Haynes waren am Dienstag abend – das war der siebente April – also von sieben bis zehn Uhr gemeinsam in Ihrer Wohnung?«

»Genau.«

»Und keiner von Ihnen hat die Wohnung während dieses Zeitraums verlassen?«

»Wir waren beide von sieben bis zehn Uhr dort.«

»Hat Mr. *Delacruz* die Wohnung verlassen?«

Kendall zögerte kurz. »Ich habe keine Ahnung«, sagte er dann.

»Na ja, Sie haben gesagt, er habe gegen zehn Uhr angefangen zu nörgeln …«

»Ja, aber …«

»Also war er die ganze Zeit über dort? Von sieben bis zehn?«

»Da müssen Sie ihn schon selbst fragen.«

»Sie werden doch wissen, ob er die Wohnung verlassen hat, oder? Um sich ein Sandwich zu holen? Um zu rauchen?«

»Joey raucht nicht. Außerdem *kannte* er Michelle nicht mal. Wenn Sie damit andeuten, er hätte sich rausgeschlichen, um die Lady zu *ermorden* …«

»Ich will nichts dergleichen andeuten«, sagte Carella.

Aber er dachte, daß Delacruz der einzige war, der Kendall und Haynes für die Tatzeit ein Alibi geben konnte. Und die beiden hatten Michelle gekannt.

»Was dann?« fragte Kendall. »Ach, ich verstehe. Coop und ich haben die Tat gemeinsam begangen. Ist es das? Der echte Regisseur und der Regisseur im Stück fahren nach Diamondback, um unseren Star aus Gott weiß was für Gründen zu töten. Übrigens, bevor Sie auch nur *fragen*, Mr. Carella, ich weiß, daß sie in Diamondback gewohnt hat, weil ich, wie Sie bereits festgestellt haben, in der Tat Zeitung lese *und* Fernsehen schaue *und* Radio höre. Ich weiß nicht, *wo* in Diamondback, aber glauben Sie allen Ernstes, in dieser Stadt wüßte jemand *nicht*, daß Michelle dort mit dem Mann zusammengewohnt hat, den man verhaftet hat, weil er sie niedergestochen hat? Und der sie – das glaube ich zumindest – auch *ermordet* hat? Aber Sie spielen hier den Detektiv …«

»Nein, Sir, ich spiele nicht …«

»In einem billigen kleinen Kriminalstück, in dem Coop und ich …«

»Nein, Sir, kein Kriminalstück …«

»… Michelle erstechen …«

»… ob nun billig oder nicht.«

»Nein? Was wollen Sie denn andeuten …?«

»Ich will gar nichts andeuten.«

»Als Sie sich laut *gefragt* haben … wären Sie mit dieser Formulierung einverstanden? Als Sie sich gefragt haben, ob Coop und ich uns ein Taxi nach Diamondback genommen, Michelles Tür aufgebrochen und sie brutal …«

»… ermordet haben«, half Carella aus.

Kendall sah ihn an.

»Das ist kein billiges kleines Kriminalstück«, sagte Carella. »Eine Frau wurde ermordet.«

»Der Unterschied entzieht sich mir.«

»Der Unterschied besteht darin, daß sie tatsächlich tot ist.«

»Ach, ich verstehe.«

»Und jemand dabei nachgeholfen hat.«

»Dann ist es ja gut, daß Coop und ich ein so wasserdichtes Alibi haben, nicht wahr?« sagte Kendall.

»*Falls* Mr. Delacruz Ihre Angaben bestätigt.«

»Ich verspreche Ihnen, er wird es *beschwören*.«

»Dann haben Sie ja nicht das geringste zu befürchten.«

»Nicht das geringste«, sagte Kendall.

Carella wußte, daß sie sowohl mit Cooper Haynes als auch mit José Delacruz sprechen mußten, weil sie Kendalls Alibi bestätigen konnten, und alle Alibis mußten überprüft werden. Trotzdem erwies sich stets der gutaussehende, wohlerzogene, mit einem Stipendium bedachte junge Student von nebenan als Mörder, der immer ein freundliches Wort für die Nachbarn hatte und keiner Fliege was zuleide tun, aber eine junge Frau abschlachten konnte. Was, zum Teufel, sollte der Blödsinn also?

Obwohl er liebend gern mit einigen weiteren illustren Theaterpersönlichkeiten gesprochen hätte, mußte er seinen Sohn Mark heute nachmittag um vier zu einem auswärtigen Baseball-Spiel fahren, oder genauer gesagt zu einem Softball-Spiel, denn Kinder dieser Altersstufe spielten noch mit den weicheren und kleineren Bällen. Er hatte Lieutenant Byrnes bereits gebeten, heute eine Stunde früher Feierabend machen zu können, weil ihre Haushälterin Urlaub und seine Tochter April heute zum ersten Mal Ballettunterricht hatte und Teddy sie dorthin fahren mußte, und das hieß, daß *er* Mark und vier von dessen Mannschaftskameraden zur Julian Pace Elementary School fahren mußte, die etwa fünf Kilometer von Marks Schule entfernt war.

Deshalb stand Carella nun, um sechs Uhr an diesem Abend, geduldig am Rand des Spielfelds der Schule und wartete darauf, daß das Spiel zu Ende ging, und Kling stand vor dem Wohnhaus 827 Grover Park North und wartete darauf, daß José Delacruz nach Hause kam, und Teddy kam die Treppe der Priscilla-Hawkins-Ballettschule hinab, Aprils verschwitzte kleine Hand in der ihren, als sie sah, wie ein roter

Buick- Kombi zurücksetzte und dabei den Kühler ihres kleinen roten Geo rammte.

In dem Augenblick, da der Portier mit einem Nicken kundtat, daß es sich um die Person handelte, auf die Kling wartete, folgte er Delacruz in das Gebäude und holte ihn bei den Fahrstühlen ein.

»Mr. Delacruz?« sagte er.

Delacruz drehte sich erschrocken um. Er war vielleicht einsfünfundsechzig groß, schmal und feinknochig, und trug ein langärmeliges, braunes, an den Manschetten zugeknöpftes Seidenhemd, schwarze Röhrenhosen und weiße Laufschuhe von Nike. Seine Augenbrauen waren dicht und schwarz, genau wie das von einem in der Stirnmitte spitz zulaufenden Ansatz zurückgekämmte Haar. Er hatte eindringliche braune Augen, androgyne Mick-Jagger-Lippen und eine schmale, etwas spitz zulaufende Nase, die aussah, als hätte er sie bei einem plastischen Chirurgen erstanden. Abgesehen von den Nikes ähnelte er eher einem Stierkämpfer denn einem Bühnenbildner. Andererseits hatte Kling bislang noch keinen Angehörigen dieser beiden exotischen Berufe kennengelernt.

»Mr. Delacruz?« wiederholte er.

»Ja?«

Ein schwacher spanischer Akzent, der sogar aus diesem einen Wort herauszuhören war.

»Detective Kling, Siebenundachtzigstes Revier«, sagte Kling und zeigte ihm seine Dienstmarke.

»Sind Sie Polizistin?« schrie die Frau.

Teddy hatte Schwierigkeiten, von ihren Lippen abzulesen. Die zehnjährige April, die die Frau noch in einem Block Entfernung hätte hören können, so laut brüllte sie, schaute zu ihrer Mutter hoch und übersetzte in der Zeichensprache: *Sie will wissen, ob du Polizistin bist.*

Als sie zu dem Geo hinübergelaufen waren, war die Frau gerade aus dem Buick ausgestiegen, um dessen Heck zu betrachten. Teddy hatte nicht die geringste Ahnung, warum die Frau die Schäden an *ihrem* Wagen begutachtete, wo sie doch gerade zurückgesetzt und *Teddys* Fahrzeug gerammt hatte.

Nein, ich bin keine Polizistin, teilte sie in der Zeichensprache mit.

»Nein, sie ist keine Polizistin«, sagte April.

»Und was ist *das*?« brüllte die Frau und deutete mit den Händen wie verrückt auf den DEA-Aufkleber auf der Beifahrerseite der Windschutzscheibe. In diesem Fall stand DEA nicht für *Drug Enforcement Agency,* also Drogenfahndung, sondern für *Detectives Endowment Association,* was nichts anderes war als der Verband bzw. die Gewerkschaft der Detectives der Polizeibehörde dieser Stadt. Wäre Carella Ire gewesen, hätte auch ein Aufkleber der *Emerald Society* die Windschutzscheibe geziert – die Iren nannten die Grüne Insel gern ›Emerald Isle‹. Und wäre er nicht hingebungsvoll der Ansicht gewesen, daß jeder, der in den USA geboren worden war, schlicht und einfach ein Amerikaner war und kein *Italo*-Amerikaner oder ein *Sonstwas*-Amerikaner, hätte sich dort vielleicht auch ein Aufkleber der *Vereinigung der Kolumbianer* befunden. Aber in diesem Fall diente der DEA-Aufkleber an der Windschutzscheibe lediglich dem Zweck, allen interessierten Polizeibeamten mitzuteilen, daß dieser Wagen entweder einem Cop oder dem Familienmitglied eines Cops gehörte.

April wollte *Sie will wissen* signalisieren, aber Teddy hatte das Wesentliche schon mitbekommen. Sie signalisierte ihrer Tochter, der Frau zu sagen, daß ihr Daddy in der Tat Polizist war, ja sogar Detective, aber was hatte das damit zu tun, daß die Frau gerade ihren Wagen gerammt und einen Scheinwerfer zerdeppert hatte …

»Langsamer, Mom«, sagte April.

… *und den Kühlergrill und die Motorhaube?*

»Mein Vater ist Detective«, sagte April ruhig. »Sie haben

den Scheinwerfer und den Kühler zerdeppert und die Motorhaube eingebeult. Was für eine Rolle spielt es da, welchen Beruf er hat?«

Teddy blickte auf die Lippen ihrer Tochter. Sie nickte nachdrücklich und griff in ihre Handtasche, in der sich in ihrem Portemonnaie ihr Führerschein befand. Ihr kam in den Sinn, daß die Zulassung und die Versicherungskarte im Wagen lagen, im Handschuhfach. Sie schloß gerade die Beifahrertür auf, als die Frau brüllte: »Wollen Sie etwa einfach wegfahren?«

Teddy hörte sie nicht.

Die Frau ergriff sie an der Schulter und wirbelte sie herum, riß sie dabei fast um.

»Haben Sie nicht gehört?« schrie die Frau.

Diesmal las Teddy ihre Lippen. Sie bekam auch etwas Speichel aus dem wütend verzogenen Mund der Frau ab, eine feine Gischt, die nach Zwiebeln roch.

»Glauben Sie etwa, Sie kommen mit so was durch, nur weil Ihr Mann Polizist ist?«

Die Frau hatte nun beide Schultern Teddys ergriffen und schüttelte sie heftig.

»Glauben Sie das etwa? Na, ich werde es Ihnen zeigen ...«

Teddy trat sie gegen das linke Schienbein.

April lief zu einer Telefonzelle.

Kling hatte den Eindruck, daß die Wohnung wie eine Bühnenkulisse für ein Stück um einen französischen König aussah. Aber Joey Delacruz klärte ihn sofort darüber auf, daß er das Apartment höchstpersönlich ›in einer eklektischen Mischung der Epochen Queen Anne, Regency, Windsor und William and Mary‹ eingerichtet habe, und nichts davon klang in Klings Ohren besonders französisch. Delacruz fuhr mit der Bemerkung fort, er hoffe, seine Schöpfung – die *Wohnung*, wie Kling vermutete – würde seine Beziehung zu Kendall überdauern, die ihm manchmal etwas angespannt vorkäme. Carella hatte nicht erwähnt, daß Delacruz schwul war. Auch über Kendalls diesbezügliche Vorlieben hatte er nichts verlauten lassen; vielleicht hatte er sie nicht für wichtig gehalten. Auch Kling kamen sie nicht gerade schrecklich wichtig vor, außer der eine oder der andere von ihnen – oder beide gemeinsam – hätten Michelle Cassidy ermordet.

»Erzählen Sie mir vom Abend des siebten April«, sagte er.

»Ach, herrje, jetzt klingen wir aber wirklich wie ein Polizist aus dem Fernsehen, was?«

Kling war nicht der Meinung, daß er wie ein Polizist aus dem Fernsehen klang. Der Vergleich ärgerte ihn.

»Sagen Sie mir zum Beispiel mal, wo Sie an diesem Abend waren.«

»Hier in dieser Wohnung«, sagte Delacruz. »Verzeihung, aber dürfte ich vielleicht erfahren, was das zu bedeuten hat?«

»Haben Sie kürzlich mit Ashley Kendall gesprochen?«

»Nicht mehr seit heute morgen, als er mir einen Abschiedskuß gab und zur Arbeit fuhr.«

Kling fragte sich, ob Delacruz ihn auch mit dieser Bemerkung ärgern wollte, mit der Erwähnung, daß ein Mann einem anderen einen Abschiedskuß gibt und dann zur Arbeit fuhr. Er dachte kurz darüber nach und kam zum Schluß, daß er sich nicht so sehr darüber ärgerte wie über den Vorwurf, sich wie ein Polizist aus dem Fernsehen anzuhören.

Er bemühte sich, nicht zu sehr wie jemand aus *Polizeirevier Hill Street* zu klingen, als er fragte: »Erinnern Sie sich, wo Sie an dem Abend waren, an dem Michelle Cassidy ermordet wurde?«

»Sollte ich diese Frau kennen?«

»Ihr Freund sagt, nein.«

»Ashley?«

»Ja, Mr. Kendall.«

»Stört es Sie, daß wir schwul sind?«

»Mr. Delacruz, mich stört nicht im geringsten, was Sie sind oder tun, solange Sie es nicht auf der Straße tun und die Pferde scheu machen.«

»Bravo! Königin Viktoria!«

»*Die* sollten Sie allerdings kennen.«

»Königin Viktoria?«

»Genau, Königin Viktoria.«

»Ich *kannte* Michelle Cassidy nicht, weiß aber, was ihr zugestoßen ist, ja. Ich müßte taub, stumm und blind sein, um das nicht zu wissen.«

»Gut. Wo waren Sie also an dem Abend, an dem sie ermordet wurde?«

»Genau hier.«

»War jemand bei Ihnen?«

»Wollen Sie etwas bestätigt haben, das Ashley Ihnen gesagt hat?«

»Sie haben doch gesagt, Sie hätten seit heute morgen nicht mehr mit ihm gesprochen ...«

»Ja, stimmt.«

»Wie kommen Sie denn darauf, daß Sie seine Aussage bestätigen sollen?«

»Ach, nur so eine Ahnung, Detective Kling. Nur so eine Ahnung.«

»Wo waren Sie die ganze Zeit über?«

»Heute?«

»Ja. Ich warte da unten seit ....«

»Warum haben Sie nicht einfach *Ashley* gefragt, wo ich bin? Er hätte es Ihnen sofort ...«

»Ich habe nicht mit ihm gesprochen.«

»Aber jemand muß doch ...«

»Ja, mein Partner.«

»Hätte *er* ihn nicht fragen können? Oder wollten Sie nur sicher gehen, daß Ashley nicht anruft, um mich zu warnen?«

»Worüber warnen?«

»Na, was ich sagen soll. Falls Sie fragen sollten, wo ich an dem Abend war, an dem Michelle umgebracht wurde.«

»Sie haben mir doch schon gesagt, daß Sie hier waren. Und Sie haben mir bereits gesagt, daß Sie seit heute früh nicht mehr mit Kendall gesprochen haben.«

»Woher wissen Sie, daß wir uns seit heute *früh* nicht mehr gesprochen haben? Elf Uhr ist doch auch noch morgens.«

»Weil die Probe um neun Uhr anfing.«

»Elementar, mein lieber Watson.«

»Wollen wir nicht mal zur Sache kommen, Mr. Delacruz?«

»Hat Ashley Ihrem Partner gesagt, daß er an dem Abend, an dem Michelle umgebracht wurde, hier bei mir war?«

»Warum sagen *Sie* mir nicht einfach, wo er war?«

»Er war hier.«

»Den ganzen Abend über?«

»Den ganzen Abend über.«

»Kann das noch jemand bestätigen?«

»Ach, Gottchen«, sagte Delacruz.

Kling wartete.

»Glauben Sie etwa, ich wüßte nicht schon längst, daß *Sie* es wissen, Detective Kling?«

»Was weiß ich?«

»Daß Ashley sich hier mit dem Mann getroffen hat, der in diesem idiotischen Stück, bei dem er Regie führt, den Regisseur spielt.«

»Von wann bis wann?«

»Cooper Haynes kam um sieben und ging um zehn«, sagte Delacruz. »Das weiß ich so genau, weil ich *normalerweise* um diese Zeit schon längst im Bett liege.«

»Keiner der beiden hat die Wohnung irgendwann an diesem Abend verlassen?«

»Nicht vor zehn. Mr. Haynes ist um zehn Uhr gegangen. Ashley ist geblieben. Ashley *wohnt* nämlich hier.«

»Haben Sie die Wohnung zufällig verlassen?«

»Solange Mr. Haynes hier war, bin ich nicht vor die Tür gegangen«, sagte Delacruz und lächelte. »Ich *kenne* Ashley nämlich ziemlich gut.«

Der Portier von Cooper Haynes' Wohnhaus weit im Süden der Stadt teilte Kling mit, Mr. Haynes habe das Gebäude vor etwa zehn Minuten verlassen, um seinen Hund auszuführen. Kling holte ihn gute sieben Häuserblocks weiter in Richtung Stadtzentrum ein. Haynes hechelte einer Leine hinterher, an der ein kleines Fellknäuel von Hund befestigt war. Das Tier bellte Kling sofort an, wie alle kleinen Hunde es tun, um die Leute davon zu überzeugen, daß sie in Wirklichkeit gefährliche deutsche Schäferhunde oder dänische Doggen in Verkleidung sind. »Nein, nein, Francis«, sagte Haynes immer wieder, aber der kleine Francis schnappte auch weiterhin nach Kling und versuchte, ihn in die Knöchel zu beißen. Kling wollte auf den verdammten Köter *treten*, ihn auf dem Erdboden zerquetschen, Hundefreunde der Erde, vereinigt euch!

Haynes brachte Francis schließlich unter Kontrolle, und sie gingen gemeinsam weiter, wobei der Hund an jedem dürren Stadtbaum schnüffelte, an dem sie vorbeikamen und gelegentlich verächtlich zu Kling hinaufschaute, als sei es *dessen* Schuld, daß keiner der Bäume seinen Toilettenansprüchen genügte. Haynes trug als pflichtbewußter Bürger, der er war, in der rechten Hand einen kleinen umgestülpten Plastikbeutel. Nachdem der kleine Francis sich endlich erleichtert hatte, wie es so schön heißt, würde er das Häufchen damit aufheben, wie das Gesetz es verlangte, und den Plastikbeutel schnell wieder nach innen drehen, damit nichts Widerwärtiges von Menschenhand berührt werden mußte.

Der kleine Francis schien an diesem Abend besonders unwillig, sein Geschäft zu erledigen. Haynes redete wie das geduldige Herrchen und der gute Bürger, der er war, sanft, aber unentwegt auf ihn ein, doch es schien einfach nichts zu kommen. Der Hund wendete lediglich von jedem spindeldürren Baum oder stämmigen Feuerhydranten, an dem sie vorbeikamen, verächtlich die Nase ab.

Das Zögern des Hundes bewirkte gemeinsam mit Haynes' Bekanntheit, daß jede Menge Passanten amüsiert und verständnisvoll »Ooh!« und »Ahh!« machten. Daß Haynes erkannt wurde, hatte nichts damit zu tun, daß er in einem schrecklichen kleinen Stück weitab von der Innenstadt einen Regisseur – genauer gesagt *den* Regisseur – spielte. Statt dessen rührte es daher, daß er an fünf Tagen in der Woche in einer Seifenoper mit dem Titel *The Catherine Wheel* auftrat, in der er einen netten und freundlichen Landarzt namens Dr. Jeremy Phipps spielte. Während sie die Straße entlangschlenderten und dabei unentwegt stehen blieben, damit der Hund schnüffeln und die Schnauze rümpfen konnte, begrüßten die Leute Haynes mit einem freundlichem Winken, einem Grinsen und dem sehr schnell vertraut werdenden »He, Doc, wie läuft's?« oder »He, Doc, wo ist Annabelle?«, was der Name einer Ente war, die in der Serie das Haustier des Arztes und erst vor kurzem von einer Bande illegaler chinesischer Einwanderer entführt worden war, die dergleichen Wasservögel raubten und an Chinarestaurants verkauften. Bei all der Aufmerksamkeit, mit der der Hund Bäume bedachte, die sowieso nicht in Betracht kamen, und mit der Haynes versuchte, den kleinen Francis zu beschwatzen, endlich sein Häufchen zu machen, *sowohl* der Aufmerksamkeit, mit der anscheinend jeder Bürger dieser Stadt den lieben Onkel Doktor Phipps bedachte, fiel es Kling schwer, seine Fragen zusammenhängend oder mit dem nötigen Nachdruck zu stellen. Doch er stellte sie.

»Waren Sie übrigens am Abend des siebten April zwischen neunzehn und zweiundzwanzig Uhr in der Wohnung von Kendall und Delacruz?«

»Ja, war ich«, sagte Haynes. »Ich mußte mich nämlich mit einer gewissen Denkweise vertraut machen. Die normalen Menschen glauben, ein Schauspieler müsse nur in eine Rolle hineinspringen, wie Kinder beim Spielen. Aber so einfach ist es leider nicht. Leider. Ich wünschte, es wäre es. Dazu ist ein gewisses Handwerk nötig, *und* Kunstfertigkeit, *und* Recherche. Ganz zu schweigen von Talent, das setze ich einfach voraus«, sagte er bescheiden. »Aber *alles andere* fließt in die schauspielerische Leistung ein. Ich muß eingestehen, Ashley hat mir einige wertvolle Einsichten vermittelt. Ich bin der Meinung, daß meine Interpretation dieser überaus schwierigen Rolle seit unserem Gespräch hundertmal besser geworden ist.«

Irgendwie bekam Kling allmählich den Eindruck, daß alle, die mit dem Theater zu tun hatten, in einem seltsam egozentrischen Wunderland lebten. Er glaubte allmählich sogar, daß keiner der Menschen, die *Romanze* auf die Bühne bringen wollten, Michelle Cassidy getötet haben konnte. Jeder einzelne von ihnen schien einzig und allein nur mit sich selbst beschäftigt zu sein, und diese absolute Selbsthingabe schloß einfach aus, daß man irgendein anderes Wesen im Universum auch nur wahrnahm. *Wer* wurde ermordet?

Aber er machte hingebungsvoll weiter – während der Hund gar nicht machte.

»Haben Sie oder Mr. Kendall die Wohnung irgendwann an diesem Abend verlassen?«

»Ich bin um zehn Uhr gegangen.«

»Aber davor?«

»Nein. Keiner von uns.«

»Was ist mit Mr. Delacruz?«

»Ich habe nicht mitbekommen, daß er irgendwann gegangen ist«, sagte Haynes, und dann, triumphierend: »*Brav*, Francis! Ach, was bist du doch für ein *braver* kleiner Hund!«

Als sie später an diesem Abend allein im Bett lagen, flüsterten sie in der Dunkelheit.

»Ich habe Angst.«

»Nein, mußt du nicht.«

»Ich habe schon immer Angst vor Polizisten gehabt.«

»Nein, nein.«

Sie streichelten, berührten, trösteten sich.

»Schon, als ich klein war. Polizisten haben mir schon immer angst gemacht.«

»Es besteht überhaupt kein Grund, Angst zu haben.«

»Ich habe Angst, daß sie mich bei *irgend etwas* erwischen.«

»Nein, nein.«

»Wenn ich etwas *Falsches* tue.«

»Ich bin doch hier, mach dir keine Sorgen, Schatz.«

»Ich fühle mich in ihrer Gegenwart einfach schuldig. Polizisten, meine ich. Keine Ahnung, warum.«

»Na, na.«

Vertraute Haut in der Dunkelheit. Sie berührten und streichelten sich.

»Sie glauben, wir haben sie umgebracht.«

»Sie haben *jeden* im Verdacht.«
»Erinnerst du dich an diesen Roman von Agatha Christie?«
»An welchen?«
»In dem wirklich *alle* die Mörder sind.«
»Ach ja. Sicher. Auch an den Film.«
»Ja.«
»Ein wunderbarer Film.«
»Ja.«
»In einem Zug.«
»Ja. Sie haben sie gemeinsam umgebracht.«
»Clouseau. So hieß der Inspektor.«
»Nein, er hieß anders.«
»Wie denn?«
»Warum sprichst du gerade davon?«
»Ich dachte …«
»Clouseau hieß er auf keinen Fall.«
»Ja, das ist mir jetzt auch klar.«
»Jetzt werde ich die ganze Nacht lang nicht schlafen können.«
»Tut mir leid, Schatz.«
»Erst die richtigen Bullen, dann Clouseau. Ich werde kein Auge zukriegen.«
»Denk einfach nicht mehr daran.«
»Clouseau und die gottverdammte Polizei.«
»Es tut mir *so* leid, wirklich.«
»Sie glauben, wir haben sie umgebracht.«
»Nein, nein, versuche, dich zu entspannen.«
»Sie kreisen uns ein.«
»Nein, Schatz. Entspann dich einfach.«
Stille.
»Da.«
»Ja.«
»Ist das nicht besser?«
»Ja.«
Wieder Stille.
»Verdammt, wie hieß er noch gleich?«
»Denk einfach nicht mehr daran.«

»Der Belgier.«
»Ja, aber entspanne ...«
»Der Inspektor.«
»Entspanne dich.«
»Ich versuch's ja.«
»Komm, ich ...«
»Ich versuch's.«
»... helfe dir dabei.«
»Ja.«
Sie küßten sich. Berührten sich. Streichelten die vertraute Haut.
»Besser, Schatz?«
»Ja.«
»Ist das nicht besser?«
»Ja.«
»Viel besser, nicht wahr?«
»Ja.«
»Jetzt gib ihn mir.«
»Ja.«
»Gib mir deinen heißen Saft.«
»Ja.«
»Gib ihn mir, *gib ihn mir!*«
»Oh, großer Gott!«
»Ja!«
»Ja!«
»O *ja,* mein Schatz.«
Stille. Das Ticken einer Uhr irgendwo in der Wohnung. Das Geräusch gleichmäßigen Atems.
»Joey?«
»Hm?«
»Er hieß Maigret. Der Inspektor.«
»Ja, danke.«
Stille. Auf der Straße draußen das Geräusch einer jaulenden Sirene. Dann wieder Stille.
»Ashley?«
»Hmmm?«
»Er hieß Poirot.«

Als sie an diesem Abend allein im Bett lagen, erzählte sie ihm, daß sie wegen Körperverletzung angeklagt worden war. Ihre Augen loderten geradezu, ihre Finger flogen, sie war noch immer stinksauer. Er beobachtete ihre Hände, bekümmert darüber, daß sie von ihrem örtlichen Revier eine Vorladung bekommen und eines Vergehens angeklagt worden war.

»Was hast du dieser Frau getan?« fragte er, sprach die Worte aus und bildete sie gleichzeitig mit den Händen.

Was ich *ihr getan habe?* antwortete sie. *Warum fragst du mich nicht, was* sie mir *getan hat?* Sie nickte heftig mit dem Kopf, wann immer sie ein Wort betonen wollte, und unterstrich es darüber hinaus mit dunklen Laserstrahlen, die aus ihren noch dunkleren Augen blitzten.

Er konnte einem Lächeln nicht widerstehen und machte den Fehler, gleichzeitig »Wenn du wütend bist, bist du wunderschön!« zu sagen und mit den Händen zu bilden, was Teddy allerdings gar nicht so amüsant fand.

Soll ich dir die Sache erzählen, schrie sie mit den Händen, *oder willst du mir Pralinen ins Gefängnis bringen?*

»Ich höre zu«, sagte er.

Wie sie es erzählte, schrie die erzürnte Frau Teddy noch immer an, als endlich ein Streifenwagen auf den hektischen Anruf reagierte, den April aus einer keine anderthalb Meter entfernten Telefonzelle getätigt hatte, und wollte einfach das Revers ihrer Kostümjacke nicht loslassen, obwohl Teddy sie wiederholt getreten hatte ...

Ich trug hochhackige Schuhe, erklärte sie, *ich habe in der Stadt mit Eileen zu Mittag gegessen ...*

»Wie geht es ihr?« fragte Carella.

Ich bin direkt nach Hause gefahren, um April abzuholen, und habe sie dann sofort zum Ballettunterricht gefahren. Hochhackige, sehr spitze Schuhe, bildete sie die Worte mit den Händen. *So hat sie sich auch den Kratzer am Bein zugezogen.*

Oha, dachte Carella.

Die Frau war Teddy zufolge ein Ungetüm von mindestens tausend Kilo gewesen, hatte sie geschüttelt, bis ihre Zähne klapperten, und praktisch in die Luft gehoben, während

Teddy versuchte, sie wieder zu treten. Das schrille Gekreische der Frau hatte schließlich die Aufmerksamkeit eines Polizeibeamten erregt, der auf dem Parkplatz Streife ging …

Die größte Niete des Hundertdreiundfünfzigsten, bildete Teddy die Worte mit den Händen und bezeichnete ihr örtliches Revier in Riverhead, in dem vor kurzem sechs Detectives verhaftet worden waren, weil sie mehreren Dealern Geld und Rauschgift gestohlen hatten.

Der Beamte sagte ihnen, sie sollten gefälligst aufhören, sich beruhigen, entspannen, so etwas in der Art, und lauschte dann dem Bericht der fetten Frau, wie Teddy ihren Wagen gerammt habe, eine absolute Lüge, die sich Officer Dummsdorf ernst anhörte, wobei er verblüfft und erstaunt den Kopf schüttelte. Die kleine April versuchte, ihm klarzumachen, daß nichts davon stimmte, daß in Wirklichkeit die fette Frau ihren Wagen gerammt hatte, was Officer Depp veranlaßte, ihr zu sagen, sie möge doch bitte ihre Mutter für sich selbst sprechen lassen. April erklärte ihm daraufhin groß und breit, daß ihre Mutter hör- und sprachbehindert war und ihre Gedanken lediglich mit Hilfe der Zeichensprache weitergeben konnte, die Officer Unfähig ja eventuell nicht beherrschte. Das gestand er zwar ein, bedachte Teddy daraufhin jedoch mit einem Blick, der zweifelsfrei ausdrückte, daß er sich fragte, ob eine Taubstumme überhaupt Auto fahren dürfe.

Mittlerweile hatte die keifende Maschine ihren Rock hochgehoben, um ihre baumstammähnlichen Beine zu zeigen, von denen eins aufgrund eines kleinen Kratzers blutete, der zweifellos bei Teddys erstem Tritt gegen ihr Schienbein entstanden war. Da die Frau Teddy lediglich geschüttelt hatte, bis all ihre Innenorgane hoffnungslos durcheinandergebracht worden waren, wies Teddy selbst keine sichtbaren Spuren von Gewalt oder Mißbrauch auf. Officer Vollidiot überlegte, ob er den Ladies einfach nur raten sollte, ihre Versicherungskarten auszutauschen, sich die Hände zu schütteln und es dabei bewenden zu lassen, als die fette Kuh zu schreien anfing, ihre Angreiferin sei die Frau eines Polizisten, und es sei doch mit allen Cops in dieser Stadt dasselbe, und wie könne sie tigkeit erwarten, keine Krähe hacke einer anderen ein Auge aus, und ich will Ihren Namen und Ihre Dienstnummer wissen, und ich werde damit notfalls bis vor den Obersten Gerichtshof gehen, ist das klar? Da erinnerte Officer Schwachkopf sich an die jüngsten Rassenunruhen im Grover Park, und weil er bei seiner bislang so friedlichen kleinen Streife in einem Einkaufszentrum keinen Ärger haben wollte, entschloß er sich in seiner salomonähnlichen Bauernschläue, die Taubstumme aufzufordern, ihm auf das Revier zu begleiten, wo jemand eine Vorladung für sie ausstellen würde. Seine genauen Worte lauteten *Soll das Gericht das entscheiden,* der Feigling!

Kochend vor Wut zeigte Teddy ihrem Mann die Vorladung:

SIE WERDEN HIERMIT AUFGEFORDERT, VOR DEM STRAFGERICHT DES BEZIRKS RIVERHEAD ZU ERSCHEINEN, UM SICH ZU EINER GEGEN SIE ERSTATTETEN STRAFANZEIGE ZU ÄUSSERN.

VORGEWORFENES VERGEHEN: Körperverletzung
GERICHT: Strafgericht Riverhead
ABTEILUNG: AR2
ADRESSE: 1142 Coolidge Boulevard, Riverhead
UHRZEIT: 9 Uhr 30
DATUM: 24.4.

RECHTSBELEHRUNG:

SIE MÜSSEN AM GENANNTEN DATUM ZU DER GENANNTEN ZEIT ERSCHEINEN UND DIESES FORMULAR DEM GERICHTSDIENER AUSHÄNDIGEN.
Sollten Sie nicht zur Verhandlung über das oben genannte Vergehen erscheinen, wird ein Haftbefehl gegen Sie ausgestellt. Des weiteren werden Sie aufgrund der strafrechtli-

chen Bestimmungen wegen eines weiteren Vergehens angeklagt, was zu einer Geldbuße, einer Haftstrafe oder beidem führen kann. Wenn Sie die Anweisungen dieser Vorladung nicht befolgen, geht darüber hinaus jede eventuell geleistete Kaution verloren.

WEITERE ANWEISUNGEN:

MITANGEKLAGTE: FALLS JA, NAMEN:

___ JA _x_ NEIN

BESTÄTIGUNG DES ANGEKLAGTEN:
Ich bestätige hiermit mit meiner Unterschrift, die obige VORLADUNG persönlich entgegengenommen zu haben und die darin aufgeführten Anordnungen zu befolgen.

UNTERSCHRIFT DES BESCHULDIGTEN:

»Wie ich sehe, hast du unterzeichnet«, sagte Carella.

Teddy nickte.

»Was ist mit der Frau passiert?«

Sie hat uns aufs Revier begleitet. Stand da, die Hände auf den Hüften, und schaute finster drein, während ein Detective die Vorladung ausfüllte.

»Du hast gesagt, sie habe dich angeschrien ...?«

Ja.

»Dich geschüttelt ...«

Ja.

»Wurde sie ebenfalls angezeigt?«

Nein.

»Diese Vollidioten haben sie einfach davonspazieren lassen?«

Ja.

Carella schaute nach, welcher Detective die Vorladung ausgefüllt hatte. Er kannte ihn nicht.

»Wie ich sehe, haben sie dir auch die Fingerabdrücke abgenommen«, sagte er.

Sie nickte.

»Ein Foto von dir gemacht …«

Sie nickte erneut. Ihr Ärger war mittlerweile völlig verraucht. Sie sah nur noch schrecklich besorgt aus.

Er schüttelte den Kopf und sah nach, wann die Verhandlung angesetzt war. »Du mußt in vierzehn Tagen dort erscheinen«, sagte er. »Dein Anwalt wird …«

Mein *Anwalt*!

»Schatz, es geht hier um ein Vergehen«, sagte er, »du kannst dafür ein Jahr ins Gefängnis kommen. Wir werden uns einen guten Anwalt besorgen und die sofortige Einstellung beantragen oder die Einstellung wegen Geringfügigkeit, meinetwegen auch die Vertagung wegen eines Antrags auf Einstellung. Wenn die Staatsanwaltschaft Anklage erhebt, werden wir Gegenklage gegen die Anklägerin erheben, mindestens wegen Belästigung, vielleicht auch wegen versuchter Körperverletzung. Mach dir keine Sorgen, Schatz«, sagte er, »das kriegen wir bestimmt hin«, und er nahm sie in den Arm und gab ihr einen Kuß auf die Stirn.

Sie lag ganz ruhig in seinen Armen.

»Es hätte niemals so weit kommen dürfen«, sagte er. »Der Streifenpolizist hätte die Sache an Ort und Stelle klären müssen, ein simpler Verkehrsunfall, gottverdammt. Die müssen da oben eine Todesangst haben. Wegen all der Detectives, die ins Zwielicht geraten sind.«

Sie sagte nichts. Durch den dünnen Stoff ihres Nachthemds spürte er ihre Anspannung.

»Mach dir darüber keine Sorgen«, sagte er. »Jeder vernünftige Staatsanwalt wird das Verfahren sofort einstellen.«

Sie nickte.

»Der Cop, der dich auf das Revier gebracht hat«, sagte er. »War er ein Weißer?«

Ja.

»Und der Detective, der die Vorladung ausgestellt hat? Endicott? War er ebenfalls weiß?«

Ja.

»Und die fette Kuh?«

Schwarz.

Carella seufzte schwer.

Aber ich begreife wirklich nicht, was das für einen Unterschied ausmachen soll, sagte Teddy in der Zeichensprache.

»Eigentlich gar keinen«, sagte er.

Auf der Uhr auf dem Nachttisch war es Viertel nach zehn.

Er griff hinüber und schaltete seine Lampe aus.

Er führte ihre Hand an seine Lippen.

»Gute Nacht, Schatz«, sagte er an ihren Fingern.

Genau eine Stunde und zehn Minuten später fiel ein nackter Mann durch das geöffnete Fenster einer Wohnung an der North River Street 355 in der Innenstadt von Isola, drehte und überschlug sich in der Luft und stürzte zehn Stockwerke tief auf den Bürgersteig.

Sein Name war Chuck Madden.

11. KAPITEL

Marvin Morgenstern rief Carella am nächsten Morgen an, um ihm zu sagen, daß sein Inspizient in der Nacht zuvor aus dem Fenster gesprungen war.

Das war das erste, was Carella davon hörte.

Der Zwischenfall hatte sich in der Innenstadt ereignet, im Einundzwanzigsten Revier, und keiner der Detectives dort hatte einen direkten Zusammenhang zwischen dem offensichtlichen Selbstmord gesehen, den sie bearbeiten mußten, und dem Mord, über den seit vier Tagen ununterbrochen berichtet wurde.

»Wie konnten sie nur so *dumm* sein?« fragte Morgenstern am Telefon, doch fairerweise mußte gesagt werden, daß die Detectives vom Revier in der Innenstadt erst erfahren hatten, daß das Opfer der Inspizient desselben Theaterstücks war, in dem auch die erstochene Hauptdarstellerin gespielt hatte, als sie bei einer gründlichen Durchsuchung seiner Wohnung einen Schnellhefter fanden, in dem die Namen, Adressen, Telefonnummern und Terminpläne aller Mitarbeiter des Stücks enthalten waren. So waren sie auch an Morgensterns Telefonnummer gekommen.

»Das wird ja allmählich zu einer Epidemie«, sagte Morgenstern zu Carella.

Carella mußte ihm wohl oder übel beipflichten.

Ein Überfall mit einem Messer am sechsten April.

Ein Mord am siebenten.

Ein Selbstmord – zumindest sah es danach aus – am zehnten.

Ein klassischer Hattrick.

Die Detectives gingen in ihrer überwältigenden Klugheit von Selbstmord aus, weil sie in der Walze der Schreibmaschine auf Chuck Maddens Schreibtisch ein Blatt Papier gefunden hatten, auf dem stand:

LIEBER GOTT, BITTE VERZEIHE MIR,
WAS ICH MICHELLE ANGETAN HABE

Sie konnten nicht ahnen, daß Michelle Michelle Cassidy war, bis sie ihren Namen unter dem Eintrag SCHAUSPIELER in dem Schnellhefter fanden. Anhand der nackten zerschmetterten Überreste auf dem Bürgersteig hatte der Hausmeister des Gebäudes den Toten als »Mr. Madden von 10A« identifiziert, doch bis sie diesen Hefter durchblätterten, hatten sie nicht gewußt, daß er Mr. Charles William Madden, INSPIZIENT dieses Stücks namens *Romanze*, gewesen war. Danach hatten sie Marvin Morgenstern, PRODUZENT, angerufen.

Nun teilte Morgenstern das alles Carella, DETECTIVE, mit, obwohl Madden sich nicht mal in der *Nähe* des 87. Reviers aus dem Fenster gestürzt hatte. Carella beneidete seine Vorgesetzten nicht, die entscheiden mußten, wer für *diesen* Fall zuständig war. Mittlerweile erklärte er Morgenstern, er würde mit den Kollegen in der Innenstadt sprechen.

Sie waren noch am Tatort, als Carella und Kling an diesem Morgen des elften April dort eintrafen. Das galt auch für Monoghan und Monroe von der Mordkommission.

»Tja, tja, tja«, sagte Monoghan, »sieh dir an, was die Katze angeschleppt hat.«

»Tja, tja, tja«, wiederholte Monroe.

Die beiden waren in Schwarz gekleidet, wie es ihrer Position und Berufung entsprach. Da das Wetter angenehm mild war, trug jeder von ihnen einen leichten schwarzen Anzug, ein weißes Baumwollhemd, eine schwarze Krawatte, schwarze Schuhe und Socken und einen kessen schwarzen Hut mit schmaler Krempe. Sie glaubten, ziemlich elegant auszusehen.

In Wirklichkeit erinnerten sie an zwei beleibte Leichenbestatter, die beide die schlechte Angewohnheit hatten, die Daumen in die Jackentaschen zu haken. Beide grinsten, als freuten sie sich, Carella und Kling zu sehen.

»Was führt das Siebenundachtzigste an den Schauplatz dieser Morbidität?« fragte Monoghan.

»Dieser Kammer des Todes und der Verzweiflung«, sagte Monroe strahlend und breitete weit die Arme aus, als wolle er die gesamte Wohnung umfassen. Am anderen Ende des Raums, bei dem es sich anscheinend um das Wohnzimmer handelte, staubte ein Labortechniker die Fensterbank ab, auf die Madden vermutlich gestiegen war, um sich zu Tode zu stürzen. Das Fenster war noch geöffnet. Die Vorhänge auf beiden Seiten raschelten in einer schwachen Brise. Es war ein ungewöhnlich schöner Samstag im April.

»Wer ist das?« fragte ein großer, stämmiger Farbiger und kam aus dem anderen Zimmer herein. Er trug eine grelle Plaidjacke, braune Hosen und weiße Baumwollhandschuhe.

Er hätte sich dringend rasieren müssen, ein sicheres Anzeichen dafür, daß man ihn Hals über Kopf mit den Ermittlungen beauftragt hatte.

»Haben Sie hier die Leitung?« fragte Carella.

»Ich habe die Leitung«, sagte der Mann.

»Nein, *wir* haben hier die Leitung«, sagte Monoghan.

Carella ignorierte ihn.

»Carella«, stellte er sich vor. »Siebenundachtzigstes.«

»Ach, ja«, sagte der Mann nicht gerade begeistert. »Ich bin Biggs, Einundzwanzigstes. Mein Partner ist im Schlafzimmer.« Keiner machte Anstalten, einen Händedruck auszutauschen. Bullen gaben sich bei der Arbeit nur selten die Hand, vielleicht, weil keiner von ihnen einen Dolch im Ärmel versteckt hatte. »Ich hab' damit gerechnet, daß Sie früher oder später aufkreuzen werden. Der mögliche Zusammenhang«, sagte er.

»Was für ein Zusammenhang?« fragte Monroe.

»Es gibt einen Zusammenhang?« fragte Monoghan.

»Wobei?« fragte Monroe.

Beide schauten plötzlich mißmutig drein, als könne dieser mögliche *Zusammenhang*, woraus auch immer er bestand, mehr Arbeit für sie bedeuten. In dieser Stadt mußten Beamte der Mordkommission am Tatort eines jeden Mordes erscheinen, aber den Fall selbst bearbeiteten dann die Detectives des Reviers, in dessen Zuständigkeitsbereich der Mord geschehen war. Meistens hatte die Mordkommission eine reine Aufsichtsfunktion inne – einige Skeptiker hätten vielleicht gesagt, sie streute nur Sand ins Getriebe. Da die Cops der Mordkommission schnell bei der Hand waren, Fehler anderer Kollegen zu bemängeln und anschließend den Ruhm für sich zu beanspruchen, waren sie bei ihren Kollegen der anderen Abteilungen nicht gerade beliebt, zumindest nicht bei denen, die die Ermittlungen führten. Biggs Abneigung zeigte sich auf seinem runden, offenen Gesicht. Carellas Ausdruck war fast genauso deutlich. Kling ging einfach davon.

»Michelle Cassidy«, sagte Carella.

»Die Schauspielerin, über die alle Fernsehnachrichten berichtet haben«, sagte Biggs und stellte sich vor, er würde ihnen glühende Schüreisen in die Ärsche schieben.

»*Die* steht damit im Zusammenhang?« fragte Monroe.

»*Das* steht damit im Zusammenhang?« fragte Monoghan.

»Nur ein *möglicher* Zusammenhang«, sagte Biggs. »Haben Sie die Mitteilung gesehen, Carella?«

Sie alle gingen hinüber zu der Schreibmaschine, die auf einem Schreibtisch gegenüber von dem Fenster stand, durch das Madden vermutlich gesprungen war. Alle bis auf Kling – der nun im Schlafzimmer war und mit Biggs' Partner sprach, ebenfalls einem Farbigen – beugten sich über die Schreibmaschine und betrachteten die Mitteilung:

LIEBER GOTT, BITTE VERZEIHE MIR,
WAS ICH MICHELLE ANGETAN HABE

»Genau, wie er es gesagt hat«, sagte Carella.

»Wer hat was gesagt?« fragte Monroe.

»Morgenstern.«

»Wer, zum Teufel, ist Morgenstern?« fragte Monoghan.

»Ich hab's ihm am Telefon vorgelesen«, sagte Biggs.

»Wem?«

»Morgenstern.«

»Warum?«

»Er ist der Produzent«, sagte Biggs und zuckte mit den Achseln. »Was machen wir jetzt, Carella?« fragte er. »Wessen Fall ist das?«

»Wir werden ihn wohl kriegen. Aber arbeiten wir doch zusammen, bis die Vorgesetzten eine Entscheidung getroffen haben«, schlug Carella vor.

»*Wir* treffen hier die Entscheidungen«, sagte Monroe.

»Das glaube ich nicht«, sagte Carella.

»Ich auch nicht«, sagte Biggs.

»Wir sind die *Mordkommission*«, sagte Monoghan und schaute beleidigt drein.

Biggs ignorierte ihn.

»Sie hätten sehen sollen, wie er auf dem Bürgersteig aussah«, sagte er zu Carella.

»Bin ich der einzige hier, der gerade gefrühstückt hat?« fragte Monoghan.

»Wo ist er jetzt?« fragte Carella.

»Im Parkside General. Was von ihm übrig ist. Sie mußten ihn vom Bürgersteig kratzen.«

»Bitte«, sagte Monoghan.

»Wurde die Schreibmaschine schon eingestaubt?« fragte Monroe.

»Nein, die Techniker sind erst vor ein paar Minuten gekommen.«

»Was ist mit der Mitteilung?«

»Die auch noch nicht.«

»Sie könnten die Schreibmaschine und den Zettel doch ins Labor mitnehmen«, schlug Monoghan vor.

»Ehrlich?« sagte Biggs.

»Henry? Kommst du bitte mal?«

Sie alle drehten sich zu Biggs' Partner um, der mit Kling auf der Schwelle stand. Er trug Jeans, Halbschuhe, einen blauen Rollkragenpullover und weiße Baumwollhandschuhe. Sein Name war Akir Jabeem. Er stellte sich Carella und den Jungs von der Mordkommission vor und drehte sich dann zu Kling um, als wolle er ihn fragen, wer es den anderen sagen sollte. Offensichtlich hatten die beiden schon darüber gesprochen. Kling nickte.

»Wir sind uns gar nicht so sicher, daß der Bursche tatsächlich hier gewohnt hat«, sagte Jabeem.

»Wer hat dann hier gewohnt?« fragte Monoghan. »Wenn nicht er?«

»Wir wollen damit sagen«, erklärte Jabeem, »daß die Wohnung nicht gerade *bewohnt* wirkt.«

»Verdammt, mir ist noch immer nicht klar, was Sie sagen wollen«, sagte Monoghan.

»Werfen Sie mal einen Blick in den Kleiderschrank«, sagte Kling.

Sie gingen zum Schrank hinüber und schauten hinein. In

dem Schrank hingen zwei Hosen. Eine Sportjacke. Ein Paar Schuhe auf dem Boden. Halbschuhe. Schwarz.

»Na und?« sagte Monroe. »Der Bursche hat eben nicht viel zum Anziehen gehabt.«

»Werfen Sie mal einen Blick in die Kommode«, riet Jabeem ihm.

Sie gingen zur Kommode hinüber. Kling und Jabeem hatten bereits die Schubladen geöffnet. Sie sahen hinein. Die beiden untersten Schubladen waren leer. In der oberen lagen zwei Unterhosen, drei Paar Socken, drei Taschentücher und ein blaues Jeanshemd.

Auf beiden Seiten des Bettes standen Nachttische. Auf dem auf der Fensterseite stand ein leeres Glas. Das auf dem anderen war halbvoll. Jabeem hob das Glas mit seinen behandschuhten Händen hoch, hielt es unter seine Nase, roch und hielt es dann Carella hin.

»Scotch?« fragte Carella.

»Oder etwas, das mächtig ähnlich riecht.«

Neben dem Bett lag ein Stapel Kleidung auf dem Boden, der aus einer Unterhose, einem Paar Socken, einem Overall, zwei hohen Arbeitsschuhen und einer blauen Wollmütze bestand. Wahrscheinlich waren das die Sachen, die Madden getragen hatte, bevor er sich nackt ausgezogen hatte, um aus dem Fenster zu springen. Vor dem geschlossenen Fenster in diesem Raum befand sich eine Klimaanlage, die verhinderte, daß man es öffnen konnte. Vielleicht war er deshalb nach nebenan gegangen, um seinen Turmsprung zu machen.

»Sehen wir im anderen Zimmer nach«, sagte Monroe.

Das war sein klügster Vorschlag an diesem Tag.

Der andere Raum hatte Madden zweifellos als kombiniertes Wohn- und Arbeitszimmer gedient. Es war nicht viel größer als das Schlafzimmer und lediglich mit einem Schreibtisch, einem Stuhl davor, einem mit einem schwarzweißen, schachbrettmusterähnlichem Stoff gepolsterten Sofa, einem mit dem gleichen Stoff bezogenen Sessel und einer offenen Vitrine eingerichtet, auf der eine Schirmlampe stand. Auf einem Regal in der Vitrine standen vier Whiskygläser und eine Flasche Scotch, Black & White, die nur noch zu einem Viertel gefüllt zu sein schien.

»Da ist sie ja«, sagte Jabeem.

In der obersten Schublade des Schreibtisches am Fenster fanden sie einen Drahthefter, ein Kästchen mit Heftklammern, mehrere Bleistifte, eine Schachtel Büroklammern und einen Stapel Blätter für Ringbücher, wie Madden sie für seine Unterlagen als Inspizient benutzt hatte. Zwei der Schubladen rechts von der Beinöffnung waren leer. In der untersten lag eine Schachtel mit 500 Blatt Schreibmaschinenpapier. Biggs entfernte den Deckel. In der Schachtel lagen zwanzig getippte Seiten des Manuskripts eines Theaterstücks. Auf der obersten Seite stand:

DIE MAID IST TOT
Ein Stück in zwei Akten von
CHARLES WILLIAM MADDEN
und
GERALD GREENBAUM

Das Manuskript schien auf derselben Schreibmaschine geschrieben worden zu sein wie die Mitteilung, die noch in der Maschine steckte.

»Sagt Ihnen der andere Name was?« fragte Biggs.

»Er tritt in dem Stück auf, das sie geprobt haben«, sagte Carella.

»Einer der Nebendarsteller«, sagte Kling.

»Was für ein Stück?« fragte Monoghan.

»*Romanze*.«

»Das tote Mädchen hat darin die Hauptrolle gespielt.«

»Verdammt, ich weiß nicht, was hier vorgeht«, sagte Monoghan.

»Sehen wir in der Küche nach«, sagte Monroe.

Das war sein zweitklügster Vorschlag an diesem Tag.

In dem kleinen Kühlschrank in der Küche befand sich lediglich eine Tüte mit bereits sauer gewordener Milch, ein verwelkter Kopfsalat, eine halbe, schon angeschimmelte

Tomate, eine fast leere Literflasche Mineralwasser und ein noch nicht geöffnetes Päckchen Toastbrot. Im Tiefkühlfach lagen drei Eiswürfelschalen. Zwei davon waren leer. Die dritte enthielt Eiswürfel, die vor den Seiten ihrer jeweiligen Fächer zurückwichen.

»Wer hat hier die Leitung?« bellte eine Stimme von der Eingangstür, und Fat Ollie Weeks stürmte in die Wohnung.

»Ich«, sagte Biggs, ging zu ihm und warf einen Blick auf den Ausweis an seinem Revers. »Was hat das Achtundachtzigste hier unten zu suchen?« fragte er.

»Wir haben die älteren Rechte«, sagte Ollie und lächelte freundlich.

»Was für ältere Rechte?«

»Michelle Cassidy.«

»Sie auch?« sagte Biggs.

»Ach, hat noch wer den Fall geklärt?« fragte Ollie unschuldig. »Den *Mord* an dem Mädchen? Denn das wäre das erste, das ich höre.«

»Carella hat den Messerstecher gefaßt.«

»Äpfel und Birnen«, sagte Ollie. »Das ist ein klarer Fall von WZK.«

Er bezog sich auf Paragraph 893 Absatz 7 der Vorschriften, die die internen Polizeiangelegenheiten in dieser Stadt regelten. Der Paragraph wurde allgemein die »Wer zuerst kommt«-Richtlinie genannt, da er sich mit Konflikten bezüglich der Priorität und Zuständigkeit befaßte und die genauen Umstände beschrieb, unter denen ein Polizeibeamter, der in einem vorhergehenden Fall ermittelte, berechtigt war, in einem *nachfolgenden* anscheinend mit dem ersten zusammenhängenden Verbrechen zu ermitteln.

»Hör zu, Ollie ...«, begann Carella.

»Ich habe mich bereits mit dir und dem blonden Jungen da beschäftigt«, sagte Ollie, »und habe euch nichts mehr zu sagen. Ich schätze es gar nicht, daß mir jeder sagt, mit dem ich bei diesem Fall spreche, ›Ach, herrje, Detective Weeks, Carella war schon hier, Kling war schon hier.‹ Ihr habt keinen Grund, in *meinem* Mordfall zu ermitteln, also ...«

»Dann sollen Nellies Leute zum Chief gehen und ...«

»Die können mich mal«, sagte Ollie und hob den Mittelfinger seiner rechten Hand. Abfällig nickend, drehte er sich zu Biggs um. »Sie können auch nach Hause gehen«, sagte er.

»Ach, kann ich das?« sagte Biggs.

»Ja, Henry«, sagte Ollie; er hatte den Vornamen auf dem Ausweis ablesen, der an Biggs' Jackentasche befestigt war. »Der Bursche, der das Mädchen umgebracht hat, sitzt bereits, also werden Ihre Dienste nicht mehr benötigt. Worum auch immer es hier geht ...«

»Haben Sie die Nachricht in der Schreibmaschine gesehen?« fragte Biggs.

»Nein, was ist in der Schreibmaschine?«

»Sehen Sie selbst.«

Ollie sah nach:

LIEBER GOTT, BITTE VERZEIHE MIR,
WAS ICH MICHELLE ANGETAN HABE

»Das hat nichts zu bedeuten«, sagte Ollie.

»Damit ist Milton doch gewissermaßen vom Haken, meinst du nicht auch?« sagte Carella freundlich.

»Wer ist Milton?« fragte Monoghan.

»Ein Dichter«, sagte Monroe.

»Ein was?«

»Ein englischer Dichter.«

»Hab' noch nie von dem gehört.«

»Er hat *Das vergessene Paradies* geschrieben.«

»Das ist der verdammte Agent, der sie *umgebracht* hat«, sagte Ollie nicht so freundlich.

»Was ist mit dieser Mitteilung, Ollie?« fragte Carella.

»Was soll damit sein? Sie ist nicht mal unterschrieben. Woher soll *ich* wissen, wer diese Nachricht geschrieben hat?«

»Milton ganz bestimmt nicht. Wie du dich erinnerst, ist er bereits im Gefängnis.«

»Das hätte doch jeder tippen können. Vielleicht hat das ein Freund von Milton geschrieben. Ein Freund von ihm hätte diesen Burschen aus dem Fenster werfen und dann 'nen falschen Abschiedsbrief schreiben können. Damit Milton vom Haken kommt. Das hat gar nichts zu bedeuten, dieser beschissene Zettel.«

»Er hat sehr wohl was zu bedeuten ...«

»Dieser Zettel nicht!«

»Du willst doch nur den Ruhm ...«

»Ich weiß, was hier gespielt wird!«

»... bei dem großen Fall, über den ständig im Fernsehen berichtet wird!«

»Ich will nur dafür sorgen, daß der Bursche, der es getan hat ...«

»Du willst nur dafür sorgen, daß du berühmt wirst.«

»Jetzt hört aber auf«, sagte Biggs. »Wir bearbeiten hier einen Mordfall.«

»Genau deshalb haben wir hier die Leitung«, sagte Monoghan.

»Genau«, sagte Monroe.

»Weil es ein Mordfall ist«, sagte Monoghan.

»Zwei Mordfälle, wenn man die Schnecke mitzählt, die abgemurkst wurde«, sagte Monroe.

»Nein, deshalb habe *ich* hier die Leitung«, sagte Ollie. »Weil die Schnecke *zuerst* abgemurkst wurde. Sie sind noch hier, Henry?« sagte er mit einer Betonung, die voll den Rassisten raushängen ließ. »Nehmen Sie Ihren Partner und gehen Sie nach Hause. Das *ist* doch Ihr Partner, oder?« sagte er und deutete mit dem Daumen auf Jabeem, der nun neben ihm stand und ihn wütend anfunkelte. »Er sieht jedenfalls so aus, als wäre er Ihr Partner.«

»Wenn Sie endgültig klären wollen, wessen Fall das ist«, sagte Biggs ruhig und warf Jabeem einen Blick zu, der eindeutig *Reg dich nicht auf!* besagte, »fahren Sie gefälligst zum Präsidium und sprechen mit dem Chief of Detectives. Während Sie dann mit ihm Acht-Neun-Drei-Sieben durchkauen, ist hier im Einundzwanzigsten jemand aus einem Fenster gesprungen, und das gibt *uns* eindeutig das Recht, Ermittlungen anzustellen ...«

»In der Mitteilung in dieser Schreibmaschine ...«

»Aber wie Sie selbst gesagt haben ...«

»... wird das Mädchen erwähnt ...«

»Ja, aber ...«

»... das in *meinem* Revier umgebracht wurde!«

»Aber diese Mitteilung hat doch nichts zu bedeuten. Das haben Sie selbst gesagt.«

»Wir werden ja sehen, was der *Chief* dazu zu sagen hat«, erwiderte Ollie.

»Gut, sprechen Sie mit ihm.«

»Genau das werde ich tun. Jetzt sofort.«

»Gut«, sagte Biggs. »Gehen Sie.«

»Wir begleiten Sie«, sagte Monoghan.

»Und werden dieses Durcheinander klären«, sagte Monroe.

»Gut, gehen Sie«, sagte Biggs. »Alle drei.«

Alle drei marschierten aus der Wohnung.

»Sollte nicht einer von uns noch mal mit dem Hausmeister sprechen?« fragte Carella.

Der Hausmeister stand vor dem Gebäude auf dem Bürgersteig, die Hände auf den Hüften, und beobachtete zwei Möbelpacker, die mühsam ein großes Sofa aus einem Lastwagen hoben, der am Bordstein abgestellt war. Er war ein schlanker, kleiner Mann mit ergrauendem Haar und trug blaue Polyesterhosen und ein langärmeliges blaues Sporthemd; die Ärmel hatte er bis zu den Unterarmen aufgerollt.

Er hatte Biggs gegenüber bereits ausgesagt, daß er Siegfried Seifert hieß, aus Stuttgart stammte und vor etwa zwanzig Jahren in die USA eingewandert war. Er sprach noch immer mit einem ausgeprägten deutschen Akzent, als er den Möbelträgern sagte, sie sollten den linken Fahrstuhl nehmen, den er in Erwartung ihrer Ankunft bereits ausgekleidet habe. Wie Kling bemerkte, waren beide Möbelpacker schwarz. Mr. Seifert war weiß.

»Ich stehe hier auf dem Bürgersteig«, erzählte er nun den

vier versammelten Detectives, von denen zwei weiß, zwei schwarz waren, »als er von da oben runterstürzt.« Er nickte so etwa zum zehnten Stockwerk hinauf. »Er ist mir fast auf den *Kopf* gefallen«, sagte er und berührte denselben mit Verwunderung und Ehrfurcht. Sein Akzent schien schwächer zu werden – ein Phänomen, das vielleicht mit Gewöhnung zu tun hatte –, als er erklärte, was für ein Schock es gewesen war, diesen netten jungen Mann auf dem ganzen Bürgersteig verspritzt zu sehen. »Und er war auch noch nackt«, fügte er hinzu, als sei Maddens Unbekleidetheit beeindruckender gewesen als sein Sturz aus dem Fenster. Während er immer mehr wie ein Professor für Englische Literatur in Oxford klang (aber das sind nun mal die Vorzüge einer Zweitsprache), fuhr er fort und erklärte, er habe den Mann sofort erkannt, als er zu ihm gelaufen war. »Sein *Gesicht*«, sagte er, da die Detectives nicht glauben sollten, er habe auf irgendeinen anderen Teil der Anatomie des armen Kerls geachtet, den er sowieso nicht erkannt hätte, da er den Mann noch nie zuvor nackt gesehen hatte.

Die Detectives wollten wissen, ob Madden ständig in seinem Apartment wohnte.

»Weil er nicht allzu viele Kleider da oben hat«, sagte Jabeem und benutzte dieselbe Geste wie kurz zuvor Seifert, um auf das zehnte Stockwerk zu deuten. Oder auf das elfte, wenn man die Parterre mit einrechnete. In einigen Gebäuden in dieser Stadt wurden die Wohnungen im Erdgeschoß nur mit A, B, C und so weiter bezeichnet, keine Ziffern davor.

»Was meinen Sie?« fragte Seifert.

»*Kleidung*«, erklärte Jabeem und fragte sich erneut, ob dieser verdammte Nazi überhaupt Englisch verstand. »In seinem Schrank, in seinen Schubladen.«

»Kaum *Kleidung*«, übersetzte Biggs.

»Er hat immer dasselbe angehabt«, sagte Seifert achselzuckend. »Einen Overall, hohe Schuhe, eine blaue Wollmütze. Kein Hemd.«

»Auch im Winter?« fragte Carella.

»Er wohnte erst seit Januar hier«, sagte Seifert.

»Das ist auch Winter«, sagte Kling.

»Na ja, manchmal eine Jacke. Manchmal trug er eine braune Lederjacke.«

»Haben Sie da oben so eine gesehen?« fragte Jabeem Kling.

Kling schüttelte den Kopf.

»Was hat er sonst noch angehabt?« fragte Carella.

»Ich habe nicht groß darauf geachtet, was er anhatte.«

»In den letzten vier Monaten?« sagte Biggs.

»Dreieinhalb«, sagte Seifert.

»Es war in den letzten Monaten sehr kalt«, sagte Carella. »Haben Sie ihn mal in einem Mantel gesehen?«

»Er war ein sehr kräftiger junger Bursche«, sagte Seifert und schüttelte den Kopf.

»Auch kräftige junge Burschen können eine Lungenentzündung kriegen«, sagte Jabeem.

Die Möbelträger schleppten ein weiteres Möbelstück an ihnen vorbei. Eine Frau, die in dem Haus wohnte, kam zu ihnen in den Sonnenschein hinaus und beschwerte sich bei Seifert, daß sie zehn Minuten auf den Fahrstuhl hatte warten müssen. Sie sagte, daß entweder ständig jemand ein- oder auszog oder einer der verdammten Fahrstühle immer kaputt war. Sie sagte, sie werde sich beim Vermieter beschweren. Seifert hörte geduldig zu, schnalzte mitfühlend mit der Zunge und erklärte ihr dann, das sei ein altes Gebäude, und die Fahrstühle würden nicht immer so funktionieren, wie sie es eigentlich sollten.

»Haben Sie vielleicht mitbekommen, daß er einen Teil seiner Sachen weggebracht hat?« fragte Biggs. Carella hatte dasselbe fragen wollen, aber die Frau war ihm dazwischengekommen.

»Tja, schon als er einzog, hatte er nicht besonders viel Möbel«, sagte Seifert.

»Ich meine Kleidung«, sagte Biggs. »Haben Sie je gesehen, daß er mit einem Koffer weggegangen ist? Oder mit einem Karton? Hat er mal einen großen Karton in ein Taxi gebracht? So was in der Art?«

Carella dachte in derselben Richtung. Jemand zieht in

einem bitterkalten Winter ein und hat nichts außer den Kleidern auf seinem Leib und ein paar Sachen im Schrank?

»Ich hab' nicht gesehen, daß er irgend etwas rausgetragen hat«, sagte Seifert.

»Hat es in der letzten Zeit im Haus Einbrüche gegeben?« fragte Kling.

Er dachte, daß man Maddens Sachen vielleicht *gestohlen* hatte.

»Zum letztenmal im September«, sagte Seifert. »Das ist bemerkenswert«, fügte er hinzu, »bei einem Haus ohne Portier.«

Die Detectives waren geneigt, ihm beizupflichten.

»Ist er regelmäßig gekommen und gegangen?« fragte Jabeem.

»Er ist ständig gekommen und gegangen«, sagte Seifert. »Er hat nämlich in einem Theater gearbeitet, und das ist kein ehrlicher Job.«

Carella lächelte.

Die anderen Detectives nicht. Vielleicht pflichteten sie Seifert auch in dieser Hinsicht bei.

»Haben Sie je einen Kollegen von ihm gesehen?«

»Hat ihn je einer hier besucht?«

»Die Männer und Frauen, mit denen er gearbeitet hat? Haben Sie je einen davon gesehen?«

»Ich weiß nicht, mit wem er gearbeitet hat«, sagte Seifert.

»Haben Sie gesehen, ob er gestern abend Besuch bekommen hat? Würden Sie jemanden erkennen, wenn wir Ihnen Fotos zeigen?«

»Ich war gestern abend gar nicht hier«, sagte Seifert.

Die Detectives sahen ihn an.

»Ich dachte, Sie hätten gesagt ...«

»Ich war im Kino«, sagte Seifert.

»Sie haben doch gesagt, Sie hätten hier auf dem Bürgersteig gestanden ...«

»Ja, *danach*.«

»Wonach?«

»Nach dem Kino.«

»Moment mal, das müssen wir auf die Reihe kriegen ...«

»Ich bin vom Kino nach Hause gekommen und habe auf dem Bürgersteig noch etwas frische Luft geschnappt, als Mr. Madden aus dem Fenster stürzte.«

»Wann war das?«

»Um fünf vor halb zwölf.«

»Woher wissen Sie ...«

»Ich habe auf die Uhr gesehen.«

»Er stürzte also aus dem Fenster ...«

»Nackt.«

»Hätte Sie fast getroffen ...«

»Fast. Es war ganz knapp.«

»Um fünf vor halb zwölf.«

»Genau.«

»Sie haben auf Ihre Uhr gesehen.«

»Ja.«

»Wann sind Sie ins Kino gegangen?«

»Der Film fing um neun Uhr an.«

»Also haben Sie von neun bis ...«

»Nein, wir sind schon vor neun gegangen. Der Film fing ja um neun an. Das Kino ist direkt um die Ecke. Wir gingen gegen Viertel vor neun los. Ich und meine Frau.«

»Wann sind Sie zurückgekommen?«

»Gegen Viertel nach elf.«

»Gerade noch rechtzeitig, daß er Ihnen fast auf den Kopf fallen kann.«

»Na ja, kurz vorher. Klara ging schon rein, und ich blieb noch draußen, um frische Luft zu schnappen.«

»Sie waren also von Viertel vor neun bis Viertel nach elf nicht da und hätten nicht sehen können, ob ein Fremder in das Haus gegangen ist?«

»Genau.«

Verdammt, wie willst du uns dann weiterhelfen können? fragte Jabeem sich.

»Und danach?« fragte Carella. »Haben Sie jemanden aus dem Haus kommen sehen, *nachdem* Mr. Madden aus dem Fenster gefallen ist?«

»Na ja, da herrschte ein gewaltiges Durcheinander. Die Polizei, ein paar Krankenwagen ...«

»*Vor* dem Durcheinander«, sagte Carella. »Was haben Sie unmittelbar nach seinem Sturz gemacht?«

»Ich ging rein, um die Polizei anzurufen.«

»Der Anruf ging um elf Uhr dreißig ein«, sagte Biggs zu Carella.

»Und dann?«

»Bin ich wieder rausgegangen, um auf sie zu warten.«

»Die Blauen waren um elf Uhr siebenunddreißig hier«, sagte Biggs. »Wir trafen zehn Minuten später ein.«

»Also waren Sie gute sieben, acht Minuten lang nicht hier draußen«, sagte Carella.

»So etwa«, sagte Seifert.

»Während dieser Zeitspanne hätten Sie also nicht sehen können, ob jemand das Gebäude verläßt.«

»Richtig.«

Verdammt, wie willst du uns da weiterhelfen? fragte Jabeem sich erneut.

»Aber es waren *andere* Leute hier«, sagte Seifert. »Als ich wieder rauskam, hatte sich schon eine große Menge versammelt.«

Und alle hatten die Schweinerei auf dem Bürgersteig angestarrt, schätzte Jabeem, und nicht darauf geachtet, ob jemand aus dem Gebäude kam. Alle vier Detectives schwiegen einen Augenblick lang.

Carella fragte sich, warum Madden sich nackt ausgezogen hatte, bevor er aus dem Fenster gesprungen war.

Biggs fragte sich, warum er vom Schlafzimmer ins Wohnzimmer gegangen war, um sich aus dem Fenster zu stürzen.

Kling fragte sich, ob er ins Wohnzimmer *gezerrt*, auf die Fensterbank hochgeschoben und dann aus dem Fenster gestoßen worden war.

Jabeem fragte sich, ob die Person, die Madden aus dem Fenster gestoßen hatte – nur eine *Annahme* –, danach einfach zur Vordertür des Gebäudes hinausspaziert war.

»Gibt es noch einen anderen Eingang?« fragte er.

»Ja«, sagte Seifert.
»Wo?«
»Eine Tür im Keller. Neben der Waschküche.«
»Und wohin führt die?«
»Auf den Hinterhof.«
Und von dort aus direkt in die große, böse Stadt, dachte Jabeem.

Als sie in die Wohnung zurückkehrten, arbeiteten dort zwei Techniker von der Spurensicherung. Sie hatten eingetrocknete Flecken auf dem Bettlaken gefunden, und einer stellte Proben davon sicher, die man zur Analyse ins Labor schicken würde. Biggs fragte, ob es sich um Samenspuren handeln könnte.
»Das ist durchaus möglich, wer weiß«, sagte der Techniker.
Sein Kollege suchte auf Händen und Knien jeden Zentimeter des Bodens ab.
»Jede Menge Jungs machen 'nen Quickie, bevor sie Selbstmord begehen«, sagte er.
»Warum denn das?« fragte sein Partner.
»Weil 'ne Nummer auf die schnelle immer Spaß macht.«
»Die beiden Gläser lassen darauf schließen, daß vielleicht tatsächlich ein Mädchen bei ihm war.«
»Wir nehmen sie mit ins Labor«, sagte der erste Techniker.
Der andere Techniker näherte sich, noch immer auf Händen und Knien, mittlerweile dem Labor.
»Vielleicht war auch seine *Hand* das Mädchen«, sagte Jabeem.
»Die überprüfen diese Flecken doch auch darauf, ob sie vielleicht von einer Frau stammen, oder?« fragte Biggs.
»*Falls* 'ne Frau hier war«, beharrte Jabeem.
»Ja, die übliche Vaginalscheiße«, sagte der zweite Techniker und steckte den Kopf unter das Bett.
»Vielleicht war er deshalb nackt«, schlug Kling vor. »Weil ein Mädchen hier war.«
»Das würde auch mit den beiden Gläsern auf den Nachttischen übereinstimmen«, sagte Biggs.

»Die könnten auch von einer Party aus der letzten Woche stammen«, sagte Jabeem pessimistisch.

»Sieh an, sieh an, sieh an«, sagte der zweite Techniker, der sich unter das Bett geschoben hatte.

Sie alle drehten sich zu ihm um, während er wieder hervorkroch.

Er hielt in seiner behandschuhten rechten Hand einen rubinroten Ohrring, der wie das Auge eines Werwolfs funkelte.

Der Assistent des Inspizienten, ein junger Schwarzer, der sich als Kirby Rawlings vorstellte, teilte ihnen mit, im Augenblick befänden sich lediglich er und die Zweitbesetzungen hier, mit denen er den zweiten Akt durchging. In diesem Geschäft mußte die Show anscheinend tatsächlich weitergehen – auch wenn der Inspizient sich am Vorabend aus dem Fenster gestürzt hatte.

»Aber wir machen im Augenblick gerade Mittagspause«, sagte Rawlings.

»Wann wird Josie Beales kommen?« fragte Carella.

»Nicht vor zwei Uhr.«

»Wissen Sie, wo wir Mr. Greenbaum finden können?«

»Ich glaube, er ißt nebenan ein Sandwich.«

»Habe ich noch Zeit für einen Anruf?« fragte Kling.

»Klar, nur zu«, sagte Carella.

Er rief Sharyn von dem Münzfernsprecher neben dem Bühneneingang an. Der ehemalige Boxer, Torey Andrews, saß auf seinem hohen Stuhl und sah ihm beim Wählen zu. Am heutigen Tag tat Sharyn Dienst in der Praxis in Diamondback. Die Frau, die den Anruf entgegennahm, erklärte ihm, gerade sei ein Patient bei ihr.

»Hier spricht Detective Kling«, sagte er und drehte Torey den Rücken zu.

»Handelt es sich um eine Polizeiangelegenheit?« fragte sie.

»Nein, um eine persönliche«, sagte er.

Das gefiel ihm. Zu sagen, es sei eine persönliche Angelegenheit.

»Einen Augenblick, bitte.«

Sharyn meldete sich unmittelbar darauf.

»Hallo«, sagte sie.

»Wir müssen hier oben noch mit jemandem sprechen«, sagte er, »und dann könnte ich zum Mittagessen zu Ihnen rausfahren, wenn Sie Zeit haben.«

»Es müßte aber schnell gehen«, sagte sie, »ich habe heute wirklich viel zu tun.«

»Ich muß um zwei sowieso wieder hier sein.«

»Ich warte auf Sie«, sagte sie.

Sie fanden Jerry Greenbaum, wie er in der Gasse saß, in der Michelle erstmals niedergestochen worden war, mit dem Rücken gegen eine weißgeputzte Ziegelwand gelehnt. Er aß ein Sandwich, das er in dem Deli gegenüber gekauft hatte, und spülte es mit einer Pepsi-Cola runter, die er durch einen Strohhalm nippte. Er schaute auf, als sie zu ihm gingen, die braunen Augen in dem schmalen Gesicht wachsam. Das lockige schwarze Haar ließ ihn wie einen dunklen Engel aussehen. Sie erklärten ihm, daß sie das Manuskript eines Stücks gefunden hatten, mit dem Titel ...

»Ja, *Maid*«, sagte er.

»Eigentlich *Die Maid ist ...*«

»Ja, *tot*«, sagte er. »Das ist von Marlowe.«

»Philip?« fragte Kling.

»Christopher«, sagte Jerry und zitierte: »›Aber das war in einem anderen Land, und außerdem ist die Maid tot.‹ *Der Jude von Malta*, 1589.«

»Wir haben der Titelseite entnommen ...«

»Ja, Chuck und ich haben es gemeinsam geschrieben.«

»Wie kommt's?«

»Eines Tages haben wir mal während der Probe mit Ideen rumgeschmissen und den Entschluß gefaßt, ein Stück zu schreiben«, sagte Jerry und zuckte mit den Achseln. »Wir dachten uns, wenn Freddie einen Produzenten für *seine* Scheiße findet, dann findet *jeder* einen.«

»Wann war das?«

»Daß wir uns entschlossen, ein Stück zu schreiben? Vor ein paar Wochen.«

»Und seitdem haben Sie zwanzig Seiten geschrieben?«

»Ja, klar. Das war ein Kinderspiel.«

»Wo haben Sie gearbeitet?« fragte Kling.

»Hauptsächlich bei Chuck.«

»In der Wohnung an der North River?«

»Ja.«

»Waren Sie gestern abend auch dort?«

»Nein.«

»Wann waren Sie zum letztenmal dort?«

»Mittwochabend, glaube ich.«

»Am letzten Mittwoch?«

»Ja.«

»Also dem achten?«

»Wann auch immer.«

Einer der wenigen Abende in der vergangenen Woche, dachte Kling, an dem niemand niedergestochen oder aus einem Fenster geworfen worden war.

»Hat Madden in diesem Apartment gewohnt?«

»Das glaube ich nicht.«

»Warum sagen Sie das?«

»Ich glaube, er hat dort lediglich gearbeitet.«

»Hat er Ihnen das gesagt?«

»Nein, ich hatte nur diesen Eindruck.«

»Wieso hatten Sie diesen Eindruck?«

»Er hatte nie was im Kühlschrank.«

»Das ist Ihnen aufgefallen?«

»Ja, klar. Ich hab' mich nämlich gefragt, warum er mir nie etwas *anbietet*. Dann wurde mir klar, daß er praktisch nichts hatte, was er anbieten konnte. Zu essen oder zu trinken, meine ich. Da war Schmalhans Küchenmeister.«

»Haben Sie eine Ahnung, wo er in Wirklichkeit gewohnt hat?«

»Bei irgendeiner Frau, glaube ich.«

»Wieso glauben Sie das?«

»Er ging eines Abends zu ihr.«

»Wohin?«

»Tja, das weiß ich nicht.«

»Woher wissen Sie dann, daß er zu einer ...«

»Er hat gesagt, wir müßten früher Schluß machen, weil seine Alte zu Hause auf ihn wartet.«

»Das waren seine genauen Worte? Seine Alte?«

»Ja.«

»Und damit könnte er nicht seine Mutter gemeint haben?«

»Das glaube ich nun wirklich nicht, Leute.«

»Und er hat gesagt, sie würde *zu Hause* auf ihn warten?«

»Ja, zu Hause.«

»Haben Sie ihn nicht gefragt, wo das ist?«

»Nee. Das ging mich nichts an.«

»Wo sonst haben Sie noch gearbeitet? Sie haben gesagt, *hauptsächlich* in seiner ...«

»Ein paarmal bei mir.«

»Hat er je telefoniert? Entweder von seiner oder von Ihrer Wohnung aus?«

»Ein paar Mal, denke ich.«

»Hat er auch mal mit dieser ›Alten‹ gesprochen, die er erwähnt hat?«

»Nicht, daß ich wüßte.«

»Wissen Sie denn, *wen* er angerufen hat?«

»Na ja, hauptsächlich die Schauspieler. Beruflich. Änderungen bei den Proben, neue Texte, was auch immer. Ich habe wirklich nicht so genau zugehört.«

»Wissen Sie zufällig, ob er jemals Josie Beales angerufen hat?«

»Ja, bestimmt.«

»Wie hat er sie genannt?«

»Genannt?«

»Hat er irgendwelche Kosenamen zu ihr gesagt?«

»Nein, nein. Ich glaube, er hat sie einfach Josie genannt.«

»Und er hat nur beruflich mit ihr gesprochen?«

»Ja, so hat es sich angehört.«

»Hat er sie je Schatz oder Liebling oder so genannt?«

»Nein. Zumindest habe ich das nicht mitbekommen.«

»Haben Sie immer an einem bestimmten Tag an dem Stück gearbeitet?«

»Wann immer sich die Gelegenheit für uns ergab.«

»Aber nicht an einem festen Tag? Zum Beispiel Montag, Mittwoch und Freitag, oder Dienstag, Donnerstag und ...«

»Nichts dergleichen.«

»Haben Sie Dienstag abend mit ihm an dem Stück gearbeitet?«

Dienstag abend. Der Abend, an dem jemand Michelle Cassidy erstochen hatte.

»Am vergangenen Dienstag?« sagte Jerry. »Nein, an dem Tag nicht.«

»Haben Sie an diesem Abend zufällig mit ihm *gesprochen*?«

»Nein.«

»Haben Sie eine Ahnung, wo er an diesem Abend war?«

»Nicht die geringste.«

»Wo waren *Sie* gestern abend, Mr. Greenbaum?« fragte Kling.

»So gegen halb zwölf«, sagte Carella.

»Zu Hause. Da habe ich schon geschlafen.«

»Allein?« fragte Kling.

»Leider.«

»Mr. Greenbaum, sobald das Labor mit dem Manuskript fertig ist ...«

»Das Labor?«

»Ja, Sir, wir lassen es auf Fingerabdrücke, Blutspuren und andere Spuren untersuchen ...«

»Gott im Himmel.«

»Ja, Sir. Auf jeden Fall werden wir Kopien anfertigen lassen ...«

»Warum? Wollen Sie es produzieren?«

»Wir wollen nur sehen, was darin steht.«

»*Darin*?«

»Steht da irgend etwas, das wir nicht sehen sollten?«

»Was denn, zum Beispiel?«

»Sagen Sie uns das doch.«

»Etwa, daß die eine Hauptfigur die andere aus einem Fenster im zehnten Stock werfen will?« fragte Jerry.

»Kommen solche Hauptpersonen darin vor?«

»Nein«, sagte Jerry. »In dem Stück kommt lediglich eine Frau ums Leben. *Die Maid ist tot*, wissen Sie noch?«

»Der Junge ist ebenfalls tot«, erinnerte Carella ihn.

Es gab diesen berühmten Schmelztiegel nicht mehr, und das war eine Tragödie. Wir sollten sie eigentlich alle aufnehmen, sie mit einer warmen Umarmung willkommen heißen, sie lieb und teuer und in Ehren halten, als wären es unsere eigenen Kinder, ein einziger starker und lebensfähiger Stamm, der aus tausend verschiedenen Stämmen geschmiedet wurde. Das war die Idee gewesen. Wirklich keine schlechte Idee. Ein Volk. Ein guter und anständiger, tapferer und ehrenwerter Stamm.

Aber irgendwo auf dem Weg hatte diese Idee sich allmählich aufgelöst. Sie hatte länger Bestand gehabt als die meisten Ideen in den USA, in denen sich alles in einem Zustand der unaufhörlichen Veränderung befindet. In Amerika gibt es ständig einen neuen Präsidenten, oder einen neuen Krieg, oder eine neue Fernsehserie, oder einen neuen Film, oder eine neue Talkshow, oder einen neuen tollen Schriftsteller. Angesichts des überwältigenden *Reichtums* an Ideen, der das Land ständig überflutete, Tag und Nacht, Nacht und Tag, überraschte es kaum, daß die Leute irgendwann mal dachten, vielleicht sei es doch keine so tolle Idee gewesen, all diese unterschiedlichen Farben und Sprachen und Kulturen zu vermischen. Das war wahrscheinlich gewesen, als die Flamme, die hell und heiß unter dem riesigen Kessel brannte, den diese Stadt darstellte, über die viele Fremde das Land betraten, immer mehr verblaßte, bis sie so schwach brannte, daß es zur Verflüssigung nicht mehr reichte.

Zur Zeit war die Idee in, das Erbe der fernen Länder und fremden Sprachen heilig und unverfälscht zu halten. Diese Schätze nicht dem einzigen Stamm zur Verfügung zu stellen, diesen Reichtum nicht mit den anderen Mitgliedern dieses großen Stammes zu teilen, sondern diesen privaten Hort vor allen anderen Horden zu schützen, diesen Schatz für immer von den anderen fernzuhalten.

Während die Vorstellung ›getrennt, aber gleichberechtigt‹ einst geschmäht worden war, sah man sie nun als etwas an, nach dem ein gesamtes Volk vielleicht sogar tatsächlich *streben* sollte. He, *getrennt*, Mann, damit komm' ich klar! Solange es auch *gleichberechtigt* ist! Während einst die erhabene Vorstellung einer ›Regenbogenkoalition‹ eine Vision von unterschiedlich gefärbten Bändern hervorrief, die sich ineinander verschlungen durch den Himmel erstreckten und zu einem gemeinsamen Topf mit Gold führten, beschwor der verarmte Ausdruck »prächtiges Mosaik« nun die beschränkte Vision winziger Farbtupfer herauf, die von *Grenzen* voneinander getrennt wurden, wobei jede einzelne Einheit in ihrer Helligkeit und Schönheit bestehen blieb, aber keine zum größeren Konzept eines einzigartigen und bemerkenswerten Ganzen beitrug.

Während die Menschen einst die Gelegenheit genutzt und »*Vergeßt*, daß wir Schwarze sind, *vergeßt*, daß wir Hispanos sind, *vergeßt*, daß wir Asiaten sind!« gerufen hatten, riefen die Leute nun: »*Vergeßt nicht*, daß wir Schwarze sind, *vergeßt nicht*, daß wir Hispanos sind, *vergeßt nicht*, daß wir Asiaten sind!« Wo einem einst der Umstand, Amerikaner zu sein, Stolz und Ehre und Würde und Hoffnung gegeben hatte, gab es nun nur noch Verzweiflung darüber, was aus Amerika geworden war. Wen wunderte es da, daß die Einwanderer ihre Heimatländer ruhiger und stabiler in Erinnerung hatten, als sie es je gewesen waren? Wen wunderte es da, daß sie sich lieber an eine ethnische Identität klammerten, die ihnen auf ewig unveränderlich vorkam, statt auf den Scheißdreck von wegen einer Nation hereinzufallen, unteilbar, mit Freiheit und Gerechtigkeit für alle?

Die Stadt, für die Bert Kling arbeitete, war eine Stadt der Stammesenklaven, die stets am Rande ethnischer Kriege standen, wie sie überall auf der Welt ausbrachen. Die Rassenunruhen im Grover Park am vergangenen Samstag waren von einem Verbrecher ausgelöst worden, der sich durch einen vorsätzlich herbeigeführten Krawall persönlich hatte bereichern wollen. Aber sein Plan hätte nicht funktioniert, wäre diese Stadt nicht schon von so vielen ethnischen Grenzen geteilt worden.

Ethnische Gruppen. Volksgruppen.

Das obszönste Wort in jeder Sprache.

Sharyn Cookes Praxis war in Diamondback, wo jeder auf der gesamten Welt schwarz war. Ganz bestimmt war jeder in ihrem Wartezimmer schwarz. In diesem Augenblick wurde Kling klar, daß er noch nie gesehen hatte, daß ein schwarzer Arzt einen weißen Patienten behandelte.

Sharyns Sprechstundengehilfin war auch schwarz.

»Detective Kling«, sagte er zu ihr, und aus dem Augenwinkel sah er, daß Köpfe sich nach ihm umdrehten und Augen ihn kritisch musterten. Jeder hier dachte, ein weißer Bulle habe sich nur in die Praxis dieser Ärztin verirren können, um nach einem Bruder oder einer Schwester zu suchen, der angeschossen worden war. »Ich habe einen Termin«, sagte er. Es war eine Verabredung zum Mittagessen, aber das erwähnte er nicht.

Sharyn kam einen Moment später heraus.

Sie trug einen weißen Kittel über einem dunklen Rock. Ein Stethoskop steckte in einer Tasche. Weiße Reeboks. Er hätte ihr am liebsten einen Kuß gegeben.

»Ich bin gleich fertig«, sagte sie. »Setzen Sie sich. Lesen Sie eine Zeitschrift.«

Er grinste wie ein Schuljunge.

Sie aßen in einer Imbißstube an der Colby. Alle Gäste dort waren ebenfalls schwarz. Sie waren im Herzen von Diamondback. Er erklärte ihr, daß er um zwei wieder in der Innenstadt sein, mit einer Frau sprechen mußte, die vielleicht etwas mit dem Durcheinander des vergangenen Abends zu tun hatte.

»Ein Mann ist aus dem Fenster gesprungen«, sagte er zu ihr.

»Oder wurde gestoßen«, sagte sie wissend.

»Oder wurde gestoßen«, pflichtete er ihr nickend bei.

»Wer macht die Autopsie?« fragte sie.

»Er wurde ins Parkside gebracht.«

»Also Dwyer. Ein guter Mann.«

»Seit wann praktizieren Sie schon hier oben?« fragte er.

»Schon immer«, sagte sie und zuckte mit den Achseln.

Er zögerte einen Augenblick lang. »Haben Sie auch weiße Patienten?« fragte er dann.

»Nein«, sagte sie. »Na ja, im Rankin schon, da kommen ständig weiße Cops zu mir. Aber hier oben nicht.«

»Hatten Sie überhaupt schon mal einen weißen Patienten?«

»In meiner Privatpraxis? Nein. Warum?«

»Das kam mir nur so in den Sinn.«

»Sind Sie je zu einem schwarzen Arzt gegangen?«

»Nein.«

»Na also«, sagte sie und lächelte.

»Mit wem gehen Sie heute abend aus?« fragte er.

»Das geht Sie nichts an.«

»Wenn eine Frau mir sagt, daß sie nicht mit mir ausgehen kann, weil sie etwas anderes vorhat ...«

»Ganz genau.«

»... dann geht es mich doch etwas an.«

»Nein.«

»Wie wäre es dann morgen zum Abendessen?«

»Da habe ich auch schon etwas vor.«

»Mit wem?«

»Mit meiner Mutter.«

»Wieso geht nicht mal Ihre *Mutter* mich nichts an?«

»Das ist eine doppelte Verneinung.«

»Zweimal hintereinander etwas vorzuhaben ist eine doppelte Verneinung. Warum gehe ich nicht einfach mit Ihnen und Ihrer Mutter essen?«

»Das halte ich für keine so gute Idee.«

»Warum nicht?«

»Weil Mama nicht duldet, daß ich Saxophon spiele.«

»Was soll das denn heißen?«

»Mama weiß nicht, daß Sie *weiß* sind, Mann.«

»Wird aber Zeit, daß sie es erfährt, meinen Sie nicht auch?«

»Drei Verabredungen, und wir sind schon verheiratet?«

»Mit der heutigen vier.«

»Na schön, dann eben vier.«

»Und alle waren wunderbar.«

»Die erste nicht.«

»Die erste zählt nicht. Wer ist dieser Bursche heute abend?«

»Ich habe Ihnen doch gesagt, das geht Sie nichts ...«

»Ist das Ihre erste Verabredung mit ihm?«

»Nein.«

»Ist er schwarz?«

»Abba sicha, Schürzenjäger.«

»Kennt Mama denn ihn?«

»Ja.«

»Duldet sie, daß Sie *sein* Saxophon spielen?«

»Mama hält mich noch für eine Jungfrau. Mama duldet nicht, daß ich *irgendein* Saxophon spiele.«

»Wie schön von Mama«, sagte Kling und blinzelte mit spöttischer Überraschung. »Soll das heißen, daß Sie *keine* Jungfrau mehr sind?«

»Durch und durch besudelt«, sagte sie.

»Na ja, wann können wir dann zusammenkommen? Artie ...«

»Wir sind doch jetzt zusammen.«

»Ja, aber Artie möchte Sie gern kennenlernen.«

»Wer ist Artie?«

»Brown. Der mir Barney's vorgeschlagen hat, wissen Sie no ...«

»Genau. Dessen Großmutter Sklavin war.«

»Ururgroßmutter. Er und seine Frau möchten mit uns essen gehen.«

»Gut, das würde mir gefallen.«

»Klar, aber Sie haben ja immer etwas vor.«

»Nicht immer.«

»Sie haben *heute* etwas vor, Sie haben morgen ...«

»Die heutige Verabredung habe ich schon vor langer Zeit getroffen.«

»Wie wäre es mit *morgen* abend? Sagen Sie Mama ab.«

»Ja, das wäre möglich. Gern.«

»Wirklich?«

»Wirklich.«

»Gut, ich werde es Artie sagen. Gehen Sie gern chinesisch essen?«

»Chinesisch wäre prima.«

»Wer ist der Bursche heute abend?«

»Das geht Sie nichts ...«

»Sharyn?«

Die Stimme war tief und reif, erklang neben Klings rechtem Ellbogen und veranlaßte ihn sofort, sich überrascht umzudrehen. Der Mann, der dort stand, war groß und schwarz und trug einen eleganten Anzug, der um mehrere Stufen heller war als seine Hautfarbe. Wenn Kling sich nicht irrte, handelte es sich bei dem Schlüssel, der an einer Kette an seiner Weste hing, um einen Phi-Beta-Kappa-Schlüssel, und wenn er sich nicht noch stärker irrte, stand oben auf dem Plastikausweis, der am Jackenaufschlag des Mannes befestigt war, MOUNT PLEASANT HOSPITAL.

»Hallo, Jamie«, sagte sie, und dann sofort: »Bert, das ist Jamie Hudson ...«

»Freut mich ...«

»Bert Kling«, beendete sie die Vorstellung.

»Freut mich ebenfalls.«

Die Männer wechselten einen Händedruck. Als hervorragender Detective hatte Kling bereits einen Blick auf den Plastikausweis geworfen und herausgefunden, daß es sich bei diesem stattlichen Burschen um Dr. James Melvin Hudson handelte und er im Mount Pleasant Hospital in der ONKOLOGIE tätig war.

»Setzen Sie sich doch kurz zu uns«, sagte Sharyn.

Hudson – Dr. James *Melvin* Hudson, Onkologie – nahm sofort neben Sharyn Platz, wie Kling bemerkte, und nicht neben ihm. Die beiden begannen sofort mit einem lebhaften Gespräch über einen Patienten, den Sharyn vor einigen Monaten an Hudson – Dr. James *Melvin* Hudson – überwiesen hatte und der, wie das Schicksal es wollte, am vergangenen Abend erschossen worden war.

»Bert ist Detective«, sagte Sharyn.

»Ach, wirklich?« sagte Hudson.

Kling fragte sich, wieso sie die Erwähnung für nötig befunden hatte, daß er Detective war, wohingegen sie es nicht als nötig erachtet hatte, ihm zu sagen, daß Hudson Arzt war. Vielleicht wollte sie Hudson auf diese Weise mitteilen, daß ihre Beziehung zu Kling eine berufliche war, schließlich waren sie beide ja Cops. Aber warum hatte sie Kling dann nicht mitgeteilt, daß ihre Beziehung zu *Hudson* eine berufliche war, da sie ja schließlich beide *Ärzte* waren? Plötzlich fragte er sich, ob Dr. James *Melvin* Hudson der Mann war, mit dem sie heute ausging. Plötzlich hätte er ihm gern unter dem Tisch einen Tritt gegeben.

»Die Ironie war, daß der Mann sowieso an Krebs starb«, sagte Hudson. »Ich schätze, er hatte höchstens noch zwei, drei Monate.«

»Außerdem war der Mann absolut harmlos ...«

»Ein Briefträger, oder?«

»Führte einen unbescholtenen Lebenswandel.«

»Und kriegt zwei Schüsse in den Kopf ab.«

»Aus einem vorbeifahrenden Wagen?«

»Ach was, er lag zu Hause im Bett, das ist es ja! Die beiden Burschen kamen rein und haben ihn abgemurkst, als er im Bett lag und schlief.«

»Ein Irrtum?«

»Sieht so aus. In dem Haus, in dem er wohnte, haben sich zahlreiche Drogenhändler eingemietet.«

»Was für ein Mist, was?«

»Schrecklich. Ich muß los«, sagte Hudson, erhob sich, gab Kling wieder die Hand, sagte »Hat mich gefreut, Sie kennenzulernen«, drehte sich zu Sharyn um und sagte: »Bis acht Uhr also.«

»Bis acht, Jamie«, sagte sie und winkte ihm nach, als er davonstürmte.

Die beiden schwiegen einen Augenblick lang.

»Ein gemeinsamer Patient«, sagte sie dann.

»Ach«, sagte Kling.

Er dachte, daß er gegen Dr. James Melvin Hudson nicht die geringste Chance hatte.

»Ich kann an Ärzten *noch was* nicht ausstehen«, sagte Kling.

Er und Carella standen unter der Theatermarkise und warteten darauf, daß Josie Beales endlich kam. Auf der Uhr vor dem Stundenhotel auf der anderen Straßenseite war es zehn vor zwei. Auf Carellas Uhr war es acht vor zwei. So oder so, sie war noch nicht da.

»... und zwar, daß sie glauben, *ihre* Zeit sei wertvoller als die aller anderen Menschen«, sagte Kling. »Ist dir schon mal aufgefallen, daß man dich immer zwei Stunden zu früh bestellt, wenn du wegen der kleinsten Kleinigkeit ins Krankenhaus mußt? Das machen sie, damit der Arzt nicht *seine* Zeit verschwenden muß, damit er die eine Lobotomie beenden und dann sofort nebenan mit der nächsten anfangen kann. Und du hängst seit zwölf Uhr da rum, damit man dir um zwei 'ne Zyste vom Arsch entfernt ...«

»Hast du mal 'ne Zyste am Arsch gehabt?« fragte Carella.

»Nein. Einmal eine an der Hand. Aber du mußt nüchtern kommen, hast seit gestern abend nichts mehr zu essen gekriegt, obwohl man dir nur 'ne örtliche Betäubung verpaßt, und dann bestellen sie dich zwei Stunden zu früh und lassen dich da sitzen, bis es dem Herrn Doktor dann endlich mal paßt. Ganz gleich, wer du bist, wie wichtig du bist, in dem Augenblick, da du 'ne Arztpraxis oder ein Krankenhaus betrittst, kommt der Arzt an erster Stelle. Du kannst an einem Fall arbeiten, bei dem ein gemeingefährlicher Irrer schon vierzehn Opfer mit einem Eispickel getötet hat und gerade am fünfzehnten rumhackt, aber die Zeit des Arztes ist kostbarer als die deine, und du kannst da sitzen und Zeitschriften vom letzten Jahr lesen, bis er endlich mal so gnädig ist, sich mit dir zu beschäftigen. Ich kann Ärzte nicht ausstehen.«

»Mann«, sagte Carella.

»Und Sprechstundenhilfen auch nicht. Wenn ich in 'ne Arztpraxis komme, nennt die Sprechstundenhilfe mich immer Bert. Ich hab' sie noch nie im Leben gesehen, aber plötzlich nennt sie mich beim Vornamen. Der Präsident der Vereinigten Staaten kommt in eine Arztpraxis, und die Sprechstundenhilfe sagt: ›Setzen Sie sich noch einen Augenblick, Bill, der Doktor hat gleich Zeit für Sie.‹ *Ich* rede nur jemanden mit dem Vornamen an, den ich kenne oder von dem ich weiß, daß er ein Dieb ist. Die Sprechstundenhilfen reden jeden, der in die Praxis kommt, mit dem Vornamen an. Setzen Sie sich, Jack. Setzen Sie sich, Helen. Aber nennt sie auch den *Arzt* beim Vornamen? Stellt sie sich in sein Zimmer durch und sagt: ›Mel, Bert ist da.‹ Nein. Da heißt es: ›Der Doktor hat gleich Zeit für Sie.‹ Ich kann Ärzte und Krankenschwestern nicht ausstehen.«

»Aber was hältst du wirklich von ihnen?«

»Der Typ, der die Autopsie vornimmt, soll ganz gut sein«, sagte Kling. »Dwyer.«

»Woher weißt du das?«

»Sharyn hat es mir gesagt.«

»Wer ist … ach, Sharyn. Woher weiß *sie* das denn?«

»Sie ist Ärztin.«

»Ich dachte, du hättest gesagt, sie sei auch bei der Polizei.«

»Ist sie auch. Als Ärztin.«

»Ich dachte, du könntest Ärzte nicht ausstehen.«

»Sharyn doch.«

»Du bist ein sehr komplizierter Mensch, Bert«, sagte Carella. »Falls ich dich Bert nennen darf.«

Ein Taxi hielt am Bürgersteig. Das Licht fiel auf die Scheiben, so daß sie nicht erkennen konnten, wer darin saß und den Fahrer bezahlte. Sie behielten es im Auge und warteten. Die Tür wurde geöffnet, und Josie Beales drehte sich auf dem Sitz und streckte ein Bein auf den Bürgersteig. Sie trug Jeans, ein orangerotes Baumwolltop ohne BH und braune Sandalen. Ihr erdbeerblondes Haar war zu einem Pferdeschwanz zurückgebunden und wurde von einem braunen Band gehalten, das zur Farbe ihrer Augen paßte. Eine große braune Ledertasche hing um ihre Schulter, ein blau eingebundenes

Exemplar von *Romanze* ragte daraus hervor. Als sie aus dem Taxi trat, warf sie einen Blick auf die Uhr, schaute dann auf und sah, daß Carella und Kling ihr entgegenkamen. Einen Augenblick lang wirkte sie erschrocken. Sonnenlicht fiel auf den einzelnen rubinroten Ring in ihrem linken Ohr.

»Hallo«, sagte sie und lächelte.

Irgend etwas an dem Lächeln und daran, wie sie dieses eine Wort sagte, verriet ihnen, daß sie sie hatten.

»Wir möchten Ihnen ein paar Fragen stellen«, sagte Carella.

»Um zwei fängt die Probe an«, sagte sie und sah wieder auf ihre Uhr.

»Wird nicht lange dauern.«

»Geht es darum, daß Chuck gestern ...«

»Ja. Und um ein paar andere Dinge.«

»Warum hat er das nur getan?« sagte sie, schüttelte den Kopf und seufzte schwer. Carella hatte den Eindruck, daß sie das schon mal in einem Stück getan hatte. Vielleicht sogar in zahlreichen Stücken.

»Das ist der Abschiedsbrief, den er hinterließ«, sagte er und holte aus seiner Tasche einen zusammengefalteten Zettel hervor, auf den er die Mitteilung in Maddens Maschine abgeschrieben hatte.

LIEBER GOTT, BITTE VERZEIHE MIR,
WAS ICH MICHELLE ANGETAN HABE

»Das verstehe ich nicht«, sagte sie. »Ich dachte, Sie hätten den Täter schon ...«

»Ja, das dachten wir auch«, sagte Carella.

Oder zumindest *Ollie* dachte es, und Nellie *Brand,* und sogar Lieutenant Byrnes dachten es. Aber sie hatten in Maddens Wohnung gerade das Gegenstück von Josies rubinrotem Ohrring gefunden.

»Da könnte man ja den Eindruck bekommen, daß er ihr ... na ja ... etwas *angetan* hat«, sagte Josie.

Carella dachte, daß es manchmal klappte, wenn man ihnen das Gartentor aufmachte und sie den Weg entlang führte.

»Es erweckt den Anschein, als habe er sie sogar getötet«, sagte er.

»Na ja ... ja. Aber ich dachte ...«

Sie schaute wieder auf den Zettel.

»Woher wissen Sie, daß er das geschrieben hat?« sagte sie. »Die Nachricht ist nicht unterschrieben.«

»Sie steckte in seiner Schreibmaschine.«

»Das ist nicht mal seine Handschrift«, sagte sie.

»Das stimmt, es ist meine«, sagte Carella. »Ich habe die Mitteilung abgeschrieben.«

»Woher kennen Sie seine Handschrift?« fragte Kling.

»Er war unser Inspizient. Inspizienten schreiben Nachrichten über Neuansetzungen von Proben oder Anproben und so weiter. Jeder von uns kennt Chucks Handschrift. *Kannte* sie. Was auch immer. Es ist *schrecklich*, daß er sich umgebracht hat.«

»Und was ist damit, daß er Michelle getötet hat?« fragte Kling. »Falls er das getan hat.«

»Na ja, da steht ja nicht ausdrücklich, was er ...«

»Nein.«

»Diese Zeilen könnten sogar alles mögliche bedeuten.«

»Zeilen?«

»In seiner Mitteilung. Was er in dieser Nachricht schreibt. Falls sie überhaupt von ihm stammt. Sie wissen doch nicht genau, ob er sie geschrieben hat, oder?«

»Nein, das wissen wir nicht«, gestand Carella ein. »Aber *falls* er sie geschrieben hat ...«

»Dann hat es den Anschein, als hätte er Michelle umgebracht«, sagte Josie und schüttelte wieder den Kopf und seufzte tief und gekonnt.

»Wie gut hat er sie gekannt?« fragte Carella.

»Ich glaube nicht, daß er sie *überhaupt* gekannt hat. Ich meine, sie hat ja mit ihrem Agenten zusammengelebt, da glaube ich nicht ... warum hätte Chuck sie umbringen sollen? Was hatte er überhaupt mit ihr zu schaffen?«

»Das ist komisch, nicht wahr?«

Langsam den Garten entlang, dachte er.

»Ich meine, er schien sie nur *beiläufig* zu kennen«, sagte

Josie. »Ich kann mir nicht vorstellen, daß zwischen den beiden was gewesen ist ...«

»Wie gut kannte er Sie, Miss Beales?«

»Mich?«

»Ja.«

»Warum?« fragte sie und schaute plötzlich mißtrauisch drein.

»Sie haben gesagt, er hätte Michelle nur beiläufig gekannt ...«

»Ja?«

»Wie gut hat er Sie also gekannt?«

»Wir kennen uns nur vom Theater her«, sagte sie und deutete mit dem Kopf auf die Markise.

»Wissen Sie, wo er gewohnt hat?«

»Nein.«

»Er hat nie erwähnt, wo er gewohnt hat?« fragte Carella.

»Mir gegenüber jedenfalls nicht.«

»Waren Sie je in seiner Wohnung?«

»Nie. Ich habe Ihnen doch gerade gesagt, ich kannte ihn nur von diesem gottverdammten Theater da her« sagte sie und deutete mit dem Kopf auf die Markise, diesmal jedoch ziemlich scharf.

»Seit wann kennen Sie ihn schon?«

»Seit ungefähr zwei Monaten.«

»Wann haben Sie ihn zum erstenmal gesehen?«

»Als ich für die Rolle vorgesprochen habe.«

»Wann war das?«

»Anfang März.«

»Wo?«

»Hier.«

»Wo waren Sie gestern abend um halb zwölf?«

»Was?«

»Wo waren Sie ...«

»Ich habe Sie schon verstanden. Brauche ich jetzt einen Anwalt?«

»Weshalb sollten Sie einen Anwalt brauchen? Wir ermitteln lediglich in einem Selbstmord.«

»Warum ermitteln Sie *überhaupt* in einem *Selbstmord*? Jemand wirft sich aus einem gottverdammten Fenster ...«

»Wir behandeln Mordfälle und Selbstmorde gleich.«

»Aber hier ist *Mordfall* das Schlüsselwort, nicht wahr? Sie zeigen mir eine Nachricht, von der Sie behaupten, Chuck habe sie hinterlassen ...«

»Richtig.«

»Und darauf steht, er habe Michelle etwas angetan. Tja, man hat Michelle nichts angetan, man hat sie erstochen. Und das ist ein *Mordfall*, nicht wahr? Wollen Sie mich etwa in einen gottverdammten Mordfall verwickeln? Jemand hat diese Nachricht geschrieben, Sie wissen nicht mal, ob sie wirklich von Chuck stammt, und da denken Sie automatisch, aha, wir haben den verrückten Messerstecher! *Sie* hat Michelles Rolle gekriegt, also hat *sie* ihn auch angestiftet, sie umzubringen!«

»Davon steht nichts in seiner Nachricht, Miss Beales.«

»Nein, das steht in Ihren Köpfen, genau da steht es«, sagte sie und sah wütend auf ihre Uhr. »Sind wir hier fertig?«

»Noch nicht. Wo waren Sie in der vergangenen Nacht um halb zwölf?«

»Da habe ich geschlafen.«

»Wo?«

»Zu Hause.«

»Allein?«

»Ein guter Titel für einen Film«, sagte sie.

»Miss Beales, wir finden diese Angelegenheit keineswegs komisch.«

»Ich auch nicht!« fauchte sie.

»Wo waren Sie also?«

»Zu Hause im Bett. Allein.«

»Wann sind Sie zu Bett gegangen?«

»Gegen zehn.«

»War vorher jemand bei Ihnen?«

»Nein.«

»Haben Sie vorher mit jemandem telefoniert?«

»Ja.«

»Mit wem?«

»Mit Ashley.«

»Ashley Kendall?«

»Ja.«

»Wann war das?«

»Gegen halb neun.«

»Worüber haben Sie gesprochen?«

»Was *glauben* Sie denn, worüber wir gesprochen haben? In fünf Tagen haben wir Premiere.«

»Haben Sie vor zehn Uhr mit noch jemandem gesprochen?«

»Nein.«

»Und nach zehn Uhr?«

»Ich sagte doch, ich ...«

»Ja, aber hat irgendwann, nachdem Sie zu Bett gegangen sind, das Telefon geklingelt?«

»Nein.«

»Wann sind Sie heute morgen wach geworden?«

»Um halb neun. Ich hatte um zehn Uhr eine Gesangstunde.«

»Wann haben Sie erfahren, daß Mr. Madden tot ist?«

»Ich habe es in *Good Morning America* gesehen.«

»Haben Sie danach mit jemandem darüber gesprochen?«

»Ja.«

»Mit wem?«

»Mit Freddie Corbin. Er wußte es auch aus dem Fernsehen.«

»Miss Beales«, sagte Carella, »als wir uns zum letztenmal unterhalten haben ...«

»Ich weiß. Ich habe gesagt, mir täte es leid, was mit Michelle passiert ist, aber für mich würde ich mich freuen. Das heißt nicht ...«

»Ja, das haben Sie gesagt. Aber Sie haben *auch* erwähnt, daß das Gegenstück des Ohrrings, den Sie in diesem Augenblick tragen ...«

»Ja, das sind meine Glücksbringer-Ohrringe.«

»Erkennen Sie den?« fragte er und holte aus seiner Jackentasche eine versiegelte Plastiktüte, auf der das Wort BEWEIS-

STÜCK stand und in der sich der rubinrote Ohrring befand, den sie in Maddens Wohnung gefunden hatten.

»Ist das *meiner*?« fragte sie.

»Sieht so aus.«

»Ich verstehe nicht ... wo haben Sie ihn ...?«

»Unter Chuck Maddens Bett«, sagte Carella.

»Auf Wiedersehen, meine Herren«, sagte sie sofort. »Ich rufe meinen Anwalt an.«

12. KAPITEL

Lieutenant Byrnes wußte, daß Carellas Frist am Dienstag, dem vierzehnten, ablief, und er wollte ihm zwar keine Steine in den Weg legen, sah aber einfach nicht die *Logik*, die dahinterstecken sollte. Deshalb versammelte er sie alle an diesem Samstag nachmittag in seinem Büro. So etwas war manchmal eine hervorragende Idee, fand er.

Bei den Detectives, die Byrnes zu diesem informellen Meinungsaustausch gebeten hatte, handelte es sich um Carella und Kling – die beiden, die den Fall tatsächlich bearbeiteten – und Brown, Meyer, Hawes und Parker, die im Fernsehen und den Zeitungen so viel davon mitbekommen hatten, daß sie schon glaubten, sie würden die verdammte Sache ebenfalls bearbeiten. Es war jetzt zwanzig vor fünf, und Parker wollte nach Hause gehen. Um die Wahrheit zu sagen, er wollte *immer* nach Hause gehen, auch fünf Minuten nachdem seine Schicht gerade angefangen hatte.

»Wie ich das verstehe«, sagte er ungeduldig, »hat Nellie Brand Milton bereits wegen des Mordes angeklagt ...«

»Das stimmt«, sagte Byrnes.

»... und muß bis Dienstag scheißen oder vom Topf.«

»Sozusagen«, bestätigte Carella.

»*Anders* gesagt«, warf Byrnes ein, »wenn wir bis Dienstag nicht bewiesen haben, daß sie sich irrt, wird sie ihn offiziell anklagen.«

»Was meinst du mit *wir*, Kemo Sabe?« fragte Parker und sah die anderen beifallheischend an.

Wie üblich sah er wie ein Penner aus. Das kam daher, weil er sich einredete, er sei mit einer Beschattung beauftragt, bei der er wie ein Penner aussehen *mußte*. Er hatte bereits herausgefunden, daß außer Carella und Kling niemand etwas um diesen beschissenen Fall gab. Damit hatte er völlig recht. Keiner der anderen wollte, daß dem Revier von oben noch mehr Druck gemacht wurde. Der Fall war abgeschlossen, und dabei konnten sie es bewenden lassen. Aber ihre persönlichen Gefühle für Carella und Kling wogen schwerer als solche Überlegungen.

»Weiß der Chief of Detectives, daß ihr noch an der Sache arbeitet?« fragte Hawes.

Er lehnte sich gegen Byrnes' Regale und drohte sie allein mit seiner Größe und Masse zum Einsturz zu bringen. In seinem dichten roten Haar fing sich die Nachmittagssonne, und der unheimliche weiße Streifen auf der linken Schläfe wurde durch die Strahlen nur noch betont.

»Ja«, sagte Carella. »Nellie hat es klipp und klar ausgedrückt. Wenn sie am Dienstag Anklage erhebt, kriegt Weeks den Mord gutgeschrieben. Wenn wir einen anderen finden, kriegen wir den Ruhm.«

»Weeks und die beiden Ms sind heute morgen bei ihm gewesen«, sagte Byrnes.

»Bei wem?«

»Bei Chief Fremont.«

»Weshalb?«

»Um ganz laut WZK zu brüllen«, sagte Byrnes. »Wie ich es verstanden habe, hat er bereits zugestimmt, wir sollten öffentlich erklären, wir hätten den Täter bereits geschnappt, aber insgeheim weitersuchen, weil niemand einen Unschuldigen anklagen will. Also ist Weeks heute morgen zu ihm gelaufen und hat gesagt, ihr würdet den Fall verpfuschen, indem ihr die Steine nach jemandem umdreht, den es gar nicht gibt. Die beiden Ms haben sich ebenfalls beschwert. Sie riechen, daß sie in die Schlagzeilen kommen könnten, und wollen, daß der Mordkommission der Fall auf einem silbernen Tablett präsentiert wird.«

»Was hat der Chief ihnen gesagt?«

»Sie sollen bis Dienstag warten.«

»Also haben wir sie vorerst aus dem Kopf.«

»Und zwar alle.«

»Wenn ihr meine private Meinung hören wollt«, sagte Parker, »ich glaube, der Agent war es.«

»Was ist mit dieser Mitteilung in der Schreibmaschine?« fragte Carella.

»Was ist mit diesem Ohrring unter dem Bett?« fragte Kling.

»Immer schön langsam«, sagte Brown, »da komme ich nicht ganz mit.«

»Da kommt keiner von uns mit«, sagte Parker.

»Hier ist die Nachricht«, sagte Carella und legte sie auf Byrnes' Schreibtisch. Diesmal war es eine Fotokopie der echten, die das Labor bereits untersucht hatte. Alle vier anderen Detectives beugten sich über den Schreibtisch, um sie sich anzusehen:

LIEBER GOTT, BITTE VERZEIHE MIR,
WAS ICH MICHELLE ANGETAN HABE

»Keine Unterschrift«, stellte Parker fest.

»Die unterschreiben sie nicht immer«, sagte Meyer.

»Wenn wir hier in die Scheiße treten wollen, hätten wir besser zumindest einen unterschriebenen Abschiedsbrief«, sagte Parker.

»Der Ohrring des Mädchens war unter dem Bett«, sagte Kling.

»Welches Mädchen?«

»Der Schauspielerin, die die Rolle der Toten übernommen hat.«

»Das heißt heutzutage *Frauen*«, sagte Parker.

Alle drehten sich zu ihm um und sahen ihn an.
»*Mädchen* sind höchstens fünf Jahre alt«, sagte er.
»Waren Sie ein Pärchen oder was?« fragte Hawes. »Die Schauspielerin und das Opfer.«
»Ihr zufolge nicht.«
»Wie ist der Ohrring dann unter sein Bett gekommen?«
»Das würde ich sie ja gern fragen«, sagte Carella. »Deshalb würde ich sie ja gern verhören.«
»Hast du mit Nellie darüber gesprochen?«
»Noch nicht.«
»Über einen Haftbefehl gegen sie, meine ich.«
»Nein.«
»Denn wenn wir sie hierherbringen ...«
»Ich weiß.«
»... wird sie in Gewahrsam sein ...«
»Jetzt stecken wir schon ganz tief in der Miranda-Bestimmung«, sagte Parker.
»Vielleicht bringen wir damit sogar den Fall in Gefahr, den Nellie bereits hat.«
»Inwiefern?«
»Keine Ahnung. Da müßten wir Nellie fragen.«
»Haben wir schon einen Autopsiebericht?« fragte Brown.
»Einen mündlichen«, sagte Carella.
»Wer hat ihn untersucht?« fragte Hawes.
»Ein Arzt namens Ralph Dwyer.«
»Im Parkside?«
»Ja.«
»Ein guter Mann.«
»Was hat er gesagt?«
»Daß Madden gute Arbeit geleistet hat. Alle vier Extremitäten gebrochen, Schädel- und Gesichtsknochen pulverisiert, Gehirn ausgeschält. Er muß mit der rechten Seite auf den Bürgersteig geprallt sein, denn dort sind die Rippen und das Becken am schlimmsten gebrochen. Der Sturz hat ihm auch das Rückgrat zertrümmmert und das Herz zerrissen, also rundum gute Arbeit.«
»Ist er der Meinung ...«

»Hat er gesagt, daß Madden bereits ...«

»Nein. Er hat eine Fettembolie, eingeatmetes Blut und Blutungen um die Verletzungen gefunden, alles Anzeichen dafür, daß sie intravital waren. Die Verletzungen.«

»Und das heißt?« fragte Parker.

»Das heißt, daß er noch gelebt hat, als er auf den Bürgersteig prallte.«

»Irgend etwas bei der Blutanalyse?« fragte Byrnes.

»Spuren von Dalmane.«

»Dalmane?«

»Genug davon, daß Dwyer glaubt, Madden habe geschlafen, als er aus dem Fenster flog.«

»Wie kann man aus einem Fenster springen, wenn man schläft?«

»Jemand hilft nach«, sagte Carella.

»Wenn wir sie nicht verhaften, wird sie keine Fragen beantworten«, sagte Kling.

»Sie hat bereits einen Anwalt«, sagte Carella.

»Wir vermuten, daß sie eine ganz beschissene Angst hat.«

»Wenn wir sie herholen, packt sie vielleicht aus.«

»Das bezweifle ich«, sagte Parker. »Ihr Anwalt wird uns sagen, daß wir uns verpissen sollen. Er wird sofort Einspruch gegen die Verhaftung erheben.«

»Wir können ihr genug vorwerfen. Verabredung zum Mord ...«

»Anstiftung ...«

»Auf welcher Grundlage? Wegen eines verdammten *Ohrrings*?«

»*Und* eines Abschiedsbriefs.«

»Die Nachricht belastet sie nicht.«

»Haben wir irgendwelche Fingerabdrücke?«

»Nichts Überwältigendes. Fast alles in der Wohnung war abgewischt. Die Schreibmaschine, der Ohrring, die Scotchflasche, die Mineralwasserflasche ...«

»Die beiden Gläser neben dem Bett?«

»Ja.«

»So muß sie das Dalmane in ihn reingekriegt haben, was?«

»Ja, so muß es gelaufen sein.«

»Ob sie wohl Handschuhe getragen hat?«

»Während sie gevögelt haben?«

»Nein, während sie saubergemacht hat.«

»Sie muß saubergemacht haben, bevor sie ihn aus dem Fenster geworfen hat. Danach hätte sie dafür nicht genug Zeit gehabt.«

»Hat sie die Fensterbank abgewischt?«

»Ja.«

»*Das* hat sie nicht vorher machen können.«

»Nein, das muß sie nachher gemacht haben.«

»Was ist mit dem Fensterrahmen?«

»Sauber.«

»Die Griffe?«

»Welche Griffe?«

»Diese Dinger, mit denen man das Fenster aufklappt, verdammt, wie heißen die noch gleich? Diese kleinen Dinger, an denen man zieht, um das Fenster zu öffnen.«

»Sauber.«

»Eine verdammt *saubere* Frau.«

»Je mehr ich höre, desto weniger gefällt es mir«, sagte Byrnes. »Ich will sie erst verhaften, wenn wir mehr haben. Sonst geht das aus wie das Hornberger Schießen.«

»Und wenn wir Dalmane in ihrem Medizinschrank finden?«

»Kennst du irgendeinen Richter, der dir einen Durchsuchungsbefehl ausstellt, weil du einen Ohrring unter einem Bett gefunden hast?«

»Wegen so einem fadenscheinigen Scheißdreck kriegen wir nie einen Gerichtsbeschluß«, sagte Parker.

»Wenn wir sie verhaften, könnten wir …«

»Verdammt, weshalb sollen wir sie verhaften, Steve?« fragte Byrnes wütend. »Wir haben nur einen Ohrring am Tatort. Den hätte sie auch letztes *Jahr* dort verlieren können. Sie hat dir doch gesagt, daß sie das verdammte Ding verloren hat …«

»Sie hat uns auch gesagt, sie hätte nicht gewußt, wo er wohnt«, sagte Carella.

»Sei nie in seiner Wohnung gewesen«, sagte Kling.

»Wie ist dann der Ohrring dorthin gekommen?«

»An dieser Sache stört mich einfach zu viel«, sagte Byrnes.

»Mich auch«, sagte Parker.

»Sagen wir mal, gehen wir nur mal davon aus«, sagte Meyer, »sie hat ihn dazu angestiftet, das Mädchen umzubringen ...«

»Die Frau«, berichtigte Parker ihn.

Alle sahen ihn an.

»So *heißt* das nun mal«, sagte er entschuldigend.

»Aber sagen wir mal, sie hat ihn angestiftet, die Cassidy umzubringen, okay?«

»Was Anstiftung oder Verschwörung zum Mord wäre.«

»Klar. Und sagen wir mal, ihr Motiv war, daß sie die Rolle des anderen Mädche... der anderen Frau in dem Stück haben wollte. Also bringt sie diesen Esel dazu, sie umzubringen, und sie *kriegt* die Rolle, alles klappt genau *so*, wie sie es geplant hat. Warum sollte sie dann ...?«

»Genau«, sagte Parker. »Warum, zum Teufel ...?«

»... sollte sie ihn ermorden?« sagte Byrnes.

»Weil er die einzige Verbindung war«, sagte Carella.

»Der einzige, der sie mit dem Mord in Verbindung bringen konnte«, sagte Kling.

»Warum hat sie dann einen falschen Abschiedsbrief geschrieben?« fragte Brown.

»Damit es wie Selbstmord *aussieht.*«

»Warum?« fragte Hawes.

»Damit wir die Spur nicht zu ihr zurückverfolgen können.«

»Aber wir *haben* sie zur ihr zurückverfolgt.«

»Aber nur, weil wir den Ohrring gefunden haben!« sagte Carella wütend. Die Sache brachte ihn allmählich zur Verzweiflung.

»Glaubst du, sie hat die Ohrringe abgenommen?« fragte Brown. »Bevor sie ihn aus dem Fenster gestoßen hat?«

»Ich glaube, sie hat sie abgenommen, bevor sie gebumst haben.«

»Und vergessen, einen wieder anzulegen?«

»Ja. Wenn *du* gerade jemanden getötet hast ...«

»Jetzt hör aber auf, Steve«, sagte Hawes. »Sie betäubt den Burschen ...«

»Ja.«

»Kippt Dalmane in den Scotch, den sie trinken ...«

»Genau.«

»Und dann nimmt sie die Ohrringe ab, bevor sie bumsen? Hatte sie nichts anderes im Kopf?«

»Zum Beispiel, wie sie ihn aus dem verdammten Fenster werfen kann?« sagte Parker.

»Augenblick mal«, sagte Brown. »Ich glaube, Steve hat recht.«

»Nein, hat er nicht«, sagte Meyer.

»Viele Frauen legen die Ohrringe ab, bevor sie ins Bett hüpfen«, sagte Brown.

»Und auch die Uhren«, sagte Kling.

»Manchmal sogar ihre Ringe«, sagte Brown. »Das ist also nicht ungewöhnlich.«

»Beide Ohrringe, was?« sagte Hawes. »Sie legt beide Ohrringe ab.«

»Na ja ... ja.«

»Und dann legt sie danach nur einen wieder an?«

»Und bemerkt nicht, daß der andere fehlt?«

»Sie hat gerade jemanden aus dem Fenster geworfen, merkt, daß sie ihren Ohrring verloren hat, und *sucht* nicht danach?«

»Wann habt *ihr* bemerkt, daß der Ohrring fehlt?« fragte Byrnes.

»Was?« sagte Carella.

»In eurem Bericht steht doch, daß sie nur einen Ohrring getragen hat ...«

»Das war am Donnerstag, Steve«, sagte Kling.

»Da ist es euch aufgefallen?«

»Ja.«

»Und sie hat euch gesagt, sie habe ihn verloren?«

»Genau.«

»Das war zwei Tage nachdem Michelle ermordet wurde ...«

»Ja.«

»Und Josie läuft einfach mit dem einen Ring im Ohr herum. Was glaubst du, wer hat Michelle getötet, Steve?«

»Madden.«

»Und du glaubst, Josie habe ihn dazu angestiftet?«

»Ja, allerdings.«

»Dann gehst du davon aus, daß sie ein Verhältnis hatten.«

»Ja.«

»Und du glaubst, am neunten, als sie euch gesagt hat, daß sie einen Ohrring verloren hat, hatte sie schon vor, ihn zu ermorden?«

»Ich halte das für durchaus möglich, ja.«

»Möglich, möglich«, sagte Hawes und schüttelte den Kopf. »Du glaubst also, sie hat Madden dazu angestiftet, Michelle zu töten ...«

»Ja.«

»... und dann geplant, *ihn* zu ermorden?«

»Ja.«

»Und deshalb hat sie dir gesagt, sie habe ihren Glücksbringer-Ohrring verloren?«

Carella sah ihn an.

»Steve?«

»Na ja ...«

»Hatte sie *geplant*, diesen Ohrring unter Maddens Bett zu verlieren?«

»Na ja ...«

»Hatte sie *geplant*, sich selbst zu belasten?«

Im Raum wurde es ganz still.

»Sie war es nicht, Steve«, sagte Byrnes schließlich.

»Wißt ihr, wer es war?« fragte Parker plötzlich und grinste breit unter seinen Pennerstoppeln. »Diejenige, die die Rolle *nicht* gekriegt hat.«

Es war nun halb sechs an diesem Samstag nachmittag, dem elften April. Es war der Tag vor Palmsonntag, und alle dachten schon an Ostern und das Passahfest, die in diesem Jahr zufällig auf einen Tag fielen, soviel zur religiösen Vielfalt. Aber um neun Uhr am Dienstag morgen würde Nellie Brand vor das Große Geschworenengericht treten.

Alle, besonders Parker, wollten nach Hause. Doch sie waren diejenigen, die auf die mögliche Lösung des Falls gestoßen waren, und deshalb bestand Byrnes darauf, daß sie die Sache verfolgten, statt sie der Nachtschicht zu überlassen.

Sie teilten sich in drei Teams auf.

Carella und Kling natürlich.

Meyer und Hawes.

Parker und Brown, wie schön für ihn.

Sie suchten nach einem plausiblen Grund, Andrea Packers Wohnung zu durchsuchen.

Da sie Carella und Kling vom Sehen her kannte und sie nicht wollten, daß sie Beweise beseitigte, bevor sie auch nur einen Gerichtsbeschluß hatten, um danach suchen zu können, hielten sie es für angebracht, zwei andere Detectives loszuschicken, die sich in ihrem Wohnhaus umhören sollten.

Der Portier an der 714 South Hedley arbeitete seit fünfundzwanzig Jahren in dem Gebäude und würde im Juni in den Ruhestand treten. Er hatte vor, danach in das Haus zu ziehen, das er vor zehn Jahren auf Puerto Rico gekauft hatte. Etwas angeln zu gehen. Am Strand spazierengehen. Die tropischen Blumen riechen. Er wollte keinen Ärger haben. Das sagte er Parker und Brown zuallererst. Zwei Monate vor seiner Pensionierung wollte er keinen Ärger haben.

Parker tat der kleine Latino hier leid, der kaum Englisch sprach und irgendwohin zurückkehren würde, wo ihm Kokosnüsse auf den Kopf fielen, während er *Piña coladas* schlürfte. Fünfundzwanzig Jahre lang hatte er sich an einer Rezeption die Beine in den Leib gestanden, und jetzt hatte er Angst, daß es Probleme gab, wollte er keine Schwierigkeiten kriegen.

»Wir ermitteln in einem Mordfall«, sagte Parker.

Das Zauberwort.

Mordfall.

Damit bewirkte man, daß sie sich vor Angst in die Hosen machten.

Der kleine Latino blinzelte ihn nur an.

»Kennen Sie eine Mieterin namens Andrea Packer?« fragte Brown.

»Ich hirr nur arrbeiten«, sagte der Türsteher.

»Cómo se llama?« fragte Parker und protzte mit dem Spanisch, daß er von einem Mädchen namens Catalina Herrera aufgeschnappt hatte, das er bumste. Sie nannte sich Cathy, aber wen interessierte schon, *wie* sie sich nannte. Sie hielt sich für eine richtige Amerikanerin, und dagegen hatte er nichts einzuwenden, auch wenn sie mit einem spanischen Akzent sprach, den man mit einer Machete durchschneiden konnte, aber bei ihr klang es süß.

»Haben Sie mich verstanden?« fragte er.

»Si ya lo oí, no soy sordo«, antwortete der Türsteher auf spanisch. Offensichtlich hielt er Parker für bewanderter in dieser Sprache, als es tatsächlich der Fall war; bislang hatte der Großteil seiner Wortwechsel in dieser Sprache in Cathy Herreras Bett stattgefunden – in *Catalinas* Bett, wem wollte er denn was vormachen?

»Was?« sagte Parker.

»Luis Rivera«, sagte der Türsteher.

»Hören Sie zu, Luis«, sagte Parker, »niemand will Ihnen Ärger machen. Wir wollen nur wissen, ob Andrea Packer hier allein oder mit jemandem zusammen wohnt. Und wenn ja, mit wem. Mehr wollen wir nicht wissen. Sie stehen hier die ganze Zeit über an der Tür und beschützen die Mieter dieses Gebäudes, sind bereit, sie Tag und Nacht mit Ihrem Leben zu verteidigen, fünfundzwanzig Jahre lang stehen Sie schon hier, das ist sehr tapfer von Ihnen, Luis, Sie haben wirklich *cojones*. Aber jetzt haben wir es mit einem Mordfall zu tun, Luis, Mord, verstehen Sie mich, *homicidio*, so heißt das auf Spanisch, ein sehr schweres Verbrechen, Luis. Also sagen Sie uns einfach ja oder nein, wohnt sie allein hier oder mit jemandem zusammen, und von da an übernehmen wir, was halten Sie davon, *amigo*?« sagte Parker und blinzelte.

»Ich holen Hausmeistärr«, sagte Luis.

Im Umkreis von sechs Blocks von Andrea Packers Wohnhaus gab es sechs Apotheken. Meyer und Hawes betraten die erste um zehn nach sechs an diesem Abend. Mittlerweile waren sich alle Detectives der knappen Zeit bewußt. Es war nicht mehr weit hin bis Dienstag um neun, und morgen war nicht nur Sonntag, sondern Palmsonntag. In dieser Stadt wurde an einem Feiertag immer ein Gang zurückgefahren, selbst wenn dieser Feiertag nur das Vorspiel zu einem größeren Feiertag war – wie das Passah- und das Osterfest am *nächsten* Sonntag.

»Das sind sowieso Frühlingsfeste«, sagte Meyer einfach nur so, auch wenn sie gerade nicht davon sprachen. »Freudige Feiern des Lebens.«

Hawes wußte gar nicht, *wovon* er sprach.

Die Apotheke gehörte zu einer großen Kette von unpersönlichen Billigläden, die in der Fernsehwerbung betonte, wie höflich, freundlich und aufmerksam man dort die Kunden behandelte. Hinter der Theke standen sechs Pharmazeuten in weißen Kitteln, alles Frauen. Vor der Theke standen doppelt so viele Leute Schlange. Über allem schwebte ein Hauch absoluter Panik. Meyer war froh, daß er nicht wegen eines Rezepts hier war. Die Leute in der Schlange sahen die beiden Detectives wütend an, als sie direkt zur Theke gingen. Ein Mann, der einen Jogginganzug und Laufschuhe trug, schien etwas zu Hawes sagen zu wollen, doch Hawes sah ihn lediglich an, und er überlegte es sich anders.

»Polizei«, sagte Meyer und zeigte seine Dienstmarke. »Dürfen wir bitte mit der Chefin sprechen?«

Die Chefin – oder *Ober*pharmazeutin, wie sie sich vorstellte – war eine außerordentlich große Frau namens Felicia Moss. Ihre Augen waren von einem durchdringenden Braun, das Haar trug sie zu einem strengen Knoten zurückgesteckt, der betörend schöne Züge in einem Gesicht betonte, das aus römischem Marmor gemeißelt zu sein schien.

»Es tut mir leid«, sagte sie, nachdem er ihr erklärt hatte, was sie wollten. »Das widerspricht völlig unserer Politik.«

»Welcher Politik?« fragte Meyer.

»Der Firmenpolitik.«

»Warum?« fragte Hawes geradeheraus.
»Die Vertraulichkeit zwischen Pharmazeut und Patient«, sagte sie.
»So was gibt es nicht«, sagte Hawes.
»Wir wollen doch nur wissen, ob in letzter Zeit eine Frau namens …«
»Ja, ich …«
»… Andrea Packer hier ein Rezept eingelöst hat, und ob eins dieser …«
»Ich habe durchaus verstanden, was Sie wissen wollen. Die Antwort …«
»Miss Moss, jetzt seien Sie bitte nicht albern, ja?« sagte Hawes. »Wir ermitteln in einem Mordfall …«
»Und *ich* muß Rezepte ausgeben«, sagte sie. »Guten Tag, meine Herren.«

Es war einer jener Tage.
Der Hausmeister des Gebäudes, in dem Andrea Packer wohnte, war ein massiger Weißer, der nicht ganz so kahlköpfig wie einige Leute war, die Parker kannte, aber immerhin. Seine Kopfhaut war rot und glänzend. Sie sah aus, als hätte er gerade auf dem Dach ein Sonnenbad genommen. Seine Augen waren blau, stechend und argwöhnisch.
Brown fragte ihn, ob hier eine Mieterin namens Andrea Packer wohne.
»Ich bin nicht befugt, Informationen über meine Mieter weiterzugeben«, sagte er. Er hatte ihnen weder seinen Namen genannt noch ihnen die Hand gereicht. Er war einfach aus den Tiefen des Gebäudes aufgetaucht, nachdem der Portier einen Telefonhörer am Empfang abgehoben und eine geheimnisvolle Nummer gewählt hatte.
»Wie heißen Sie, Sir?« fragte Parker.
Er hatte im Lauf der Jahre herausgefunden, daß sie sich oft vor Angst in die Hosen machten, wenn er das Wort ›Sir‹ benutzte.
»Howard Rank«, sagte der Hausmeister.

»Mr. Rank«, sagte Parker, »ich weiß nicht, was Sie mit befugt meinen und wozu Sie befugt sind und wozu nicht. Wir haben Ihnen eine simple Frage gestellt, und die Antwort darauf können wir auch herausfinden, wenn wir uns einfach die Briefkästen im Korridor ansehen, und dazu brauchen wir keine Befugnis, sondern nur die Dienstmarken in unseren Taschen. Wir haben Ihnen die Höflichkeit erwiesen, *Sie* zu fragen, statt zu den Briefkästen zu gehen. Warum erweisen Sie uns also nicht die Höflichkeit, uns einfach zu antworten, statt uns zu erzählen, wozu Sie befugt sind und wozu nicht?«

»Ja, sie wohnt hier«, sagte Rank.

»Na schön. Können Sie uns auch sagen, in welchem Apartment sie wohnt, oder müssen wir auch das auf den Briefkästen nachsehen?«

»Sie wohnt in Apartment 4C.«

»Danke«, sagte Parker. »Können Sie uns auch sagen, ob Sie allein dort wohnt oder mit jemandem zusammen?«

»Das kann ich Ihnen nicht sagen«, erwiderte Rank.

»Warum nicht?« fragte Brown scharf und funkelte ihn an.

»Vertraulichkeit zwischen Mieter und Hausmeister«, sagte Rank.

Der Drugstore an der Ecke Easton und Hedley befand sich schon seit fünfzig Jahren dort; das besagte zumindest ein Schild mit goldenen Lettern im Schaufenster. Als sie den Laden betraten, hatte Carella das Gefühl, in eine Apotheke irgendwo in London zu treten, obwohl er noch nie in London gewesen war und wirklich nicht wußte, wie die Apotheken dort aussahen. Aber irgend etwas erinnerte ihn an Charles Dickens, etwas an der kleinen Glocke, die über der getäfelten Glastür funkelte, die schon in sich in dieser von schnellen Einbrüchen heimgesuchten Stadt eine Seltenheit war. Die schweren Schränke mit Glastüren, die dicken Holzregale, die bauchigen Krüge und Karaffen schienen seltene Öle, Salben und Cremes aus den entferntesten Gegenden der Erde zu enthalten. Dieser Laden und der knarrende alte Mann hinter der

Theke schienen etwas unbeschreiblich Abgegriffenes und Verstaubtes an sich zu haben. Das war ein Geschäft, das man an einem Regentag betrat.

»Ja, meine Herren?« fragte der Mann. »Wie kann ich Ihnen helfen?«

Wie die Figur aus einem Buch von Dickens, die er ganz bestimmt war, trug er ein langärmeliges, lavendelblaues Hemd, eine kleine purpurne Fliege und eine Plaidweste, über die von der Tasche bis zum Knopfloch eine Uhrkette verlief. Er blinzelte sie durch schmale kleine Brillengläser an, hinter denen dunkle Augen funkelten. Seine Haut hatte die Farbe und Struktur von dünnem Pergament.

»Wir sind Polizeibeamte«, sagte Carella sofort, obwohl der Mann gar keinen unmittelbar bevorstehenden Überfall zu befürchten schien.

»Angenehm«, sagte er. »Ich bin Graham Quested.«

Ganz bestimmt Dickens, dachte Carella.

»Wir versuchen, einem Rezept nachzugehen«, sagte Kling.

»Ah ja«, sagte Quested.

Er erzählte ihnen, daß er im Lauf der Jahre schon oft von der Polizei in derlei Angelegenheiten befragt worden sei, normalerweise bei Fällen, bei denen die Autopsie auf Überdosen von Medikamenten hinwies. Er erzählte ihnen ebenfalls, daß er schon zweiundsechzigmal in diesem Laden überfallen worden sei, seit er ihn im kommenden August vor einundfünfzig Jahren eröffnet hatte.

»Alle zweiundsechzig Überfälle haben sich während der letzten zwanzig Jahre ereignet«, sagte er. »Ich glaube, das sagt etwas darüber aus, wie diese Stadt sich verändert, meinen Sie nicht auch?«

Carella war seiner Meinung.

»Wir suchen nach einem Rezept«, sagte er dann, »das eine Frau namens Andrea Packer vielleicht bei Ihnen eingereicht hat.«

»Der Name kommt mir nicht bekannt vor«, sagte Quested. »Was natürlich nichts zu bedeuten hat. Sie muß ja nicht zu meinen Stammkunden gehören, könnte einfach von der

Straße hereinmarschiert sein. Wissen Sie vielleicht, wann das Rezept eingereicht wurde?«

»Es tut mir leid, das wissen wir nicht.«

»Ein Rezept wofür?«

»Dalmane.«

»Ein sehr beliebtes Schlafmittel. Die Fachbezeichnung lautet Flurazepam, ein Benzodiazepin. Dafür werden jährlich über fünfzehn, sechzehn Millionen Rezepte ausgestellt. Kennen Sie den Namen ihres Arztes?«

»Nein.«

»Andrea Packer, haben Sie gesagt?«

»P-A-C-K-E-R.«

»Haben Sie ihre Adresse?«

»714 South Hedley.«

»Direkt um die Ecke. Ein Selbstmordfall?«

»Nein, Sir«, sagte Carella.

»Weil Benzodiazepin bei Selbstmorden nur selten benutzt wird«, sagte Quested. »Man muß das Zehn- bis Zwanzigfache der normalen Dosis nehmen, um sich damit umzubringen. Dalmane hat die längste Halbwertszeit aller Ben ...«

»Halbwertszeit?«

»Das ist die Zeit, in der die *Hälfte* der aufgenommenen Menge abgebaut wird. Wenn Sie zum Beispiel eine Zehn-Milligramm-Kapsel genommen haben, und die Halbwertszeit beträgt zwei Stunden, befinden sich eine Stunde nach der Einnahme noch fünf Milligramm des betreffenden Medikaments im Blutkreislauf.«

»Wie hoch ist die Halbwertszeit von Dalmane?«

»Siebenundvierzig bis einhundert Stunden«, sagte Quested.

Kling pfiff leise.

»Sie sagen es. Jemand, der Dalmane nimmt, hat manchmal tagsüber genausoviel von dem Zeug in seinem Blut wie in der Nacht. Sehen wir uns mal die Kartei an, ja?«

Und dann führte er sie, was für einen Burschen aus *Große Erwartungen* oder *Oliver Twist* sehr überraschend war, zu einem Computer in einem Hinterzimmer, in dem jede Menge

Mörser und Stößel standen, und suchte zuerst nach Andrea Packers Namen, dann nach ihrer Adresse, dann nach dem Markennamen Dalmane, dann nach dem Fachbegriff Flurazepam und schließlich nach der chemischen Gruppe Benzodiazepin, ohne irgend etwas zu finden.

»Ach, meine Herren«, sagte er und schaute wirklich bedauernd drein, »es tut mir leid, so schrecklich leid.«

Die Tür von Wohnung 4D wurde von einem jungen Schwarzen geöffnet, der Jeans, ein graues T-Shirt mit einem kastanienbraunen Emblem der Ramsey-Universität darauf und eine Hornbrille trug, die seinen Blick forschend und argwöhnisch wirken ließ. Bevor er ihnen geöffnet hatte, hatte er sie gebeten, ihre Dienstmarken vor das Guckloch zu halten, und nun studierte er ihre Marken und Ausweise gemächlicher und genauer. »Was für Ärger gibt es?« fragte er, nachdem er endlich zufriedengestellt war.

»Gar keinen«, sagte Brown.

»Wie heißen Sie, mein Sohn?« fragte Parker freundlich.

Er hatte im Lauf der Jahre festgestellt, daß sie sich ebenfalls vor Angst manchmal in die Hosen machten, wenn man ›mein Sohn‹ zu ihnen sagte, besonders wenn sie neunzehn Jahre alt und schwarz waren, wie es bei diesem Jungen der Fall zu sein schien.

»Daryll Hinks«, sagte der Junge.

»Kennen Sie die Dame, die nebenan in 4C wohnt?«

»Nur vom Sehen.«

»Andrea Packer, so heißt sie doch, oder?« fragte Brown.

»Ihren Namen kenne ich nicht. Langes blondes Haar, neunzehn, zwanzig Jahre alt, gutaussehendes Mädchen. Was hat sie angestellt?«

»Nichts. Haben Sie je gesehen, wie sie in ihre Wohnung ging oder rauskam?«

»Klar.«

»Apartment 4C, nicht wahr?«

»Ja. Nebenan.«

»Haben Sie mal gesehen, daß noch jemand reinging oder rauskam?«

»Klar.«

»Zum Beispiel einen Mann?«

»Was ist sie, 'ne Nutte?«

»Wie kommen Sie darauf?«

»Sie fragen, ob Männer bei ihr ein- und ausgehen ...«

»Nein, nein, wir denken da an einen *bestimmten* Mann.«

»Hat dieser Mann was angestellt?«

»Ja, er hat sich aus 'nem Fenster gestürzt«, sagte Parker.

»Oh.«

»Ja.«

»Herrje.«

»Also haben Sie zufällig einen Typ gesehen, vielleicht einsachtzig groß, ein kräftiger Weißer, sechsundzwanzig Jahre alt, braunes Haar, braune ...«

»Ja«, sagte Hinks.

»Trug meistens so einen Anstreicher-Overall, hohe Arbeitsschuhe ...«

»Ja, den habe ich gesehen. Hab' sogar mal im Fahrstuhl mit ihm gesprochen.«

»Haben Sie auch gesehen, daß er aus 4C rauskam oder dort reinging?«

»Ja.«

»Wann?«

»Na ja, ich gehe morgens zur Schule ...«

»Sie haben gesehen, daß er früh morgens dort rauskommt?«

»Na klar.«

»Um wieviel Uhr?«

»Ich gehe um sieben hier los.«

»Danke«, sagte Brown.

»Was hat sie angestellt?« fragte Hinks erneut.

Der Apotheker von G&R Drugs an der Hedley und Commerce kannte Andrea Packer vom Namen und vom Sehen her. Sie war sogar Stammkundin seines Geschäfts. Er beschrieb sie als ›geschmeidige‹ Blondine von vielleicht zwanzig Jahren, mit dunkelbraunen Augen und einem gewissen ›extravaganten‹ Benehmen.

»Ich glaube, sie ist Schauspielerin oder so«, sagte er. »Oder Model. Das eine oder das andere. Wir haben ein paar interessante Gespräche über Filme geführt. Haben Sie den Film *Orlando* gesehen? Wir haben darüber ein interessantes Gespräch geführt. Es geht um eine Geschlechtsumwandlung, so nennt man das wohl. Er war sehr interessant. Sie sollten sich in Ihrer Videothek mal danach umsehen. Wir haben uns auch über *Speed* unterhalten, was ein ganz anderer Film ist, aber auch ein sehr interessanter. Die beiden sind es durchaus wert, daß man sie ...«

»Wann war sie zum letztenmal hier?«

»Ach, das weiß ich nicht, sie kommt ständig. Zahnpasta, Lippenstift, Deodorant ...«

»Was ist mit rezeptpflichtigen Medikamenten?« fragte Meyer.

»Da müßte ich mal nachsehen. Ich weiß, sie hat neulich eine Erkältung gehabt und ein Antibiotikum genommen ...«

»Was ist mit Schlaftabletten?« fragte Hawes.

»Ja, da hat sie ein fortlaufendes Rezept.«

»Ein fortlaufendes?«

»Etwa jeden Monat bekommt sie neue.«

»Wann hat sie sie zum letztenmal bekommen?«

»Vor ein paar Wochen, würde ich sagen. Da muß ich im Computer nachsehen.«

»Was für ein Medikament?«

»Dalmane.«

EIDESSTATTLICHE VERSICHERUNG
BEZÜGLICH EINES DURCHSUCHUNGSBEFEHLS

VOR MIR, EINEM RICHTER des zuständigen GERICHTS, ist persönlich erschienen:
Detective/Second Grade Stephen Louis Carella, **ein von mir ordnungsgemäß vereidigter POLIZEIBEAMTER, der einen**

ANTRAG für einen DURCHSUCHUNGSBEFEHL gestellt und in diesem ANTRAG unter EID ausgesagt hat:

Daß er ANLASS ZU DER ANNAHME hat und ANNIMMT, daß die GESETZE DIESES STAATES, besonders:

Strafgesetzbuch § 125 Abs. 25

nämlich: Totschlag

verletzt wurde von: Andrea Packer

und der ANTRAGSTELLER der ANSICHT ist, daß BEWEISE für dieses Verbrechen oder ERTRÄGE DES VERBRECHENS zur Zeit an dem nachfolgend beschriebenen Ort gefunden werden können, nämlich:

714 South Hedley Avenue
Apartment 4C
Isola

Antragsteller beantragt eigens Durchsuchungsbefehl für:
Einen Behälter mit einem verschriebenen Medikament mit einem Aufkleber der G&R Drugs, 1123 Commerce Street, datiert auf den 27. März dieses Jahres, und mit folgenden Informationen versehen:

REZ.NR.:	445 358
PAT.:	PACKER, ANDREA
ADR.:	HEDLEY AVENUE
MED.:	DALMANE 30-MG-KAPS. BEI BEDARF EINE KAPSEL VOR DEM SCHLAFENGEHEN
MEN.:	30
BZ.:	1

DER ANTRAGSTELLER FÜHRT FOLGENDE GRÜNDE FÜR SEINE ANNAHME AUF:

1. Um 23 Uhr 30 am elften April dieses Jahres sprang William Charles Madden aus einem Fenster im zehnten Stock des Hauses 355 North River Street, Isola, zu Tode oder wurde hinausgestoßen.
2. Ein Bericht der Toxikologischen Abteilung des Polizeilabors führt auf, daß Spuren des Schlafmittels Dalmane im Blut des Opfers gefunden wurden. Die aufgenommene

Menge des Medikaments hat ausgereicht, das Opfer tief schlafen zu lassen.

3. Das Opfer kann sich in einem von Dalmane hervorgerufenen schlafenden Zustand nicht selbst aus dem Fenster gestürzt haben.
4. Zwei Gläser, die neben dem Bett des Opfers gefunden wurden, deuten auf die Gegenwart von Alkohol hin und lassen vermuten, daß eins der Getränke mit Dalmane versetzt war.
5. Anthony Givens, Apotheker in der Pharmazie G&R Drugs, erinnert sich, die oben aufgeführte Dalmane-Verschreibung am siebenundzwanzigsten März dieses Jahres Miss Packer ausgehändigt zu haben.
6. Daryll Hinks, ein Nachbar, der gegenüber von Andrea Packer wohnt, im Apartment 4D in der 714 South Hedley Avenue, sagt aus, daß er Charles William Madden Miss Packers Wohnung hat betreten oder verlassen sehen, und zwar zu Tageszeiten, die andeuten, daß er zur Zeit seines Todes mit ihr zusammengewohnt hat.
7. Aufgrund der aufgeführten Informationen und persönlicher Kenntnisse des Antragstellers besteht begründeter Anlaß zu der Vermutung, daß sich in Andrea Packers Besitz ein Behälter mit Dalmane-Kapseln befindet, bei dem es sich um ein Beweismittel in einem Mordfall handelt.

Deshalb bittet der ANTRAGSTELLER darum, daß ein DURCHSUCHUNGSBEFEHL ausgestellt wird, der es im GESETZLICHEN Rahmen einem oder mehreren Beamten ermöglicht, innerhalb seiner oder ihrer Befugnisse zu jeder Tages- und auch Nachtzeit, auch am Sonntag, wie die UMSTÄNDE des Vorgehens es verlangen, mit angemessener und notwendiger Hilfe den zuvor beschriebenen Ort zu DURCHSUCHEN und als BEWEIS die folgenden Gegenstände zu BESCHLAGNAHMEN:

Behälter und Inhalt des von G&R Drugs ausgegebenen Rezepts Nummer 445 358, ausgegeben an Andrea Packer, über 30 Kapsel mit jeweils 30 MG Dalmane.

Den letzten Satz von Carellas Antrag auf einen Durchsuchungsbefehl hatte der Richter durchgestrichen, da er zu allgemein gefaßt war, aber damit hatte Carella sowieso gerechnet.

Ansonsten war der Antrag genehmigt worden.

Sie warteten im Gang vor ihrer Tür, als sie an diesem Abend um neun von der Probe zurückkam. Ihr gerichtlich angeordneter Durchsuchungsbefehl gab ihnen nicht die Erlaubnis, sich gewaltsam Einlaß zu verschaffen. Es wäre von vornherein töricht von ihnen gewesen, darum überhaupt zu bitten; in Apartment 4C wohnte kein bewaffneter und gefährlicher Desperado. Es handelte sich lediglich um eine Frau, die etwa einssiebzig groß und zweiundsechzig Kilo schwer war und einen betäubten Mann zuerst über den Boden seiner Wohnung gezerrt, ihn dann auf die Bank eines geöffneten Fensters hinaufgeschoben und ihn dann aus diesem Fenster im zehnten Stock geworfen hatte.

Als sie aus dem Fahrstuhl trat, nahm sie gerade ihre Schlüssel aus der Handtasche. Sie sah sie sofort, zögerte einen Augenblick und ging dann direkt auf sie zu.

Sie sah heute abend müde aus.

Die Probe mußte anstrengend gewesen sein.

»Hallo«, sagte sie, »was für eine Überraschung.« Sie lächelte schwach.

»Miss Packer«, sagte Carella, »ich habe hier einen Gerichtsbeschluß, der uns zur Durchsuchung Ihrer Wohnung befu…«

»Einen *was*?« sagte sie.

»Einen Durchsuchungsbefehl«, sagte Kling. »Würden Sie bitte die Tür aufschließen?«

»Nein, ich werde die Tür *nicht* aufschließen«, sagte sie und trat einen Schritt zurück. »Einen *Durchsuchungsbefehl*? *Wofür*, verdammt noch mal?«

»Vielleicht sollten Sie ihn lesen«, sagte Carella und gab ihn ihr.

Sie las ihn stumm.

»Ich will meinen Anwalt anrufen«, sagte sie.

»Schön, Sie können ihn anrufen, während wir die Durchsuchung vornehmen.«

»Nein, ich will ihn *jetzt* anrufen. Bevor ich Sie in die Wohnung lasse.«

»Miss Packer«, sagte Carella, »ich weiß nicht, ob Sie das richtig verstanden haben. Das ist ein Gerichtsbeschluß. Wenn Sie sich weigern ...«

»Ich weigere mich ja gar nicht. Ich möchte nur, daß mein Anwalt dabei ist, während Sie ...«

»Miss Packer«, sagte Kling, »ich schlage vor ...«

»Ach, würden Sie bitte mit dem Mutt-und-Jeff-Spielchen aufhören?«

»Entweder, Sie öffnen die Tür, oder wir sehen uns gezwungen, Sie wegen Behinderung einer von der Regierung angeordneten Handlung zu verhaften«, sagte Carella.

»Und was heißt das im Klartext?«

»Es heißt, daß Sie eine gerichtlich angeordnete Untersuchung verhindern«, sagte er. »Und wenn Sie sie weiterhin behindern, werden wir Sie verhaften müssen.«

»Sagt er mir die Wahrheit?« fragte sie Kling.

»Er sagt Ihnen die Wahrheit.«

»Was ist das hier, Nazideutschland?«

»Nein, das ist Amerika«, sagte Carella.

»Großer Gott«, sagte sie und steckte den Schlüssel wütend ins Schloß.

Sie drehte den Schlüssel um, warf die Tür auf und stapfte sofort zum Telefon an der Küchenwand. Die Detectives folgten ihr hinein und zogen weiße Baumwollhandschuhe an, während sie wählte.

»Wo ist Ihr Badezimmer?« fragte Kling.

»Wagen Sie es ja nicht, mein Badezimmer zu benutzen!« rief sie.

»Niemand will Ihr Bad benutzen«, sagte Carella. »Sie haben den Durchsuchungsbefehl doch gelesen, Sie wissen, wonach wir suchen.«

»Wühlen Sie nicht in meinen persönlichen ... Mr. Foley,

bitte. Hier spricht Andrea Packer, sagen Sie ihm, es ist dringend. Fassen Sie ohne mich ja nichts an!« warnte sie sie.

»Miss Packer ...«

»Verdammt noch mal, Sie können warten, bis mein Anwalt ...«

»Nein, das können wir nicht«, sagte Carella.

»Holly?« sagte sie ins Telefon. »Hier spricht Andrea. Ich habe zwei Detectives hier ... wohin *gehen* Sie da?« schrie sie ihnen nach. »Holly, du mußt sofort kommen«, sagte sie wieder ins Telefon. »Sie durchsuchen meine Wohnung, sie haben irgendeinen Schrieb, den ein Richter unterzeichnet hat, komm sofort her!« rief sie, knallte den Hörer auf die Gabel und lief ihnen durch die Wohnung hinterher.

Sie waren bereits durch das Schlafzimmer gegangen, wo sie eine geöffnete Schranktür bemerkt hatten, und ein Blick darauf enthüllte eindeutig Männerkleidung. Hätte der Richter nicht den üblichen Satz mit ›allen weiteren Beweismitteln‹ aus Carellas Antrag gestrichen, hätten sie es riskieren können, die Sachen als Beweis dafür zu beschlagnahmen, daß Madden hier gewohnt hatte. Schließlich hatten sie ja nicht nach der Kleidung *gesucht*, sondern sie zufällig gesehen, wie sie ›auf den ersten Blick zu erkennen‹ dort hing ein Lieblingsausdruck aller Polizisten, die etwas beschlagnahmen wollten. Aber da Andrea Packer ihnen auf den Fersen war, wollten sie nicht Gefahr laufen, nicht zu finden, was sie eigentlich suchten, und deshalb gingen sie direkt in ein Badezimmer weiter, das mit hellblauen Fliesen gekachelt war. Sie ignorierten die dunkelblauen Handtücher und gingen direkt zum Waschbecken, über dem sie auch einen Rasierapparat bemerkten, den sie ebenfalls auf den ersten Blick sahen. Carella zog mit der behandschuhten rechten Hand die verspiegelte Tür des Badezimmerschränkchens auf, und er und Kling beugten sich über das Waschbecken und lasen die Schilder der zahlreichen bräunlich-gelben Plastikdosen mit weißen Deckeln auf den Regalen. Mehrere der Medikamente waren Charles Madden verschrieben worden, ein weiterer Beweis dafür, daß er hier gewohnt hatte. Doch die meisten waren Andrea verschrieben worden, die 250-Milligramm-Kapseln Amoxicillin, das APC mit Kodein und die 400-Milligramm-Tabletten Meprobamat und das vierprozentige Naselcom-Spray, und das Donnatal und die 500-Milligramm-Kapseln Tetracyclin, und die AVC-Creme und …

»Da ist er«, sagte Kling und griff in den Schrank.

Er schüttelte den Behälter, um festzustellen, ob noch Pillen darin waren, und schob den Deckel dann mit dem Daumen hoch. Sie schauten auf vielleicht ein Dutzend Kapseln Dalmane hinab. Andrea tauchte hinter ihnen in der Badezimmertür auf. »Na schön«, sagte sie, »mein Anwalt ist un…«

»Sie sind verhaftet«, sagte Carella.

13. KAPITEL

Sie rief ihren Anwalt noch einmal vom Revier aus an, um ihm mitzuteilen, daß sie sich nun in Polizeigewahrsam befand, und er versprach, sofort zu kommen. Jetzt war es fast zehn Uhr am Abend, und er war noch immer nicht da. Sie fragten Andrea, ob sie eine Tasse Kaffee oder so wolle, und sie sagte ihnen, sie sollten zur Hölle fahren. Sie hatten ihr Miranda bereits vorgelesen, und vermutlich hatte sie ihre Rechte nun verstanden, weshalb sie sich auch weigerte, etwas anderes als »Fahren Sie zur Hölle!« zu sagen, bis ihr Anwalt da war. Sie hatte ihnen bereits gesagt, daß es sich um einen gewissen Hollis Foley handelte und daß er einen Anwalt für Strafsachen mitbringen würde, dessen Namen sie nicht kannte, so daß sie davon ausgehen konnten, daß jeden Augenblick *zwei* Anwälte aufkreuzen würden.

»Und bis dahin können Sie alle mich mal am Arsch lecken«, sagte sie, was eine ebenfalls unhöfliche Umschreibung für ›Fahren Sie zur Hölle!‹ war.

Kling ging zu seinem Schreibtisch, um Sharyn anzurufen. Er telefonierte noch, als Andreas Anwälte um fünf vor halb elf eintrafen. Beide gaben sich brüsk und geschäftsmäßig. Ihr persönlicher Anwalt fragte Andrea sofort, ob sie in Ordnung sei. Der Strafverteidiger stellte sich den Detectives vor – er hieß Felix Bertinotti – und erkundigte sich dann, warum seine Klientin verhaftet worden sei. Carella erklärte ihm, sie hätten vor, Miss Packer wegen Totschlags anzuklagen, und der Anwalt riet Andrea sofort, keine Fragen zu beantworten. Andrea wollte wissen, ob das sie nicht in ein schlechtes Licht stellte, und Bertinotti erklärte ihr, ihr Schweigen könne ihr auf keinen Fall zum Nachteil gereichen, falls dieser Fall überhaupt vor Gericht käme. Obwohl noch keine Fernsehkamera in Sicht war, schwafelte er bereits von der »Unschuld seiner Klientin«. Andrea beharrte darauf, daß sie nichts getan und daher von der Polizei auch nichts zu befürchten hatte; warum sollte sie also nicht ihre Fragen beantworten? Die Cops standen schweigend daneben. Diese Entscheidung mußten Andrea und ihr Anwalt treffen. Wie Carella bereits erwähnt hatte, befanden sie sich schließlich in Amerika.

»Dürfen wir bitte allein mit Miss Packer sprechen?« sagte Bertinotti, woraufhin Carella, Kling und Lieutenant Byrnes – der gekommen war, nachdem er von der Verhaftung erfahren hatte – beratschlagten, ob sie die Staatsanwaltschaft sofort hinzuziehen oder noch warten sollten, bis sie etwas Handfestes vorweisen konnten. Sie entschlossen sich, noch zu warten. Andrea und ihre Anwälte beendeten ihre Beratung erst um Viertel nach elf.

»Miss Packer hat sich entschlossen, Ihre Fragen zu beantworten«, erklärte Bertinotti, was Carella ziemlich überraschte. Ihm war einfach nicht klar, warum die schweren Jungs Miranda stets voll ausnutzten und ihnen noch nicht mal sagten, wie spät es war, während die Amateure stets glaubten, sie könnten die Cops bei deren eigenem Spiel schlagen. Vielleicht bildete Andrea sich aber auch ein, jetzt könne sie die Rolle ihres Lebens spielen, und war nicht bereit, auf die Gelegenheit zu verzichten, eine oskarreife Vorstellung zu geben und zu beweisen, daß sie mehr hatte als nur ein hübsches Gesicht. Außerdem waren zwei Anwälte dabei, die sofort unterbrechen würden, falls es hart auf hart kam, also glaubte sie vielleicht, sie habe nichts zu verlieren. Und das, obwohl ihr persönlicher Anwalt vom Strafrecht nicht die geringste Ahnung hatte und so hilfreich sein würde wie ein Bühnentelefon, das nicht klingelte, wenn es eigentlich klingeln sollte.

Sie lasen Andrea noch einmal ihre Rechte vor und vergewisserten sich, daß sie sie verstanden hatte und bereit war, ihre Fragen zu beantworten. Sie trug noch, was sie bei der Probe angehabt hatte, Jeans, Halbschuhe und ein gelbes T-Shirt. Ihr langes blondes Haar war zu einem Pferdeschwanz zurückgebunden, und sie hatte kein Make-up aufgelegt. Carella fragte sich, ob er ihr einen Lutscher anbieten sollte.

»Miss Packer«, sagte er, »können Sie uns sagen, wo Sie gestern abend um diese Zeit waren?«

Auf der Uhr im Verhörzimmer war es nun Viertel nach elf. Andrea saß am Kopfende des langen, schmalen Tisches, ihre Anwälte rechts und links neben ihr. Ein Polizeistenograph saß neben Bertinotti und schrieb mit. Kling saß neben ihm und gegenüber von Byrnes. Carella stand. Er arbeitete am besten, wenn er sich bewegen konnte.

»Ich war zu Hause«, sagte Andrea.

»Wo ist das?«

»Da, wo Sie heute abend eingedrungen sind«, fauchte sie wütend und sah zuerst ihn und dann Kling an.

»Wir hatten einen Durchsuchungsbefehl«, sagte Carella zu Bertinotti und lächelte. »Es wurden keine Türen aufgebrochen, Herr Anwalt.«

Bertinotti erwiderte das Lächeln nicht. Statt dessen zuckte er mit den Achseln, als würde er Carella nicht glauben. Er trug einen dunkelblauen Anzug, wie Andreas anderer Anwalt ebenfalls, und schien sich frisch rasiert zu haben, bevor er aufs Revier gekommen war. Carella vermutete, daß er mit Fernsehkameras draußen gerechnet hatte, obwohl er bei zwei Zentnern Gewicht und knapp über einem Meter und siebzig Größe eigentlich hätte versuchen sollen, jede Publicity zu vermeiden.

»Ich habe Sie um Ihre Adresse gebeten«, sagte Carella freundlich. »Für die Akten.«

»Sie *kennen* meine Adresse.«

»Wohnen Sie …«

Er griff nach dem Formular, das nach der Verhaftung ausgefüllt worden war.

»… in der 714 South Hedley Avenue, Apartment 4C?«

»Ja.«

»Danke. Und von wann bis wann gestern abend waren Sie dort?«

»Ich bin um acht von der Probe nach Hause gekommen. Danach bin ich nicht mehr ausgegangen.«

»War Charles Madden bei dieser Probe anwesend?«

»Ja. Er ist unser Inspizient.«

»*War* Ihr Inspizient«, berichtigte Carella sie nur der Ordnung halber.

»Ja.«

»Ist er mit Ihnen vom Theater nach Hause gegangen?«

»Nein.«

»Aber Sie haben doch zusammen gewohnt, nicht wahr?«

»Ja.«

»Seit wann wohnt er schon in Ihrem Apartment, Miss Packer?«

»Seit Anfang März.«

»Seit dem ersten März?«

»Nein, seit dem sechsten, siebenten. So etwa.«

»Wo hat er vorher gewohnt?«

»Er hatte eine Wohnung an der River Street. Er hatte sie noch bis … na ja.«

»Bis zum Zeitpunkt seines Todes?«

Erneut nur der Ordnung halber.

»Ja«, sagte Andrea.

»Zu dem es gestern abend um halb zwölf kam.«

»Das habe ich zumindest gehört«, sagte Andrea und schaute auf die Hände in ihrem Schoß.

Das taten Schauspielerinnen nun mal, wie Carella mittlerweile aufgefallen war. Sie senkten den Blick wie eine Nonne, wenn sie tugendhaft oder unschuldig wirken wollten. Das war überaus wirksam. Er würde von jetzt an genauer auf Filme achten, um herauszufinden, ob gute Schauspielerinnen das auch taten.

»Sie waren zu diesem Zeitpunkt nicht zufällig in seiner Wohnung, oder?« fragte er.

»Nein, ich …«

»Also wirklich, Detective«, sagte Bertinotti. »Sie hat Ihnen doch gerade gesagt …«

»Ja, aber ich habe mich gefragt, ob sie vielleicht etwas aufklären könnte, das mich verwirrt.«

»Was?« fragte Andrea.

»Miss Packer«, sagte Bertinotti, »niemand verlangt von Ihnen, daß Sie Detective Carella von seiner Verwirrung befreien.«

Andreas anderer Anwalt, den diese Räuber-und-Gendarm-Scheiße anscheinend gewaltig faszinierte, kicherte tatsächlich über die Bemerkung seines Kollegen. Bertinotti wirkte zufrieden. Andrea wirkte auch zufrieden. Alle drei schienen plötzlich zufrieden zu sein, als wäre der Fall schon vor Gericht verhandelt worden, und sie hätten einen Freispruch erzielt.

»Nein, ich kann es wirklich nicht ertragen, ihn so verwirrt zu sehen«, sagte Andrea lächelnd. »Was möchten Sie wissen, Mr. Carella?«

»Benutzen Sie ein Medikament namens Dalmane?« fragte Carella.

»Das wissen Sie doch schon«, sagte sie, noch immer lächelnd. »Sie haben eine Flasche davon in meinem Medizinschrank gefunden.«

»Hat Mr. Madden ebenfalls Dalmane benutzt?«

»Ich habe keine Ahnung.«

»Denn wir haben Dalmane in seinem Blut entdeckt.«

Das war Andrea völlig neu. Vielleicht wußte sie nicht, daß man einem Fleck auf dem Bürgersteig Blut entnehmen konnte, oder sie hatte vielleicht gedacht, daß die Polizei sich nicht die Mühe machen würde, das Blut eines Mannes zu untersuchen, der offensichtlich zu Tode *gestürzt* war.

»Wer ist *wir*?« fragte sie.

»Die Toxikologische Abteilung des Polizeilabors.«

Andrea zuckte leicht mit den Achseln, als wolle sie andeuten, sie habe keine Ahnung, in welchem Zusammenhang diese Information mit der Tatsache stand, daß sie sich auf einer Polizeiwache befand.

»Ich gehe davon aus«, sagte Bertinotti, »daß Sie den ...«

»Ja, Herr Anwalt, wir haben den Bericht.«

»Darf ich ihn sehen?«

»Natürlich«, sagte Carella und zuckte ebenfalls leicht mit den Achseln, als wolle er andeuten, ein zugelassener Anwalt würde doch wohl nicht annehmen, er habe einen gottverdammten toxikologischen Bericht einfach *erfunden*. Er gab ihm das Blatt, drehte sich zu Andrea um und fragte beiläufig: »Hat Mr. Madden jemals Ihr Dalmane benutzt?«

»Ja, das kann schon sein«, sagte Andrea. Sie hatte sich schnell erholt. Jetzt wußte sie, daß sie Dalmane in Maddens Blut und in ihrem Medizinschrank gefunden hatten. Carella vermutete, daß sie nun überlegte, wie sie freihändig und ohne Netz und doppelten Boden das Dalmane *aus* ihrem Badezimmer und *in* Maddens Blut bekam, ohne den Anschein zu erwecken, sie habe es dorthin gebracht.

»Wenn Sie sagen, es könnte sein, daß er ...«

»Ja, ich glaube, ich erinnere mich, daß er mich mal gefragt hat ... ich weiß aber nicht mehr, wann das war ... aber ich glaube, er hat mich einmal gefragt, ob ich ein Schlafmittel für ihn hätte.«

»Aber Sie erinnern sich nicht, wann das war?«

»Nein, nicht mehr. Bei Gott, ich sage Ihnen die reine Wahrheit«, sagte sie. Klar, dachte Carella.

»Glauben Sie, er hat sich gestern abend einfach ein paar Kapseln Dalmane genommen?« fragte er. »In seine Wohnung mitgenommen?«

»Vielleicht, das kann ich nicht genau sagen. Er wußte ja, daß ich Dalmane hatte ...«

»Aber Sie haben doch gesagt, er sei vom Theater aus nicht mit in Ihre Wohnung gegangen?«

»Ja, das stimmt, ist er auch nicht.«

»Falls er sich also ein paar Kapseln aus der Flasche in Ihrem Badezimmer genommen hat, muß er das getan haben, bevor er am Morgen die Wohnung verließ.«

»Das würde ich sagen. Aber ich weiß wirklich nicht, was er getan hat und was nicht.«

»Denn in seiner Wohnung haben wir kein Dalmane gefunden. Oder irgendwelche leeren Flaschen oder Behälter, in denen sich Dalmane hätte befinden können. Das ist doch seltsam, meinen Sie nicht auch?«

»Ich weiß nicht, ob das seltsam ist oder nicht. Ich weiß nicht, was er gestern abend genommen oder nicht genommen hat. Oder irgendwann am gestrigen Tag, was das betrifft.«

»Nun ja, er *hat* Dalmane genommen, das steht fest. Wir haben heute morgen Spuren davon in seinem Blut gefunden.«

»Ich weiß nichts über irgendwelche Spuren in seinem Blut.«

»Ich eigentlich auch nicht«, log Carella. »Aber ich frage mich, wie konnte dieses Dalmane nur in ...«

»Wenn Sie noch irgendwelche Fragen an meine Klientin haben«, sagte Bertinotti, »stellen Sie sie bitte. Was Sie *sich* fragen, interessiert hier nicht. Behalten Sie es für sich. Stellen Sie meiner Klientin Fragen, oder ...«

»Natürlich, Herr Anwalt. Frage, Miss Packer. Sind Sie irgendwann gestern abend in Mr. Maddens Wohnung gewesen?«

»Nein, bin ich nicht.«

»Sie haben ihn also nicht direkt vom Theater aus dorthin begleitet?«

»Nein.«

»Oder sind irgendwann später dorthin gegangen?«

»Ich bin *überhaupt* nicht dort gewesen. Ich war gestern abend zu Hause. Die ganze Nacht über.«

»Haben Sie gewußt, wo Mr. Madden war?«

»Natürlich. Er hat mir gesagt, er würde in seine Wohnung gehen, um an seinem Stück zu arbeiten.«

»Wann hat er Ihnen das gesagt?«

»Als wir das Theater verließen.«

»Nach der Probe?«

»Ja.«

»Und Sie sind dann nach Hause gegangen, und er ist in seine Wohnung an der River Street gegangen?«

»Ja. Er hat sie gewissermaßen als Büro benutzt.«

»Ich verstehe.«

»Nachdem er bei mir eingezogen ist. Er ging regelmäßig dorthin, um an dem Stück zu arbeiten. Er hat gemeinsam mit Jerry Greenbaum ein Stück geschrieben.«

»Das habe ich mittlerweile herausgefunden.«

»Die Maid ist tot.«

»Christopher Marlowe«, sagte Carella.

Andrea sah ihn überrascht an.

»Glauben Sie, Mr. Greenbaum war gestern abend bei ihm?« fragte Carella.

»Da müssen Sie schon Mr. Greenbaum fragen.«

»Das haben wir bereits.«

»Und?«

»Nein, er war nicht dort.«

»Dann kann er Chuck ja nicht aus diesem Fenster gestoßen haben, oder?« sagte Andrea und lächelte.

»Wahrscheinlich nicht«, sagte Carella. »Aber jemand hat genau das getan. Weil ein Schlafender sich nämlich nicht aus dem Schlafzimmer und ins Nebenzimmer schleppen kann.«

»Vielleicht war er ja nur im Halbschlaf«, sagte Andrea. »Vielleicht hat er eine Dalmane genommen, wie Sie behaupten ...«

»Die er vielleicht an diesem Morgen aus Ihrem Medizinschränkchen genommen hat ...«

»Ich habe doch schon gesagt, ich weiß nicht, ob er ...«

»Aber es wäre ja möglich.«

»Ich habe nur gesagt, *vielleicht* hat er ein paar Kapseln genommen. Ich bin ihm nicht hinterhergelaufen, um herauszukriegen, ob er mir Pillen aus dem Medizinschrank klaut.«

»Natürlich nicht.«

»Miss Packer, ich habe den Eindruck, ich sollte Sie warnen«, sagte Bertinotti.

»Ich sage ja nur«, sagte Andrea, *»falls* er es getan hat, wie Sie es zu glauben scheinen.«

»Nun ja, in seinem Blut war Dalmane«, sagte Carella. »Ich habe lediglich wiederholt, was in dem toxikologischen Bericht steht. Aber Sie scheinen ja anzudeuten, er könne benommen herumgewandert sein und nur *zufällig …«*

»Genau.«

»Daran hatte ich nicht gedacht«, sagte Carella. »Er könnte das Dalmane genommen haben …«

»Klar.«

»Und dann … na ja … ist er in der Wohnung herumgewandert, bevor er zu Bett ging, und plötzlich wird ihm schwindlig, und er stürzt aus dem Fenster.«

»Als Schauspielerin kann ich mir das vorstellen«, sagte Andrea.

»Wie bitte?«

»So eine Szene.«

»Ach so.«

»Sie würde funktionieren.«

»Daß er halb benommen aus dem Fenster fällt, meinen Sie?«

»Ja.«

»Miss Packer«, sagte Bertinotti und versuchte, sie erneut zu warnen, daß dieser Klugscheißer von Detective sie immer enger einkreiste und sie besser auf ihre Eierstöcke achtgab. »Ich glaube …«

»Wir wissen, daß gestern abend eine Frau bei ihm in seiner Wohnung war«, sagte Carella.

»Ich war es jedenfalls nicht«, sagte Andrea. »Außerdem … woher wissen Sie …«

»Wir haben Vaginalflecken gefunden«, sagte Carella. »Auf den Bettlaken.«

Andrea sah ihn an.

»Obwohl ich davon überzeugt bin«, sagte er, »daß wir dies unter der Miranda-Verordnung auch ohne Gerichtsbeschluß dürfen, werden wir …«

»Was?« fragte Bertinotti sofort.

»Wir werden einen Vaginalabstrich vornehmen lassen.«

»Bevor Sie ihre Intimsphäre dermaßen verletzen, besorgen Sie sich lieber einen Gerichtsbeschluß!«

»Genau das habe ich vor, Sir.«

»Gut, tun Sie das. Bis dahin ist das Verhör beendet.«

»Herr Anwalt«, sagte Carella, »wenn Miss Packer gestern abend nicht mit Mr. Madden in diesem Bett war, muß sie sich keine Sorgen machen. Aber wenn die DNS-Probe übereinstimmt, haben wir bewiesen, daß sie bei ihm war, bevor er aus diesem Fenster stürzte. Vielleicht wollen Sie das unter vier Augen mit ihr besprechen.«

Bertinotti sah sie an.

»Geben Sie uns fünfzehn Minuten«, sagte er.

Er kam schon nach zehn zurück.

»Wurde dieser Fall schon einem Staatsanwalt übergeben?« fragte er.

Nellie Brand traf um zwei Minuten nach Mitternacht auf dem Revier ein. Offiziell war Palmsonntag, aber sie war nicht für den Kirchgang gekleidet. Sie hatten sie von einer Party weggeholt, und sie trug das kleine Schwarze mit hochhackigen schwarzen Pumps. Sie entschuldigte sich für ihr unpassendes Äußeres, sprach mit Carella, um zu erfahren, was sie hatten, und ging dann hinein, um mit Andreas Anwälten zu sprechen.

Foley saß einfach da und hätte genausogut mit dem Finger in der Nase bohren können.

Bertinotti übernahm die gesamten Verhandlungen für ihre Klientin.

Nellie wußte, daß ihre Beweise nicht überwältigend waren, war aber nicht bereit, sich von Bertinotti das Fell über die Ohren ziehen zu lassen. Schon allein die Tatsache, daß er überhaupt zu Verhandlungen bereit war, verriet ihr, daß Andrea Packer an dem Abend, an dem Madden aus dem Fenster gestürzt war, in seiner Wohnung gewesen war. Aber sie wußte auch, daß sie eigentlich nichts hatte, das die Packer in

Verbindung mit dem Mord an Michelle Cassidy brachte. Trotzdem sagte sie Bertinotti, daß sie in beiden Fällen auf Totschlag klagen würde, davon ausgehend, daß die Packer im Fall Cassidy gemeinsam mit Madden gehandelt hatte. Totschlag beziehungsweise Mord zweiten Grades war eine Straftat, die mit lebenslänglicher Haft geahndet werden konnte. Bertinotti wußte, daß sie lediglich auf den Putz haute; warum würden sie sich sonst überhaupt unterhalten?

Er erklärte sich bereit, im Fall Madden Totschlag zu akzeptieren, wenn sie den Fall Cassidy völlig außer acht ließe. Sie erwiderte, das käme nicht in Frage, die beiden Fälle wären unabänderlich miteinander verknüpft, und wenn sie nicht beide unter Dach und Fach bekäme, würde sie überhaupt nicht verhandeln. Er erinnerte sie daran, daß wegen des Mordes an Michelle Cassidy bereits jemand verhaftet worden war ...

»Bitte, Herr Anwalt«, sagte sie. »Sie schlagen doch nicht vor, daß ich einen Unschuldigen ins Gefängnis schicke, oder?«

»Gott bewahre!« sagte Bertinotti.

Foley, dieser Esel, kicherte tatsächlich.

»Ich habe lediglich in Erwägung gezogen, daß die unersättliche Gier der Öffentlichkeit nach Geheimnissen, Intrigen und Rache auch dann befriedigt werden würde, wenn sie beim ersten Mord die Straftat der Klasse A vergessen ...«

»Kommt nicht in Frage.«

»... und sich mit einer der Klasse B begnügen, nämlich mit Anstiftung zum Mord.«

»Acht bis fünfundzwanzig Jahre bei jeder Straftat«, sagte Nellie.

»Ich dachte bei der Anstiftung an zwei bis sechs.«

»Nichts da. Beide Male die Höchststrafe.«

»Gleichzeitig zu verbüßen.«

»Nacheinander«, sagte Nellie.

»Das kann ich nicht akzeptieren.«

»Dann bereiten Sie Ihre Klientin mal auf die harte Tour vor.«

»Mrs. Brand, sie ist noch keine einundzwanzig Jahre alt …«

»Genau. Sie hat zwei Menschen getötet, und Sie wollen, daß sie mit neunundzwanzig schon wieder draußen ist? Das können Sie vergessen. Lassen wir es darauf ankommen und die Geschworenen entscheiden. Vielleicht gewinnen Sie ja. Vielleicht wird sie *nicht* den Rest ihres Lebens wegen zwei Verurteilungen wegen Tötungsdelikten in der Hölle verbringen müssen. Aber nehmen Sie mein Angebot an, und sie wird draußen sein, bevor sie vierzig ist.«

Bertinotti dachte einen Augenblick lang darüber nach.

»Na schön«, sagte er schließlich. »Ich bin einverstanden. Acht bis fünfundzwanzig Jahre für jedes Delikt. Nacheinander.«

»Dann sind wir uns einig.«

»Lassen Sie mich mit ihr sprechen.«

»Danach bin ich bei ihr dran«, sagte Nellie.

Die Idee kam mir sofort, nachdem Michelle an diesem Abend in der Gasse niedergestochen worden war. Zuerst dachte ich, es sei zu schade, daß jemand seine Arbeit nicht anständig gemacht hatte, weil dann nämlich die Hauptrolle in *Romanze* frei gewesen wäre, und wer hätte sie besser ausfüllen können als die *zweite* Hauptrolle, oder? Wer wäre besser dazu geeignet als ich? Chuck und ich scherzten an diesem Abend im Bett darüber, was für ein Pech es doch war, daß der Messerstecher das Miststück nicht tatsächlich umgebracht hatte.

Wir wohnten zusammen, Chuck und ich …

Herrje, damals muß es schon über einen Monat lang so gegangen sein. Ging es wirklich schon so lange? Ja, ich glaube schon. Noch, bevor wir mit den Proben anfingen. Wir haben uns in dem Augenblick ineinander verliebt, in dem wir uns zum erstenmal gesehen haben. Ich lernte ihn kennen, als ich für die Rolle vorsprach, Inspizienten machen das ständig, sie sind immer dabei, wenn jemand vorspricht. Es war so romantisch. Ich konnte den Blick nicht von ihm wenden. Ich ging noch am selben Abend mit ihm ins Bett, so eine Sache war das, ein echter *coup de foudre*, erstaunlich. So romantisch und sexy und *spontan*, Sie wissen schon.

Das war noch, bevor man mir mitteilte, daß ich die Rolle hatte. Ich dachte zuerst, sie meinten die Hauptrolle, denn dafür hatte ich vorgesprochen, aber statt dessen war es die *zweite* Hauptrolle, die der Zweitbesetzung, wie Freddie sie in seinem Stück nennt. Hören Sie, ich war froh, *überhaupt* eine Rolle gekriegt zu haben, glauben Sie mir, ich hätte auch eine Nebenrolle genommen, Möbel schleppen, was auch immer, ich hätte eine Kellnerin oder Reporterin gespielt, einfach alles. Es ist natürlich schon bitter, daß jemand wie *Michelle* die Rolle kriegt, aber glauben Sie mir, so ist das nun mal, manchmal hat eine nicht besonders gute Schauspielerin Glück, sie war nämlich keine besonders gute Schauspielerin, ich meine, das kann Ihnen jeder sagen. Selbst Josie ist besser, als sie es war. Josie Beales, meine ich, die schließlich …

Mann, das hat mich umgehauen, das können Sie mir wirklich glauben.

Damit hätte ich nie gerechnet.

Ich glaube, es fing ganz harmlos an, wir machten einfach ein paar Witze, Chuck und ich. Wir hatten gerade gebumst, glaube ich, es war an dem Abend, an dem sie niedergestochen worden war, wir wußten bereits, daß sie in Ordnung war und am nächsten Tag wieder zur Probe erscheinen würde. Chuck sagte mir, um wie vieles besser ich doch sei … als Schauspielerin, heißt das. Er ist nie mit ihr im Bett gewesen. Ich hätte ihn umgebracht, aber das sage ich ja gar nicht, er hat uns nicht etwa als Liebhaberinnen oder so verglichen. Einzig und allein als Schauspielerinnen. Er hat mir sogar gesagt, daß es eine ziemlich hitzige Debatte darüber gegeben hatte, wem sie die Rolle anbieten sollten, die Hauptrolle, die Schauspielerin, die drei hatten es besprochen, Morgenstern und Freddie und Ashley. Und dann entschlossen sie sich, Michelle die Rolle zu geben, »Wahrscheinlich, weil sie die größeren Titten hat«, sagte Chuck, und ich sagte: »Ach was, du meinst, das ist dir aufgefallen?«, und wir haben noch so eine Weile herumgealbert, als er dann sagte: »Eigentlich hättest du die Rolle kriegen müssen, Andy«, und dann wurde es eine Weile ganz still, und dann sagte er: »Du *hättest* sie auch gekriegt, wenn dieser Bursche heute abend Erfolg gehabt hätte.«

Na ja, darüber sprachen wir dann eine Weile.

Ob ich die Rolle *wirklich* gekriegt hätte, wenn Michelle an diesem Abend tatsächlich umgebracht worden wäre.

Wir kamen zum Schluß, daß ich sie gekriegt hätte.

Wir kamen zum Schluß, daß ich die logische Wahl gewesen wäre.

Wir kamen sogar zum Schluß, daß ich noch immer die logische Wahl war, falls Michelle irgend etwas zustieße. Falls zum Beispiel der, der es an diesem Abend versucht hatte, es noch einmal versuchen und tatsächlich schaffen würde. Wir hatten keine Ahnung, wer sie niedergestochen hatte, wir haben nur gesagt, angenommen, er versuchte es noch mal, aber diesmal richtig.

Dann würde ich ihre Rolle bekommen.

Wir waren davon überzeugt, daß ich ihre Rolle bekommen würde.

Die mich natürlich zum Star machen würde.

Nämlich wegen all der Publicity, die das Stück schon bekommen hatte. Und wegen der Publicity, die noch kommen würde, wenn sie tatsächlich umgebracht werden würde.

Also …

Entschlossen wir uns, es zu tun.

Und …

Na ja …

Er fuhr zu ihr und tat es.

Stach sie nieder.

Er fuhr mit einem Messer unter der Jacke zu ihr und warf das Messer danach in einen Gully. Nicht da, wo sie wohnte. Sie hat in Diamondback gewohnt, können Sie sich das vorstellen? Ich hätte eine Todesangst, da oben abends nach der Probe nach Hause zu gehen. Ich weiß nicht, wo das Messer jetzt ist. Wo führen Gullys hin? Ich weiß, daß sie nicht in den Fluß führen, denn damit würde man ja das Wasser verschmutzen, nicht wahr? Aber wo führen sie hin? Wohin auch immer, da ist jetzt das Messer. Es war ein Messer aus meiner Küche. Ein Brotmesser. Er hat es in ein Handtuch gewickelt und unter seine Jacke gesteckt, die braune Lederjacke, die er hat. Hat sie erstochen, als sie die Tür öffnete.

Und ich habe die Rolle *nicht* bekommen.

Sie haben sie Josie gegeben.

Hören Sie, sie ist eine sehr fähige Schauspielerin, das gestehe ich als erste ein. Aber das wäre ja, als wolle man Äpfel und Birnen vergleichen, nicht wahr? Josie hat nicht die *Ausbildung*, die ich habe, sie hat nicht meine *Erfahrung*, sie spielt ganz einfach nicht in meiner Liga.

Verdammt, wie hätte man sich das denken können?

Chuck sagte, vielleicht schläft sie mit Morgenstern.

Ansonsten hätten sie *mich* ja wohl kaum übergangen …

Und vergessen Sie nicht, sie haben sich ganz am Anfang überlegt, *mir* die Rolle zu geben, als sie sich dann statt dessen für Michelle entschieden.

Sie übergehen mich und geben die Rolle ihrer verdammten *Zweitbesetzung*?

Das war ein B-Film, habe ich recht?

Sie geben die Rolle einer so unerfahrenen Schauspielerin wie Josie.

Ich kann es *noch immer* nicht glauben.

Na ja …

Allmählich machte ich mir wegen ein paar Dingen Sorgen. Und dann dachte ich über ein paar Dinge nach. Ich hätte wahrscheinlich nicht viel mehr *getan* … ich meine, verdammt, eine Rolle ist eine Rolle, und wenn man die eine nicht kriegt, gibt es noch immer eine andere. Also ehrlich, ich glaube, ich hätte nichts mehr unternommen, obwohl ich mir Sorgen machte, daß Chuck vielleicht zusammenbrechen würde, vielleicht Reue empfinden würde, weil er sie umgebracht hatte, vielleicht sogar zur Polizei gehen und gestehen würde, verdammt, wer kann denn schon wissen, was er getan hätte? Ich meine, er hat mir zwar immer gesagt, daß er mich liebt, hätte er Michelle getötet, wenn er mich nicht lieben würde? Aber eine Romanze ist eine Sache, und Schuld eine ganz andere, und ich sah, die Sache fraß allmählich an ihm, besonders, da die gewünschte *Wirkung* ausgeblieben war, wir hatten das *eine* Miststück getötet, nur, damit ein *anderes* ihren Platz einnimmt. Also machte ich mir Sorgen um ihn, ja, machte mir Sorgen, ob er die Kraft haben würde, das durchzustehen. Männer können manchmal ja so schwach sein, selbst die stärksten von ihnen, körperlich stark, meine ich, er war so groß.

Und dann dachte ich, vielleicht sollten wir es jetzt mal bei Josie versuchen, mit ihr machen, was wir mit Michelle gemacht hatten, denn dann hätten sie mir die Rolle ja geben *müssen*, nicht wahr? Wenn Josie aus dem Weg gewesen wäre? Hätten sie sie mir dann nicht geben *müssen*? Wem *sonst* konnten sie sie geben? Der verdammten Putzfrau?

Und dann fand ich den Ohrring.

Josies Ohrring.

Glauben Sie an das Schicksal?

Ich glaube absolut daran.

Ich fand ihn auf der Ablage über dem Waschbecken in der Damentoilette. Im Theater. Fast hätte ich ihn ihr zurückgegeben. Ich wußte natürlich, daß es ihrer war, ich hatte sie schon gesehen, wie sie sie getragen hatte. Ich hätte fast das klare *Signal* übersehen, das der Ohrring mir schickte. Dieser Ohrring verriet mir nämlich, was ich nun tun mußte. Er verriet mir, wie ich die Rolle kriegen konnte, die ich von Anfang an hätte kriegen sollen, und er verriet mir ebenfalls, wie ich mir keine Sorgen mehr darüber machen mußte, daß Chuck vielleicht zusammenbrechen und mich in einen Mord reinziehen würde, der schließlich seine Idee gewesen war, er hatte ihn ja zuerst vorgeschlagen, und es ist mir völlig egal, ob Sie mir das nun glauben oder nicht.

Ich dachte, ich könnte …

Wenn ich es so hinstellen konnte, als hätte jemand Selbstmord begangen …

Na ja, wenn ich es so hinstellen konnte, als hätte *Chuck* Selbstmord begangen …

Mit einem Abschiedsbrief und so.

Ich konnte ja einen Abschiedsbrief tippen.

Es so hinstellen, als würde er bedauern, Michelle getötet zu haben, aber dann …

Und das war das Gute daran.

Es so hinstellen, als sei der Selbstmord *vorgetäuscht*, als sei der Selbstmord in Wirklichkeit ein Mord, verstehen Sie? Jemand hatte ihn umgebracht und versuchte, es wie einen Selbstmord aussehen zu lassen. So was haben Sie bestimmt schon oft gesehen, ich habe in einem Dutzend Stücken gespielt, in denen so was passiert ist. Ich habe sogar damit gerechnet, daß Sie nach so was suchen, nach einem vorgetäuschten Selbstmord. Ich habe damit gerechnet, daß Sie den Ohrring finden, den ich unter das Bett gelegt habe, Josies Ohrring. Ich habe darauf gezählt, daß Sie vermuten, *sie* wäre dort gewesen, sie habe mit ihm geschlafen.

Wir haben an diesem Abend so toll gebumst.

Ich habe ihn dort überrascht.

An die Tür geklopft. Hallo, Chuck.

Er sah so stattlich aus.

Wir haben so toll gebumst.

Ich hätt' gern was zu trinken, sagte ich ihm nachher. Nein, steh nicht auf, ich mache sie. Ich habe sie in der Küche gemixt und zwei Dalmane in sein Glas fallen lassen. Auf uns, Liebling, auf unsere Zukunft. Zehn Minuten später hat er geschnarcht, als wollte er das Bett durchsägen. Ich habe ihn auf den Boden gerollt und zum Schlafzimmerfenster gezerrt, aber das verdammte Ding ging nicht auf, weil die Klimaanlage es blockierte, also mußte ich ihn bis ins Wohnzimmer schleppen, er war so groß, so schwer. Ich ließ ihn unter dem Fenster auf dem Boden liegen, während ich tat, was ich tun mußte. Ich war noch immer nackt. Ich ließ die Gläser stehen, wo sie waren. Schließlich war ja eine Frau bei ihm gewesen, klar? Die Flasche Scotch habe ich zurückgestellt. Die Nachricht getippt. Noch immer nackt. Habe versucht, es nicht allzu deutlich zu machen, weil Sie ja noch ein paar Dinge selbst rausfinden sollten. Wenn es *zu* falsch aussah, würden Sie vielleicht glauben, es *sollte* falsch aussehen, jemand hätte versucht, es falsch aussehen zu *lassen*. Ich habe alles abgewischt, was ich angefaßt habe, sogar den Ohrring. Ich wollte den Ohrring so liegen lassen, daß man ihn sofort sah, aber das kam mir dann doch *zu* offensichtlich vor, also habe ich ihn unter das Bett gelegt. Nicht zu tief darunter, ich wollte ja, daß er gefunden wurde. Ich wollte, daß Sie glauben, sie hätte ihn herunterfallen lassen, Josie, und er wäre dann unters Bett gerollt, und da lag er nun. Als ich mich anzog, konnte ich meinen Slip nicht finden, er hatte ihn einfach durchs Zimmer geworfen. Ich wäre fast in Panik geraten. Dann fand ich ihn auf einem Kommodengriff. Ich hatte überall auf dem Boden gesucht, und er hing auf diesem Griff. Können Sie sich das vorstellen, so eine Chance von hundert zu eins? Chuck hat ihn einfach durch das Zimmer geworfen, und er landet auf einem Knopf? Aber so was passiert nun mal.

Es war verdammt schwierig, ihn aus dem Fenster zu kriegen.

Er war so schwer. Ein so großer Mann.

Ich hab' ihn aufgerichtet und gewissermaßen seine Arme über die Fensterbank geschoben, und dann hab' ich versucht, ihn hinüberzuhieven. Ich war schon angezogen und fing an zu schwitzen, als ich ihn hochhob. Ich wollte die Wohnung in dem Augenblick verlassen, da ich ihn aus dem Fenster hatte, die Hintertreppe hinablaufen und in dem Durcheinander, das ja hoffentlich vor dem Haus entstand, schnell weg. Aber ich geriet schon wieder in Panik, weil es nicht sicher war, daß ich es auch schaffen würde, all meine Kraft war erforderlich, nur um seine *Brust* auf die Fensterbank zu hieven. Und dann, ganz plötzlich ... Ich weiß nicht, was es war ... Plötzlich schien ich viel stärker zu sein, vielleicht war es ein Adrenalinstoß oder so, ich weiß es nicht, aber plötzlich hob ich ihn hoch, und er war plötzlich gewichtslos, fiel praktisch aus meinen Händen ... hinaus und ... war weg. Einfach weg.

Auf dem ganzen Nachhauseweg habe ich gebetet, daß Sie den Ohrring finden und glauben, Josie hätte ihn umgebracht.

Denn dann hätten Sie sie verhaftet.

Und ich hätte die Rolle gekriegt.

In dieser Stadt wachsen keine Palmen, abgesehen von den Gebäuden mit den tropischen Vögeln in den Zoos im Grover Park und in Riverhead und von mehreren Gewächshäusern im Botanischen Garten von Calm's Point. Diese Stadt war nicht gerade berühmt für ihre Gärten. Aber am Palmsonntag konnte man glauben, die Pflanze sei in dieser Stadt heimisch.

Die Hälfte der Christen, die an diesem Sonntag Blätter der Pflanzen in die Kirche trugen, wußten nicht, daß an diesem Tag Jesus' triumphaler Einzug in Jerusalem gefeiert wurde. Sie wußten nur, daß der Priester den Zweig segnen und sie ihn dann nach Hause tragen und zu einem kleinen Kreuz zusammendrücken würden, das man dann an einem Aufschlag oder Kragen befestigen konnte. Manche dieser Palmenkreuze waren ziemlich elegant, hatten schmucke kleine gezackte Spitzen und gestreifte Querbalken.

Mark Carella wollte wissen, warum sein Vater nicht für *ihn* so ein kleines Kreuz gemacht hatte, wie die Väter der anderen Kinder es für *ihre* Söhne gemacht hatten. Carella erklärte ihm, daß er kein praktizierender Katholik mehr war. April, die das Gespräch mitbekam, das Carella mit ihrem Zwillingsbruder führte, erklärte, wenn sie groß sei, wolle sie Rabbi werden. Carella erwiderte, er habe nichts dagegen.

Mark wollte wissen, warum sie Oma an zwei Wochenenden hintereinander besuchen mußten. Nächstes Wochenende war ja Ostern, und da würden sie sie sowieso besuchen; warum mußten sie dann auch heute hingehen?

»Oma ist in letzter Zeit immer so verdrossen«, sagte er.

Was eine zutreffende Beobachtung war.

Carella nahm ihn beiseite und erklärte ihm, er müsse ein wenig mehr Geduld mit Oma haben, bis sie sich daran gewöhnt hatte, daß Opa tot war. Mark wollte wissen, wann das sein würde. Mark war zehn Jahre alt. Wie erklärte man einem Zehnjährigen, daß es dauerte, bis eine Frau sich mit dem gewaltsamen Tod ihres Mannes abgefunden hatte?

»Ich vermisse es, wie Oma früher war«, sagte Mark.

Was ebenfalls eine zutreffende Beobachtung war.

Carella fragte sich plötzlich, ob der Mann, der seinen Vater erschossen hatte, wußte, daß er praktisch auch seine Mutter getötet hatte.

»Warum sagst du es ihr nicht?« fragte er. »Daß du sie vermißt?«

»Sie wird weinen«, sagte Mark.

»Vielleicht auch nicht.«

»Sie weint doch jetzt sowieso immer.«

»Ich weine auch, Schatz«, sagte Carella.

Mark sah ihn an.

»Wirklich«, sagte Carella.

»Warum mußte dieses Arschloch ihn umbringen?« sagte Mark.

Als Rosa Lee Cooke in Alabama aufgewachsen war, hatte es keine weißen Restaurants gegeben, in denen Farbige essen konnten. Das Restaurant, in das Sharyn sie heute ausführte, war voller Weißer. Sosehr Rosa Lee sich auch den Hals verrenkte, sie sah nur noch eine andere schwarze Familie dort. Ein Schwarzer und seine etwas hellere Frau, drei Kinder, alle im besten Palmsonntagsstaat. Rosa Lee trug ein Schneiderkostüm von der Farbe ihrer walnußbraunen Haut; Sharyn hatte es gemeinsam mit ihr ausgesucht und ihr zum Geburtstag geschenkt. Sie trug auch einen Hut, den sie sich selbst gekauft hatte und der mit gelben Blumen besetzt war. Ostern war zwar erst am *nächsten* Sonntag, aber sie hatte der Versuchung nicht widerstehen können, ihn schon heute vorzuführen.

Sie trank normalerweise nicht, höchstens mal ein kleines Gläschen lieblichen Weins dann und wann. Aber heute war der Tag, an dem Jesus hocherhobenen Hauptes in Jerusalem einmarschiert war, und sie war der Ansicht, ein Drink zur Feier dieses Tages sei nicht unangemessen. Als Sharyn sie also fragte, ob sie vor dem Essen einen Cocktail trinken wolle, sagte sie, sie habe nichts gegen eine Bloody Mary einzuwenden.

Rosa Lee war dreizehn Jahre alt gewesen, als Sharyn geboren worden war, und nun – sie war dreiundfünfzig – sahen die Frauen tatsächlich eher wie Schwestern als wie Mutter und

Tochter aus, ein Kompliment, daß die beiden schon so oft gehört hatten, daß sie es nicht mehr ausstehen konnten. Dieselbe Augenfarbe, dieselbe Hautfarbe, derselbe glatte Teint, aber Sharyns Haar war kurzgeschnitten und lag eng am Kopf, während das ihrer Mutter vor winzigen Löckchen leuchtete, die unter der Krempe ihres schmucken Huts emporschnellten.

Sie stießen an und tranken.

Ein Weißer an einem Tisch in der Nähe betrachtete sie mit offener Bewunderung. Rosa Lee bemerkte dies und wandte den Blick ab, genau wie sie es als kleines Mädchen im Süden getan hatte. Es war sinnlos, eine Vergewaltigung herauszufordern, hatte man ihr damals beigebracht, und das war ihr Leben bei ihr haften geblieben. Man konnte keinem Weißen auf Erden vertrauen. Ein Schwarzer sieht im Fernsehen, wie Rodney King von weißen Cops zusammengeschlagen wird, und sagt: »Na und? Was ist neu daran? Das gab's doch schon immer, der einzige Unterschied ist, daß wir jetzt *Bilder* davon zu sehen bekommen.« Ein Weißer sieht, wie Rodney King im Fernsehen zusammengeschlagen wird, und sagt: »Ach, wie schrecklich, diese Cops schlagen diesen armen Schwarzen zusammen«, als würde das nicht jeden Tag in jeder Stadt der USA geschehen, daß weiße Cops einen Schwarzen verprügeln. Oder eine Schwarze belästigen. Die Hände in die Bluse einer Schwarzen stecken. Oder einer Schwarzen noch schlimmere Dinge antun, sie dort berühren, wo sie sie nicht berühren durften, nur weil sie in ihrem Gewahrsam war.

»Weißt du, ich habe gestern abend angerufen«, sagte sie. »Wollte mich vergewissern, daß wir wirklich um zehn Uhr für die Kirche verabredet sind.«

»Ja, ich habe deine Nachricht abgehört«, sagte Sharyn.

»Warum hast du nicht zurückgerufen?«

»Ich bin erst spät nach Hause gekommen. Ich habe heute morgen angerufen, sobald ...«

»Wo warst du?«

»Aus.«

»Mit wem?«

»Du kennst ihn nicht.«

»Wo wart ihr?«
»Wir haben zu Abend gegessen.«
»Wo?«
»Im Quarter.«
»Da unten ist es gefährlich. Du solltest des Abends nicht allein dorthin fahren.«
»Das *Quarter*? Das ist doch hauptsächlich schwul, Mom.«
»Nicht alle da sind schwul. Es gibt Orte im Quarter, wo man zu Schaden kommen kann.«
»Aber nicht da, wo wir waren.«
»Und wo wart ihr?«
»In einem Restaurant namens Petruccio's.«
»Italienisch?«
»Ja.«
»Im italienischen Essen ist zu viel Knoblauch«, sagte Rosa Lee. »Warum hast du ausgerechnet ein italienisches Restaurant ausgesucht?«
»*Er* hat es ausgesucht.«
»Wer ist er?«
»Er heißt Jamie Hudson.«
»Ich kenne ihn nicht. Oder kenne ich ihn?«
»Nein, Mom.«
»Wie hast du ihn kennengelernt?«
»Im Krankenhaus.«
»Ist er Arzt?«
»Ja.«
»Das ist gut. Bleibst du heute abend zu Hause?«
»Eigentlich habe ich schon wieder eine Verabredung.«
»Morgen ist Werktag, du solltest heute abend zu Hause bleiben, dich ausruhen. Wie kannst du kranken Menschen helfen, wenn du dich ständig herumtreibst?«
»Es wird heute nicht spät«, sagte Sharyn.
»Wohin gehst du?«
»Chinesisch essen.«
»Ich mag Chinesisch«, sagte ihre Mutter. »Mit wem? Wieder mit diesem Arzt?«
»Nein, mit einem anderen Mann.«

»Und wie heißt *der*?«

Sharyn zögerte.

»Bert Kling«, sagte sie dann.

»Bert *wie*?«

»Kling.«

»Was für ein Name ist das denn?« sagte ihre Mutter.

»Einfach nur ein Name«, sagte Sharyn.

»Das ist aber ein komischer Name. Wie buchstabiert man den denn?«

»Mit K.«

»K-L-I-N-G?«

»Ja.«

»Das ist aber ein komischer Name.«

»Guten Tag, die Damen«, sagte der Kellner, der plötzlich an ihrem Tisch aufgetaucht war. »Darf ich Ihnen die Speisekarten bringen?«

»Ja, danke, bitte«, sagte Rosa Lee. »Ich bin plötzlich furchtbar hungrig. Du auch, Shaar?«

Shaar.

Plötzlich verspürte sie den Drang, ihrer Mutter zu sagen, daß Bert Kling ein Weißer war.

Sie zerquetschte ihn wie ein lästiges Insekt.

Diebe wissen alles über Zufälle.

Sie wissen, wenn sie einen Tante-Emma-Laden ausrauben und gleichzeitig ein Blauweiß-Gestreifter vorbeifuhr, war das ein Zufall, der ihnen zwanzig Jahre Knast einbringen konnte.

Cops wissen auch alles über Zufälle.

Sie kennen die Definitionen aus dem Lexikon auswendig: ›Gleichzeitig denselben Ort einnehmen.‹

Oder: ›Zum gleichen Zeitpunkt oder zur gleichen Zeitspanne geschehen‹.

Cops wußten, daß vierundneunzig Prozent aller Menschen, die in der schönen amerikanischen Nation eines gewaltsamen Todes starben, diesen Tod starben, weil sie *zufällig* gleichzeitig am selben Ort waren wie jemand mit einer

Pistole oder einem Messer oder einem Baseballschläger. Um es noch anders auszudrücken, sie waren *zufällig* zur gleichen Zeit dort, wo etwas Schreckliches geschehen würde, zum Beispiel, daß man ihnen das Gehirn aus dem Kopf schlug oder die Leber chirurgisch entfernte.

Cops waren der Ansicht, daß jede Begegnung auf Gottes weiter Erde zufällig geschah.

Daran konnte man glauben, oder man konnte es lassen.

Bert Kling saß zufällig um Viertel nach neun an diesem Abend mit zwei wunderschönen Schwarzen an einem Tisch in einem Restaurant namens Pagoda Palace, zufällig allein mit ihnen, weil Arthur Brown sich vor nicht ganz einer Minute entschuldigt hatte und auf die Toilette gegangen war.

Es war ein Zufall, daß an dem Tisch gegenüber dem ihren zwei Weiße saßen.

Es war ein weiterer Zufall, daß genau in diesem Augenblick zwei Schwarze das Restaurant betraten und dem Oberkellner zum Tisch direkt hinter dem ihren folgten.

Alles Zufall.

Andererseits hätte Kling gar nicht hier mit Sharyn Cooke gesessen, hätte man nicht einer Polizistin aus dem Geiselnahme-Team namens Georgia Mowbry am neunundzwanzigsten März ins Auge geschossen, ein Ereignis, daß dazu geführt hatte, daß er und Sharyn sich am darauffolgenden Morgen zufällig begegnet waren. Daß Georgia erschossen worden war, war an sich schon ein Zufall gewesen; sie hatte einfach auf dem Gang gestanden und mit dem Cop gesprochen, der die Verhandlung mit dem Geiselnehmer führte, als die Wohnungstür aufgestoßen wurde und der Bursche darin zu schießen anfing.

Cops wollten nichts von Zufällen wissen.

Cops wußten, daß so eine Scheiße eben passierte.

Eine Minute lang oder so passierte nichts.

Der Oberkellner wartete, bis die beiden Schwarzen Platz genommen hatten, und fragte sie, ob sie etwas zu trinken haben möchten, und die beiden bestellten einen Scotch on the rocks beziehungsweise eine Corona mit Limone, und der Oberkellner trottete davon. Der Mann, der mit dem Gesicht zur Eingangstür saß – und zufällig zu dem Tisch, an dem Kling gegenüber von zwei schwarzen Frauen saß – schaute in ihre Richtung, sagte dann etwas zu seinem Freund, stand dann sofort auf und ging zu Kling hinüber, der die Ellbogen auf den Tisch gestützt hatte und gerade lächelnd etwas erzählte.

Er wollte gerade sagen, er habe während des gesamten Verhörs mit Andrea Packer das Gefühl gehabt, die Schauspielerin habe geglaubt, sie spiele eine Rolle im Fernsehen.

»Ich hatte das Gefühl ...«

»Belästigt dieser Pinkel Sie?« sagte der Mann.

Die Rassenunruhen vom letzten Samstag im Grover Park waren noch in aller Erinnerung. Am letzten Samstag waren im Grover Park viele Menschen gestorben. Schwarze und Weiße. Die Erinnerung daran war Teil der Gleichung. Die Erinnerung war Teil dieses zufälligen Ereignisses, das sich erschreckend schnell entwickelte.»Alles cool, Mann«, sagte Caroline.

Sie war schon seit geraumer Weile mit Arthur Brown verheiratet, und sie war seine Größe und Autorität gewöhnt, kam sich in seiner Nähe immer beschützt vor, nicht nur, weil er Cop war, sondern auch ein liebevoller, aufmerksamer Ehemann. Aber sie fühlte sich keinen Augenblick lang bedroht, als der Schwarze an ihrem Tisch auftauchte. Sie nahm sogar an, daß der Mann sich für einen guten Samariter hielt, zwei schwarze Frauen saßen allein an einem Tisch, ein Weißer sitzt ihnen gegenüber, macht sie vielleicht an, der Bruder wollte sich nur vergewissern, daß alles in Ordnung war.

Aber er ging nicht wieder weg.

»Es ist cool, wirklich«, sagte sie und lächelte abweisend.

»Gibt's hier nicht genug weiße Frauen für dich?« fragte der Mann Kling.

»Das sind Freunde von mir«, sagte Kling.

»Hast nicht gehört, was ich dich gefragt hab'?« sagte der Mann.

»Es ist schon in Ordnung, wir ...«

»He!« rief einer der beiden Weißen an dem Tisch gegenüber. »Er hat dir gesagt, er *kennt* sie. Verpiß dich.«

Der Schwarze drehte sich um. Sein Freund hatte sich bereits hinter seinem Tisch erhoben. Es fing an.

Kling wußte nicht, wer als erster zugeschlagen hatte. Er wußte nur, daß die beiden Weißen und die beiden Schwarzen sich plötzlich prügelten, und dann sah er in irgendeiner Hand eine Pistole – es gab einfach zu verdammt viele Pistolen in dieser Stadt, diesem Land, auf dieser Welt –, und er rief »Polizei! Lassen Sie die Waffe fallen!«, und in diesem Augenblick sah er, daß Brown aus der Herrentoilette am anderen Ende des Restaurants kam und sofort loslief, als er kapierte, was hier abging.

Sharyn war Polizistin, und sie wußte, was Cops zu tun haben, wenn plötzlich jemand eine Waffe zog, nein, zwei Waffen, wie sie jetzt sah, die eine in der Hand eines Schwarzen, die andere in der Hand eines Weißen, die Ereignisse des vergangenen Samstags würden sich wiederholen! Sie drückte sich an der niedrigen, grün getünchten Wand entlang, die die Nische mit ihrem Tisch von der benachbarten trennte, ihre langen Beine blitzen auf, als sie einfach über die Mauer in die andere Nische sprang, in der ein weißes Pärchen aus einer Schüssel dampfend heißes Mu gu gai pan in sich hineinschaufelte, »Tut mir leid«, murmelte sie, »Entschuldigung«, und sie lief einfach über sie hinweg und zwischen ihnen hindurch, ihre hohen Absätze gruben sich in den grünen Kunststoffbezug der Sitzbank, und sie sprang auf der anderen Seite auf den Gang und spurtete zum vorderen Teil des Restaurants und meldete über das Telefon, das neben dem Zigarettenautomaten an der Wand hing, einen Zehn-Dreizehn.

Als Brown die Nische erreichte, sah er, daß Caroline dort stand und einen ihrer hochhackigen Schuhe wie einen Hammer in der Hand hielt, bereit, auf jeden einzuschlagen, der ihr zu nahe kam, ob er nun weiß *oder* schwarz war. Brown hatte seine Pistole gezogen, noch bevor er die beiden Handfeuerwaffen im Tumult gesehen hatte, und zwar, weil er gesehen hatte, daß Kling *seine* Pistole bereits in der Hand hielt, und wußte, daß er sie nicht ohne Berücksichtigung der Richtlinien aus dem Halfter geholt hätte. Beiden Detectives war klar, daß das Lokal rappelvoll und ein Schußwechsel nicht ratsam war, doch der Weiße und der Schwarze, die sich Pistolen gegenübersahen, die größer als die ihren waren, mußten sich um keine Richtlinien den Kopf zerbrechen, und sie sahen ganz bestimmt so aus, als hätten sie die Absicht, jetzt jeden Augenblick gezielt zu schießen. Brown war größer als Kling oder irgendeiner der anderen Männer, und er konnte lauter als jeder andere in dieser Stadt brüllen. Er schrie aus vollsten Lungen, daß er Polizeibeamter war, und wenn nicht jeder in den nächsten zehn Sekunden diese gottverdammten Waffen fallen ließ, würde er gleich ein paar Köpfe einschlagen, ganz egal, wie hart sie seien.

Es war genauso schnell vorbei, wie es angefangen hatte.

Alle hatten sich beruhigt, und alles war unter Kontrolle, als die sechs Streifenwagen, die auf Sharyns Anruf reagierten, mit quietschenden Reifen vor dem Restaurant hielten.

Zufällig wurde der Weiße, der dem Bruder gesagt hatte, er solle sich verpissen, im Bundesstaat Arizona wegen eines bewaffneten Raubüberfalls gesucht.

Als sie an diesem Abend im Bett lagen, fragte er sie, wie es ihr gefallen habe.

»Das Essen oder die Show?« fragte sie.

»Die Gesellschaft«, sagte er.

»Ich habe Bert schon immer gemocht«, sagte sie. »Und sie mag ich auch.«

»Ob es wohl klappen wird?« fragte Brown.

»Ich will es hoffen«, sagte Caroline.

Sie zogen einander in der Dunkelheit aus.

Sie hätten weiß und weiß oder schwarz und schwarz oder dieses und jenes sein können, es hätte keine Rolle gespielt, weil sie sich im Dunkeln nicht sehen konnten. Sie küßten sich im Dunkeln, standen Zentimeter voneinander entfernt, öffneten Knöpfe und Reißverschlüsse, bis sie schließlich nackt im

Dunkeln standen, drückten sich im Dunkeln aneinander, er hart gegen sie, sie weich gegen ihn, berührten sich, tasteten blind im Dunkeln. In der Dunkelheit war ihre Haut weich wie Seide, sie fühlte sich an wie polierter Alabaster. In der Dunkelheit war seine Haut weich wie Seide, sie fühlte sich an wie poliertes Ebenholz.

Schließlich gingen sie zum Bett und legten sich in der Dunkelheit nebeneinander, küßten sich, berührten sich, erkundeten im Dunkeln, Lippen an Lippen, Haut an Haut, und ihre Leidenschaft wurde durch das gesteigert, was zuvor an diesem Abend geschehen war, ihre Begierde bekam Nahrung durch das verzweifelte Bedürfnis zu beweisen, daß es auch anders sein konnte, daß es nicht *so* sein mußte, daß es so sein konnte, wie sie es wollten, Herzen, die gemeinsam in der Dunkelheit schlugen.

Er drang im Dunkeln in sie ein und fühlte, wie sie ihn umschloß, murmelte leise an ihren Lippen, während er tiefer in sie stieß, sanft in der Dunkelheit, während er sich zurückzog und wieder in sie schob, während sich ihre Hüften hoben, um jedem seiner Stöße zu begegnen, naß und warm in der Dunkelheit, während sein gleichmäßiger, ruhiger Rhythmus bei ihr eine gleichmäßige, ruhige Reaktion hervorrief, bis sie schließlich gemeinsam lernten, sich einem wilderen Rhythmus hinzugeben, gemeinsam eine größere Freiheit fanden, gemeinsam ein Motiv entdeckten, das sich im Dunkeln zu ihnen gesellte und sie donnernd an ein anderes Ufer trieb, auf dem sie in der Dunkelheit gegeneinander schlugen und sich dann wie Kinder aneinander festhielten.

Später, im Licht, betrachteten sie einander.

Er war noch immer weiß.

Sie war noch immer schwarz.

»Wagen wir einen ehrlichen Versuch«, sagte sie.

»Ja«, sagte er.

ENDE

Ed McBain-Magazin
7. Folge

Uwe Anton

Das 87. Polizeirevier im Film

Der Schauspieler Mark Rigante ist auf Polizistenrollen eingeschworen. Er ›hatte einen Detective in dem Film *Auf leisen Sohlen kommt der Tod* gespielt, der von Polizisten in Boston handelte, und er hatte einen Detective in dem Film *Neun im Fadenkreuz* gespielt, der von Polizisten an der französischen Riviera handelte, und er hatte einen Detective in dem Film *Blutsverwandte* gespielt, der von Polizisten in Toronto handelte, und er hatte einen Detective, wenn auch in asiatischer Verkleidung, in dem Film *Zwischen Himmel und Hölle* gespielt, der von Polizisten in Yokohama handelte‹, schreibt Ed McBain in diesem Buch über ihn. Wer mit dem Werk des Autors vertraut ist, liest – nicht nur anhand der penetranten Wiederholung – sofort den Zynismus, wenn nicht sogar eine gewisse Verbitterung zwischen den Zeilen heraus: Denn diese vier Filme, die von Polizisten in so unterschiedlichen Orten wie Boston, Nizza, Toronto und Yokohama handeln, sind die bekanntesten der Kinostreifen, die nach Romanen McBains um das 87. Polizeirevier entstanden. Und ihnen allen ist gemeinsam, daß sie zwar auf Büchern McBains basieren, aber weniger Filme über das 87. Polizeirevier als solche über irgendwelche im Prinzip austauschbaren Gesetzeshüter sind, die kaum noch etwas mit den Originalen gemein haben. Der Fortsetzungscharakter, der McBains Serie so erfolgreich werden ließ, fehlt hier vollständig. Kein Wunder, daß keiner dieser Filme zu einem umwerfenden Erfolg wurde.

Dabei wurden McBains Bücher um das 87. Polizeirevier schon verhältnismäßig früh verfilmt. Bereits 1958 bzw. 1960 kamen Leinwandadaptionen der ersten drei 1956 erschienenen Romane der Serie ins Kino. Für die beiden ersten Streifen zeichnete Lester William Berke verantwortlich, der nicht nur die Regie führte, sondern auch die Produktion übernahm. Wie es sich gehört, begann er 1958 gleich mit dem ersten Roman der Serie, dem zwei Jahre zuvor erschienenen COP HATER. Die Verfilmung folgt dem Roman in den wichtigsten Zügen; wie auch im Buch steht Steve Carella (Robert Loggia) im Zentrum des Geschehens. Weitere Beamte des 87. Reviers wurden von Russell Harie (Lieutenant Byrne), William Neff (Kling) und Ted Gunter (Havilland) dargestellt, während Ellen Parker Carellas Frau Teddy spielte. Das Standardwerk *The Motion Picture Guide* (aus dem noch öfter zitiert werden wird) lobt den Film: ›Technische Leistung über dem Durchschnitt, der Film mutet fast poetisch an, einfallsreich und interessant‹. Zu einem ganz anderen Schluß kam – zugestanden nach der deutschen Erstaufführung 1960 – der *Katholische Filmdienst*: ›Zu allem Überfluß hat man den groben Thriller auch noch mit einem schleimigen Ehekonflikt versehen‹. Soviel dazu, was das einflußreiche Kirchenblatt, das mit seinen Empfehlungen oder zumeist Warnungen gegen den moralisch-sittlichen Verfall in der Bundesrepublik Deutschland anzukämpfen versuchte, Anfang der sechziger Jahre von der ungewohnten Realistik eines Polizeiromans von Ed McBain (oder zumindest dessen Verfilmung) anzufangen wußte.

Noch im selben Jahr legte das Team um Lester William Berke mit der Verfilmung des zweiten Romans der Serie nach. THE MUGGER konzentriert das Geschehen weniger auf die bekannten Detectives des Reviers, folgt aber insofern der literarischen Vorlage, als daß hier gleich zwei Fälle an einem Tag bearbeitet werden, was Ed McBain schon immer als Mittel benutzt hat, um die Polizeiarbeit realistischer zu schildern.

Der *Motion Picture Guide*: ›Ordentliche Darstellungen und ein schnelles Tempo lassen den Film ziemlich unterhaltsam werden‹. In die deutschen Kinos gelangte der Streifen gar nicht erst; vielleicht hatte die katholische Moralpredigt ja schon Wirkung gezeigt.

Nicht so gut weg kam die zwei Jahre später realisierte Verfilmung von McBains drittem Roman um das 87. Revier, THE PUSHER, bei der Gene Milford Regie führte; das Drehbuch stammte übrigens von Harold Robbins, der später zu einigem Ruhm gelangen sollte. Der Film übernahm eher Motive des Romans, als daß er eine werkgetreue Adaption sein wollte: In ihm ist Laura (Kathy Charlyle), die Tochter von Lieutenant Byrne (Douglas F. Rodgers), mit dem Polizisten Steve Carella (Robert Lansing) verlobt, aber drogensüchtig. Der *Motion Picture Guide* bemängelt, daß die Puertorikaner (der Pusher wurde von einem gewissen Felice Orlando dargestellt) durchgehend als ›lowlife‹, also Abschaum, und drogensüchtig dargestellt werden und erschossen gehören, während das weiße Mädel, die Polizistenbraut, Mitleid verdient und sich auch pflichtschuldig einem Cold Turkey, dem Drogenentzug ohne Ersatzmittel, unterzieht. Dieser ›Routinestreifen‹ kommt laut *Motion Picture Guide* nicht über ein ›schwülstiges Melodrama‹ hinaus.

Mag sein, daß die erste Warnung des *Katholischen Filmdienstes* noch immer Wirkung erzielte; jedenfalls wurde auch diese Verfilmung nicht in Deutschland aufgeführt. Ein interessantes Detail am Rande: Robert Lansing konnte später erneut in seiner Rolle als Steve Carella glänzen, allerdings im Fernsehen: Er spielte die Hauptrolle in der TV-Serie 87. Precinct, über die in den nächsten Ausgaben des Ed McBain-Magazins ausführlich berichtet werden wird. Vielleicht haben die Produzenten der Fernsehserie ihn ja im Kino gesehen: Dann hätte THE PUSHER wenigstens einen Verdienst gehabt.

Danach schien in den USA kein großes Interesse an weiteren Ed-McBain-Verfilmungen zu herrschen, zumal ab 1961 die gerade erwähnte Fernsehserie über die Fernsehbildschirme der amerikanischen Nation flimmerte. Der nächste Streifen um das 87. Polizeirevier ist 1963 aus Japan (!) zu vermelden und zählt damit zu den exotischsten McBain-Verfilmungen überhaupt. Vorlage war McBains Roman KING'S RANSOM (der auch gerade für das Fernsehen adaptiert worden war). Er wurde vom japanischen Regisseur Akira Kurosawa unter dem Titel TENGOKU TO JIGOKU in Tohoscope, der japanischen Variante von Cinemascope, gedreht. In den USA kam der Film unter dem Titel *High and Low* in die Kinos. In Deutschland wurde dieser Film bisher nur als Originalfassung mit Untertiteln gezeigt, weshalb er nie einen deutschen Verleihtitel erhalten hat, obwohl es von der Produktionsfirma Toho den deutschen Titelvorschlag *Zwischen Himmel und Hölle* gibt. Die Hauptrollen spielen Toshiro Mifune, Kyoko Kagawa und Tatsuya Mihashi. Das Drehbuch schrieben Ryuzo Kikushima und Hideo Oguni, Eijiro Hisaito, Akira Kurosawa.

Die sehr buchgetreue Adaption – was die Handlung, nicht den Schauplatz betrifft – beginnt im Haushalt eines japanischen Schuhfabrikanten, der die Nachricht erhält, sein Sohn sei entführt worden. Doch als der Junge wohlbehalten nach Hause kommt, stellt sich heraus, daß versehentlich der Sohn des Chauffeurs entführt wurde. Es kommt zu Spannungen zwischen dem Chauffeur und seinem Chef, als dieser nicht einsieht, warum er die sehr hohe Lösegeldsumme zahlen soll. Doch schließlich kann der Entführer, der von der Stadt aus das Haus des Industriellen, das auf einem Hügel steht, mit dem Fernglas gut beobachten kann, durch einen Trick der Polizei doch gefaßt werden. Als er den chemisch präparierten Koffer mit dem Lösegeld verbrennt, dringt roter Rauch aus dem hohen Schornstein. Diese Szene hinterläßt übrigens einen besonderen Eindruck, da der Film in Schwarzweiß gedreht wurde, der Rauch jedoch tatsächlich rot eingefärbt wurde.

Das Cinemascope-Breitwandbild wird von Kurosawa und

seinen zwei Kameraleuten Asakazu Makai und Takao Saito geschickt für die Inszenierung genutzt, wenn er die in der Wohnung auftretenden Akteure wie auf einer großen Bühne verteilt in der Totalen zeigt.

Die nächste Verfilmung kam erst acht Jahre später zustande, allerdings wieder in den USA. Buch- und Filmtitel sind identisch: FUZZ (1971) ist die nach Boston verlegte Adaption des in Deutschland als DIE GREIFER erschienenen Romans mit dem ›Tauben‹, die in den Grundzügen zwar dem Buch folgt, aber wesentlich stärker als das Original die Betonung auf komödiantische Effekte legt. Hier bedroht Yul Brunner als nicht nur schwerhöriger, sondern auch kahlköpfiger Schurke Prominente und den Bürgermeister mit Bomben, um Geld zu erpressen. Ed McBain hat das Drehbuch zwar selbst verfaßt, hatte jedoch keinen Einfluß auf die Besetzung. Für die Hauptrollen engagierte der Produzent die bekannten Stars Burt Reynolds, Raquel Welch und Yul Brunner. Gerade Reynolds als Steve Carella ist (nicht nur für den McBain-Puristen) jedoch eine glatte Fehlbesetzung: AUF LEISEN SOHLEN KOMMT DER TOD, so der deutsche Filmtitel, ist weniger ein Streifen um das 87. Polizeirevier als ein Film mit und um den Star Burt Reynolds. Mick Martin und Marsha Potter führen den Film in ihrem *Video Movie Guide* als Komödie auf und meinen zu ihm völlig zu Recht: ›Man muß Mitglied eines Burt-Reynolds-Fanclubs sein, um ihn wirklich zu mögen‹. Und die *Westdeutsche Zeitung* fällte gar das Urteil: ›Völlig überdreht‹.

Ein Jahr später, 1972, wurde aus Steve kurzerhand Stephane Carella, als der Franzose Philippe Labro, der am Drehbuch mitschrieb und Regie führte, McBains Roman TEN PLUS ONE von der namenlosen amerikanischen Stadt an die sonnige französische Riviera verlegt. SANS MOBILE APPARENT nannte Labro seine Interpretation; in den USA wurde der Film, um die Verwirrung vollständig zu machen, nicht unter dem ursprünglichen Titel, sondern in wörtlicher Übersetzung als WITHOUT APPARENT MOTIVE – ›Ohne ersichtliches Motiv‹ – aufgeführt, während er in Deutschland immerhin unter dem Buchtitel NEUN IM FADENKREUZ in die Kinos kam.

Der reiche Franzose Bardinet wird auf offener Straße erschossen. Stephane Carella ermittelt, findet aber kein Motiv. Dann werden der Astrologe Hans Kleinberg (Erich Segal) und der alte Pierre Barroyer (Alexis Sellan) auf ähnliche Weise erschossen. In Bardinets Tagebuch sind dessen ehemalige Geliebte aufgeführt; die Spur führt Stephane zu Jocelyn Rocca (Carla Gravina), die alle drei Tote kannte, aber ebenfalls erschossen wird. Stephane stellt dann doch eine Gemeinsamkeit fest: Alle Toten haben vor etwa acht Jahren in einem Theaterstück mitgespielt; einige Mitwirkende haben damals bei einer Orgie die Schauspielerin Juliette Vaudreuil vergewaltigt, die daraufhin verrückt wurde. In ihrer Wohnung wird Stephane Carella von ihrem Mann mit einem Gewehr angegriffen; aus Rache wollte er auch die anderen Teilnehmer an der Orgie umbringen. Stephane muß ihn erschießen und beschließt, den Polizeidienst zu quittieren.

Trotz der hellen Straßen Nizzas bescheinigt der *Motion Picture Guide* dem Streifen, dem *film noir* nachzueifern und eine sehr düstere Stimmung aufzubauen: ›Ein sicherer und geschickter Thriller in der Hardboiled-Tradition von Raymond Chandler und Dashiell Hammett‹. Gelobt wird des weiteren ausdrücklich Erich Segal, Autor der *Love Story*, der in einer kleinen Rolle auftritt, für seine schauspielerische Leistung.

Natürlich setzt der Film ganz andere Akzente als das Buch; es ist *kein* Film über die Ermittlungen der Beamten eines Reviers, sondern einer über *einen Polizisten* und dessen Innenleben und Weiterentwicklung. Stephane Carella steht im Mittelpunkt, und sein Entschluß, den Dienst zu quittieren, ist mit dem Roman unvereinbar und zeigt auf, worum es dem Drehbuchautor und Regisseur tatsächlich geht, und das ist etwas völlig anderes als das, worum es McBain ging.

Fünf Jahre sollten bis zur nächsten und bislang letzten Verfilmung eines Romans um das 87. Polizeirevier für die große Leinwand vergehen. Kein geringerer als Claude Chabrol zeichnet verantwortlich für die Adaption von BLOOD RELATIVES (dt. BLUTSVERWANDTE). Gedreht wurde 1977 in Kanada (daher auch ein gleichberechtigter zweiter Titel in dem zweisprachigen Land: LES LIENS DE SANG); der Schauplatz wurde nach Toronto verlegt. Chabrol konnte Stars wie Donald Sutherland (Carella), Donald Pleasance, Stephane Audran und David Hemmings für seine Filmfassung des Buchs gewinnen.

Die Verfilmung ist recht originalgetreu. Es kommt Chabrol entgegen, daß McBain mit diesem Roman einen exzellenten psychologischen Krimi geschrieben hat, so daß kaum Änderungen nötig waren, um auch einen guten Film zu schaffen. Leonald Maltin lobt in seinem Standardwerk *TV Movies* ›Chabrols kalte, wissenschaftlich-meisterhafte Regie‹. Der Roman um einen Mord zwischen Blutsverwandten aus Eifersucht ist bei Bastei-Lübbe unter dem Titel BLUTSSCHWESTERN lieferbar.

Es verwundert also nicht, daß Ed McBain mit den Filmen, die nach seinen Büchern um das 87. Polizeirevier entstanden sind, (vielleicht mit Ausnahme von BLUTSVERWANDTE) alles andere als zufrieden ist und er sich wohl lieber eine kontinuierliche Filmserie á la ›Star Trek‹ mit immer derselben Besetzung gewünscht hätte. Aber der Autor findet im vorliegenden Roman noch Gelegenheit zu einem weiteren Seitenhieb auf Hollywood. Gregory Stiles, der Kellner, der Johnny Miltons Alibi widerlegt, ist ebenfalls ›aufstrebender Schauspieler, womit er in dieser Stadt nicht gerade einzigartig war‹. Dummerweise hat Stiles ›glattes schwarzes Haar, dunkelbraune Augen und einen dunklen Teint, was es ihm nicht gerade erleichterte, ein Engagement als Schauspieler zu bekommen, da alle annahmen, er sei ein Latino, und es in dieser Stadt – genau genommen im ganzen Land – nicht viele Rollen für Latinos gab, wenn man nicht auch noch singen und tanzen konnte.

In dem Film *Walk Proud*, so fabuliert McBain anschließend, ›der von Chicano-Gangs im L. A. handelte, war die Hauptrolle von Robby Benson gespielt worden, einem sehr guten Schauspieler, der aber Angelsachse war. Die Chicano-Gemeinde hatte deshalb ein Riesentheater gemacht, obwohl der Film mehr Chicanos Arbeit geboten hatte, als es der Fall gewesen war, seit die mexikanische Armee den Alamo erstürmt und John Wayne getötet hatte‹. Das hört sich recht bissig an; kein Wunder, wenn man bedenkt, daß wohl auch Ed McBain unter diesem ›Riesentheater‹ zu leiden hatte, denn den Film WALK PROUD (USA 1979, auch: GANG!) gibt es tatsächlich, und das Drehbuch dazu schrieb kein anderer als Ed McBain selbst.

Weitere Filme nach Büchern von Ed McBain/Evan Hunter oder mit Drehbüchern von ihm, über die in einer späteren Folge des Ed McBain-Magazins zu berichten sein wird, sind THE BLACKBOARD JUNGLE (1995), STRANGERS WHEN WE MEET (1960), THE YOUNG SAVAGES (1961), THE BIRDS (1963 – ja, in der Tat Hitchcocks berühmter DIE VÖGEL) und MISTER BUDDWING (1966). Abschließend sei noch kurz auf eine Kuriosität hingewiesen, über die ebenfalls später zu berichten ist: Wem die Folge ›Undercover‹ aus der Fernsehserie ›Columbo‹ (1994, erstmals in Deutschland am 17. Januar 1995 auf RTL ausgestrahlt; Regie: Vincent McEveety) seltsam bekannt vorkam, der liegt nicht ganz falsch. Denn dabei handelt es sich um eine Adaption von McBains Polizeirevier-Roman JIGSAW (1970, dt. SCHNAPP-SCHUSS), in der Inspektor Columbo (Peter Falk) einfach Steve Carellas Part übernahm. Abgesehen von diesem Austausch ist die Verfilmung sogar recht werkgetreu: Columbo findet bei einer Leiche ein Stück einer Schwarzweißfotografie. Sogleich taucht der Versicherungsdetektiv Irving Krutch auf. Er berichtet, daß acht Personen sieben Jahre zuvor einen Banküberfall verübten und Millionen abräumten. Das Geld ist nie wieder aufgetaucht. Einziger Hinweis auf die Beute: das zerrissene Foto. Krutch kennt ein paar Namen der möglichen Täter, die die restlichen Schnipsel besitzen. Columbos Jagdinstinkt erwacht. Er nähert sich den Verdächtigen in allen erdenklichen Verkleidungen ...

Die Werktreue ging sogar so weit, daß in dem Fernsehfilm die gleichen Fotoschnipsel benutzt wurden wie in McBains Roman. Nur auf die altvertrauten Kollegen aus dem 87. Revier mußten die Zuschauer verzichten (bis auf Sergeant Brown, der von Harrison Page dargestellt wurde). Das ging den Columbo-Produzenten an Originaltreue dann doch wohl zu weit, zumal der pfiffige Inspektor zuvor meistens allein arbeitete. Und so mutet diese Folge auch als sehr untypisch für die Serie ›Columbo‹ an.

FILMOGRAPHIE
DER KINOFILME UM DAS 87. POLIZEIREVIER
NACH ROMANEN VON ED McBAIN

COP HATER (USA 1958, 75 Min., s/w)
Deutscher Titel: POLIZISTENHASSER
Regie: Leser William Berke; Drehbuch: Henry Kane, Kamera: Burdi Contner, Schnitt: Ed Sutherland
Darsteller: Robert Loggia, Gerald O'Loughlin, Ellen Parker, Shirley Ballard, Russell Harie, William Neff, Ted Gunter
Vorlage: COP HATER (1956, dt.: POLIZISTEN LEBEN GEFÄHRLICH, bei Bastei-Lübbe in Vorbereitung)

THE MUGGER (USA 1958, 75 Min., s/w)
Nicht in Deutschland aufgeführt
Regie: Lester William Berke; Drehbuch: Henry Kane, Kamera: Burdi Contner; Musik: Albert Glasser
Darsteller: Kent Smith, Nan Martin, James Franciscus, Dick O'Neil, Albert Dennable
Vorlage: THE MUGGER (1956, dt.: CLIFFORD DANKT IHNEN, bei Bastei- Lübbe in Vorbereitung)

THE PUSHER (USA 1960, 82 Min., s/w)
Nicht in Deutschland aufgeführt

Regie: Gene Milford, Drehbuch: Harold Robbins; Musik: Arthur Ornioe
Darsteller: Kathy Carlyle, Felice Orlando, Douglas F. Rodgers, Robert Lansing
Vorlage: THE PUSHER (1956, dt.: DIE WEISSE HAND DES TODES/DER PUSHER, bei Bastei-Lübbe in Vorbereitung)

TENGOKU TO JIGOKU (JAPAN 1963, 142 Minuten)
Amerikanischer Titel: HIGH AND LOW
Deutscher Titel: ZWISCHEN HIMMEL UND HÖLLE (Titel des Verleihs)
Regie: Akira Kurosawa; Drehbuch: Ryuzo Kikushima und Hideo Oguni, Eijiro Hisaito, Akira Kurosawa; Kamera: Asakazu Makai und Takao Saito; Musik: Masaru Sato
Darsteller: Toshiro Mifune, Kyoko Kagawa, Tatsuya Mihashi.
Vorlage: KING'S RANSOM (1959; dt.: KINGS LÖSEGELD, bei Bastei-Lübbe in Vorbereitung)

FUZZ (USA 1971, 90 Minuten)
Deutscher Titel: AUF LEISEN SOHLEN KOMMT DER TOD
Regie: R. A. Colla; Drehbuch: Ed McBain; Kamera: Jacques Marquette;
Darsteller: Burt Reynolds, Raquel Welch, Jack Weston, Tom Skerritt, Yul Brynner
Vorlage: FUZZ (1968; dt.: DER GREIFER, bei Bastei-Lübbe in Vorbereitung)

SANS MOBILE APPARENT (Frankreich 1972, 102 Min.)
Amerikanischer Titel: WITHOUT APPARENT MOTIVE
Deutscher Titel: NEUN IM FADENKREUZ
Regie: Philippe Labro; Drehbuch: Philippe Labro/Jacques Lanzmann; Kamera: Jean Penzer; Musik: Ennio Morricone
Darsteller: Jean-Louis Trintignant, Dominique Sanda, Sacha Distel, Laura Antonelli.
Vorlage: TEN PLUS ONE (1963, dt.: NEUN IM FADENKREUZ, bei Bastei-Lübbe in Vorbereitung)

BLOOD RELATIVES / LES LIENS DE SANG (Kanada 1977, 100 Minuten)
Deutscher Titel: BLUTSVERWANDTE
Regie: Claude Chabrol; Drehbuch: Claude Chabrol und R. Sidney; Kamera: Jean Rabier
Darsteller: Donald Sutherland, Donald Pleasance, Stephane Audran, David Hemmings
Vorlage: BLOOD RELATIVES (1975; dt.: BLUTSSCHWESTERN, Bastei Lübbe 13 616)

Der Verfasser dankt Bernhard Kempen – der in den nächsten Folgen des Ed McBain-Magazins (ab Oktober in der Neuausgabe von Ed McBains *Calypso*, Bastei-Lübbe 13797, dem 33. Roman um das 87. Polizeirevier), alles Wissenswerte über die legendäre und nur selten ausgestrahlte *Fernsehserie* über das 87. Polizeirevier berichten wird – für seine Angaben zu TENGOKU TO JIGOKU, sowie Ronald Hahn – der allerdings lieber über erotische und phantastische Filme als über Kriminalfilme schreibt – für die Benutzung seiner umfangreichen Filmbibliothek und die unentbehrliche Hilfe beim Ermitteln einer Vielzahl von Angaben.

Band 13 735

Ed McBain

Es war einmal ein kleines Mädchen

Deutsche Erstveröffentlichung

Matthew Hope, den erfolgreichen Anwalt aus Calusa, Florida, hat es dieses Mal böse erwischt: Von zwei Schüssen niedergestreckt, liegt er bewußtlos im Krankenhaus. Drei Freunde von ihm versuchen nun herauszufinden, wer auf Hope schoß und weshalb.

Bei ihren Nachforschungen geraten sie schon nach kurzer Zeit in eine bizarre Welt voller Magie: Ein Zirkusunternehmen, das Hope mit einer Immobilienangelegenheit beauftragt hatte, zieht sie unwillkürlich in seinen Bann.

Doch schon bald stellt sich heraus, daß der Zirkus ein dunkles Geheimnis birgt: Mehreren Leuten scheint daran gelegen zu sein, die wahren Gründe für den mysteriösen Tod einer zwergwüchsigen Zirkusprinzessin zu vertuschen. Obwohl diverse Anzeichen dagegen sprechen, beharrt man darauf, daß Willa Torrance ihrem Leben selbst ein Ende gesetzt habe . . .

BASTEI LÜBBE

Sie erhalten diesen Band im Buchhandel, bei Ihrem Zeitschriftenhändler sowie im Bahnhofsbuchhandel.